ogue

En tant qu'ancien ambulancier militaire Kevin O'Brien avait eu son lot de combats, de violences et de mort. Il avait passé deux ans en Irak avant d'être rendu à la vie civile quelques mois plus tôt. Dans sa pratique d'ambulancier à Arlington, il s'était aussi retrouvé confronté à bon nombre de situations critiques, qu'il s'agisse de blessures par balle ou de violences conjugales, quand une dispute de couple dégénérait. Rien de tout cela, cependant, ne l'avait préparé à passer la journée au chevet d'un enfant malade — son enfant malade.

Toute la nuit, il avait arpenté de long en large sa maison, son petit garçon de onze mois niché au creux de l'épaule. Davy hurlait et geignait par intermittence, laissant son père en proie à la frustration et à l'angoisse. Kevin était à deux doigts d'appeler sa grand-mère, là-bas, à Chesapeake Shores, pour lui demander conseil… Un instant, il avait même songé à prendre son pick-up et à filer tout droit jusqu'à sa ville natale. Gram serait sans doute ravie de pouvoir l'aider en prenant le relais.

C'est dans ces moments-là que son épouse lui manquait le plus. Pas pour le quotidien. Cela, il l'assurait fort bien : la garde du bébé et les repas, y compris les soins médicaux que l'on dispense aux nourrissons. Mais dans les moments difficiles comme celui-là, Davy aurait eu besoin de la voix apaisante de Georgia, et Kevin était sûr que dans les bras de sa maman il n'aurait jamais crié aussi fort — on aurait dit que son petit cœur était prêt à se rompre.

Hélas ! Georgia avait encore six mois à servir en Irak comme médecin, dans le cadre de sa toute dernière mission. Avec un petit bébé à la maison, elle aurait pu échapper à cette affectation à l'étranger, mais elle s'y était refusée. Elle avait insisté pour aller là où, à ses yeux, les soldats et son pays avaient le plus besoin d'elle. Si elle tenait sa promesse — mais le doute était grand dans l'esprit de Kevin —, cette mission serait la dernière avant que Georgia ne soit rendue à son tour à la vie civile. Ensuite, ils envisageaient d'aller vivre dans le Maryland pour se rapprocher de la famille de Kevin, plus précisément à Chesapeake Shores, la pittoresque station balnéaire que son père avait fait surgir de terre.

Bien que terrifié à l'idée de rester seul avec un petit bébé, Kevin avait néanmoins compris l'attachement de Georgia à son devoir et à sa mission de médecin. Elle n'était pas la seule mère à avoir pris la difficile décision de quitter sa famille pour aller servir dans l'armée. D'ailleurs, ce sens aigu du devoir, sa générosité faisaient partie des qualités qu'il avait le plus admirées chez elle quand ils s'étaient rencontrés dans un hôpital de la Zone verte de Bagdad, où ils avaient été affectés, endroit censé être le plus sûr de ce pays déchiré par la guerre.

Interrompant ses cent pas, Kevin contempla la photo de mariage, posée sur le manteau de la cheminée. Georgia. Sa femme. Il avait été subjugué par sa beauté dans cette simple robe blanche. Elle avait fait boucler ses cheveux dorés pour l'occasion, et son sourire était si lumineux que la douleur de son absence lui lacéra soudain le cœur.

Peu importait qu'ils se soient mariés à la va-vite à l'aéroport de Baltimore, car le père de Georgia, pasteur au

Texas, était arrivé à la dernière minute pour célébrer leur union. Son épouse l'accompagnait. Georgia se moquait éperdument de ne pas avoir les noces somptueuses dont rêvaient la plupart des jeunes filles. L'essentiel pour elle était que ses parents aient pu être là le jour de son mariage.

De son côté à lui, seul son père était présent à la brève cérémonie. Kevin tenait en effet à ce que le reste du clan fasse la connaissance de Georgia autrement : chez lui, dans la maison située au bord de la baie de Chesapeake, et non en coup de vent dans une salle aseptisée de l'aéroport. Cette décision avait beaucoup chagriné ses proches, en particulier ses sœurs, mais il avait tenu bon.

Kevin saisit la photo de mariage et la plaça devant les yeux de Davy, comme il le faisait presque tous les jours.

— Tu vois cette jolie fille, mon bonhomme ? C'est ta maman. Je sais que tu es triste sans elle, mais je fais de mon mieux. Et puis ton oncle Connor arrive demain ; il va nous filmer avec sa caméra pour que nous puissions parler à maman et la voir sur l'ordinateur. Ça sera presque comme si elle était ici, avec nous.

Davy hoqueta, les yeux écarquillés et brillants de larmes.

— Mama, gazouilla-t-il en tendant la main vers la photo.

Kevin le regarda avec un sourire épanoui.

— Exactement. C'est ta maman. Une vraie beauté, mon pote. La femme la plus adorable du monde. Une battante, et courageuse avec ça. Attends un peu qu'elle soit rentrée à la maison, elle va nous faire marcher à la baguette !

Davy laissa échapper un petit gémissement, puis nicha sa tête au creux de l'épaule de son père. Kevin sentait dans son cou le souffle de son fils, chaud et doux. Davy allait-il enfin céder au sommeil et les laisser tous deux profiter d'un repos bien mérité ?

A peine cette pensée l'eut-elle traversé que la sonnette retentit, réveillant Davy en sursaut. Ses pleurs reprirent de plus belle et Kevin se dirigea vers la porte en jurant dans sa barbe.

Quand il ouvrit, la vue des deux hommes en uniforme sur le perron, la mine sombre, le fit reculer d'effroi. Il connaissait la raison qui les amenait ici. Mon Dieu, oui, il la connaissait !

— Non.

Ce fut le seul mot qu'il réussit à articuler entre les sanglots de Davy et les battements affolés de son propre cœur.

— Monsieur, nous sommes au regret de vous annoncer une terrible nouvelle. Votre…

Kevin les interrompit.

— Non, répéta-t-il avec plus de force. Je dois…

Il promena son regard autour de lui, ne sachant trop quoi faire. Quelque chose, *n'importe quoi*, pour les empêcher d'annoncer ce que toute famille de soldat redoutait d'entendre.

— Mon fils, dit-il enfin. Laissez-moi le poser, s'il vous plaît.

Les deux militaires le considérèrent avec compassion.

— Bien sûr, monsieur.

Il porta Davy jusqu'à son lit, mais ne put se résoudre à le laisser. Il avait besoin de cette minuscule chaleur, de ce contact humain, pour se préparer à recevoir la nouvelle. Il avait besoin qu'on lui rappelle que, quoi qu'il advienne, il ne devait pas s'effondrer. Son fils avait besoin de lui. Jusqu'ici, Davy et lui avaient été inséparables.

Car même sans avoir encore entendu les mots, Kevin

savait : Georgia était morte. Quand et comment, cela n'avait guère d'importance, seule comptait cette terrible vérité avec sa signification ultime : sa femme, son épouse, la mère de son petit Davy ne reviendrait pas. Leur brève vie de famille venait de s'achever, à peine commencée.

1

Treize mois plus tard

Kevin jeta un œil par la fenêtre de sa chambre d'enfant. Le jardin qui descendait vers la baie de Chesapeake était décoré avec des ballons. Sur une table s'entassaient des cadeaux juste à côté d'un gâteau orné de camions miniatures — les jouets préférés de Davy. Tous les O'Brien s'étaient rassemblés pour fêter le deuxième anniversaire de son fils, mais Kevin pouvait à peine trouver l'énergie de sortir de son lit. En dépit de sa résolution d'être fort pour Davy, il était devenu une véritable épave depuis la mort de Georgia, incapable qu'il était de prendre du recul ou de faire le moindre choix concernant sa propre vie.

Il avait quand même pris trois décisions. Il avait démissionné de son boulot d'ambulancier, vendu sa maison en ville, pleine de souvenirs de son trop bref mariage, et il avait déménagé pour se rapprocher de sa famille. Ici, au moins, il connaissait des tas de gens qui sauraient aimer son fils et veiller sur lui le temps qu'il parvienne à envisager la suite. Car il lui faudrait vraiment y réfléchir… un de ces jours.

Quelqu'un tambourina à la porte de sa chambre — son frère cadet, à en juger par le boucan qu'il faisait.

— Descends vite ! rugit Connor. La fête va commencer.

Si cela n'avait tenu qu'à lui, Kevin aurait regagné son lit en douce et se serait plaqué l'oreiller sur la tête afin de s'isoler des rires qui lui parvenaient du dehors. Il n'en ferait rien, pourtant. D'abord, parce que même si sa vie n'avait plus aucun sens, son fils restait pour lui la personne la plus importante au monde et il était hors de question de le décevoir. Ensuite, parce que Gram ou son propre père allaient monter le voir, et que l'un comme l'autre sauraient lui faire éprouver suffisamment de honte pour qu'il se conduise correctement aujourd'hui.

— J'arrive, lança-t-il à Connor.

Il se doucha en un temps record, enfila un jean et un T-shirt, et glissa ses pieds dans une vieille paire de baskets avant de descendre. Seule sa plus jeune sœur, Jess, était dans la cuisine. Elle le passa en revue, secoua la tête et déclara :

— Tu as l'air d'une loque.

— Je me suis douché, protesta Kevin. Ce sont des vêtements propres.

— Et ton rasoir, tu l'as égaré ? Ton peigne aussi, peut-être ?

— Mais pour qui tu te prends ? grommela-t-il. La grande prêtresse de la mode ?

— Je te dis simplement ce que je pense, frérot. Tout le monde s'est mis sur son trente et un pour l'occasion. Deux ans, ce n'est pas rien !

— Tu crois vraiment que Davy va se soucier de ma barbe ? l'interrogea-t-il en passant la main sur sa mâchoire râpeuse.

Il s'était rasé la veille — à moins que ça ne soit deux jours plus tôt ? Impossible de s'en souvenir. La plupart des jours s'écoulaient dans un brouillard total.

— Non, aujourd'hui Davy s'en fiche, mais sur les photos tu auras l'air d'une épave. Tu veux que ton fils garde ce souvenir-là de toi toute sa vie ? L'année dernière, pour son premier anniversaire, c'était normal que tu aies l'air ravagé. Il y avait à peine quelques semaines que Georgia…

— Ne prononce pas son nom, coupa-t-il d'un ton cinglant.

— Il faut bien que quelqu'un le fasse, objecta sa sœur sans se démonter en le regardant droit dans les yeux. Tu l'aimais, Kev. J'en suis persuadée. Tu souffres et tu es en colère parce qu'elle n'est plus là, mais tu ne peux pas faire comme si elle n'avait jamais existé. C'était la mère de ton petit garçon. Qu'est-ce que tu comptes faire : le laisser grandir sans jamais lui parler d'elle ? Et ses grands-parents ? Tu t'attends à ce qu'ils ne prononcent jamais le nom de leur fille ?

— *Moi*, je ne peux pas parler d'elle. Pas encore.

C'était irrationnel, il le savait. Mais c'était la seule façon qu'il avait trouvée de supporter l'insupportable : s'il n'évoquait jamais Georgia, sa mort n'aurait pas de réalité. Elle serait toujours là, à l'autre bout de la terre, en train de sauver des vies. Un jour, elle passerait le seuil de la porte et réintégrerait sa vie.

— Quand, alors ? s'enquit Jess, le regard implacable.

S'il n'avait pas été aussi contrarié, il aurait admiré la persévérance de sa sœur. Pour une femme qui se lassait si vite par ailleurs, Jess ne comptait manifestement pas lâcher le sujet. C'était bien sa veine !

— Qu'est-ce que tu veux que je te dise ? répliqua-t-il sèchement. Un jour ? Un mois ? J'ignore quand je serai prêt, bon sang !

En prononçant ces mots, il sentit dans ses yeux le picotement annonciateur des larmes. Ce signe de faiblesse lui répugnait presque autant que toute cette conversation.

— Laisse-moi tranquille, d'accord ?

Mais, bien sûr, c'était trop demander à Jess.

— Assieds-toi, lui ordonna-t-elle, refusant de lâcher prise.

Kevin n'aimait pas que Jess inverse les rôles. En matière de conseils, sa petite sœur avait toujours fait appel à lui. Mais, à présent, c'était elle qui envisageait clairement de lui dispenser les siens… Tout comme Georgia, elle ne mâchait pas ses mots, qu'on ait envie de l'écouter ou non. Manifestement, on s'acheminait vers ce dernier cas de figure. Trop las pour rester debout, Kevin s'assit. Sa sœur avait tout de même eu la bonne idée de poser sur la table une tasse de café, en accompagnement du sermon qu'elle s'apprêtait à lui infliger.

Jess tira une chaise et s'assit de façon à effleurer ses genoux. Sa main vint couvrir la sienne. Ce geste de compassion faillit le faire craquer.

— Ecoute-moi, Kev. Tu dois sortir de cette maison.

Il se sentit attaqué.

— Pourquoi ? Gram t'a fait une remarque ? C'est trop dur pour elle d'avoir Davy dans les jambes ? Elle veut que nous partions d'ici ?

Jess leva les yeux au ciel.

— Mais qu'est-ce que tu racontes ? rétorqua-t-elle avec impatience. C'est chez toi, ici. Je ne te demande pas de partir. Je disais que tu avais besoin de refaire ta vie.

Son regard, rivé au sien, était empli de compassion.

— Je sais que tu vas trouver ces paroles cruelles, mais il faut bien que quelqu'un te les dise. Georgia est morte. Pas toi. Et Davy a besoin de son père, de son vrai père, pas d'un type qui erre toute la journée comme une âme en peine, la tête dans le brouillard.

Kevin la regarda, sourcils froncés.

— Je ne bois pas, si c'est ce que tu insinues.

— Personne n'a jamais dit ça. Ecoute, je t'en parle maintenant, avant que les autres aient l'occasion de se liguer contre toi. Tu dois bien le sentir venir. Ça te pend au nez. Dans la famille, on a le chic pour dire ce qu'on pense. Je n'en reviens pas qu'on ait tous réussi à tenir notre langue aussi longtemps.

Kevin sourit malgré son amertume.

— Sur ce point-là, tu n'as pas tort.

— Consentiras-tu au moins à réfléchir à ce que je t'ai dit ? Promets-le-moi et je ferai tampon entre toi et les autres, de manière à les tenir à distance encore un peu. Abby, la mère poule, ronge son frein. A mon avis, elle ne va pas tarder à te présenter ses théories personnelles sur ta situation. Elle se fait un sang d'encre et ne supporte pas de voir que tu n'es toujours pas sorti de tes idées noires.

Prêt à tout pour ne pas se retrouver cerné par toute cette bienveillante sollicitude, en particulier celle de sa sœur aînée, Kevin acquiesça d'un signe de tête.

— Encore une chose, dit-il.

— Oui ?

— Je n'ai pas la moindre idée de ce que je vais faire de ma vie.

— Tu es ambulancier, lui rappela Jess du tac au tac. Il y a des possibilités d'emploi en ville, ici même. Je me suis renseignée.

Il secoua la tête.

— Non. Je ne veux plus retourner là-dedans.

Dans son esprit, son ancien métier était indissociable de sa femme et des circonstances de sa mort : Georgia avait été appelée sur un marché de Bagdad juste après l'explosion d'une bombe qui avait tué et blessé une foule de civils innocents. Elle et son équipe étaient arrivées juste à temps pour l'explosion de la seconde bombe. Kevin savait que sa propre réaction — son refus de mettre à profit son expérience d'ambulancier — n'était pas rationnelle, mais ces derniers temps il ne fonctionnait guère avec sa raison…

— Tu en es bien sûr ? lui demanda Jess.

— A cent pour cent.

Le visage de sa sœur s'éclaira.

— Alors, j'ai une bien meilleure idée.

Il n'aimait pas du tout cette lueur dans son regard. Jess avait toujours eu le don de se fourrer dans les problèmes. Les idées lui venaient à toute vitesse et avec force. Mais, chez elle, c'était le suivi qui faisait défaut. En tout cas avant qu'elle n'ait ouvert l'Auberge d'Eagle Point. Cette activité semblait avoir monopolisé toute son attention. Après des débuts hasardeux, elle gérait l'endroit sans heurts et avec succès.

— C'est quoi, ton idée ? s'enquit-il d'un ton méfiant.

— Un bateau de pêche, répondit-elle à brûle-pourpoint.

Puis elle se lança dans les explications avant même qu'il n'ait pu émettre une objection.

— Tu pourrais louer un emplacement sur le port, à la marina de Harbor Lights. Allez, Kev, au moins réfléchis-y ! Enfant, tu passais la moitié de ta vie sur l'eau. Tu as toujours prétendu que ça te calmait, même si tu revenais sans une seule rascasse. Et, naturellement, comme tu te fichais pas mal d'en attraper, les poissons sautaient pratiquement dans ton bateau.

— Tu veux que je devienne marinier ? lui demanda-t-il, incrédule.

C'était une vie dure et exigeante, surtout si l'on songeait

à l'impact qu'avaient l'agriculture et les autres activités polluantes sur les eaux de la baie.

— Pas tout à fait. Je veux que tu emmènes des gens pêcher sur ton bateau.

Kevin lança à sa sœur un regard sarcastique.

— Le seul bateau actuellement en ma possession suffit à peine à contenir deux personnes dont moi, et, le plus souvent, je finis par rentrer à la rame parce que le moteur marche un coup sur deux.

— Voilà précisément pourquoi tu vas utiliser une partie de ton argent qui dort à la banque pour acheter un bateau plus gros et plus fiable. Papa a ouvert ces comptes afin que nous puissions acquérir une maison ou monter une affaire. Tu n'as pas touché au tien, je le sais, c'est donc là que se trouve ton capital de départ, Kev.

— Et tu crois que je peux en faire mon métier ? s'enquit-il, sceptique.

— Il ne s'agit pas de sauver des vies, souligna-t-elle d'un ton appuyé. Mais, à l'auberge, je reçois presque tous les jours des demandes de clients qui veulent aller pêcher. Personne ici ne propose de location de bateau de pêche. De temps en temps, j'arrive à convaincre George Jenkins d'emmener quelqu'un en mer, mais il a autant de conversation qu'une palourde.

Kevin songea aux longues journées paresseuses que Connor et lui passaient sur la baie, au temps de leur enfance. Celles-ci comptaient parmi les plus heureuses de sa vie. Comme l'avait fait remarquer Jess, il se fichait comme d'une guigne d'attraper le moindre poisson, mais il adorait la paix et le silence de l'eau. Bien sûr, avec un bateau plein d'inconnus à bord, il pourrait dire adieu à sa tranquillité… Toutefois, le projet prenait racine en lui.

Jess le dévisagea, pleine d'espoir.

— Tu y réfléchiras ?

Il y avait des centaines de détails pratiques à considérer, mais l'idée était tentante. Il lui faudrait prendre des cours pour obtenir son brevet de navigation, et cela le ferait sortir de la maison. Ce seul fait suffirait peut-être à ce qu'on le laisse tranquille…

Il hocha lentement la tête.

— Je vais y réfléchir.

— Bon ! Et maintenant, allons dehors. Ton fils va être pourri gâté, décréta Jess en l'obligeant à se lever. Tu devrais voir la montagne de cadeaux qu'il a. Une pile haute comme ça ! Davy n'a pas encore tout à fait compris que tout était pour lui, ça promet d'être amusant.

Cela faisait bien longtemps que Kevin ne s'était plus amusé, mais lorsqu'il vit son fils courir dans tous les sens sur ses petites jambes potelées, il ne put s'empêcher de se sentir le cœur un peu plus léger. Et quand le visage de Davy se fendit d'un large sourire en l'apercevant, Kevin éprouva le temps d'une fraction de seconde une authentique sensation de joie. Son fils avait le sourire de Georgia, lumineux et insouciant, comme elle.

Pour la première fois depuis la mort de sa femme, son chagrin s'estompa brièvement et l'espoir se ranima en lui.

Malgré la promesse faite à sa sœur, Kevin resta encore deux semaines cloîtré dans la maison, passant ses journées avec Davy et ses soirées réfugié dans sa chambre, loin des regards apitoyés de sa grand-mère et de l'impatience croissante de son père. Ce dernier avait de toute évidence pas mal de choses à lui dire, mais Mick se taisait, muselé vraisemblablement par un décret de Gram. Pas pour bien longtemps sans doute…

A sa grande surprise, ce fut Gram elle-même qui la première rompit le silence. Un soir, elle le rejoignit sous la véranda à l'heure du crépuscule, lui tendit un verre de thé glacé accompagné d'une assiette de ses cookies préférés — farine d'avoine et raisins secs — et déclara :

— Il faut qu'on parle.

— De quoi ? lui demanda Kevin, encore plus méfiant qu'il ne l'avait été quand Jess lui avait fait la même annonce.

Si sa sœur était douée pour aborder bille en tête les sujets les plus embarrassants, c'est qu'elle avait été à bonne école auprès d'un maître en la matière : leur grand-mère. Nell O'Brien les avait élevés après le divorce de leurs parents. Elle avait un cœur immense et une langue bien acérée.

— De ta façon d'errer nuit et jour dans la maison comme une âme en peine, répliqua-t-elle. Ce n'est pas bon pour toi et c'est certainement néfaste pour ton fils. Un enfant a besoin d'élargir son horizon, de voir d'autres gamins.

Kevin fronça les sourcils.

— Ses cousines passent tout leur temps ici.

— Caitlyn et Carrie ont presque huit ans maintenant, et même si elles adorent jouer avec Davy, ton fils a besoin de fréquenter d'autres enfants de son âge.

Elle lui lança un regard pénétrant.

— Il a besoin de rire, Kevin. Depuis quand n'es-tu pas redescendu sur terre pour jouer à la bagarre avec lui, à quand remonte votre dernier fou rire ?

— Il me semble que papa remplit parfaitement ce rôle.

De fait, Mick avait l'air de s'en acquitter avec joie.

— C'est son père qui devrait s'en charger, pas son

grand-père. Depuis quand n'as-tu pas emmené Davy déguster un cornet de glace en ville ?

— Tu l'as fait encore hier, lui rappela Kevin.

Gram lui jeta un regard impatient.

— Ce n'est pas ce que je te demande ! Je veux savoir quand *toi*, tu l'as emmené pour la dernière fois.

— Jamais, admit-il. Mais je ne vois pas en quoi c'est si épouvantable. Davy est l'objet de toutes les attentions, ici. C'est pour ça que je suis revenu à Chesapeake Shores.

— Autrement dit, nous devons l'élever à ta place ? l'interrogea sa grand-mère.

Sous la douceur du ton, sa question était lourde de sens.

— Non, bien sûr que non, rétorqua-t-il avant de regretter la sécheresse de sa réponse.

Il soupira.

— Peut-être.

— Kevin, nous savons tous que tu pleures Georgia et nous ferions n'importe quoi pour te venir en aide, mais tu dois recommencer à vivre. Tu dois procurer à Davy une vie plus normale. Comme je savais que Jess avait déjà abordé le sujet avec toi, j'ai attendu, mais tu ne montres aucun signe de changement. Je ne peux pas continuer à te voir gâcher ainsi la vie de ton fils et la tienne. C'est tout bonnement injuste. Tu es un jeune homme en pleine santé avec des dizaines d'années devant toi. Ne les gaspille pas si tu ne veux pas vivre avec des regrets.

Aussi pénible que ce soit à admettre, sa grand-mère avait raison. Simplement, il ne voyait pas trop comment faire pour changer cette situation, surtout pris dans le tourbillon de sentiments conflictuels qui assiégeait son cœur. Il était en colère contre une guerre qui lui avait pris la mère de son enfant et l'avait rendu père célibataire. Il était dévoré par le remords de ne pas avoir davantage insisté auprès de Georgia pour qu'elle reconsidère sa dernière mission en Irak, comme la quasi-totalité du clan O'Brien l'avait supplié de le faire. Et il pleurait la jeune femme passionnée qui ne connaîtrait jamais son fils, qui ne serait pas là pour son premier jour d'école, sa remise de diplôme à la fin du lycée, son mariage.

Il finit par lever la tête et affronta le regard de sa grand-mère.

— Gram, je ne sais vraiment pas quoi faire. Certains jours, le seul fait de sortir de mon lit est un exploit pour moi.

La vieille dame hocha la tête d'un air entendu.

— Je suis passée par là à la mort de ton grand-père. Je suis sûre que c'est aussi ce qu'a éprouvé Mick quand ta mère l'a laissé seul avec tous ses enfants à élever. Tu sais comment il a géré la situation.

— En quittant la maison à la moindre occasion pour son travail, répliqua Kevin avec amertume.

— Tu crois que rester terré ici constitue une attitude plus responsable ? s'enquit-elle.

Ces mots prononcés d'une voix douce lui firent l'effet d'une gifle.

— Mais je…

Avant qu'il ait pu protester que la situation était différente, sa grand-mère se pencha pour poser sa main sur la sienne.

— Lui non plus n'avait pas l'intention de vous faire du mal, Kevin, expliqua Gram. Mick s'en est tiré de la seule façon qu'il connaissait. Toi aussi. Mais l'un comme l'autre, vous valez mieux que ça. Pour Mick, il est un peu tard pour rattraper ses absences, malgré ses efforts. Je ne veux pas que tu attendes que Davy soit grand pour réparer tes erreurs vis-à-vis de lui.

— Par où dois-je commencer ? l'interrogea-t-il, sincèrement perplexe.

La perspective de se lancer dans la location de bateaux de pêche, bien qu'alléchante, dépassait ce qu'il était en mesure d'assumer. Une telle activité exigerait peut-être qu'il se montre courtois envers des inconnus et il ne s'en sentait pas capable. Pas encore. Il n'y avait qu'à voir avec quelle rapidité il perdait patience avec les personnes qu'il aimait vraiment.

Gram lui serra brièvement la main.

— Procède par étapes. Demain, je compte sur toi pour sortir prendre l'air. Pour une première fois, va en ville pendant que Davy fait sa sieste. Va déjeuner chez Sally. Arrête-toi à la boutique de fleurs de Bree. Va voir Jess à l'auberge et donne-lui un coup de main pendant une heure ou deux. N'importe quoi. Simplement, demain, fais quelque chose qui représente un pas en avant. Le jour d'après, tu en accompliras un autre.

Enoncé ainsi, sans exiger de lui une transformation du jour au lendemain ni un plongeon dans un tout nouveau métier comme l'avait suggéré Jess, un tel programme semblait possible. Raisonnable, même.

— Ça, je peux le faire, admit-il au bout d'un moment.

— Mais bien sûr que tu peux, affirma Gram d'un ton rassurant.

Il pensa à toutes les années pendant lesquelles sa grand-mère s'était retrouvée totalement seule avec son frère, ses sœurs et lui, tandis que sa mère refaisait sa vie à New York et que Mick arpentait le monde pour son travail.

— Gram, tu n'as jamais douté, après t'être installée ici pour aider papa à nous élever ?

Elle rit.

— Je n'avais pas le temps d'avoir des doutes, lessivée

comme je l'étais avec vous cinq. En plus, j'avais l'avantage d'avoir déjà élevé votre père et vos oncles. J'avais déjà une petite expérience...

— J'ai connu la guerre. J'ai travaillé comme ambulancier. Rien de tout ça n'est facile ni prévisible.

Il secoua la tête et poursuivit d'une voix lasse :

— Et, malgré ça, certains jours la pensée d'élever tout seul Davy me flanque une trouille bleue.

— Mais tu n'es pas tout seul, tu le sais, lui rappela sa grand-mère d'un ton léger. Personne ici ne va t'abandonner à ta tâche. Simplement, nous ne voulons pas que tu oublies d'être le genre de père que, j'en suis profondément convaincue, tu tiens à être.

— Comment fais-tu pour être aussi fine mouche ? la taquina-t-il, se sentant plus léger qu'il ne l'avait été depuis bien longtemps.

— Débrouille-toi pour faire de vieux os : tu n'imagines pas le nombre d'enseignements que tu auras glanés çà et là, répliqua-t-elle en se levant.

Elle se pencha pour déposer un baiser sur sa joue.

— Je t'aime, Kevin. N'oublie jamais ça.

— Comme si tu m'en laissais l'occasion, maugréa-t-il.

La vieille dame pouffa.

— En effet. Ne veille pas trop tard.

— Merci, Gram, pour les cookies et la discussion.

Elle lui fit un clin d'œil.

— L'un ne va pas sans l'autre.

C'était la vérité, songea Kevin, resté seul après le départ de sa grand-mère. Avec Gram, les conversations sérieuses avaient toujours été accompagnées de cookies à peine sortis du four — à la farine d'avoine et aux raisins secs pour lui, aux pépites de chocolat pour ses sœurs et au beurre de cacahuète pour Connor. Les biscuits aidaient à faire passer les conseils. Exactement comme ce soir.

« Un pas en avant, se remémora-t-il. C'est tout ce qu'elle attend de moi. »

Ce pas-là risquait fort de représenter le maximum de ses capacités, pensa-t-il avec ironie.

Cette machine à cappuccino était une énigme totale. Si elle avait eu de l'argent en trop, Shanna l'aurait fait voler à travers la pièce pour qu'elle aille se fracasser par terre. Mais le succès de son nouveau commerce dépendait de sa capacité à fournir des tasses de thé et de café aussi rapidement que des livres et des jeux. Et il fallait à tout prix que son affaire réussisse.

Elle avait investi jusqu'à son dernier sou dans *Jeux de Mots*. Elle espérait ainsi faire coïncider son amour de la lecture et des jeux de société — comme le Scrabble, le Cluedo, Séquence et le Monopoly — avec son besoin obsessionnel de fréquentes doses de caféine. Et son but était de transformer tout ça en une activité qui l'aiderait à recentrer sa vie.

Elle avait choisi Chesapeake Shores parce que c'était une bourgade de bord de mer et non une grande ville trépidante. Lors d'un précédent séjour, elle avait été attirée par la sérénité qui s'en dégageait et par la chaleur de ses habitants. Elle avait noté l'absence de commerce similaire à celui qu'elle désirait ouvrir. Qui n'aimait pas emporter un bon livre à la plage ? Ou avoir sous la main des jeux et des puzzles pour occuper les enfants ? Il lui faudrait sans doute s'intéresser aussi aux jeux électroniques de poche, mais leur technologie était trop onéreuse pour sa bourse et elle ne s'y connaissait pas. Comment pourrait-elle vendre quelque chose qu'elle était incapable d'expliquer à ses clients ? Bien sûr, la moitié des adolescents de la ville auraient probablement pu l'éclairer sur le fonctionnement de ces jeux…

Si l'idée de monter sa propre affaire avait de quoi l'effrayer, le projet n'en était pas moins excitant. Lorsqu'elle avait passé ses premières commandes, Shanna avait savouré chaque seconde de la transaction. A présent, elle disposait d'un stock important dont une grande partie dormait encore dans des cartons, ainsi que de nombreuses idées, notées sur des Post-it collés sur le réfrigérateur de l'arrière-boutique ou sur le vieux bureau qu'elle avait récupéré.

Ce qu'il lui fallait ensuite, plus que tout, c'était une dose de caféine. Hélas, cette stupide machine refusait de coopérer. Elle n'arrivait même pas à lire le mode d'emploi qui semblait avoir été rédigé dans toutes les langues imaginables à l'exception de la sienne. Le document comportait de fait quelques mots d'anglais identifiables mais qui, mis bout à bout, ne voulaient strictement rien dire.

La machine à cappuccino étant trop coûteuse pour être sacrifiée, Shanna balança à sa place le mug le plus laid de la création — cadeau de départ de sa meilleure amie — à travers la pièce. Naturellement, celui-ci ne se fracassa pas au sol, ce qu'elle aurait considéré comme une bénédiction. Au lieu de cela, il fut rattrapé au vol par un homme surpris qui venait de pousser la porte du magasin.

Elle allait se répandre en excuses, mais l'homme examinait l'affreux mug orange d'un œil fasciné. Lorsqu'il leva le regard sur elle, un pétillement faible mais net anima ses yeux d'un bleu profond. Il disparut très vite, mais, à la vue de cette brève lueur, le cœur de Shanna cessa de battre.

— Ce mug est tout à fait hideux, mais pensez-vous

vraiment que ce soit une raison pour abréger ses souffrances ? s'enquit-il d'un ton léger.

— En réalité, c'est la machine à café qui figurait sur ma liste de projectiles. Ce mug n'était qu'un substitut moins onéreux.

— Mode d'emploi nul et impérieuse envie de caféine, en déduisit l'inconnu. C'est une combinaison dangereuse. Sally's est à deux pas. Pourquoi ne vous offrirais-je pas un café avant que vous ne tentiez de casser autre chose ?

Gênée, Shanna secoua la tête.

— Je pense pouvoir me dominer le temps de comprendre le fonctionnement de cet engin.

L'homme hésita, l'air étrangement tiraillé de l'intérieur, puis entra carrément dans le magasin.

— Laissez-moi au moins jeter un coup d'œil à ce mode d'emploi, proposa-t-il. J'aurai peut-être plus de chance que vous. Au fait, je m'appelle Kevin O'Brien. Ma sœur possède le magasin de fleurs juste à côté. Savez-vous où elle est passée ? Il y a un panneau « Fermé » sur la porte.

Shanna haussa les épaules.

— Aucune idée. Je n'ai encore rencontré aucun commerçant de la rue. Je suis complètement absorbée par les préparatifs d'ouverture de mon magasin. Je m'appelle Shanna Carlyle.

— Je m'étonne que Bree ne soit pas encore venue vous harceler dans le but de glaner quelques infos sur vos projets. Elle se targue d'être au courant de tout ce qui se passe en ville.

— Tout est allé assez vite, expliqua Shanna. Il y avait une liste d'attente de gens à la recherche d'un local commercial dans Main Street. On m'a appelée pour me dire que la précédente occupante voulait emménager dans un endroit plus spacieux et que je pouvais reprendre son bail. C'était il y a quinze jours, et me voilà.

Elle bavardait d'un air dégagé mais quelque chose chez cet homme la rendait aussi nerveuse qu'une adolescente qui vient de rencontrer le nouveau play-boy du lycée.

— Vous avez accompli tout ça en quinze jours ? s'exclama Kevin, sans dissimuler sa stupéfaction alors qu'il observait la couche de peinture fraîche ainsi que les innombrables piles de cartons.

Shanna lui lança un regard ironique. L'endroit était dans une pagaille monstre. Pourtant, on aurait dit que quelque chose pouvait en émerger bientôt.

— J'avais bien préparé mon coup, je savais quel genre d'articles je voulais acheter et où me les procurer. Ensuite, il ne me restait plus qu'à établir ma réputation, qui est heureusement excellente, et à passer quelques coups de fil aux fournisseurs.

Elle haussa les épaules.

— Qui plus est, je ne pouvais pas me permettre d'attendre trop longtemps après avoir signé le bail. Il faut que l'argent rentre si je veux pouvoir payer le loyer du magasin et celui de l'appartement au-dessus.

Kevin examina la pièce et les cartons qui s'y entassaient.

— Quelle est votre date butoir pour l'ouverture ?

— La semaine prochaine.

Il eut l'air sceptique.

— Alors, vous avez besoin d'aide.

— C'est un luxe au-dessus de mes moyens.

De nouveau, elle nota chez lui une ombre d'hésitation, comme s'il se maudissait d'avance pour les mots qu'il allait prononcer.

— Eh bien, ça tombe bien : je n'ai pas besoin d'être payé, finit-il par lâcher, les mains fourrées dans ses poches et le visage dénué d'enthousiasme. J'ai un peu de temps à perdre en attendant Bree. Je me mettrais volontiers à l'œuvre.

Shanna garda le silence et se sentit nerveuse. Kevin O'Brien était assurément fascinant. Et sans doute assez inoffensif si sa sœur tenait la boutique de fleurs d'à côté. Elle avait d'ailleurs entendu citer le patronyme O'Brien partout en ville et savait qu'un dénommé Mick O'Brien était l'architecte qui avait conçu et bâti Chesapeake Shores. La femme qui l'avait reçue à la société de gestion immobilière s'appelait également O'Brien.

— Alors êtes-vous l'un des fameux O'Brien ? s'enquit-elle. J'ai lu quelques lignes sur Mick et j'ai rencontré Susie.

— Respectivement mon père et ma cousine.

C'était rassurant, mais les vieux réflexes lui firent conserver sa méfiance.

— J'apprécie votre offre d'assistance, mais il vaudrait sans doute mieux que je m'en charge moi-même. Je dois trouver l'emplacement de toutes ces choses au fur et à mesure. Et comme vous pouvez le voir, il n'y a pas encore de rayonnages. Ils n'arriveront pas avant demain.

Il ne sembla pas particulièrement dépité par son refus. En fait, il paraissait même soulagé.

— Bon, d'accord, pas de café chez Sally et pas de coup de main au magasin, conclut-il, l'air décontracté. Et cette machine à cappuccino ? Vous voulez que j'essaie de déchiffrer le mode d'emploi ?

Ne souhaitant pas paraître impolie, Shanna finit par acquiescer d'un hochement de tête.

— D'accord. Si vous arrivez à la faire marcher, votre premier achat vous sera offert.

— Vous ne devriez pas proposer de céder vos livres, la sermonna-t-il tout en étudiant le mode d'emploi.

Puis il tria les outils étalés par terre pour trouver celui qu'il voulait.

— Même si mon fils en serait ravi, reprit-il. Les imagiers font partie des choses qu'il préfère. Je suis sûr que nous serons des habitués de votre magasin.

Shanna sentit son cœur s'affoler bizarrement. De joie ou de déception, elle n'aurait su le dire. Certes, Kevin était un homme séduisant mais, plus que tout, elle adorait les enfants. Elle espérait que le magasin en attirerait beaucoup.

— Vous avez un fils ?

Il hocha la tête affirmativement.

— Davy. Il a deux ans.

— Eh bien, vous ou votre épouse devrez l'amener ici dès que j'aurai ouvert. J'ai en commande un énorme choix d'imagiers.

Durant quelques secondes, ce fut comme si Kevin avait été transformé en statue de sel, on aurait dit qu'il ne respirait même plus. Puis, lentement, il relâcha son souffle et se concentra sur la machine à cappuccino en fronçant les sourcils. Shanna comprit aussitôt qu'elle avait commis une gaffe, mais laquelle, mystère. Peut-être était-ce le fait d'avoir mentionné sa femme ? Peut-être étaient-ils divorcés, mais, en ce cas, n'aurait-elle pas eu la garde de leur enfant ? On aurait dit que le petit garçon vivait avec son père…

C'est alors qu'elle se souvint. Lors de son premier passage à Chesapeake Shores, un an plus tôt, alors qu'elle se remettait de l'échec de son mariage, elle avait séjourné à l'auberge. Celle-ci aussi était tenue par une O'Brien. Et l'endroit bruissait de la rumeur que le frère de la propriétaire venait de rentrer dans sa famille, accompagné de son fils, après avoir perdu son épouse en Irak. Cette nouvelle lui avait fendu le cœur, pas seulement à l'égard de l'homme qui avait perdu sa femme, mais en songeant à ce petit garçon qui grandirait sans sa mère.

Cet homme-là était Kevin — il ne pouvait en être autrement. Shanna se sentit minable, mais comment lui présenter ses excuses, surtout compte tenu de la vive réaction qu'avait déclenchée son allusion involontaire. Peut-être valait-il mieux ne pas s'appesantir sur le sujet…

Alors qu'elle débattait intérieurement de la meilleure attitude à adopter, Kevin se releva.

— Où se trouve la prise la plus proche ?

Shanna lui indiqua d'un geste une table qu'elle avait installée de façon provisoire afin de pouvoir y poser la machine. Les gobelets en plastique, le café en grains haut de gamme ainsi que toutes les fournitures nécessaires étaient déjà rangés dessus.

En quelques minutes, Kevin fit du café et un riche arôme emplit le magasin.

— Le lait ? lui demanda-t-il.

— Dans le réfrigérateur, à l'arrière. Je vais le chercher.

Lorsqu'elle revint, il fit mousser le lait à la perfection et en couronna adroitement le gobelet de café odorant avant de le lui tendre.

— Et voilà ! lança-t-il avec un grand sourire. Vous êtes opérationnelle.

— Je vous en serai éternellement reconnaissante, s'exclama-t-elle avec sincérité. Ce café est délicieux.

Elle croisa son regard et, prise d'une subite impulsion, lui demanda :

— Qu'est-ce que vous faites la semaine prochaine ? Si vous acceptez de faire fonctionner cette machine, non seulement votre fils pourra choisir n'importe quel livre dans le magasin, mais vous serez rémunéré. Je ne peux pas encore me permettre d'embaucher quelqu'un, ne serait-ce qu'à temps partiel, en revanche je peux sans problème vous payer une journée, simplement pour servir du café à mes clients.

Le visage de l'homme se referma comme si cette proposition l'avait offensé.

— Si je suis dans le coin, je vous donnerai un coup de main, mais je ne veux pas de votre argent.

— Tout travail mérite salaire, protesta-t-elle, sans trop savoir pourquoi elle insistait tant pour en faire un accord financier.

D'après ce qu'elle avait pu comprendre, les O'Brien n'avaient pas exactement un besoin vital des quelques sous qu'elle pouvait se permettre de lui verser. Toutefois, rémunérer cet homme était pour elle une question d'amour-propre. Les accusations de cupidité proférées à son égard par son ancienne belle-famille étaient encore trop douloureusement présentes à son esprit. Elle ne voulait pas débuter sa nouvelle vie à Chesapeake Shores en se sentant redevable envers quiconque.

— Reportons cette discussion, le temps de voir si je suis dans les parages ce jour-là.

Shanna le dévisagea avec curiosité.

— Vous avez d'autres engagements ?

— Quelque chose dans ce genre, répliqua-t-il d'un air évasif. Je vous recontacterai. J'ai été ravi de faire votre connaissance, Shanna.

— Moi aussi, Kevin.

Mais tandis qu'il s'éloignait, elle eut l'étrange sensation de n'avoir rien appris de lui, hormis son nom et ce qu'elle en avait déduit, à savoir qu'il était l'homme qui avait perdu son épouse, à l'autre bout de la terre. La fascination qu'elle éprouvait pour lui constituait sans doute un signal d'alarme : elle devait se féliciter qu'il soit parti. Les âmes meurtries ne sont pas de bonnes affaires. Elle en avait fait l'amère expérience. Essayer d'en secourir une autre aurait été une erreur monumentale.

2

A 6 heures passées, Shanna déballait encore des cartons et classait des livres en fonction des différentes sections du magasin qu'elle avait esquissées sur un plan au sol. Elle projetait d'être prête au moment où les rayonnages seraient installés. Le fournisseur avait promis de les lui livrer le lendemain matin avant 9 heures.

Quand son portable sonna, elle s'en empara et répondit sans vérifier l'identité de l'appelant, ce qu'elle n'avait jamais fait depuis son divorce. Filtrer les appels de son ex-mari faisait désormais partie de son mode de vie. Par chance, son geste impulsif fut cette fois sans conséquence.

— Comment ça se passe à la librairie ? s'enquit Laurie.

Shanna sourit en reconnaissant la voix de sa meilleure amie.

— Je te le ferai savoir dès que j'aurai vendu mon premier livre.

— Bon, s'il est trop tôt pour répondre à ma question, dis-moi au moins comment tu vas. Toujours heureuse de t'être installée au beau milieu de nulle part ? Comment fais-tu pour tenir toute la journée en étant à des kilomètres du premier coffee shop de luxe ?

— J'ouvre le mien, annonça Shanna en se laissant glisser le long du mur jusqu'à s'asseoir par terre.

Pour la première fois de la matinée, elle se détendit. Parler à Laurie, qui l'avait soutenue tout au long de l'épreuve de son mariage et de son divorce, avait toujours sur elle un effet apaisant et lui remontait invariablement le moral.

— Et pour ton info, sache que je suis vraiment heureuse, ajouta-t-elle avec emphase. C'est la meilleure chose que j'ai faite pour moi depuis bien longtemps.

— Tu as déjà rencontré quelqu'un d'intéressant ?

Shanna se raidit en entendant ce refrain qu'on lui avait trop souvent seriné à l'oreille.

— C'est quoi cette obsession pour ma vie sociale ? rétorqua-t-elle aussitôt. Je ne suis seule que depuis un an et mon divorce a été plutôt mouvementé. Tu devrais le savoir mieux que quiconque. Je ne suis vraiment pas prête à me jeter dans les bras du premier venu.

— Tiens, tiens…, remarqua Laurie. Tu te tiens sur la défensive ? Signe que tu as croisé quelqu'un de séduisant. Raconte.

Shanna poussa un soupir ; l'image inopportune de Kevin O'Brien était déjà gravée dans son esprit.

— Il n'y a rien à raconter, insista-t-elle.

Une rencontre de dix, peut-être quinze minutes, ne méritait pas d'être mentionnée, n'en déplaise à Laurie qui était sans doute de l'avis contraire. Fiancée depuis peu, son amie estimait que le monde entier devait marcher par deux.

— Eh bien, c'est franchement dommage, déclara cette dernière. Je suppose qu'à la place je vais devoir t'écouter disserter à l'infini sur ton inventaire.

— Pour cette fois, je vais me retenir, promit Shanna. Parle-moi de Drew. Où en sont les préparatifs de votre mariage ?

Aux dernières nouvelles, l'événement devait se dérouler

dans l'opulence et dans l'excès, conformément au rêve de toutes les petites filles. Certes, encore quelques semaines plus tôt, le mariage devait avoir lieu sur une plage hawaïenne, au coucher du soleil. Pourtant, tout cela semblait évoluer à une allure folle qui convenait à Laurie mais aurait donné des frissons à Shanna.

— En réalité, c'est une des raisons de mon appel, lui confia Laurie. Tu ne m'as pas dit que l'auberge où tu avais séjourné l'année dernière était vraiment géniale et qu'elle organisait des banquets de mariage ?

— L'Auberge d'Eagle Point ? s'étonna Shanna. Ici, à Chesapeake Shores ?

— C'est ça, s'écria Laurie. Impossible de me souvenir du nom ! Que dirais-tu si nous organisions le mariage là-bas, quelque chose de modeste et d'intime ?

— J'en serais tout à fait ravie évidemment, de plus le cadre est spectaculaire. Mais je croyais que tu voulais quelque chose d'énorme, de tape-à-l'œil et d'extravagant.

— J'ai découvert combien coûtait l'énorme, le tape-à-l'œil et l'extravagant, avoua Laurie d'un ton penaud. Drew m'a dit que si nous dépensions autant pour le mariage, il nous faudrait attendre d'avoir quatre-vingt-dix ans pour pouvoir acheter une maison.

— Un bon point pour lui, approuva Shanna. En plus, ni le luxe ni l'argent ne sont un gage de bonheur. J'en suis la preuve vivante.

— Donc, est-ce que tu ne verrais pas d'inconvénient à ce que je fasse un saut là-bas, peut-être le week-end prochain, pour voir cette auberge et éventuellement discuter avec le propriétaire des tarifs et des dates disponibles ?

— Ça tombe le jour d'inauguration de mon magasin, lui rappela Shanna. Je n'aurai pas une seconde à moi.

— Comme ça, on fera d'une pierre deux coups, s'exclama gaiement Laurie. Je suis très contente de moi ;

c'est ce que j'appelle avoir le sens de l'organisation. Je pourrai te donner un coup de main le jour de l'ouverture du magasin. Je serai à ta disposition pour les détails de dernière minute : tu pourras m'envoyer chercher des glaçons ou me faire épousseter les étagères. Tu adores me donner des ordres, tu le sais bien. Tu seras aux anges.

— Tu es bien sûre de vouloir jeter un œil à l'auberge ? demanda Shanna. Ne serait-ce pas plutôt que tu meurs d'impatience de connaître ma nouvelle vie afin de pouvoir me décerner ton sceau d'approbation ? Je sais que tu n'étais pas ravie à l'idée que je saute le pas sans te consulter.

— Eh bien, admets que tu as pris ta décision pour ainsi dire du jour au lendemain. Ça ne te ressemble pas. Tu es tout sauf impulsive, Shanna. Alors je m'inquiète pour toi.

— J'ai réfléchi toute une année à ce projet, lui rappela Shanna. Ça n'avait rien d'impulsif. Tu n'as pas à t'en faire.

— Sans doute, concéda Laurie. Mais je serai plus rassurée quand j'aurai vu de mes propres yeux que cette nouvelle situation te convient. Donc, comment fait-on ? Est-ce que je peux venir t'aider à fêter ton inauguration ?

Le week-end en question, Shanna n'aurait pas le temps de respirer, mais comment résister à la proposition d'aide de Laurie et à l'envie de lui montrer Chesapeake Shores ? En réalité, elle désirait la bénédiction de son amie. Malgré un ou deux accès de frivolité concernant son mariage, Laurie avait la tête sur les épaules autant que n'importe qui.

— Absolument. Je veux que tu viennes. Ça ne serait pas pareil sans toi, affirma Shanna, même si l'image de Kevin O'Brien et sa promesse d'un coup de main s'il était dans les parages trottait toujours dans son esprit.

Elle ne pouvait sans doute pas compter sur sa présence

après ce qu'elle lui avait dit. Mais s'il venait quand même, Laurie ne mettrait pas plus de deux secondes à s'apercevoir de l'intérêt qu'elle lui portait. Et elle ferait tout son possible pour l'encourager dans cette voie. Pire même, car la subtilité n'était pas son fort. Eh bien, tant pis ! Il lui faudrait courir ce risque.

— Oui, viens Laurie, je t'en prie.

— Je meurs d'impatience ! s'écria Laurie avec enthousiasme.

A ce moment-là, la porte du magasin s'ouvrit au son du carillon laissé là par la précédente locataire. Une jolie femme passa la tête par l'embrasure ; ses yeux brillaient du bleu azur qui, visiblement, était l'apanage des O'Brien. De la main, Shanna lui fit signe d'entrer.

— Laurie, je dois raccrocher. Quelqu'un vient d'entrer. Organise-toi et tu me communiqueras le jour de ton arrivée, d'accord ?

— Pas de souci. Je t'adore, ma grande. A plus tard.

Shanna raccrocha et se tourna vers la femme qui déambulait d'un pas nonchalant dans tout le magasin en inspectant sans vergogne le moindre détail.

— Bonjour. Je peux vous aider ?

— Je suis Bree O'Brien, votre voisine, annonça-t-elle en se tournant vers Shanna. Bree Collins, en réalité.

La jeune femme secoua la tête d'un air contrit.

— Je n'arrive pas à m'habituer au fait que je suis mariée. Je crains de donner une espèce de complexe à Jake — c'est mon mari — en oubliant toujours d'employer son nom. Enfin, je voulais juste vous souhaiter la bienvenue dans Main Street.

Son sourire s'élargit.

— Et jeter un coup d'œil au magasin pour avoir quelque chose à raconter à tous les gens qui s'interrogent. L'ouverture d'un nouveau commerce, c'est un grand événement par ici. J'ai au bas mot cinq ou six clients de plus qui chaque jour poussent ma porte par simple curiosité.

D'instinct, Shanna fut sensible à la candeur de Bree.

— Eh bien, vous pouvez leur dire que ce sera un magasin de livres et de jeux avec un petit coin café, rien qui puisse faire de l'ombre à Sally. Ne manquez pas de le lui préciser. Je servirai juste du thé et du café, et peut-être quelques gâteaux si j'arrive à trouver une pâtisserie qui me les fournisse.

— Ça m'a l'air formidable ! Exactement ce dont nous avions besoin en ville, un endroit où feuilleter des bouquins et décompresser en buvant un bon café.

Son expression se fit songeuse.

— Vous savez, vous pourriez voir ça avec ma sœur Jess qui tient l'auberge. Elle emploie un merveilleux pâtissier dans son personnel. Vous pourriez peut-être trouver un arrangement. Souvenez-vous juste que Sally possède le privilège de la vente de croissants. Nous essayons chacun de ne pas empiéter sur les plates-bandes des autres.

— Pas de problème. J'ai compris, lui assura Shanna. Vous pouvez faire le tour du local si vous voulez, à condition que vous arriviez à avancer entre les piles de livres. Les rayonnages arrivent ce matin ; avec un peu de chance, cet endroit commencera alors à ressembler à mon projet.

Bree réussit à se frayer un passage droit vers les manuels de jardinage et de composition florale. Elle en ramassa quelques-uns, s'extasiant sur presque chacun d'eux avec des roucoulements d'enthousiasme.

— Ça vous dérange si je m'en mets une pile de côté ? lui demanda-t-elle. Il y en a trois qu'il me faut à tout prix.

— Mais je vous en prie. Je les rangerai en mentionnant votre nom dessus.

C'était peut-être le moment propice pour obtenir quelques réponses aux questions qu'elle se posait sur Kevin.

— A propos, votre frère Kevin est passé tout à l'heure. Il vous a trouvée ?

Bree eut l'air surpris.

— Kevin est venu ici ?

Shanna hocha la tête de manière affirmative.

— Il s'est montré courtois ? demanda sa sœur avec inquiétude.

— Bien sûr. Pourquoi ?

— Excusez-moi. Je n'aurais pas dû m'exprimer ainsi. Ça le fait passer pour quelqu'un de… Je ne sais pas, d'imprévisible ou autre. C'est juste qu'il traverse une période très difficile. Il est assez replié sur lui-même ces derniers temps.

— Pour quelle raison ? l'interrogea Shanna avant de se mordre la langue. Pardon, je suis indiscrète.

— Pas de problème. La plupart des gens d'ici sont au courant et font preuve d'une grande compréhension envers ses sautes d'humeur et son besoin d'intimité. Il a perdu sa femme il y a quelque temps, et on peut dire que ça l'a complètement déboussolé.

— Voilà qui explique tout, s'exclama Shanna. J'ai mentionné sa femme par hasard et il s'est refermé comme une huître. J'ai eu le sentiment que quelque chose d'affreux s'était passé.

— Elle est morte en Irak. Un de ces attentats à la bombe. Ce drame a presque anéanti mon frère. S'il n'y avait pas eu son petit garçon…

Bree haussa les épaules.

— J'ignore ce qui se serait passé si Kevin n'avait pas eu son fils. Comme Davy n'a que deux ans, il a encore besoin de beaucoup d'attention. Au moins, Kevin sait qu'il ne peut pas se permettre de sombrer totalement dans la déprime.

Son intuition confirmée, Shanna éprouva une nouvelle bouffée de compassion pour cet homme. Il y avait donc deux êtres ayant besoin d'être maternés, l'un était encore un bébé, l'autre un adulte qui avait vécu un enfer personnel. Tout à fait son rayon. Encore une fois, mieux valait se tenir à l'écart !

Mais lorsqu'elle repensa aux yeux tristes de Kevin et à la façon dont ses rares sourires avaient transformé son regard, elle sut au plus profond de son cœur qu'elle ne pourrait jamais lui résister, pas s'il lui en donnait la moindre occasion. Il était sans doute perdu et en manque d'affection. Quant à elle, elle éprouvait un vide intérieur qu'elle essayait de combler depuis des années. Cela l'avait conduite à aimer de tout son cœur, mais sans sagesse. Non, sans sagesse aucune.

Kevin était installé dans l'un des fauteuils du jardin, ses pieds nus posés sur un tabouret. Une bière à la main, il regardait Davy qui jouait avec ses camions. Par bonheur, c'était un enfant qui, même à deux ans, savait s'occuper seul, du moins sur de courtes périodes. Ils attendaient tous deux le crépuscule et l'arrivée des lucioles, phénomène qui fascinait immanquablement le petit garçon. Puis ils rentreraient, Davy prendrait un bain rapide, écouterait une histoire avant de se coucher et, enfin, Kevin aurait le reste de la nuit pour lui.

Comme l'écrit Charles Dickens à un tout autre sujet au début du *Conte des Deux Cités* : « C'était le meilleur des moments et c'était le pire des moments. » Ces quelques heures avant que le sommeil ne réclame son dû étaient trop souvent remplies de souvenirs, de bons souvenirs, certes, mais par là même d'autant plus douloureux.

— Hé, Davy, regarde ce que j'ai attrapé, cria Bree quelque part dans son dos.

Davy leva les yeux de ses camions, poussa un cri de joie aigu et fonça vers sa tante qui avait piégé deux lucioles dans un bocal au couvercle percé de trous. Sauf erreur de Kevin, c'était sans doute le même bocal à conserves que lui et ses frères et sœurs utilisaient dans leur enfance pour ramasser des lucioles lors de soirées identiques à celle-ci — moite et lourde d'une promesse d'orage. Sur la baie se formaient déjà des moutons, et la brise grandissante malmenait les feuilles d'immenses arbres vénérables.

La main de Davy serrée dans la sienne, Bree vint le rejoindre, se laissa choir sur l'herbe et posa le bocal au niveau des yeux de son neveu qui regarda les lucioles, le front plissé de concentration.

— J'aperçois des éclairs dans le lointain, commenta-t-elle, le regard tourné vers la baie. Des éclairs de chaleur, très probablement.

— Peut-être, lâcha Kevin.

— Il se pourrait bien qu'on ait de l'orage dans une heure ou deux, enchaîna-t-elle, tentant manifestement de faire la conversation. Je l'espère en tout cas. Une bonne pluie ne nous ferait pas de mal.

Kevin ne répondit pas et se contenta d'attendre la suite, méfiant. Depuis qu'elle était mariée, Bree passait rarement ici sans bonne raison. Elle avait mieux à faire de ses soirées que de s'asseoir avec lui pour parler du temps qu'il faisait. D'habitude, s'il gardait le silence, elle finissait par en venir au fait.

Ce soir, cependant, sa tactique ne semblait pas fonctionner. Bree restait assise à contempler les eaux de la baie, en apparence satisfaite. Mais Kevin n'était pas dupe. Tout comme lui, elle attendait le bon moment.

— Pourquoi n'es-tu pas chez toi auprès de Jake ? s'enquit-il au bout d'un moment, orientant sa sœur vers son sujet de prédilection — son mari tout neuf — dans l'espoir de désamorcer l'affaire qui l'amenait ici.

— Mme Finch l'a appelé en urgence pour ses lilas, expliqua-t-elle avec un sourire.

L'obsession de Mme Finch pour ses lilas était légendaire. Cette dame rendait Jake à moitié fou avec son insistance à surveiller la taille et le paillage qu'il effectuait chaque année sur ses arbustes, mais comme c'était l'une des meilleures clientes de son entreprise d'aménagement paysager, quand elle l'appelait, il y allait. Kevin sourit.

— Je préfère que ce soit lui que moi.

Bree éclata de rire.

— C'est vrai ! J'avais oublié que tu tondais sa pelouse quand tu étais adolescent.

— Je ne faisais que donner un coup de main à Jake pour qu'il finisse plus tôt et que nous allions draguer les filles, rectifia-t-il.

— Toi et mon mari, vous draguiez les filles ensemble ? le questionna-t-elle, les yeux plissés. Je ne m'en souviens pas.

— Oups ! fit Kevin en tentant d'insuffler une note de contrition à sa voix.

Il n'y parvint pas vraiment. Et tant pis s'il venait de jeter Jake en pâture aux fauves. Cela détournerait peut-être l'attention de Bree…

Mais, de toute évidence, celle-ci était largement capable de mener de front plusieurs à la fois, car elle se recentra aussitôt sur lui.

— J'ai fait la connaissance de Shanna, aujourd'hui. Elle m'a dit que tu me cherchais.

— C'était le cas.

— Pour une raison particulière ?

— J'ai dit que j'irais peut-être en ville et Gram a immédiatement prétendu avoir besoin de fleurs pour une composition.

La requête de Gram était un mensonge éhonté, et ils le savaient tous les deux.

— Mais tu n'es pas passé chercher des fleurs, objecta Bree, perplexe.

— Parce que son jardin est en pleine floraison, répliqua Kevin. Je sais reconnaître une grossière tentative de manipulation quand elle me crève les yeux. Elle voulait s'assurer que je respecterais la promesse que je lui ai faite de sortir de la maison, c'est tout. C'est son nouveau cheval de bataille.

Bree s'épanouit.

— Elle n'est pas aussi fine mouche qu'elle le croit.

— Elle ne l'a jamais été, affirma-t-il en attendant que sa sœur en vienne au fait.

— Il paraît que tu as traîné un moment à la librairie, dit-elle enfin d'un ton parfaitement dégagé.

Il haussa les épaules.

— Je t'attendais. Shanna avait des problèmes avec sa machine à cappuccino, alors je lui ai proposé de la lui installer. Elle ressemble à celle que j'avais chez moi. Pas de quoi fouetter un chat, en tout cas sûrement rien qui mérite que tu te précipites ici pour me bombarder de questions.

Sa sœur haussa un sourcil surpris.

— Elle ne m'a pas dit que tu lui avais donné un coup de main.

— Comme je viens de te le dire, il n'y a pas de quoi en faire un plat. Où veux-tu en venir au juste ?

— Nulle part, assura-t-elle en se laissant glisser de

nouveau dans un silence amical, juste le temps qu'il se berce d'une complaisance illusoire.

Mais elle revint à l'attaque.

— Qu'est-ce que tu penses d'elle ?

— De qui ? Shanna ?

Bree roula les yeux au ciel.

— De qui parlons-nous en ce moment ?

Kevin soutint son regard sans broncher.

— Il y a une seconde, on parlait de Gram.

— Oh, je t'en prie ! Je sais ce que tu penses de notre grand-mère. De Shanna bien sûr, idiot ! Elle est séduisante.

— Ça ne m'a pas frappé.

C'était un mensonge. Il avait remarqué que ses joues s'empourpraient facilement, que ses cheveux avaient tendance à boucler dans tous les sens et qu'elle lui arrivait à peine au menton. Mais il avait aussi perçu autre chose : des problèmes. Elle était vulnérable et en demande, et cela n'avait sûrement rien à voir avec son incapacité à faire fonctionner sa machine à cappuccino. C'était autre chose, quelque chose qu'il avait lu au fond de ses yeux. Il ne pouvait pas affronter quelqu'un en demande. Ces derniers temps, il avait du mal à affronter sa propre vie.

— Eh bien, moi je te dis qu'elle est séduisante, insista Bree. Et célibataire en plus. Du moins elle ne portait aucune espèce de bague et elle ne m'a pas parlé d'un mari.

— Parce que les gens te déballent leur vie à la seconde où tu fais leur connaissance ?

— Bien sûr que non. Je te fais part de ce que j'ai observé, c'est tout.

Kevin regarda sa sœur d'un œil menaçant.

— J'espère que tu n'envisages pas de te livrer de ton propre chef à une quelconque entremise ? lâcha-t-il d'un ton qui, espérait-il, étoufferait dans l'œuf toute velléité de ce genre.

— Dans la famille, on n'approuve pas l'ingérence dans les affaires d'autrui, affirma-t-elle pieusement.

— Ça ne vous empêche pas de vous en mêler, rétorqua-t-il avec aigreur. Et avant d'aller imaginer des choses, souviens-toi que je m'intéresse si peu aux femmes que je pourrais me faire moine.

— Ça serait un beau gâchis, si tu veux mon avis.

— Je ne te l'ai pas demandé, si ?

— Allez, Kevin, fit Bree d'une voix enjôleuse. Vis un peu ! Personne ne te force à épouser cette femme. Tu n'es même pas obligé de sortir avec. Prends un café avec elle, aide-la à agencer son magasin, quelque chose qui remette un peu de contact humain dans ta vie.

— Avec Jess, Abby, Gram, papa et toi sur le dos, je te garantis que j'ai ma dose de contact humain, maugréa-t-il.

— Nous, ça ne compte pas. Tu as besoin de communiquer avec le monde extérieur.

— Laisse tomber, Bree. Laisse-moi tranquille !

Il se leva et souleva Davy.

— C'est l'heure d'aller au bain, mon gars.

— Non ! Encore lucioles ! protesta l'enfant en agrippant son bocal à deux mains.

— Deux, ça suffit, déclara Kevin. C'est une belle prise. Dis merci à ta tante Bree et souhaite-lui bonne nuit.

Davy sourit consciencieusement à sa tante.

— Au 'voir, Bwee.

— Bonne nuit, mon poussin.

Elle sourit à son frère.

— Bonne nuit, casse-pied.

Il rit.

— Idem.

Elle marcha à sa hauteur le temps qu'il traverse la pelouse.

— Shanna m'a dit qu'on lui livrait ses rayonnages demain matin à la première heure, glissa-t-elle d'un ton dégagé.

— Et alors ?

Sa sœur se mit sur la pointe des pieds et lui déposa un bref baiser sur la joue.

— Je pensais que ça t'intéresserait.

Kevin ne releva pas. Et demain, s'il avait deux sous de bon sens, il trouverait un prétexte pour être n'importe où ailleurs que dans Main Street. D'une part il n'avait pas envie d'être happé par la vie de Shanna et, de l'autre, il ne voulait absolument pas encourager sa sœur dans les projets d'entremise qu'elle affichait ouvertement.

Mick ne supportait plus de voir son fils traîner à la maison. Cela faisait des mois qu'il lui fichait la paix. Evidemment, il lui fallait du temps pour se remettre de la mort de sa femme. Et peut-être autant pour se remettre de sa mission en zone de guerre, malgré les dénégations de Kevin qui prétendait avoir laissé tout cela derrière lui du jour où il avait été démobilisé. Mensonges, au vu des cauchemars qui agitaient ses nuits, même s'il ignorait que toute la maisonnée était au courant.

Mick avait écouté l'opinion des autres selon laquelle Kevin avait besoin de temps. Mais, d'après lui, le temps imparti était désormais écoulé. Un homme de trente ans avait besoin d'un but dans la vie, d'une raison de se lever le matin, d'autre chose qu'un garçonnet de deux ans avec ses exigences. Mick était résolu à faire en sorte que Kevin se mette en quête d'une nouvelle orientation pour sa vie.

Il trouva son fils sur la plage, en train de contempler la mer tandis qu'à côté de lui Davy construisait un château de sable tout de travers. Sa structure même offensait l'œil d'architecte de Mick, mais il chassa l'envie qui le démangeait de s'asseoir auprès de son petit-fils pour lui montrer comment bâtir quelque chose qui résisterait à l'assaut de la première vague. Il n'était pas descendu sur la plage pour donner à Davy des leçons d'architecture qui n'étaient pas encore de son âge.

— Grampa, s'écria Davy en levant vers lui un visage ravi. Joue avec moi, d'accord ?

— Peut-être tout à l'heure, fiston, répondit Mick.

Il se tourna vers Kevin.

— Tu as des projets pour aujourd'hui ?

Son fils secoua la tête en signe de dénégation.

— Bien. Alors, tu peux venir avec moi.

— Où ça ? demanda Kevin d'un air soupçonneux.

— Je m'occupe d'un des chantiers d'*Habitat for Humanity.* Un coup de main serait le bienvenu.

Kevin repoussa ses lunettes au bout de son nez et considéra son père d'un œil sceptique.

— C'est vrai ? Tu fais du bénévolat ?

— Oui, je fais du bénévolat, répéta Mick avec irritation. C'était une idée de ta grand-mère et elle a eu raison.

— Et ta boîte ?

— Elle roule toute seule à présent, affirma Mick.

Au début, cette constatation ne lui avait pas fait plaisir — il s'était toujours cru indispensable. Mais aujourd'hui, il reconnaissait les avantages à disposer de plus de loisirs. Il en passait une bonne partie à New York en compagnie de son ex-femme. Le reste du temps, il se consacrait à la construction de logements sociaux pour *Habitat for Humanity.* Les responsables avaient été enthousiasmés à l'idée d'avoir quelqu'un de sa compétence sur un chantier.

Grâce à son savoir-faire d'entrepreneur, il arrivait à jongler avec plusieurs sites tout en maintenant pour chacun d'eux une progression régulière des travaux. Il avait également des contacts aux quatre coins du Maryland dans tous les corps de métier et n'hésitait pas à forcer la main à certains artisans afin de leur soutirer quelques heures de main-d'œuvre gratuite pour des tâches qualifiées en menuiserie, électricité et plomberie.

— D'accord, admettons que je croie à ton nouveau rôle pétri de compassion et de générosité, railla Kevin. Dans quoi comptes-tu me caser exactement ? Tu m'as quasiment banni des chantiers sur lesquels tu travaillais. Comme tu aimais à le souligner, je suis totalement dépourvu de compétences pour le bâtiment. Je crois même t'avoir entendu dire une ou deux fois que je te faisais honte.

A sa grande contrariété, Mick devait admettre que, sur ce point, Kevin avait raison. Un jour, il avait dû se rendre à cette triste évidence : pas un de ses deux fils ne savait par quel bout manier un marteau et, pire encore, ils s'en fichaient royalement. Ils n'étaient même pas capables de peindre une pièce proprement.

Pourtant, Mick insista avec optimisme.

— Il n'est jamais trop tard pour apprendre ! Beaucoup de bénévoles n'ont aucune expérience.

— Mais ça ne serait pas gênant pour toi si le mur monté par le fils du grand architecte Mick O'Brien s'écroulait aussitôt ?

Mick gloussa malgré lui.

— Tu marques un point.

Il considéra son fils, les sourcils froncés d'inquiétude.

— Alors, que vas-tu faire de toi ?

— Aujourd'hui ? Je pensais traîner ici un bout de

temps avec Davy et ensuite peut-être aller faire quelques courses.

Mick parvint difficilement à contenir son irritation.

— Tu sais bien que ma question ne portait pas sur aujourd'hui. Quels sont tes projets à long terme, Kevin ?

— Aucune idée, répondit ce dernier d'un ton succinct et sans remords.

— Il y a des postes d'ambulancier à pourvoir, en ville.

— C'est ce qu'on m'a dit, admit Kevin. Ça ne m'intéresse pas.

— Mais qu'est-ce qui t'intéresse ? s'écria Mick avec impatience avant de se mordre la langue.

Il s'était promis de bâtir des ponts entre son fils et lui, pas de détruire leurs rares oasis de paix.

Entendant son grand-père hausser le ton, Davy leva la tête, le menton tremblant et les yeux remplis de larmes. Mick fut bouleversé par son regard. Il se pencha alors pour soulever son petit-fils.

— Et toi, mon gaillard ? Tu veux venir avec Grampa aujourd'hui ?

Kevin fronça les sourcils.

— Tu ne peux pas laisser un enfant de deux ans courir partout sur un chantier, objecta-t-il.

— Je n'y resterai qu'une heure ou deux, le temps de vérifier deux ou trois choses. J'ai ici un casque qui sera juste à sa taille. Je ne le perdrai pas de vue. Tu peux venir avec nous si tu te fais du souci pour lui.

— Bien essayé, papa, mais, contrairement à l'impression que j'ai pu te donner tout à l'heure, j'ai vraiment des choses à faire.

— Telles que ? insista Mick.

Cette simple question parut déstabiliser Kevin. De

toute évidence, il avait besoin de temps pour se forger une excuse.

— Je vais en ville, dit-il enfin.

— Pour y faire quoi ?

— Quelle importance ? L'objectif n'est-il pas de faire sortir de la maison ce pauvre dépressif de Kevin ?

Il se leva et s'éloigna à grandes enjambées.

Mick se leva aussi et le suivit du regard en soupirant.

— Papa fait au revoir, commenta tristement Davy.

Mick serra son petit-fils dans ses bras.

— Pas de problème, mon gars. On va faire au revoir nous aussi, et mon petit doigt me dit que nous allons bien plus nous amuser que lui.

Et, à vrai dire, cette certitude lui fendait le cœur.

3

En dépit de sa résolution de la veille, Kevin se retrouva dans Main Street, planté devant la librairie. Sa présence ici n'était due qu'au ressentiment qu'il éprouvait envers son père et il aurait très bien pu passer devant le magasin sans s'arrêter si sa sœur n'avait pas choisi cet instant précis pour sortir de Flowers on Main, la boutique qu'elle avait ouverte l'année précédente.

— Tiens, tiens, regardez qui est là, lança-t-elle gaiement. Tu es venu aider Shanna, finalement. C'est bien !

— Et si c'était toi que j'étais venu aider, marmonna-t-il, gêné d'avoir été surpris dans les parages après avoir affirmé avec tant d'insistance vouloir garder ses distances avec la nouvelle libraire de la ville.

Il observa anxieusement sa sœur pour voir si elle allait croire à sa prétendue offre de service.

Bree le fixa d'un œil interrogateur.

— Très bien, dit-elle enfin, comme si elle prenait la proposition de son frère au pied de la lettre. A quoi pensais-tu ?

— Je pourrais me charger des livraisons de fleurs, suggéra-t-il sur un coup de tête, saisissant la perche qu'elle lui tendait.

— En effet, commenta-t-elle aimablement, sauf que je paie déjà quelqu'un pour ça.

Elle semblait réprimer à grand-peine un sourire.

— Le local a peut-être besoin d'un coup de balai ? Je pourrais m'en charger.

Bree éclata de rire.

— Tu me fais pitié, grand frère. Va donner un coup de main à Shanna. Si quelqu'un a besoin d'aide aujourd'hui, c'est bien elle. Tu te sentiras mieux en jouant le Bon Samaritain auprès d'une nouvelle venue. Qui sait ? Tu y prendras même peut-être plaisir.

Sur ce point, Bree avait sans doute raison. Gram leur avait toujours enseigné que venir en aide à autrui était le meilleur moyen d'oublier ses propres problèmes. Il considéra sa sœur d'un regard méfiant et posa ses conditions :

— Seulement si tu n'en parles à personne. Je le fais si tu me promets de ne pas vendre la mèche à Jess, Abby et Gram, si tu n'en fais pas toute une histoire et si tu n'insinues pas dans toute la ville que je m'intéresse à Shanna.

— Tu n'as pas mentionné papa, remarqua-t-elle. Je peux lui en parler ?

— En fait, il est déjà plus ou moins au courant, avoua Kevin, penaud. Pour Shanna pas vraiment, mais il sait que je suis allé en ville aujourd'hui dans un certain but. Je m'en suis servi de prétexte pour ne pas l'accompagner sur un chantier.

Bree dévisagea son frère avec stupeur.

— Papa voulait t'emmener avec lui sur un chantier ? Sans blague !

Kevin rit face à la réaction de sa sœur.

— Eh oui, ça m'a fait un choc à moi aussi. Visiblement, il est prêt à tout pour me faire sortir de la maison.

Il se rembrunit.

— Bon alors, ça marche ? Si j'aide Shanna, tu le garderas pour toi ? Je n'ai vraiment pas besoin de ce genre d'embêtement en prime.

— Quel embêtement ? s'étonna Bree, son visage reflétant une totale innocence.

Kevin leva les yeux au ciel, excédé.

— Nous savons très bien tous les deux que s'ils étaient au courant, Abby et le reste de la famille rappliqueraient ici avant la fin de la journée pour mener leur petite enquête sur Shanna. Ils auraient vite fait de jeter aux orties toutes leurs prétendues résolutions de non-ingérence dans ma vie sentimentale. Et si Shanna passait le test avec succès, ils me parleraient d'elle toute la journée.

— Ça serait si terrible que ça ?

— Et toi, jusqu'où tolères-tu qu'on se mêle de tes affaires ?

Le sourire de sa sœur s'élargit.

— Un point pour toi. Bon, marché conclu. Je serai muette comme une tombe.

— Et tu ne vas pas venir à la porte toutes les deux secondes pour surveiller ce qui se passe dans le magasin ?

— Pourquoi ? Tu as peur que je te surprenne en plein baiser volé derrière les rayonnages ?

Kevin tourna les talons.

— C'est bon. J'y vais.

Bree le rattrapa avant qu'il ait fait dix pas vers son pick-up.

— Excuse-moi, dit-elle d'un ton sérieux mais ses yeux pétillaient encore d'une lueur de malice. C'est juste que je ne peux pas résister à l'envie de te taquiner. Tu es si mignon quand tu perds tes moyens !

— Non mais quel âge as-tu ?

Bree leva la main en geste d'apaisement.

— Je me tiendrai à carreau. Promis. Et maintenant, vas-y. C'est une bonne action, Kevin, pas un engagement à vie.

Il hésita, puis rebroussa chemin jusqu'à la librairie.

Enfin, il entra dans le magasin non sans avoir menacé sa sœur d'un dernier regard.

Il trouva Shanna assise par terre au beau milieu du local, un tournevis à la main et les joues ruisselantes de larmes. Elle était entourée de piles d'étagères en vrac.

— Oh, oh !..., fit Kevin, saisissant aussitôt le problème.

D'un geste impatient, Shanna essuya ses larmes et leva vers lui un visage chagriné.

— Je croyais qu'elles seraient déjà montées. Quand le livreur a déposé cet énorme tas de cartons et qu'il a tourné les talons, j'ai failli lui courir après avec un marteau. Je l'ai supplié de rester. Je lui ai proposé de l'argent. C'était pathétique. Je lui ai même proposé de le fournir gratuitement en livres toute sa vie s'il me les assemblait, mais il est parti en me faisant un signe de la main. Je pourrais appeler le fournisseur pour me plaindre, mais je n'ai pas le temps. Je dois monter tout ça.

Elle interrompit sa litanie et lui lança un regard plein de larmes.

— Est-ce que je vous ai dit que j'étais vraiment très heureuse de vous voir, surtout si vous avez une idée sur la façon d'assembler ces planches ?

Kevin aurait bien aimé être le héros qu'elle attendait, mais la vue de tous ces morceaux de bois, de ces sachets en plastique remplis de vis, de clous et autres éléments métalliques indéfinis, faillit lui arracher un chapelet d'injures. Si son père venait à apprendre la tournure qu'avait prise sa journée, il s'en tiendrait les côtes de rire.

Malgré tout, Shanna semblait si paniquée qu'il lui fallait faire quelque chose. De nouveau, il considéra tout ce matériel. Etait-ce si compliqué que ça à monter ?

— Il y a un mode d'emploi ? s'enquit-il enfin, résigné à s'essayer à l'assemblage d'étagères.

Elle lui tendit une feuille de papier sur laquelle figurait un schéma.

Il l'examina.

— Bon, ça ne m'a pas l'air bien sorcier, affirma-t-il en feignant la confiance.

Shanna fronça les sourcils, perplexe.

— Vraiment ? Vous y comprenez quelque chose ?

Il aurait pu lui mentir pour la rassurer, mais il choisit de hausser les épaules.

— Pas vraiment, mais nous sommes deux adultes doués d'intelligence. On peut sûrement y arriver. Sinon, j'ai encore un atout dans ma manche.

— Ah oui ?

— Mon père, expliqua-t-il d'un ton lapidaire.

Faire appel à Mick risquait de s'avérer humiliant pour son ego, mais il faudrait peut-être en passer par là, histoire de s'assurer que les rayonnages ne s'écrouleraient pas sur la tête de Shanna dès qu'elle y rangerait ses premiers livres…

— Ne serait-ce pas galvauder ses talents que de lui faire monter des rayonnages ? hasarda-t-elle. Il est architecte, c'est ça ? Un architecte très connu ?

— C'est vrai, mais il considérera ça comme un geste de bonté, affirma Kevin. Ces derniers temps, il semble ouvert à toutes sortes d'expériences inhabituelles.

Shanna détailla l'expression de son visage.

— Vous paraissez amer.

— Peut-être, un tout petit peu, reconnut-il. Mais c'est une autre histoire. Allez, vous lisez et vous me désignez les éléments. Moi, j'assemble.

— D'accord ! approuva-t-elle.

Une heure après, ils disposaient du cadre destiné à accueillir le premier lot d'étagères, et le fond était cloué à la structure. Le tout semblait même relativement solide.

Kevin redressa l'ensemble et lui donna une légère poussée, par acquit de conscience. La structure ne bougea pas d'un millimètre.

— Pas mal, murmura-t-il.

— C'est parfait ! renchérit Shanna.

Il rit devant l'enthousiasme de la jeune femme.

— Ne nous emballons pas. Où voulez-vous qu'on le mette ?

Quand il eut positionné le cadre à l'endroit souhaité, ils y installèrent les étagères amovibles.

— Impeccable, déclara-t-elle avant de croiser son regard. Plus que quinze à monter.

Kevin déglutit péniblement.

— Quinze ?

Elle hocha la tête avec une mine désolée.

— Vous n'êtes pas obligé de m'aider pour toutes. Je pense avoir compris la marche à suivre en vous regardant. Et celles destinées aux livres pour enfants sont plus petites. Je peux m'en charger, je crois.

Ce fut son « je crois » qui retint Kevin de s'en aller. Il se résigna à passer une très longue journée.

— Puisque je suis là, autant terminer, ou du moins en monter le maximum aujourd'hui.

Tant qu'ils se concentraient sur les étagères, ils n'avaient pas le temps pour une conversation plus intime, son regard ne pouvait s'attarder sur les douces courbes de Shanna ni sur ses jambes fuselées que révélait son short. A peine quelques secondes pour être traversé par un bref sentiment de trahison lorsqu'il sentit croître son intérêt pour cette femme qui n'était pas Georgia.

Cette pensée était si dérangeante qu'il se releva d'un coup.

— Cela dit, on devrait d'abord manger un morceau.

Je file chez Sally et je nous rapporte quelque chose. Vous avez une envie particulière ?

Shanna eut l'air surpris, mais elle se ressaisit très vite.

— Bien sûr. Un sandwich au thon et au pain complet, ça serait super. Et peut-être des chips.

Elle croisa son regard.

— Mais c'est moi qui invite. Je vais chercher mon porte-monnaie.

— Non, c'est pour moi, refusa Kevin.

Mais déjà Shanna avait tourné les talons et se dirigeait vers l'arrière-boutique.

Il la suivit des yeux. A cet instant, il réalisa qu'elle était aussi nerveuse que lui, peut-être même davantage. Si la regarder éveillait son intérêt masculin, ce signe de vulnérabilité l'intriguait tout en lui faisant peur. C'était une chose de venir donner un coup de main à une nouvelle venue. Mais c'en était une autre de se laisser aller à une certaine fascination pour elle. Bree jubilerait jusqu'à la fin des temps si jamais elle découvrait que son plan avait des chances de marcher.

Shanna avait discerné la panique dans les yeux de Kevin, tout à l'heure. Nul doute que cette même agitation se reflétait dans les siens. Passée cette première prise de conscience déconcertante, elle avait pris soin d'éviter son regard le reste de la journée et de se limiter à un bavardage impersonnel.

Evidemment, l'assemblage de rayonnages ne constituait pas un sujet de conversation bien palpitant, surtout qu'au bout d'un moment le processus avait pris des allures de routine. Un silence emprunté s'était installé entre eux.

Elle ignorait comment le rompre sans s'aventurer dans le champ de mines que semblait être la vie de Kevin.

Une chose la frappa soudain : si elle était incapable de bavarder avec un homme qui passait une grande partie de sa journée à l'aider à monter des rayonnages, cela augurait mal de ses capacités à engager la conversation avec ses futurs clients. Autre raison tout à fait différente de paniquer.

Au lieu de rester assise à faire semblant de l'aider alors qu'à l'évidence il n'avait plus besoin d'elle pour lui lire le mode d'emploi, il lui fallait se concentrer sur une autre tâche.

Elle se mit debout et déclara dans son dos :

— Si vous êtes d'accord, je vais commencer à ranger les livres sur les étagères pendant que vous terminez.

Il ne releva même pas la tête.

— Bonne idée. Je peux très bien assembler les derniers éléments tout seul.

Shanna décida de débuter par la section enfants, de façon à se tenir le plus loin possible de Kevin sans quitter le magasin. Comme le colis contenant les livres d'images était arrivé en milieu de matinée, elle commença par celui-ci. Son regard s'éclaira en examinant les illustrations colorées avant de placer les livres sur les étagères.

Elle s'extasiait sur chaque ouvrage quand une ombre apparut sur les pages du livre qu'elle tenait. Elle leva la tête et vit Kevin qui lui souriait.

— Ça va prendre du temps si vous vous arrêtez pour lire chaque livre, commenta-t-il.

— Mais je ne les lis pas, protesta-t-elle avant de pouffer. Bon, d'accord, je les parcours rapidement. Les dessinateurs qui ont réalisé ces illustrations sont extraordinaires.

— D'où toutes vos exclamations d'enthousiasme…,

déduisit-il. J'espérais que vous vous étiez réfugiée ici pour feuilleter de la littérature érotique.

Shanna s'empourpra violemment.

— Je ne la mettrais sûrement pas près de la section enfants !

— C'est bon à savoir.

Il la dévisagea avec un intérêt évident.

— Quel genre de livres comptez-vous proposer, en dehors des imagiers ?

— Je pense que les gens qui vont à la plage veulent de l'évasion, donc surtout des best-sellers, des polars, des thrillers, des romans d'amour ainsi que des livres pratiques sur la gastronomie, le jardinage ou la région, par exemple. Si mes clients se mettent à demander des ouvrages que je n'ai pas en stock, je les commanderai spécialement pour eux. A mon avis, la qualité du service au client jouera un rôle déterminant dans le succès du magasin.

Kevin s'accroupit à côté de Shanna et jeta un œil à quelques-uns des livres éparpillés autour d'elle.

— Davy va adorer venir ici, affirma-t-il.

Elle sauta sur l'occasion.

— Choisissez un livre à lui rapporter. Je vous dois bien ça après tout ce que vous avez fait pour moi aujourd'hui.

Il déclina son offre d'un ton catégorique.

— Pas question. Si je vous prends un livre, je le paie. C'est votre gagne-pain et vous débutez. Dans quelques mois ou un an, j'accepterai avec plaisir que vous me proposiez quelque chose gratuitement.

— Très bien, j'en prends note. Pour le premier anniversaire de la librairie, vous pourrez choisir n'importe quel livre dans le magasin.

Kevin hocha la tête.

— Ça marche. Bon, si on faisait une pause ? Je meurs encore de faim et ça fait des heures qu'on travaille. Je reviendrai tout achever demain matin. Entre-temps, pourquoi n'irions-nous pas chez Sally ou dans l'un des restaurants le long de Shore Road pour manger un morceau ?

Shanna jeta un œil à sa montre et s'aperçut avec consternation qu'il était plus de 7 heures.

— Je ne me doutais pas qu'il était si tard ! protesta-t-elle. Vous ne devriez pas rentrer pour votre fils ?

— J'ai appelé la maison : il s'est endormi comme une masse. Apparemment, il a passé une sacrée journée avec mon père.

— Il a vraiment de la chance d'être entouré d'une si grande famille, remarqua-t-elle, incapable de contenir une note de regret.

Elle ne pouvait s'empêcher de penser à un autre petit garçon dont la vie n'avait rien d'idyllique. Comme ses pensées ne la menaient qu'au désespoir, elle se leva et alla chercher son sac dans l'arrière-boutique.

— J'accepte de dîner avec vous mais à une condition, déclara-t-elle. C'est moi qui paie. Et ça n'est pas négociable.

— Dans ce cas, je devrais insister pour qu'on aille chez Brady. C'est l'endroit le plus cher de la ville, à côté de l'auberge.

Shanna s'illumina.

— Je n'avais pas pensé à l'auberge ! Allons-y. J'y ai séjourné l'année dernière et on y mange divinement.

— Ce n'est pas mon avis, déclara Kevin d'un ton sans appel.

— Si c'est le prix qui vous gêne, ne vous en faites pas. Et je trouve notre tenue tout à fait correcte. C'est assez décontracté, là-bas.

— Ce n'est ni le prix ni la tenue qui me gêne, lâcha-t-il. L'auberge appartient à ma plus jeune sœur.

— Oh, c'est vrai ! s'exclama-t-elle. Jess, c'est ça ? Je l'avais trouvée très sympa.

Shanna considéra l'expression de Kevin d'un air intrigué.

— Ça pose un problème ?

— Il est clair que vous n'avez pas de frères et sœurs, constata-t-il d'un ton lugubre.

— Non, mais…

Elle laissa sa phrase en suspens le temps que la lumière se fasse dans son esprit.

— Ils se mêlent de votre vie !

— C'est ça, ils se mêlent de ma vie, confirma-t-il. J'ai déjà fait promettre le silence à Bree au sujet du coup de main que je vous ai donné aujourd'hui. Si nous nous montrons à l'auberge, Jess va vouloir en déduire quelque chose et, en un rien de temps, Abby viendra y mettre son grain de sel. C'est la pire du lot. En tant qu'aînée, elle a tenu le rôle de mère poule de substitution quand nos parents ont divorcé. Et elle croit que ça lui donne un droit de regard sur tout ce qui a trait à notre vie.

Kevin poussa un soupir théâtral.

— Le seul qui restera à l'écart, c'est mon frère, Connor, mais seulement parce qu'il vit à Baltimore et qu'il ne sera pas mis au courant avant un jour ou deux. C'est sa première année dans un grand cabinet juridique : il n'a pas une minute à lui et encore moins pour la gazette familiale.

Même si elle comprenait le problème, Shanna trouvait tout cela assez merveilleux. En tant que fille unique ayant perdu ses parents quelques années plus tôt, elle avait toujours regretté de ne pas avoir de grande famille telle que celle que lui décrivait Kevin. C'était l'une des raisons, elle en était convaincue aujourd'hui, qui l'avait tant poussée à se marier avec Greg Hamilton. Cela n'avait rien à voir avec sa fortune ou la position éminente dont jouissait sa famille dans la société de Philadelphie. Greg élevait seul son fils dont il avait la garde exclusive et elle s'était retrouvée dotée d'une famille toute faite. Cela avait occulté tous les signaux d'alarme l'avertissant qu'elle commettait une terrible erreur.

— Il paraît qu'on mange très bien au bistrot français du coin. Ça vous dit à la place ? proposa Kevin. S'il vous plaît. Ayez pitié de moi et laissez ma famille en dehors de nos vies.

— Bien sûr, répondit-elle non sans une certaine déception. C'est logique. C'est tout près ; comme ça, je pourrai revenir au magasin pour régler quelques bricoles avant d'aller me coucher.

Kevin parut si sincèrement soulagé qu'elle fut contente d'avoir accepté.

A sa grande surprise, elle s'entendit ajouter :

— A une condition.

— Laquelle ? s'enquit-il avec méfiance.

— Que vous m'en disiez plus long sur votre famille.

— Pourquoi ? demanda-t-il, manifestement sidéré par cette requête.

— Je suis fille unique et je souffre de ce que j'appelle le syndrome de *La Petite Maison dans la Prairie*. J'idéalise les familles nombreuses. Je m'imagine toujours de merveilleuses réunions pour les vacances, des frères et sœurs se harcelant mutuellement mais, quoi qu'il arrive, toujours là l'un pour l'autre. Ça se passe comme ça dans votre famille ?

— En effet, confirma-t-il avant de lui jeter un regard penaud, même si ça n'est pas toujours aussi merveilleux que vous semblez l'imaginer.

— Ça aussi, je voudrais que vous m'en parliez, renchérit-elle avec empressement, passant devant lui pour sortir et fermer le magasin.

— Vous allez mourir d'ennui, la prévint-il alors qu'ils descendaient tranquillement la rue pour bifurquer vers la route du bord de mer.

Le long du pâté de maisons s'alignaient plusieurs terrasses de café, toutes très animées. De l'autre côté de la route, des couples et des familles flânaient le long de la plage.

— Vous ne m'ennuierez pas, affirma-t-elle avec certitude.

Même si son récit s'avérait sans intérêt, Shanna était sûre de le trouver fascinant en raison des renseignements que lui fourniraient ces anecdotes sur la véritable personnalité de Kevin. Ou peut-être sur l'homme qu'il était avant que sa vie n'ait été bouleversée par la tragédie.

— Je n'aime pas ça, déclara Megan O'Brien à Mick. Je n'aime pas ça du tout.

Au cours de l'une de leurs conversations téléphoniques désormais nocturnes, Mick l'avait informée de l'actuelle absence de motivation de Kevin. Lors de ses séjours à Chesapeake Shores, Megan avait pu se rendre compte par elle-même du total désarroi de son fils mais, à l'instar de tous les autres, elle lui trouvait des excuses. Néanmoins, il était clair que cette situation durait depuis trop longtemps. Chacun fait son deuil à son rythme, mais tôt ou tard il arrive un moment où la vie reprend ses droits, surtout quand il y a un enfant dans l'histoire.

— Tu as essayé de communiquer avec lui ? demanda-t-elle à Mick.

— Bien sûr que oui ! J'ai essayé de l'emmener avec moi ce matin, ne serait-ce que pour lui donner quelque chose à faire. Il a refusé tout net et il est parti, furibond. Je ne l'ai pas revu depuis.

— Oh, Mick, tu ne penses tout de même pas qu'il boive ?

— Non, absolument pas, répondit Mick sans hésiter. Depuis qu'il est revenu s'installer chez nous, je ne l'ai jamais vu boire plus d'une bière ou deux le soir, et, étant donné qu'il ne met pratiquement pas le nez hors de la maison, je pense que je m'en serais aperçu si c'était le cas.

— Eh bien, il faut faire quelque chose. Il ne peut pas continuer comme ça, décréta-t-elle.

— Ça semble être l'avis unanime ici, mais personne n'est arrivé à échafauder un plan d'action.

— Je vais venir, annonça Megan. Je serai là vendredi.

— Je me réjouis évidemment de la moindre occasion te voir, mais que crois-tu pouvoir accomplir de plus que nous autres ? objecta Mike

— Je suis sa mère. Je dois bien pouvoir trouver un moyen de lui parler, même si ma présence ne réussit généralement qu'à le mettre en colère. Ça serait au moins la manifestation d'une émotion quelconque.

— Tu es sûre, Meggie ? insista Mick avec inquiétude. Il n'a pas été très réceptif à tes dernières visites.

— Parce que je marchais sur des œufs, comme tout le monde, pour essayer de le ménager. Il m'en veut à mort. Nous le savons tous. Je suis partie de la maison, il s'est rangé de ton côté, et, en bon O'Brien, il a la rancune tenace. Mais il est temps de tourner la page. Que ça lui plaise ou non, je suis *sa mère* et je te garantis qu'il va m'écouter.

Mick émit un petit rire.

— Ta détermination m'impressionne et je suis d'accord avec toi, il devrait tirer un trait sur le passé. Mais le moment est peut-être mal choisi pour communiquer avec lui, la prévint-il. Il a déjà son lot de problèmes.

— Depuis quand te soucies-tu du timing ?

Mick gloussa de nouveau.

— C'est la première fois, concéda-t-il. Simplement, je ne veux pas qu'il te blesse.

— Je peux assumer, affirma-t-elle. Je mérite tous les reproches qu'il peut me lancer à la tête. Et peut-être qu'en laissant libre cours à son ressentiment il pourra évacuer toutes ses émotions refoulées concernant Georgia. Où est-il en ce moment ?

— Je n'en ai pas la moindre idée, avoua Mick. Comme je te l'ai dit, il a pris la mouche et Ma dit ne pas l'avoir revu depuis.

— Et Davy ? s'enquit Megan d'un ton incrédule. Il n'est quand même pas parti en laissant Nell s'occuper seule de son fils ?

En prononçant ces mots, Meg prit conscience du côté ironique de sa question : elle-même n'avait pas agi différemment des années plus tôt, elle avait laissé la mère de Mick élever ses propres enfants. Au départ, ce n'était pas son intention, mais, dans les faits, ça s'était passé ainsi, quand son projet de les faire venir à New York était tombé à l'eau pour tout un tas de raisons qui, avec le recul, se résumaient à autant d'excuses bancales.

— Non, Kevin est très responsable en ce qui concerne Davy. Il savait qu'il était avec moi. Il a appelé tout à l'heure pour prendre de ses nouvelles, mais quand Ma lui a dit que Davy dormait déjà, il a répondu qu'il rentrerait dans une heure ou deux.

— Il est peut-être chez une des filles, suggéra Meg. Ou avec Jake. Ils s'entendaient bien, avant.

— Peut-être, répondit Mick, la voix teintée de scepticisme. Cela dit, il n'est pas d'humeur à fréquenter ses semblables. Jake est passé plus d'une fois à la maison, il lui a suggéré de sortir pour une soirée entre hommes, mais Kevin a refusé. Moi, je pense qu'il est allé s'isoler quelque part pour ressasser ses idées noires.

— Pendant des heures ? s'enquit Megan avec étonnement et de plus en plus inquiète. Kevin a toujours été un enfant sociable, il n'avait rien d'un solitaire. Ça ne me plaît pas du tout, Mick. Je me fais du souci.

— Tu crois que je devrais aller à sa recherche ? Je pourrais aller faire un tour en ville.

— Il sera furieux s'il pense que tu le surveilles, objecta Megan. D'un autre côté, je serais plus tranquille si je savais au moins qu'il n'a pas de gros ennuis.

— Alors, j'y vais tout de suite, décida-t-il sur-le-champ.

Megan fut surprise par sa réaction spontanée. A une époque, Mick aurait refusé de s'investir dans des situations affectives compliquées. Il ne pensait qu'à sa carrière. Sa famille arrivait loin derrière. C'était la raison pour laquelle elle avait fini par le quitter.

Mais, depuis, l'eau avait coulé sous les ponts. Ces derniers temps, Mick avait prouvé à maintes reprises que ses priorités avaient changé et qu'il plaçait désormais sa famille au premier rang de celles-ci. Il rappelait de plus en plus à Megan l'homme aimant qu'elle avait épousé. Le fait qu'il soit redevenu aussi attentionné qu'il l'était envers elle à l'époque où il la courtisait lui était d'un grand réconfort.

— Tu me rappelleras quand tu l'auras trouvé ? l'implora-t-elle. Peu importe l'heure.

— Sans faute, promit-il.

— Entre-temps, je m'occuperai de réserver un vol pour ce week-end. Même si une fois de plus Kevin me rejette, au moins saura-t-il que je me soucie suffisamment de son sort pour être là.

— Tant que tu ne t'attends pas à ce que ça se passe sans heurts…, répondit Mick.

— Personne n'a jamais prétendu que la voie de la réconciliation était de tout repos, lui rappela-t-elle. J'ai encore beaucoup de chemin à faire pour retrouver chacun de nos enfants.

— Moi aussi, concéda Mick.

— L'essentiel, c'est d'essayer. Et maintenant, pars à la recherche de notre fils, Mick. Assure-toi qu'il n'est pas en danger.

— Ce n'est plus un petit garçon, objecta-t-il.

— Je me fiche de l'âge qu'il a. Quand il souffre, c'est toujours mon petit garçon, répliqua Megan d'un ton farouche. Et je ferai toujours tout pour qu'il aille mieux.

Cette fois pourtant, la solution était peut-être au-delà de ses compétences…

4

Shanna fronça les sourcils en voyant la Mustang décapotable repasser pour la quatrième fois sur Shore Road. Son conducteur d'âge mûr avait beau feindre sans conviction l'indifférence, il était clair qu'il les observait, Kevin et elle, à chacun de ses passages. Et c'étaient bien eux l'objet de son attention puisqu'ils étaient les deux dernières personnes encore assises à la terrasse du bistrot. Cela faisait un petit moment qu'ils s'attardaient autour d'un café. Kevin, assis dos à la route, n'avait pas remarqué l'étrange manège de l'homme. Quand Shanna aperçut de nouveau la voiture, elle prit la main de Kevin.

— Tournez-vous, chuchota-t-elle. Quelqu'un nous surveille. J'ai d'abord cru que je me faisais des idées, mais il est revenu. Ça doit être la cinquième fois qu'il fait le tour du pâté de maisons et qu'il ralentit en passant devant nous.

Kevin la dévisagea sans comprendre.

— Quoi ? Qui ?

Il se tourna sur son siège. Un seul coup d'œil à la voiture qui approchait lui fit pousser un gémissement.

— C'est mon père.

— Votre père ?

Shanna regarda encore et nota l'air de ressemblance entre eux : même mâchoire carrée, même masse de cheveux noirs, sauf que celle du conducteur grisonnait et que Kevin préférait une coupe courte qui domestiquait ses boucles naturelles. Si elle avait pu voir les yeux du conducteur à cette distance, ils auraient sûrement été du même bleu vif que ceux de Kevin. Elle se retourna vers lui, le visage perplexe.

— A votre avis, pourquoi diable continue-t-il à faire le tour du pâté de maisons ?

— Je n'en suis pas sûr, mais si je devais hasarder une réponse, je dirais qu'il m'espionne.

Shanna le regarda fixement, puis jeta un coup d'œil à la voiture et remarqua qu'en effet le véhicule roulait au pas. Le conducteur les salua d'une main désinvolte avant de tourner brusquement à gauche pour s'engager sur une place de stationnement payante, de l'autre côté de la route.

— Peut-être vous cherche-t-il à cause d'un problème chez vous ? suggéra-t-elle.

Kevin fit non de la tête et désigna son téléphone posé sur la table.

— Ma grand-mère et lui savent tous deux comment me joindre.

— En tout cas, il se dirige incontestablement vers nous : c'est donc vous qu'il cherche, de toute évidence.

— C'est d'autant plus regrettable, lâcha Kevin d'une voix sinistre.

Il se leva et alla vers son père avant que ce dernier n'arrive à leur table.

— Papa.

Shanna observa Mick O'Brien gratifier son fils d'une joviale tape dans le dos comme si leur rencontre était le fruit d'un pur hasard.

— Je ne m'attendais pas à te trouver ici, fiston.

Mick coula un regard en direction de Shanna.

— Et en galante compagnie, qui plus est…

Kevin leva ostensiblement les yeux au ciel.

— Papa, je te présente Shanna Carlyle. Elle va ouvrir une librairie à côté de la boutique de Bree. Je l'ai aidée à agencer son magasin tout à l'heure.

— Tu as bien fait, approuva Mick qui tira à lui la chaise d'une table voisine pour s'installer à côté d'eux. Je crois que je vais me joindre à vous pour une tasse de café, si vous n'y voyez pas d'inconvénient.

Puis, pris d'un remord flagrant, il ajouta :

— A moins que je n'interrompe quelque chose…

Kevin se rassit, le visage résigné.

— Tu n'interromps rien du tout.

— Bon, alors tout va bien.

Il les contempla avec un sourire épanoui, dégoulinant de bienveillance, comme s'il leur accordait sa bénédiction.

Shanna se retint à grand-peine pour ne pas pouffer devant l'empressement non déguisé de Mick O'Brien à découvrir la nature de leur relation. Si Kevin n'avait pas semblé si malheureux d'avoir été découvert en sa compagnie, elle aurait sûrement éclaté de rire. On n'avait plus surveillé aussi ouvertement ses fréquentations depuis le lycée, et à l'époque c'était son propre père qui s'en chargeait.

— Monsieur O'Brien, je suis vraiment ravie de faire votre connaissance, lança-t-elle alors que Kevin gardait le silence. J'ai eu le coup de foudre pour cette petite ville quand je l'ai visitée, l'année dernière. Je suis si excitée d'être enfin parvenue à obtenir un local commercial pour y ouvrir mon magasin !

— Vous êtes tout à fait le genre de personne jeune et dynamique dont a besoin cette ville, déclara Mick. Grâce à vous, Main Street gardera son attrait, tout comme c'était prévu à l'origine.

Il marqua une pause le temps de commander un déca

à la jeune serveuse guillerette qui s'attardait autour d'eux après avoir passé la soirée à couver Kevin d'un regard fasciné. Quand elle se fut éloignée, Mick demanda à Shanna :

— Comment vous êtes-vous rencontrés ?

— Papa !

Mick tiqua devant la réaction de son fils.

— Quoi ? C'est une question logique.

Lorsque la serveuse revint avec son café, il la gratifia d'un clin d'œil.

— Merci, Mary.

Puis il reporta son attention sur Shanna.

— Donc, comment vous êtes-vous rencontrés ?

— Hier, votre fils était à la recherche de Bree et il est entré dans mon magasin. Il est revenu aujourd'hui et a vu que je croulais sous un tas de rayonnages en vrac. Il m'a proposé de m'aider à tout assembler.

A sa grande surprise, elle vit une ombre de consternation traverser le visage de Mick.

— C'est Kevin qui a assemblé vos rayonnages ? s'enquit-il d'une voix inquiète.

— En effet.

— Et ils sont toujours debout ?

Shanna fronça les sourcils.

— Mais oui, bien sûr. Pourquoi en serait-il autrement ? s'étonna-t-elle, indignée pour Kevin.

— Papa n'est pas convaincu de mes compétences en matière de construction, intervint ce dernier.

— Tu m'as dit toi-même ce matin que tu n'en avais aucune, lui rappela Mick. Ce n'est pas nouveau.

— Eh bien, il a fait du très bon boulot avec mes étagères, insista Shanna. Vous pouvez vérifier par vous-même.

Mick capitula, visiblement peiné d'avoir calomnié son fils devant elle.

— Inutile. Ça me surprend un peu, c'est tout.

— Et à bien des égards, j'en suis certain, ajouta Kevin d'un ton sarcastique. Tout va bien à la maison, papa ? Davy n'est pas malade ?

— Non, non… J'ai juste eu envie d'aller faire un petit tour en voiture. Tu sais que de temps en temps j'aime bien sortir la Mustang par une belle nuit comme celle-ci.

— Ce qui t'a obligé à faire plusieurs fois le tour du pâté de maisons ?

Mick rougit à cette insinuation.

— Je pensais bien t'avoir reconnu, mais au début je n'en étais pas sûr. Et ensuite j'ai eu un peu de mal à trouver une place pour me garer.

Kevin tourna la tête à droite puis à gauche, observant d'un regard appuyé la rue qui abondait en places de parking.

— Vraiment ? J'en vois plein maintenant.

— Eh bien, elles n'étaient pas libres il y a dix minutes, rétorqua Mick en buvant la dernière gorgée de son café.

Puis il se leva.

— Ravi de vous avoir rencontrée, Shanna. Prévenez-moi si vous avez besoin d'aide pour les préparatifs d'ouverture. C'est avec joie que je vous donnerai un coup de main.

— Merci, mais je pense que tout est ordre à présent, répondit-elle.

— On se voit à la maison, Kevin, lança Mick avant de tourner les talons et de s'éloigner.

Kevin poussa un long soupir.

— Encore une minute et il m'aurait demandé de ne pas rentrer trop tard, grommela-t-il. Est-ce que j'ai l'air d'avoir seize ans ?

— Je l'ai trouvé charmant. Il était manifestement curieux de la nature de notre relation.

— Dont il va faire un compte rendu au monde entier, affirma Kevin, la mine sombre. Vous auriez dû fermer votre porte à clé quand vous m'avez vu arriver aujourd'hui. Vous vous seriez épargné un tas d'ennuis.

— Mais mes rayonnages ne seraient pas montés, lui rappela-t-elle. Ça vaut bien qu'on se mêle un peu de mes affaires.

— Nous en reparlerons dans un jour ou deux, promit-il d'un ton sinistre. D'ici là, vous aurez peut-être changé d'avis.

Shanna le dévisagea un moment, puis risqua une question qui l'avait tarabustée toute la journée.

— Comment se fait-il que vous ayez le temps de m'aider ? Vous disposez d'une grande flexibilité dans votre travail ?

Kevin eut de nouveau son froncement de sourcils caractéristique. Elle avait appris à reconnaître cette mimique qui l'avertissait immédiatement qu'elle s'aventurait sur un terrain glissant.

— J'ai pris un peu de recul.

Cette réponse en disait trop ou pas assez.

— Des vacances ? hasarda-t-elle. Ou bien vous êtes entre deux postes ?

Il se renfrogna davantage.

— Vous avez une raison particulière d'être aussi curieuse au sujet de mon parcours professionnel ? s'enquit-il avec irritation.

Shanna battit en retraite aussitôt. Incontestablement, elle avait touché un point sensible.

— Pardonnez-moi si j'ai été indiscrète. Ma curiosité prend parfois le dessus.

Kevin soupira.

— Non, c'est moi qui devrais m'excuser. C'est juste que je suis à fleur de peau à cause de ma famille qui n'arrête pas de me casser les pieds pour que je reprenne un travail. Ce n'est pas qu'ils me reprochent de vivre à leurs crochets. J'ai de l'argent et je paie ma part des dépenses pour la maison. Mais ils trouvent que je me laisse aller.

— Et c'est le cas ? l'interrogea-t-elle sans réfléchir. Pardon, voilà que je recommence.

Cette fois, Kevin ne s'en offusqua pas et haussa les épaules.

— Oui, c'est vrai. Je me laisse aller. J'étais ambulancier dans le civil avant de partir à l'étranger. Je faisais partie du personnel soignant de l'armée en Irak. C'est comme ça que j'ai rencontré…

Il inspira profondément.

Shanna garda le silence et patienta, sentant qu'il luttait pour trouver les mots qui lui permettraient d'aller au bout de son histoire.

— C'est comme ça qu'on s'est rencontrés, Georgia et moi, lâcha-t-il enfin, la voix rauque. A mon retour, j'ai trouvé du travail dans une unité de secours en Virginie tandis qu'elle stationnait à Fort Belvoir. Puis elle est repartie à l'étranger. Elle a été tuée six mois après le début de sa mission. J'ai démissionné et je suis rentré chez moi.

— Avec toute votre expérience, je suis sûre que…

Kevin l'interrompit.

— Plus jamais. Je ne veux plus jamais refaire ce genre de boulot. Je suis incapable de l'expliquer mais c'est comme ça.

— Qu'est-ce que vous allez faire, alors ?

Il lui lança un regard penaud.

— C'est la grande question.

Brusquement, il se leva.

— Ecoutez, il est tard. Je dois rentrer. Je vous raccompagne jusqu'à votre magasin.

Shanna accepta.

— Merci. Laissez-moi juste commander un café pour la route et payer l'addition.

Kevin ouvrit de grands yeux.

— Vous comptez travailler toute la nuit ?

Elle rit.

— Sans café je ne suis bonne à rien.

— Vous feriez peut-être mieux d'aller dormir. Je viendrai vous aider demain à la première heure. Tout sera rangé d'ici à la fin de la journée.

— Je ne peux pas vous demander de passer encore un jour à vous occuper de mes étagères et de mes cartons.

— Vous ne m'avez rien demandé. C'est moi qui me suis proposé. En plus, voyez ça comme un service que vous me rendez. Grâce à vous, j'éviterai l'avalanche de questions et de regards inquiets dont je serai la cible si je reste chez moi.

— Ce serait donc une bonne action de ma part ?

— Quelque chose comme ça.

— Dans ce cas, à demain.

— C'est vous qui ferez le café, comme preuve que vous maîtrisez votre espèce de machine, et moi j'apporterai des scones de Gram. Elle en fait toujours le vendredi matin.

— Ça, c'est une offre à laquelle je suis incapable de résister, avoua-t-elle en saisissant le gobelet de café à emporter que lui tendait Mary, la serveuse.

Celle-ci la remercia poliment tout en gardant les yeux rivés sur Kevin.

— Bonne nuit, Kevin, fit-elle dans un souffle. Revenez vite.

— Bonne nuit, répondit-il d'un air absent, sans remarquer l'intérêt évident que Mary lui portait.

— Je crois que vous avez une admiratrice, lui confia Shanna tandis qu'ils s'éloignaient tous les deux.

Kevin la dévisagea d'un air vide.

— Qui ?

Il jeta un œil par-dessus son épaule, dans la direction que lui indiquait Shanna.

— Mary ? C'est une gamine.

— Pas vraiment, objecta Shanna, néanmoins vaguement soulagée de voir qu'il ne partageait pas l'intérêt de celle-ci.

Quelques minutes plus tard, devant la librairie, Kevin déclara :

— Je vais attendre que vous soyez entrée et que vous ayez verrouillé la porte. Je persiste à penser qu'il vaudrait mieux que je vous raccompagne à votre appartement. Je n'aime pas vous savoir toute seule ici, tard la nuit.

— Premièrement, il n'est pas si tard que ça, à peine 10 heures. Ensuite, Chesapeake Shores est une ville très sûre. C'est ce qu'affirment toutes les brochures.

— Si nous faisions face à une vague de criminalité, vous croyez vraiment que la chambre de commerce irait le crier sur les toits ?

Cette remarque déclencha l'hilarité de Shanna.

— Sans doute pas, mais quand j'ai posé la question, tout le monde m'a assuré que c'était vrai, y compris le chef de la police locale.

— Vous lui avez parlé ?

— Bien sûr. Je voulais savoir s'il me fallait installer un système d'alarme.

— Pas bête.

— Ce n'est pas parce que je panique pour assembler quelques étagères que je ne fais pas ce qu'il faut, rétorqua-t-elle, froissée par le soupçon de condescendance qu'elle avait cru déceler dans sa voix.

— Hé, je n'insinue pas que vous vous êtes lancée

à l'aveuglette dans cette affaire. Je louais juste votre prévoyance.

Shanna se reprit.

— Désolée. Le scepticisme de ma meilleure amie m'a rendue un peu chatouilleuse à ce sujet.

— Elle pense que ce magasin est une erreur ?

— Elle pense que c'est de la folie. Mais, la semaine prochaine, elle vient tout inspecter par elle-même. Et je compte bien lui prouver qu'elle se trompe.

— Bravo !

Il tint la porte de façon à la laisser entrer et lui conseilla :

— Fermez à clé.

Elle le foudroya du regard et il recula en agitant les mains en signe de reddition.

— C'était juste une suggestion, s'excusa-t-il.

— C'est ce que je vais faire en premier, affirma-t-elle en fermant la porte.

Puis elle tourna la clé d'un geste théâtral.

Il agita une dernière fois la main avant de redescendre la rue vers son pick-up. Shanna le suivit du regard, étonnée par le sentiment de déception qui l'envahissait chaque fois qu'il s'en allait. Elle éprouva un éclair de compassion pour la pauvre Mary là-bas, au café. Mais que lui arrivait-il ? Que s'était-elle imaginé ? Qu'il entrerait dans le magasin, la soulèverait et l'étoufferait d'une pluie de baisers passionnés ? Bien sûr que non. Mais un petit baiser d'amitié sur la joue, ç'a aurait été agréable, songea-t-elle avec mélancolie.

Pourtant, à peine cette idée l'eut-elle traversée qu'elle se remémora que Kevin O'Brien était potentiellement dangereux pour quelqu'un comme elle. Il avait beaucoup souffert. Et elle aussi. C'était une combinaison fatale, à n'en pas douter !

Mais, en vérité, c'était de plus en plus difficile pour elle de ne pas penser à lui. Et c'est bien ce qui l'effrayait.

A son immense regret, Kevin trouva son père attablé dans la cuisine quand il y pénétra le lendemain matin. Dans l'air flottait encore l'odeur des scones tout chauds que venait de confectionner sa grand-mère. Sur le plan de travail trônait une boîte hermétique, remplie des petits gâteaux traditionnels.

— Tu es bien matinal, commenta Kevin en se versant une tasse de café. Tu retournes au chantier d'*Habitat* ce matin ?

— Oh ! non. Mais ce n'est pas facile de changer ses habitudes quand on s'est toujours levé aux aurores. Je me disais que je pourrais passer à l'auberge, tout à l'heure. Jess a quelques projets à mettre en œuvre.

Kevin haussa un sourcil.

— Et elle te laisse t'en charger ?

— En fait, c'est elle qui a fait appel à moi, lui apprit Mick, visiblement ravi. Ensuite, en fonction du temps que ça m'aura pris, je passerai peut-être voir Bree, en ville.

— Vraiment ? fit Kevin sans chercher à dissimuler son scepticisme. Elle aussi t'a parlé de petits boulots à faire ?

Mick se renfrogna.

— Un père ne peut-il donc pas rendre visite à sa fille ?

— Bien sûr que si, si c'est tout ce que tu comptes faire. Tu es sûr de ne pas vouloir plutôt inspecter la nouvelle librairie, histoire de voir si je suis encore dans les parages aujourd'hui ?

Son père le fixa d'un regard innocent.

— Pourquoi pas, si je suis dans le coin.

— Tu es vraiment transparent, lança Kevin d'un ton accusateur. Il n'y a rien entre Shanna et moi.

— Je n'ai jamais dit le contraire, mais j'aimerais bien jeter un œil à ces rayonnages que vous avez montés. Je considère ça comme un devoir civique.

Kevin ne put s'empêcher de pouffer.

— Je pense qu'ils tiendront le coup, mais c'est vrai qu'un second avis ne serait pas de trop.

Mick lui jeta un regard circonspect.

— Je t'ai dit que ta mère arrivait ce soir ?

A cette nouvelle, Kevin se figea.

— Pourquoi ?

— Elle et moi avons des projets, si tu veux savoir, annonça Mick sans grande conviction.

— Tu l'as appelée à cause de moi, pas vrai ? devina Kevin d'un ton sans appel. Pourquoi as-tu fait ça, papa ? Tu ne crois pas que j'ai assez de famille sur le dos comme ça ? Je n'ai pas besoin que maman vienne y mettre son grain de sel. Elle n'en a pas le droit d'ailleurs.

— Arrête de te laisser aller à ton imagination, rétorqua Mick. Ta mère et moi essayons de recoller les morceaux. Nous nous téléphonons chaque soir et j'essaie de la faire venir ici à la moindre occasion.

— Ainsi donc, elle n'a pas soudainement envie d'être la mère qu'elle a cessé d'être il y a plus de quinze ans ? s'enquit Kevin, sceptique.

Mick rougit de colère.

— Elle n'a jamais cessé d'être ta mère, déclara-t-il à son fils. Elle a cessé d'être ma femme. A l'époque, nous avons chacun pris des décisions désastreuses, et c'est vous, les enfants, qui en avez fait les frais. C'était ma faute autant que la sienne.

— Ce n'est pas toi qui as choisi de la tromper alors que

vous étiez encore mariés, lança Kevin énervé à l'instar de son père.

Le poing de Mick s'abattit sur la table.

— Bon sang ! Elle n'avait pas de liaison, Kevin. Tu le sais très bien.

— Peut-être pas, mais elle s'est affichée dans toute la ville en compagnie d'un autre homme pendant que tu étais absent pour ton travail. Comment pourrais-je la respecter après ça ?

— Donne-lui une seconde chance, comme tu l'as fait avec moi, riposta Mick. Tout le monde fait des erreurs, Kevin. Ta mère, moi, et même toi, je suppose. Après, tout ce qu'on peut espérer, c'est de pouvoir se racheter et d'être pardonné.

Kevin songea aux erreurs qu'il avait commises envers Georgia, non pas en la trahissant mais en la laissant repartir en Irak sans protester de façon plus énergique. Comment pourrait-il jamais se racheter pour cela ? Comment pourrait-il jamais être pardonné, maintenant qu'elle n'était plus là ? Hélas, il ne comprenait que trop bien le point de vue de son père, mais il n'était pas prêt à tirer un trait sur le passé ; ni sur ses propres erreurs ni sur celles de sa mère.

— Je verrai si je peux aller passer le week-end chez Bree et Jake, lâcha-t-il.

— Bree et Jake sont pour ainsi dire jeunes mariés, objecta Mick. Ils se passent fort bien de vous avoir dans les jambes, Davy et toi. Quant à Abby et Trace, ils ont déjà très peu de temps pour se retrouver, au cas où tu compterais sur eux comme solution alternative pour fuir la maison.

— Alors, je prendrai une chambre à l'auberge, déclara Kevin.

— Il est complet. C'est Jess elle-même qui me l'a dit hier soir.

Kevin se résigna à demeurer chez lui. De toute façon, fuir était lâche. Et puis pourquoi serait-ce à lui de s'en aller ? Cette maison était autant la sienne que celle de sa mère. Plus, même.

— Papa, tu crois sérieusement que maman et toi allez vous remettre ensemble ?

— J'y compte bien, affirma Mick sans hésitation. Elle a toujours été la femme de ma vie, Kevin. Toujours.

Il lui jeta un regard appuyé.

— Et j'ai toujours été le seul homme de sa vie, au cas où tu voudrais me donner ton avis là-dessus.

— Tu le crois vraiment, n'est-ce pas ? s'enquit Kevin, étonné qu'un homme aussi intelligent que son père puisse être aussi naïf.

— Je le *sais*, répliqua Mick. Et si tu prenais un peu de recul par rapport à ton chagrin d'avoir vu ta mère partir, si tu replaçais tous les événements dans leur contexte, tu le saurais toi aussi. Le fait qu'elle ait fréquenté cet autre homme ne signifie rien. C'était un cri de détresse, mais j'étais trop orgueilleux pour le comprendre. J'ai réagi exactement comme toi ; je l'ai jugée sans envisager une seule seconde que j'avais peut-être une part de responsabilité dans le fait qu'elle ait eu besoin d'un peu d'attention de la part d'un autre homme.

— Autrement dit, elle avait le droit de te tromper à partir du moment où elle se sentait négligée ?

Au moment où les mots s'échappaient de ses lèvres, il comprit que l'amertume qu'ils masquaient n'avait pas grand-chose à voir avec sa mère. Durant les semaines précédant sa mort, il s'était torturé en se demandant si Georgia lui était fidèle. Il savait comment ça se passait là-bas, il savait à quel point il était difficile d'affronter seul le danger. Il n'avait pas la plus petite preuve pour étayer ses soupçons, mais chaque fois que dans la conversation Georgia mentionnait le nom d'un autre militaire, sa jalousie s'intensifiait. Si ses pires craintes s'étaient vues confirmées, il n'aurait su dire comment il aurait réagi. Mais ce qui est sûr, c'est que ça ne se serait pas passé comme ça. La conduite de sa mère des années plus tôt lui avait endurci le cœur à l'égard de l'infidélité, quels qu'en soient les prétextes sous-jacents.

— Je n'arrive pas à croire que tu puisses tendre l'autre joue, papa.

— Ta mère ne m'a jamais trompé, répéta Mick avec emphase. Peut-être y a-t-elle pensé, peut-être même a-t-elle voulu me le faire croire, mais elle n'est jamais passée à l'acte. J'en suis absolument convaincu.

Il regarda Kevin droit dans les yeux.

— Et quand bien même elle aurait été infidèle, tout ça appartient au passé, maintenant. Nous avons tourné la page, nous cherchons à nous retrouver. C'est notre souhait à tous les deux et si tu n'arrives pas le comprendre, reste en dehors de tout ça.

— Donc, tu te fiches de ce que je — de ce que nous tous, d'ailleurs, pensons de cette réconciliation ?

— Nous ne nous en fichons pas, corrigea Mick. Mais ça ne sera pas un facteur déterminant. Vous êtes grands aujourd'hui, vous n'êtes plus des enfants. Votre opinion est importante pour nous, évidemment, mais vous êtes assez adultes pour comprendre que l'amour est ce qui compte le plus dans une vie et qu'en conséquence nous ne laisserons rien se mettre en travers de notre chemin.

— Tu as laissé ton travail interférer avec notre vie de famille, lui rappela Kevin.

— Et j'ai été un bel imbécile, rétorqua Mick du tac au tac. J'aimerais que tu en tires des leçons, ici et maintenant. Si tu as la chance d'aimer quelqu'un, fais-en ton unique priorité.

La tardive transformation de son père était dure à avaler pour Kevin, mais une preuve au moins en attestait.

— C'est pour ça que tu as levé le pied dans ton travail, que tu t'es tourné vers le bénévolat ?

— Oui.

Kevin tenta de se faire à ce revirement radical.

— Et tu n'as pas l'impression de sacrifier ton identité ?

— En tant qu'architecte, je dispose de plein de témoignages de mon identité à travers tout le pays, affirma Mick. La seule identité qui compte, c'est ma valeur en tant que père et époux. C'est la seule qui évolue encore.

Kevin plongea son regard dans les yeux de son père et y lut une sérénité qu'il ne se rappelait pas y avoir déjà vue. Mick était en paix avec les choix qu'il avait faits dernièrement. Kevin, lui, aurait tout donné pour connaître une once de paix. Il ne pensait pas pouvoir la trouver dans le travail, en dépit des efforts de sa famille qui le poussait dans cette direction. Quant à l'amour, qu'est-ce que cela lui avait rapporté, à part un cœur brisé ?

Au milieu de l'après-midi, Shanna n'y tint plus. Hormis s'enquérir des endroits où elle souhaitait installer les choses, Kevin ne lui avait pas dit deux mots de toute la matinée et à peine cinq ou six depuis midi. Ce silence commençait à lui taper sur les nerfs.

Elle versa deux cafés, fit mousser du lait dont elle couronna sa tasse, puis se dirigea vers l'endroit où Kevin triait les livres par catégories pour la section pratique.

— Il est temps de faire une pause, déclara-t-elle en lui tendant son café.

Kevin l'accepta avec une réticence manifeste et l'observa d'un œil méfiant.

— Qu'est-ce qui se passe ?

— C'est ce que j'aimerais savoir, répliqua-t-elle. Vous m'avez à peine dit trois mots de la journée. Quelque chose ne va pas ? C'est votre fils ?

— Davy joue chez ma sœur avec ses cousines. Abby a une nounou qui les surveille pendant l'été.

— OK. Alors, si vous n'êtes pas inquiet pour lui, qu'est-ce qui vous préoccupe ?

Il se rassit en se laissant aller dans le fauteuil rembourré qu'elle avait placé au milieu du local. Des sièges similaires étaient disposés un peu partout. La plupart provenaient de magasins d'occasion mais ils avaient été recouverts de housses toutes neuves aux couleurs vives. Kevin s'autorisa enfin à croiser le regard de Shanna.

— Pourquoi faudrait-il qu'il y ait un problème ? s'enquit-il d'un ton irrité. Ça ne vous arrive jamais de n'avoir pas grand-chose à dire ?

— Si, bien sûr, répliqua-t-elle du tac au tac. Quand j'ai un problème, en général.

Il grimaça.

— OK, vous m'avez eu. Ecoutez, ça ne doit pas vous inquiéter. Mon humeur n'a rien à voir avec vous.

— Vous êtes dans mon magasin, alors forcément ça m'affecte.

— Je peux m'en aller.

— Là, vous êtes ridicule, répondit-elle énervée. Je ne veux pas que vous partiez, je veux que vous me parliez.

— Shanna, j'apprécie que vous vous sentiez concernée, vraiment. Mais n'essayez pas d'arranger ce qui cloche chez moi. Croyez-moi, d'autres ont déjà essayé et s'y sont cassé le nez.

— Autrement dit, vous êtes un cas vraiment difficile, c'est ça ?

De nouveau, ses lèvres se pincèrent.

— Quelque chose comme ça.

— Vous savez, il se trouve que je sais écouter, lui confia-t-elle, sans trop savoir pourquoi elle tenait tant à connaître la véritable raison de sa mauvaise humeur. Je n'ai aucun conseil à vous donner, même si je risque de mettre ma volonté à rude épreuve.

Il rit, ce qui représentait une sorte d'éclaircie. Elle lui sourit en retour.

— Voilà qui est mieux.

— Peut-on considérer que vous avez rempli votre mission en ce qui me concerne ? demanda-t-il d'un ton plein d'espoir.

— Pour le moment. Le rire est la meilleure des thérapies, vous ne trouvez pas ?

Il lui coula un regard sombre, puis :

— Si seulement c'était aussi facile…, murmura-t-il en posant sa tasse de café.

Il se leva.

— Je vais finir de ranger ces livres.

Shanna le regarda se remettre à l'œuvre ; ce faisant, il l'excluait de façon délibérée.

— Vous devriez peut-être jeter un œil à ces ouvrages sur la pensée positive, lui lança-t-elle en retournant à la section dont elle s'occupait.

A sa grande joie, Kevin rit de nouveau.

Si elle arrivait à le faire rire, peut-être les choses seraient-elles plus simples ? Cela ne chasserait sans doute pas ses démons intérieurs, mais ce serait déjà un début.

A cette pensée, elle soupira. Voilà qu'elle recommençait ! Elle essayait de secourir une âme meurtrie. Elle songea à son ex-mari. Elle s'était battue de toutes ses forces pour le sauver de lui-même, convaincue qu'elle était de pouvoir tout arranger pour lui comme pour son fils. Mais, au bout du compte, c'est l'alcool qui avait gagné.

Il lui avait fallu très longtemps pour le comprendre, mais aujourd'hui elle savait : le combat n'était pas équitable.

5

Après tous les efforts physiques accomplis au magasin de Shanna, Kevin avait besoin d'un prétexte pour s'absenter de la maison ce week-end, histoire d'éviter sa mère. Malgré la volonté de son père de faire table rase du passé, Kevin n'avait pas envie de se réconcilier avec la femme qui les avait abandonnés. Cela le choquait encore de voir que ses sœurs s'amadouaient vis-à-vis de leur mère, Jess en particulier. C'était pourtant elle qui avait le plus souffert du départ de Megan.

Le vendredi soir, assuré qu'Abby hébergerait avec plaisir Davy pour la nuit, il avait appelé Jake et organisé une soirée entre hommes avec Will et Mack. Un des rares avantages de l'inquiétude qu'il suscitait chez tout le monde, c'est qu'ils avaient tous répondu présent à sa suggestion de dernière minute. Bree avait aussitôt donné sa bénédiction à Jake pour qu'il soit de la partie. A l'évidence, sa sœur considérait cette invitation comme le signe de son rétablissement tant attendu.

Qu'aurait-elle pensé si elle avait su qu'il n'avait presque pas desserré les dents de toute la soirée ? Jake et Mack avaient comblé les blancs de la conversation, tandis que Will lui adressait de nombreux regards interrogateurs. C'était le risque quand on avait un psy pour ami. D'ordinaire, Will frôlait les limites de l'indiscrétion — il adorait donner des conseils sur tout. Si Kevin avait été dans de meilleures dispositions, il aurait ri sous cape devant le nombre de fois où il avait surpris Will en train de se mordre littéralement la langue pour s'empêcher d'intervenir.

Vu qu'il avait mis la soirée entière à boire une unique bière et qu'il était rentré tôt, Kevin se leva peu après l'aube samedi matin et, une demi-heure plus tard, il partit chez Abby. Ainsi, au réveil de la maisonnée il ne serait plus là. Il n'avait pas formulé de projet pour le reste de la journée, mais il refusait catégoriquement de la passer ici, à attendre que sa mère fonde sur lui, armée de conseils ou de paroles de réconfort.

Par malheur, juste alors qu'il descendait de la véranda, il aperçut Megan traversant la pelouse, avec l'air de revenir d'une balade matinale sur la plage. Elle se risqua à un timide sourire.

— Tu es bien matinal, constata-t-elle d'une voix résolument optimiste. Tu vas quelque part ?

— Chez Abby. Je dois aller chercher Davy.

Il allait passer son chemin mais elle se campa face à lui et l'arrêta d'un regard pénétrant.

— Alors comme ça, tu espérais m'éviter une fois de plus, ce matin ? s'enquit-elle d'un ton léger.

Kevin rougit d'un air coupable.

— Et quand bien même ? riposta-t-il, sur la défensive.

— Je ne t'ai jamais pris pour un lâche, répliqua-t-elle avec une douceur trompeuse. Personne ici ne t'a élevé en ce sens, ni ton père, ni Nell, ni…

Il l'interrompit avant qu'elle puisse ajouter son propre nom à la liste.

— Au moins tu reconnais que c'est papa et Gram qui m'ont élevé.

Sa pique ne parut pas mortifier sa mère comme il

l'avait escompté. Au contraire, elle soutint sans broncher son regard.

— Bien sûr, Kevin, quoique, si nous voulons être francs et directs, j'ai quand même eu ma part dans ton éducation jusqu'à ton adolescence. Ce n'est qu'à ce moment-là que Nell m'a remplacée.

Il allait répliquer, mais, apparemment, Megan n'avait pas fini car elle le fit taire d'un regard appuyé avant d'enchaîner :

— Et même si je me doute que tu n'es pas d'accord, je n'ai jamais voulu qu'il en soit ainsi.

— Ah non ? Tu es donc simplement partie passer le week-end à New York et tu n'as pas retrouvé le chemin de la maison ? Tu as peut-être été frappée d'amnésie ?

Megan soupira et, d'un geste, lui désigna la plage.

— Allons marcher, Kevin. Autant régler nos comptes une bonne fois pour toutes. Ça fait des années que la guerre couve entre nous.

Elle avait raison. Oui, la guerre couvait entre eux depuis des années. Il avait accumulé tout un tas de choses à lui dire, mais, maintenant que l'occasion s'en présentait, il se retrouvait muet.

— Tu rentres à peine de promenade et moi, je dois aller chez Abby, objecta-t-il.

Mais au regard implacable de sa mère, il comprit qu'elle ne céderait pas.

Peut-être valait-il mieux tout régler avec elle, lui faire savoir qu'elle ne pouvait rien dire ni faire pour réparer le passé. En fait, une partie de lui-même l'admirait de ne pas baisser les bras. A sa place, il n'aurait peut-être pas eu sa force. L'histoire récente suggérait même assurément le contraire. Il était incapable d'affronter les vérités difficiles.

— A mon âge, je peux encore enchaîner deux balades

sur la plage, et, chez Abby, les enfants sont sans doute encore au lit, riposta-t-elle en le dévisageant d'un œil amusé. Tu as d'autres prétextes pour te défiler ?

— Non, aucun, concéda-t-il avant de se tourner vers la plage.

Il traversa la pelouse d'un pas décidé, puis descendit les marches sans ralentir. Si sa mère tenait tant à lui parler, qu'elle lui coure après !

A sa grande surprise, elle le rattrapa et se maintint à sa hauteur malgré ses centimètres en moins et ses années en plus. Lorsqu'il lui jeta un regard, elle lui sourit faiblement.

— A New York, on marche vite, expliqua-t-elle dans un haussement d'épaules. Vas-y, défoule-toi, je tiendrai le rythme.

Devant une telle démonstration de volonté et de défi, Kevin sentit le nœud dans sa poitrine se desserrer un tout petit peu. Il se souvint brusquement que sa mère s'enorgueillissait de pouvoir les suivre, Connor et lui. Compte tenu des fréquentes absences de Mick, c'était même elle qui, à l'occasion, organisait leurs expéditions en camping et qui les accompagnait en randonnée. Elle aurait pu ne pas paraître à sa place avec sa coupe impeccable et ses tenues chic, mais elle ne se plaignait jamais et marchait aussi vite qu'eux.

Refusant de s'attarder sur les bons souvenirs, il finit par lâcher la question qui le tourmentait depuis plus de quinze ans.

— Pourquoi as-tu fait ça, maman ? Je sais pourquoi tu as quitté papa, mais pourquoi nous ?

Il n'arrivait pas à contenir la souffrance que révélait cette simple question.

— Oh, Kevin ! Je n'ai jamais voulu vous abandonner,

s'écria-t-elle en esquissant le geste de lui caresser la joue.

Mais elle s'arrêta avant de le toucher. Son visage se teinta de tristesse.

— Pas même ton père.

Que diable racontait-elle ? Elle était partie. A quoi s'attendait-elle en agissant ainsi ? Tout à coup, il comprit.

— Tu croyais que papa allait te courir après ? l'interrogea-t-il d'un ton incrédule.

Elle fit aussitôt non de la tête, puis poussa un profond soupir.

— Bon, d'accord, peut-être que oui, au début. Mais je connaissais trop ton père pour savoir que ça ne marcherait pas.

Bizarrement, il fut soulagé qu'elle n'ait pas subi cette désillusion.

— Qu'espérais-tu, alors ?

— Que mes enfants me suivent à New York.

Elle prononça ces mots avec tant de regrets qu'il en resta saisi, surtout sachant que c'était un mensonge.

— Allons, railla-t-il. Tu n'as jamais voulu ça. Je t'ai entendue plus d'une fois dire à papa que, dans le contrat, il n'était nulle part stipulé que tu sois mère célibataire. Suis-je censé croire que c'est le divorce qui t'a fait changer d'avis ? Tu t'es brusquement attendrie à l'idée de nous élever seule ?

Megan parut encaisser le coup, puis secoua la tête, consternée.

— Je m'étonne encore parfois du nombre de choses que vous avez entendues alors que ton père et moi nous efforcions au maximum de nous disputer en privé. Vous en entendiez suffisamment pour souffrir, mais pas assez pour comprendre.

— Arrête, maman, qu'y a-t-il à comprendre ? Si tu veux savoir, ton attitude était on ne peut plus claire.

— En fait, ce que je voulais faire comprendre à ton père, c'est que nous avions convenu d'être associés dans le mariage et que, s'il n'était pas plus présent à la maison pour partager la responsabilité de votre éducation, cela revenait à ce que je sois mère célibataire. Au moins comme ça, j'aurais su que tout reposait sur mes épaules.

Elle tentait d'établir une distinction, Kevin le savait, mais fallait-il pour autant qu'il avale son explication ?

— Où est la différence ?

— Je vais te donner un exemple, s'empressa-t-elle de dire. Tu te souviens de ce qui se passait dès que ton père rentrait d'un déplacement professionnel ?

Kevin se replongea en arrière sans que rien de particulier ne lui revienne à l'esprit. Il fit non de la tête.

— Alors, je vais te rafraîchir la mémoire. Connor, toi ou l'une de vos sœurs l'accueillait à la porte avec toute une liste de doléances : des choses que vous aviez envie de faire et que je vous avais interdites. Mick disait systématiquement oui à tout, il sapait ma décision sans rien connaître des tenants et aboutissants de toute l'histoire. Il adorait jouer le rôle du gentil, ce qui me reléguait au rang de mère autoritaire et inflexible. Ensuite, lui et moi finissions par nous disputer là-dessus.

Bien malgré lui, Kevin se remémora en effet avec précision la façon dont, enfants, ils se servaient des absences de Mick à leur avantage. A leur niveau, ils comprenaient que le sentiment de culpabilité qu'éprouvait leur père à être si souvent absent l'empêcherait de leur refuser quoi que ce soit. Ils savaient aussi que Megan ne contesterait pas sa décision.

— Ce que tu me dis, c'est que, pour toi, il aurait été plus facile d'être la seule autorité, conclut-il.

— Plutôt, oui.

— Et tu n'aurais pas pu en parler à papa, lui demander de ne pas se mêler de tout ça ? Ça n'aurait pas été plus sensé que de divorcer ?

Son raisonnement la fit sourire.

— Je te rappelle que nous parlons de ton père. Tu l'as déjà vu ne pas se mêler de quelque chose ? En plus, j'ai divorcé pour un tas d'autres raisons, tu le sais bien.

— Je continue de penser que tu refais l'histoire, lâcha-t-il avec amertume. Tu as beau jeu de prétendre aujourd'hui que tu voulais nous garder avec toi. Comment sommes-nous censés prouver le contraire ?

A cette remarque, une lueur de chagrin traversa brièvement le regard de Megan, mais elle se reprit.

— Ou plutôt : comment vais-je faire pour te prouver que je dis la vérité ? Pas de problème, c'est légitime. Tu te rappelles la première fois que je suis revenue ici après mon départ ?

Kevin secoua la tête en signe de dénégation. Chaque fois qu'il apprenait que sa mère venait, il mettait un point d'honneur à se trouver le plus loin possible de la maison. Il lui en voulait tellement à l'époque… Et puis Gram et Mick l'avaient laissé faire, gobant tous les prétextes qu'il leur servait. En douceur, ils avaient tenté de le faire rester à la maison, mais dès qu'il se cabrait, ils jetaient l'éponge.

— Tu passais le week-end avec Jake, lui rappela-t-elle. Vous étiez partis camper.

Elle le laissa assimiler les faits avant de poursuivre son interrogatoire.

— Et ma visite suivante ?

Kevin s'efforça de se souvenir, mais rien de précis ne lui revint à la mémoire.

— Comment peux-tu espérer que je me rappelle quelque chose d'aussi lointain ?

— Tu as l'air de te souvenir très clairement que je t'ai soi-disant abandonné.

— Bien sûr ! C'est exactement ce que tu as fait.

Le regard droit, Megan affirma :

— Non, Kevin, je ne t'ai pas abandonné, du moins pas de la façon que tu sous-entends. Je suis venue ici, inlassablement. Tu m'en voulais terriblement, et qui aurait pu t'en blâmer ? Mais ça ne m'empêchait pas de revenir. Je vous ai tous encouragés à venir me rejoindre à New York. J'étais censée partager votre garde avec Mick. Lui et moi nous étions entendus là-dessus. Il me donnait une pension alimentaire suffisante pour que je puisse habiter dans un endroit assez grand pour tous vous loger. Mon appartement regorgeait de chambres vides qui vous étaient destinées. J'avais sélectionné des établissements scolaires. Demande à Abby, si tu ne me crois pas. Quand elle est venue s'installer à New York, elle a visité l'appartement, elle a vu la chambre que j'avais décorée pour Connor et toi avec toutes sortes de posters de sportifs, celle équipée d'un ordinateur que je leur destinais, à Bree et elle, et la petite chambre de rêve pour Jess.

Emu, Kevin la considéra avec incrédulité.

— Pourquoi as-tu fait tout ça puisque tu ne nous as jamais pris avec toi ?

— Parce que j'étais persuadée que vous seriez malheureux, si je vous emmenais loin d'ici. J'ai pris la mauvaise décision, c'est clair, mais j'ai fait ce que j'ai cru être le mieux dans votre intérêt, à l'époque. Ici, vous aviez vos amis. Votre famille. A New York, compte tenu de mon travail, vous auriez été trop souvent livrés à vous-mêmes dans un environnement inconnu, même si je m'étais organisée pour avoir une gouvernante. Et pour couronner le tout, la plupart d'entre vous ne m'adressaient presque plus la parole. En fin de compte, j'ai dû admettre le fait que vous vouliez tous rester ici, plutôt que de venir vivre avec moi. Et, en définitive, j'ai troqué cet appartement qui me coûtait les yeux de la tête contre un autre que je pouvais payer sans l'aide de votre père.

Kevin lutta contre l'image déchirante de sa mère assise seule dans ce grand appartement vide. L'espace d'un instant, son cœur s'emplit de compassion pour elle, mais, très vite, il se blinda de nouveau. Il avait eu des années pour peaufiner sa rancœur et pas une seconde pour assimiler l'autre version de l'histoire.

Manifestement, sa mère n'attendait de lui aucune réponse, ni même de réaction, car elle poursuivit, chacun de ses mots affaiblissant le mur de défense qu'il avait érigé entre eux.

— Et donc je me suis résignée au rôle de l'intruse. Je me suis résolue à revenir ici, encore et encore, lors de visites embarrassantes, afin d'essayer petit à petit d'atténuer toute cette rancœur.

Elle lui lança un regard contrit.

— Vous avez tous hérité du gène O'Brien : vous avez de l'entêtement à revendre. Aucun de vous ne m'a jamais facilité les choses.

— Tu t'attendais à ce qu'on le fasse ?

— J'espérais qu'avec le temps vous y viendriez. C'est pour ça que je ne me suis jamais découragée.

Cette conversation obligeait Kevin à reconsidérer le passé sous un angle bien différent, il découvrait cette période de sa vie sous un jour nouveau. Peut-être sa mère n'était-elle pas tout à fait le monstre qu'il avait créé dans son esprit ?

Elle le regarda d'un air songeur.

— Maintenant que j'ai répondu à tes questions, répondras-tu à l'une des miennes ?

Kevin haussa les épaules.

— Pourquoi pas ?

Cette fois, quand elle esquissa le geste de lui caresser la joue, elle alla jusqu'au bout.

— Dis-moi ce qui te cause autant de souffrances ?

Il la fixa d'un œil incrédule.

— J'ai perdu ma femme ! Tu t'attendais à ce que je me sente comment ?

— Oh, Kevin, je sais reconnaître le chagrin quand je le vois, et ce n'est pas ce que je perçois chez toi, pas entièrement du moins.

— Tu t'imagines savoir ce que c'est que d'être en deuil de quelqu'un ?

La réponse de Megan ne se fit pas attendre.

— Durant ces quinze dernières années, j'ai été en deuil de mes enfants.

— Ce n'est pas pareil. Tu aurais pu nous retrouver. Il t'aurait suffi de déménager ou du moins de revenir à Chesapeake Shores. Il n'y a rien, *rien* que je puisse faire pour retrouver Georgia.

Consterné, il vit dans les yeux de sa mère quelque chose qui l'effraya, la compréhension manifeste de chacune des émotions qu'il portait en son cœur.

— Si tu pouvais la faire revenir d'un coup de baguette magique, le ferais-tu ?

— Evidemment ! affirma-t-il aussitôt, sidéré qu'elle ait pu lui poser une question aussi grotesque.

Du revers de la main, elle écarta sa réaction spontanée.

— Je ne parle pas seulement de la retrouver vivante et en bonne santé, rectifia-t-elle. Ça, bien sûr, nous le voudrions tous. Je voulais dire ici, avec toi.

Cette fois, Kevin fut plus lent à répondre, même si de nouveau il insista.

— Evidemment.

— Ton infime hésitation en dit long, mon chéri, constata-t-elle.

— Quoi ? Qu'est-ce que j'ai dit ?

Il voulait le savoir en toute franchise, car, malgré tous ses efforts, il n'arrivait pas à comprendre les émotions conflictuelles qui lui déchiraient le cœur au quotidien.

— Réfléchis-y, lui conseilla sa mère. Quand tu auras trouvé la réponse, je pense que tu seras enfin prêt à refaire ta vie.

— Donne-la-moi donc, puisque tu sais tant de choses !

Il se retint à grand-peine de la supplier. Il subodorait qu'elle avait raison, que, s'il trouvait la réponse, il pourrait laisser derrière lui ces jours interminables empreints de brouillard.

— Ce n'est pas à moi de te dicter ces mots-là, répondit-elle avant de hausser les épaules. De toute façon, je pourrais tout aussi bien me tromper. Mais si jamais tu veux qu'on en parle vraiment, je serai là pour t'écouter.

Kevin rétorqua impatiemment :

— Non, tu seras à New York. Comme d'habitude.

Cette fois, lorsqu'il s'éloigna à grandes enjambées, Megan n'essaya même pas de le rattraper. Elle le laissa s'en aller. Etonnamment, cette scène lui causa presque autant de peine que son départ, le jour où elle les avait tous quittés.

Laurie débarqua le jeudi à Chesapeake Shores, dans l'intention de découvrir le magasin de Shanna qu'elle décréta sensationnel.

— J'adore le vert pâle des murs et le blanc de toutes ces boiseries, s'exclama-t-elle depuis le seuil de la porte. Et ces fauteuils imprimés de motifs maritimes font un effet génial, très lumineux. Tout le magasin est chaleureux, douillet, accueillant. Non seulement le mélange de livres et de jeux est parfait, mais en plus il y règne une odeur de café. Quant à l'assortiment de tables et de chaises, c'est charmant dans ce coin. Qui pourrait résister à l'envie de venir papoter ici avec une amie ou de participer à un club de lecture ? Tu vas mettre en place un club de lecture, n'est-ce pas ?

— Tout à fait, affirma Shanna. Je vais proposer une feuille d'inscription, le jour de l'inauguration. J'adore cette idée de femmes se réunissant ici pour discuter de bouquins.

Laurie continuait lentement sa visite, inspectant le local d'un œil encore plus attentif.

— Je ne vois rien qui puisse être amélioré, déclara-t-elle avant d'ajouter avec un sourire : nous pouvons donc aller réserver l'auberge pour mon mariage.

Shanna considéra son amie avec amusement.

— Je croyais que tu étais venue ici pour m'assister dans les préparatifs de l'inauguration ?

— Tu n'as pas besoin de mon aide, répliqua Laurie avec insouciance. Pour être franche, ça me contrarie un peu, mais puisque c'est ainsi, on peut se concentrer sur moi. J'ai toujours été mon sujet de prédilection.

— Si je ne te connaissais pas si bien, je te prendrais pour un être totalement égocentrique, commenta Shanna qui s'empara de son sac et se prépara à conduire Laurie à l'auberge, afin de vérifier si elle satisfaisait toutes ses exigences.

Par bonheur, elle avait parfaitement anticipé ce scénario et mis les bouchées doubles pour s'avancer en vue de l'ouverture, de sorte qu'elle pouvait consacrer quelques heures au mariage de son amie.

— J'ai pris rendez-vous avec la propriétaire, dit-elle. Nous allons faire le tour, tout bien inspecter, prendre le déjeuner sur place et, ensuite, nous rencontrerons Jess.

— Tu es un ange ! s'écria Laurie en la serrant dans ses bras. Je savais que je pouvais compter sur toi. Et quand nous aurons fini, tu pourras compter sur moi à cent pour cent pour faire tout ce qu'il faut. Je ferai même des cookies si tu veux.

— Vu tes talents de cuisinière, je ferais sans doute mieux de commander le buffet de l'inauguration chez un traiteur, et même à l'auberge, en fait. Je réglerai ces détails lors de notre entretien avec Jess.

— Alors, il n'y en aura pas que pour moi, râla Laurie avec une moue comique.

Shanna éclata de rire.

— Désolée, chérie, mais tu n'es pas le centre du monde, du moins pas ce week-end. Quand viendra l'heure de ton mariage, je te consacrerai toute mon attention, c'est promis.

Laurie boucla sa ceinture de sécurité, puis se tourna vers elle.

— Alors, parle-moi des hommes d'ici.

— On n'a pas déjà épuisé le sujet ? En outre, tu es fiancée. Tu ne devrais même pas te préoccuper des autres hommes.

— Je ne parle pas d'hommes pour *moi*. Mais pour *toi*. Et nous n'en avons pas reparlé depuis que tu as rencontré quelqu'un, lâcha Laurie en confidence.

Shanna la dévisagea, choquée.

— Qu'est-ce qui te fait dire ça ?

— Tu as un teint resplendissant et les yeux qui pétillent. Tu n'avais pas cette mine-là en partant de Philadelphie.

— C'est peut-être dû au fait que je me balade tous les matins sur la plage. Ou à l'excitation d'inaugurer le magasin après-demain.

— Je préfère ma raison, répliqua Laurie sans se démonter. C'est qui ? Comment s'appelle-t-il ? Comment vous êtes-vous rencontrés ?

— Je refuse d'entrer dans ce jeu-là, déclara Shanna. Et nous voilà arrivées à l'auberge. J'ai réussi mon timing, non ?

Laurie tenta de la faire capituler du regard avant de céder.

— Je garde mes questions au frais, l'avertit-elle. Je me mets juste en pause.

— Pour le moment, ça ira, répondit Shanna, soulagée.

Mais, une heure après, Jess n'arrangea pas ses affaires lorsqu'elle les rejoignit dans la salle à manger en lançant de but en blanc :

— Alors, qu'est-ce qui se passe entre mon frère et vous ?

Aussitôt, le regard de Laurie s'éclaira tandis que Shanna poussait un gémissement. Laurie se tourna vers Jess.

— Shanna sort avec votre frère ?

— Non ! s'insurgea Shanna avec force. Kevin m'a prêté main-forte une ou deux fois au magasin. Pas de quoi en faire un plat !

Jess secoua la tête.

— C'est très important pour nous tous. La femme de Kevin est morte en Irak il y a un peu plus d'un an, expliqua-t-elle à Laurie. Hormis s'occuper de son fils et fréquenter la famille quand il y est obligé, mon frère s'est pas mal replié sur lui-même. La moitié des femmes de la ville a bien essayé d'attirer son attention, mais il ne voit rien ni personne, enfin, du moins, c'était le cas jusqu'à ce que Shanna entre en scène.

Shanna fut témoin de l'instant précis où Laurie saisit toute la portée du discours de Jess. L'excitation diminua dans son regard et céda immédiatement la place à l'inquiétude.

— Je vois, murmura-t-elle en se tournant vers Shanna, la mine soucieuse.

De toute évidence, les propos de Jess avaient modéré son enthousiasme vis-à-vis de cette nouvelle relation.

— Parlons des dates disponibles pour le mariage, reprit Shanna ostensiblement. J'ai encore des tonnes de détails de dernière minute à régler au magasin, ce qui fait que nous n'avons pas beaucoup de temps.

— Bien sûr, s'empressa d'approuver Jess en ouvrant son agenda.

Tandis que Laurie et la sœur de Kevin discutaient de l'organisation du mariage, Shanna se renfonça dans son siège et se creusa les méninges : comment faire comprendre à sa meilleure amie qu'elle n'avait pas la moindre intention de tomber de Charybde en Scylla ? Elle ne s'était pas sortie d'une relation désastreuse pour se précipiter dans une autre.

Le trajet de retour au magasin se déroula dans un silence inconfortable. Dès le début, Shanna avait mis les points sur les i : Kevin O'Brien était un sujet tabou. Et comme c'était le seul qui intéressait Laurie, celle-ci ne trouva apparemment rien d'autre à dire. Ce qui convenait parfaitement à Shanna.

Après avoir garé sa voiture dans l'allée derrière le magasin, elle suggéra à son amie :

— Pourquoi tu n'irais pas défaire tes bagages en haut ? Fais une petite sieste pendant que j'achève de trier les derniers cartons de marchandise.

— Je peux t'aider à le faire, proposa Laurie.

— Pas vraiment. Je suis la seule à pouvoir décider des articles à exposer et de ceux qui doivent être mis en réserve. Je veux garder certaines choses pour la suite de l'ouverture, juste au cas où ça se passe superbien et que je sois dévalisée.

Elle sourit.

— Ce serait le rêve, hein ?

— Tu vas faire un tabac, affirma Laurie avec un enthousiasme sincère. Je le sais d'avance. Tu es douée pour ça. Il est clair que ton côté créatif a été bâillonné durant toutes ces années passées dans la comptabilité.

Shanna aurait eu du mal à le nier. Son travail d'expert-comptable était sûr, mais soporifique. Il y avait une certaine ironie dans le fait d'avoir rencontré Greg du temps où elle était employée dans l'entreprise de sa famille. Il l'avait incitée à quitter son emploi tout de suite après leur mariage et elle ne s'était pas fait prier, trop heureuse de fuir cette chape d'ennui. Elle avait attendu son divorce pour retourner dans la comptabilité et n'en avait pas retiré davantage de satisfaction, en dépit d'un environnement professionnel différent et de collaborateurs qu'elle avait véritablement appréciés.

— Au moins, je sais exactement comment mettre en place un système de comptabilité et je maîtrise les tableurs, conclut-elle. Ma formation et mon expérience n'auront pas été une totale perte de temps.

Elle déverrouilla la porte de service du magasin et Laurie la suivit à l'intérieur. Shanna sortit le double de la clé de son appartement du petit coffre-fort qu'elle avait fait installer et le tendit à son amie, mais Laurie l'ignora. Elle se versa une tasse du café qu'il restait et le réchauffa au micro-ondes.

— Il faut qu'on parle, déclara-t-elle en scrutant Shanna au-dessus du mug.

— Pas si ça concerne Kevin O'Brien, l'avertit cette dernière d'un ton ferme. Il n'y a rien à dire là-dessus.

— Un homme complètement paumé. Un petit garçon. Ça fait au moins deux sujets de conversation, je trouve.

Shanna n'avait pas attendu Laurie pour faire le rapprochement avec son ancienne situation, mais elle persista.

— Ça n'a rien à voir avec Greg. Tu connais l'expression « chat échaudé craint l'eau froide » ? Eh bien, j'en suis l'exemple parfait. Pas question que je me fourre de nouveau dans ce genre de pétrin. Bien que Kevin soit tout à fait différent de Greg. Pour commencer, il ne boit pas.

— Tu en as la preuve ?

— La preuve, non, mais il est resté ici assez longtemps pour que je m'en sois aperçue si c'était le cas.

— Ça t'a pourtant échappé quand tu sortais avec Greg, alors que les signes étaient sous ton nez depuis le début.

Shanna poussa un soupir. Elle ne pouvait nier les faits.

— C'est vrai, mais aujourd'hui, je m'en apercevrais, crois-moi.

— J'aimerais te croire, répliqua Laurie. Mais je te connais, Shanna. Tu es la fille la plus généreuse du monde, tu as un cœur d'or.

— A t'écouter, je passe pour la bonne poire d'un mauvais mélo.

— Loin de là, mais je sais sur toi quelque chose que beaucoup de gens ignorent.

— Ah oui, et quoi ?

— Tu veux à tout prix faire partie d'une famille. Je sais qu'une bonne part de ton attirance pour Greg venait de… Greg lui-même. Mais en y ajoutant son fils et toute sa famille — impressionnante quoique sérieusement dysfonctionnelle —, tu n'avais aucune chance de résister. Je sens qu'aujourd'hui tout recommence.

— Tu te trompes.

— Ils sont combien dans le clan O'Brien ? Assez nombreux, je suppose. J'ai déjà rencontré Jess. Tu m'as parlé d'une fleuriste à côté de ton magasin. Si je me souviens bien, c'est une O'Brien, elle aussi. C'est tout ?

— Une autre sœur, mais je ne la connais pas, avoua Shanna. Et un frère.

— Des parents ?

— Son père est l'architecte qui a dessiné les plans de la ville. Je n'ai pas bien compris où était la mère. Et il y a la grand-mère.

— C'est tout ? insista Laurie.

— Ça ne te suffit pas pour prouver la théorie que tu meurs d'envie de valider ?

— Donc ce n'est pas tout, conclut Laurie.

— Bon, d'accord. Sa cousine est l'agent immobilier qui m'a loué l'immeuble et son oncle est gestionnaire de biens.

Elle haussa les épaules.

— Il y en a d'autres, je crois. J'ai entendu dire chez Sally qu'on surnommait Chesapeake Shores « la ville O'Brien » — soit parce qu'ils sont toute une flopée à y vivre, soit parce que Mick en a dessiné les plans. J'hésite entre les deux.

Laurie hocha la tête d'un air triomphant.

— Quoi qu'il en soit, voilà qui clôt la discussion. Une famille nombreuse, un homme meurtri, un petit garçon en manque de mère et toi. Ça sent le destin.

Elle lança un regard entendu à son amie.

— Ou le désastre.

— Tu crois peut-être que je l'ignore ? rétorqua Shanna

avec impatience. Et c'est justement pour ça que je me tue à te répéter qu'il n'y a rien entre Kevin et moi. Et ça en restera là.

Laurie fit mine de vouloir répliquer mais soupira :

— Je suppose que je pourrai très vite le vérifier par moi-même.

— Ce qui signifie ?

— Qu'à la seconde où il franchira le seuil du magasin samedi, je saurai.

Shanna se détourna pour cacher la consternation que devait refléter son visage. C'était la vérité. En matière d'hommes, de femmes et de l'alchimie qui se produisait entre eux, Laurie était capable d'analyser une situation en un clin d'œil. Et le seul moyen d'y couper aurait été d'appeler Kevin pour lui dire de rester à bonne distance du magasin.

Ce qu'elle fit sitôt que Laurie fut montée défaire ses bagages. Manque de chance, Shanna tomba sur sa boîte vocale. Elle tenta de lui expliquer qu'il serait mal inspiré de se montrer samedi, mais ça n'était sans doute pas très cohérent comme message.

— Rappelez-moi, précisa-t-elle à la fin. C'est important.

Incapable de se souvenir si elle s'était identifiée au début de son coup de fil, elle ajouta :

— Au fait, c'était Shanna. Rappelez-moi, d'accord ?

Puis elle raccrocha, regrettant déjà de l'avoir appelé. Elle faisait sans doute une montagne de pas grand-chose. Quoique, vu la façon dont son père s'était renseigné l'autre soir sur leurs relations, Kevin comprendrait certainement l'intention d'une amie, certes interventionniste, mais pour la bonne cause. Peut-être aussi chercherait-il à l'éviter comme la peste…

6

— Pourquoi n'es-tu pas habillé ? s'enquit Gram le samedi matin en examinant Kevin d'un œil désapprobateur.

Il baissa les yeux sur son T-shirt et son short tout à fait convenables. Le T-shirt n'était même pas froissé.

— Mais je suis habillé.

— Pas pour aller à l'inauguration de la nouvelle librairie, rétorqua-t-elle. C'est un événement, ici. Je pensais que tu aurais voulu te mettre en valeur.

Il avait fait beaucoup d'efforts pour chasser de son esprit cette journée particulière. Hélas ! Bree n'avait pas pu résister à l'envie de lâcher de fréquentes allusions à l'événement ainsi que plusieurs rappels ostensibles. Shanna l'avait même appelé sur son portable pendant qu'il était parti pêcher — plus exactement, il s'était laissé dériver sur son rafiot. Elle lui avait laissé un message obscur à propos de l'inauguration, quelque chose d'assez incohérent. On aurait presque dit qu'elle lui conseillait de ne pas venir, ce qui, pour être franc, lui allait très bien. Mais un autre membre de la famille ne l'entendait visiblement pas de la même oreille.

— Toi, tu y vas, non ? demanda-t-il à sa grand-mère. Tu peux peut-être emmener Davy.

Elle le fusilla du regard.

— En effet, je pourrais, acquiesça-t-elle. Mais je ne le ferai pas.

Il la dévisagea avec surprise. Nell ne reculait jamais devant une quelconque occasion de se retrouver seule avec ses petits-enfants.

— Pourquoi ?

— Parce que ce qu'il faut à Davy, c'est choisir des livres avec son père, affirma-t-elle. La lecture est un moment privilégié entre vous. Et tu as toi-même dit que la propriétaire du magasin t'avait promis un imagier gratuit pour Davy, en remerciement de l'aide que tu lui as apportée pour la machine à café et les rayonnages.

— Je ne vais pas prendre un livre chez Shanna sans le payer, répliqua Kevin. Dans un commerce, les débuts sont toujours difficiles. Si elle commence à céder gratuitement des articles à tous les gens qui lui donnent un coup de main, elle ne s'en sortira jamais.

Gram eut une moue obstinée.

— Eh bien, que tu prennes un livre ou non, ça te regarde, mais tu vas y aller. Davy est déjà habillé et il se fait une joie de cette sortie. Abby prend Carrie et Caitlyn. Elles nous retrouveront là-bas.

Il allait s'engouffrer dans cette brèche en suggérant qu'Abby se charge de Davy mais un regard noir de sa grand-mère l'en empêcha. A l'évidence, elle aurait également désapprouvé un tel plan.

Comme un fait exprès, son fils entra dans la pièce de son allure pataude, traînant derrière lui son Winnie l'Ourson tout dépenaillé.

— Histoire, papa ? Veux nouvelle histoire.

Kevin soupira.

— D'accord, mon bonhomme. On va te trouver de nouvelles histoires. Donne-moi une minute.

Gram lui jeta un regard triomphant.

— Je savais que tu finirais par te rendre à la raison.

La raison n'avait rien à voir là-dedans, songea-t-il amèrement. Il avait vu les yeux de son fils et su qu'il y lirait la déception s'il refusait d'y aller. Pour un enfant d'à peine deux ans, Davy avait une capacité étonnante à culpabiliser son entourage. Un don manifestement hérité de son arrière-grand-mère…

— Je te rejoins dans la voiture, lança-t-il laconiquement à Gram.

Il attendit que Davy et elle soient partis pour fouiller sa penderie en quête de quelque chose à se mettre. Il avait largement le choix. Ses chemises étaient repassées et ses pantalons suspendus dans leur housse de teinturerie. Il s'empara de deux cintres au hasard.

C'était ridicule de se changer pour se rendre à l'inauguration d'un magasin dans un trou comme Chesapeake Shores. Toutefois, il enfila consciencieusement un élégant pantalon et une chemise à manches longues. Il se dispensa de mettre des chaussettes mais glissa ses pieds dans des bateaux quasi neufs qui contrastaient avec ses baskets fatiguées.

Grommelant dans sa barbe, il allait franchir le seuil de sa chambre lorsqu'il se ravisa et s'aspergea de quelques gouttes d'après-rasage. C'était sans doute une erreur. Une bouffée de parfum et Bree, Abby et Gram se mettraient à coup sûr à échafauder des projets de mariage. Il n'en fallait pas plus à ces trois-là pour se jeter dans une frénésie pleine d'espoir.

Gram serait enchantée car elle se faisait un sang d'encre pour lui. Bree sauterait directement aux conclusions parce qu'elle vivait encore nimbée de la brume romantique de son propre mariage. Abby, quant à elle, était une vraie mère poule. En outre, elle allait épouser Trace dans quelques mois, à condition du moins qu'elle se décide à organiser l'événement. Car ni elle ni Trace ne semblaient très pressés de se marier, à la grande consternation de Gram qui s'ajoutait à l'agacement de Mick.

La dernière fois que Kevin était allé chez Abby, elle avait entassé sur la table de la cuisine une énorme pile de magazines consacrés au mariage, déposés par divers membres de la famille — rappel ô combien subtil en vue de l'inciter à s'en occuper sérieusement. Il imagina ces magazines fleurissant tout à coup dans sa chambre. Et cette vision le fit frissonner.

Et puis il y avait Jess. Comment avait-il pu l'oublier ? C'était elle qui fournissait le buffet de l'inauguration. Elle serait dans ses jambes elle aussi, à l'épier comme un faucon pour déceler la moindre étincelle d'attirance entre Shanna et lui. En apercevrait-elle une seule qu'elle prendrait à cœur de l'attiser en brasier. Elle s'était sentie complètement exclue quand il s'était quasiment marié à la sauvette avec Georgia, Mick ayant été le seul témoin de la cérémonie. Elle ferait tout ce qui était en son pouvoir pour compenser cette déception en s'immisçant dans sa relation avec Shanna.

Eh bien, qu'elles épient, exultent, intriguent et complotent à leur guise ! Il n'y aurait rien à voir. Il y veillerait.

Aujourd'hui, il allait acheter à son fils un ou deux imagiers, un point c'est tout. Et le fait que le visage de la libraire se soit plus d'une fois imposé à lui pendant qu'il dérivait sur son rafiot ne voulait strictement rien dire. Non, rien du tout.

Kevin dut aller se garer à l'autre bout de Shore Road. Tous les emplacements de Main Street étaient pris et il fut stupéfait de constater qu'il y avait la queue à l'extérieur de la librairie, dans l'attente de l'ouverture. Les habitants de Chesapeake Shores étaient-ils à ce point en manque de divertissement ? N'aurait-on pas dit que Shanna recevait James Patterson ou cet auteur incroyablement populaire — comment s'appelait-elle, déjà ? Ah oui, Nora Roberts — pour une séance de dédicaces ?

— Regarde ça, s'extasia Gram avec un sourire radieux. Elle va être assaillie, aujourd'hui. Quel merveilleux accueil pour une nouvelle arrivante !

Tout ce qui vint à l'esprit de Kevin fut que Shanna maniait très mal son espèce de machine à café.

— Gram, tu pourrais accompagner Davy dans le magasin, s'il te plaît ? supplia-t-il.

— Tu ne vas pas faire demi-tour et rentrer à la maison ! s'indigna-t-elle avec fougue. Je ne le tolérerai pas.

— Ça, j'ai bien compris, reconnut-il, l'air piteux. C'est juste que Shanna a une nouvelle machine à cappuccino qu'elle est absolument incapable de faire fonctionner. Tu te souviens, je t'en avais parlé ? Avec ce monde, il est clair qu'elle sera bien trop prise pour s'occuper de ce genre de chose. Je lui avais dit que je lui donnerais un coup de main si j'étais dans le coin.

Le visage de Gram s'éclaira aussitôt.

— Mais oui, bien sûr ! On se retrouvera à l'intérieur. Je vois justement Abby et les filles qui arrivent. Nous allons faire la queue avec elles.

La lueur qui brillait dans les yeux de sa grand-mère retint momentanément Kevin, mais il se consola en se rappelant qu'une promesse était une promesse et que laisser tomber Shanna au moment où elle allait devoir faire face à ce chaos était hors de question.

Fuyant les regards curieux des gens qui faisaient déjà la queue, il contourna le magasin et frappa à la porte de derrière. Une femme qu'il ne reconnut pas lui ouvrit, puis le détailla des pieds à la tête avec un intérêt non dissimulé.

— Vous êtes Kevin O'Brien, déduisit-elle.

Une telle assurance le fit tiquer.

— Comment le savez-vous ?

— Coup de chance…, affirma-t-elle avec un sourire épanoui assez déconcertant. Shanna et votre sœur Jess sont à l'avant. Elles m'ont dit que je les gênais. Au lieu de vous attirer vous aussi ce genre de remarque, pourquoi ne vous assiériez-vous pas ici avec moi, histoire qu'on fasse connaissance ?

Elle tapota un tabouret, puis prit place sur le siège voisin.

— Je suis Laurie, la meilleure amie de Shanna. Je suis descendue de Pennsylvanie afin de l'aider pour l'ouverture.

Kevin lança un regard mélancolique vers l'avant du magasin, mais il s'assit comme on l'y avait enjoint. Il s'efforça gauchement de se lancer dans le menu bavardage que requérait la situation.

— Shanna m'a parlé de votre venue.

— Vraiment ? Vous vous faites beaucoup de confidences, tous les deux ?

Quelque chose dans la voix de cette femme le rendit instantanément méfiant.

— Du genre ?

— Des petits secrets intimes ?

Il sourit, amusé par le sous-entendu délibéré que recelaient ces mots.

— Je ne sais pas. Est-ce que pour vous ça compte, un truc du genre : « Passez-moi le tournevis » ?

Elle parut déçue.

— Non, pas du tout.

— Alors non, désolé, pas de petits secrets intimes.

Bon, d'accord, c'était un mensonge éhonté, mais il avait la nette impression qu'avec cette fille la discrétion s'imposait. On aurait dit que Laurie possédait des gènes d'entremetteuse capables de rivaliser avec ceux des O'Brien.

— Dommage, soupira-t-elle avec un regret évident, parce que je parierais que vous en avez de fascinants.

— Eh bien, vous vous trompez. Ma vie est un livre ouvert, et plutôt barbante, qui plus est.

— J'en jugerai une fois que j'aurai appris à mieux vous connaître, déclara-t-elle.

Ce ton déterminé le contraria.

— Parce que vous comptez rester combien de temps dans le coin, au juste ?

— Jusqu'à demain soir, pas plus, concéda-t-elle. Mais je reviendrai, Kevin O'Brien. Vous pouvez en être sûr.

— Ça sonne comme un avertissement.

— Vous êtes très perspicace, répliqua-t-elle. Ça me plaît.

Il fronça les sourcils, agacé.

— Vous devriez peut-être quand même m'éclairer un peu sur la raison de cet avertissement, car je ne vois pas très bien pourquoi vous ressentez le besoin de me menacer.

Elle ne demandait visiblement qu'à lui répondre, mais à ce moment-là Shanna fit irruption dans l'arrière-boutique, leur jeta un regard et blêmit.

— Kevin, je... Je ne pensais pas que vous veniez aujourd'hui.

Laurie haussa un sourcil.

— Tu l'as appelé pour lui dire de ne pas venir, c'est ça ?

Shanna tiqua à cette accusation avant de relever le menton avec défi.

— Eh bien, oui, avoua-t-elle avant de se tourner vers lui. Pourquoi ne m'avez-vous pas écoutée ?

Kevin comprit enfin quelle était la pièce manquante du puzzle.

— Ce coup de téléphone, c'était à cause d'elle ?

Shanna opina du chef.

— A votre place, je prendrais mes jambes à mon cou.

— Et où irais-je me réfugier ? Ma grand-mère est à l'extérieur avec Davy et elle s'attend à me trouver aux commandes de la machine à café. Ma sœur Abby et ses filles sont avec elle. Et je suppose que Jess est déjà là. C'est peut-être embarrassant de rester ici en présence de votre amie, mais la fuite n'est plus une option envisageable.

Le regard de Laurie passa de l'un à l'autre.

— Tiens, tiens, mais c'est très intéressant, tout ça, commenta-t-elle. Un chevalier servant prêt à se sacrifier dans l'intérêt général.

Kevin allait répliquer qu'il commençait sérieusement à en avoir assez, quand Shanna intervint sèchement.

— Les seuls chevaliers ici présents se trouvent dans les livres pour enfants. Fiche-lui la paix, Laurie.

Kevin gloussa malgré lui.

— Bon, je vais m'occuper de cette machine à café, d'accord ?

— Oui, merci, répondit Shanna.

Comme il quittait la pièce, il l'entendit murmurer quelque chose à Laurie. Son intuition lui souffla qu'elle ne lui proposait pas d'aller l'aider à servir les cafés. Pourquoi Shanna n'expédiait-elle pas cette fille à Baltimore sous prétexte de lui dénicher un truc rare mais indispensable à l'inauguration ? C'était sans doute le meilleur moyen d'empêcher sa copine de lui poser les questions qui lui trottaient visiblement dans la tête. La Sibérie, estima-t-il, voilà qui lui aurait encore mieux convenu comme destination.

Il fit volte-face et se retrouva nez à nez avec Jess qui lui barrait le passage avec un sourire épanoui.

— Dis donc, tu es à tomber ! C'est pour impressionner Shanna que tu t'es mis sur ton trente et un ?

— Je me suis mis sur mon trente et un parce que Gram m'y a obligé, rétorqua-t-il avant de pouffer, conscient du ridicule de sa réaction.

Il était vraiment à plaindre s'il laissait une bande de bonnes femmes lui dicter sa vie !

Ce constat, plus que tout ce qui lui était arrivé dernièrement, prouvait qu'il était temps pour lui de se reprendre. Sinon, il perdrait tout respect pour l'homme viril qu'il était jadis. Il avait servi dans l'armée, bon sang ! Il s'était retrouvé en pleine guerre. C'était un dur à cuire ! Il ferait peut-être bien de ne pas l'oublier.

Kevin regarda par-delà Jess et vit que, dans l'espace café, plusieurs tables avaient été disposées le long du mur. Elles croulaient sous des petits-fours et des cookies très appétissants.

— Sacré festin, commenta-t-il.

— Et tu as interdiction d'y toucher tant que les clients ne l'ont pas admiré à sa juste valeur, l'avertit-elle. Ce genre d'événement fait une énorme publicité au service restauration de l'auberge. Je parie que, grâce à cette inauguration, je vais récolter une demi-douzaine de soirées.

— Tant mieux pour toi.

Il hésita puis s'enquit :

— Jess, comment as-tu su que ta voie était dans l'hôtellerie ?

— Tu veux dire après tous les boulots que j'ai commencés pour les plaquer aussi sec ?

Il fit oui de la tête.

— Quand j'ai vu le panneau « A vendre » sur cette maison, je me suis rappelé combien je l'adorais et comme, déjà petite, je rêvais d'en être propriétaire. J'ai su que c'était ce que j'avais attendu toute ma vie, c'est tout.

Elle le dévisagea d'un œil songeur.

— C'est à cause de cette histoire de location de bateau de pêche dont je t'ai parlé ?

— Oui, du moins je pense que c'est à cause de ça que je te pose la question.

— Tu n'es toujours pas sûr que ça soit fait pour toi ?

— Je ne sais même pas s'il existe *quelque chose* qui soit fait pour moi, avoua-t-il. Mais il faut bien que je fasse quelque chose. Je voudrais retrouver une motivation réelle, comme toi pour ton auberge. Bree a sa boutique de fleurs et l'écriture. Abby se passionne pour toutes ces transactions financières à Wall Street. Connor adore bosser dans le juridique. Moi, je n'ai plus d'enthousiasme pour quoi que ce soit, plus depuis que…

— Plus depuis que tu as exclu l'éventualité de redevenir ambulancier, acheva Jess. Es-tu seulement allé à Harbor Lights ? Peut-être qu'en passant un peu de temps à regarder les bateaux à vendre à la marina tu y verrais plus clair ?

— Bonne idée, acquiesça-t-il.

C'était une autre des étapes que Gram l'avait encouragé à franchir. Un pas à la fois, c'est tout. Il n'était pas forcé d'acheter un bateau. Il n'avait qu'à aller les voir. Peut-être en prendre un ou deux en mer pour voir les sensations qu'il avait et ensuite, s'inscrire à la formation pour obtenir son brevet de capitaine de pêche. Mais même après avoir effectué le cursus et décroché son diplôme, rien ne l'obligeait à se lancer pour de bon dans la location de bateaux.

— Merci, Jess, conclut-il en déposant un rapide baiser

sur la joue de sa petite sœur. Et maintenant, laisse-moi prendre mon poste à la machine à café parce que je crois que les portes sont en passe de s'ouvrir.

Sa sœur l'étreignit très fort.

— Je trouve ça génial que tu sois venu donner un coup de main.

— Ça n'a aucune signification, affirma-t-il, sur la défensive.

Jess eut un grand sourire.

— Ai-je insinué autre chose ?

— Non, mais…

Il s'interrompit à mi-phrase. Protester ne servirait qu'à la convaincre, à convaincre la famille entière, de l'exact contraire. Mieux valait laisser tomber le sujet et se tenir autant que possible à l'écart de sa famille et de Shanna pour le restant de la journée.

Shanna n'aurait jamais espéré que l'inauguration prendrait une telle tournure. Le magasin était si bondé et les ventes s'étaient succédé à une telle cadence qu'elle avait à peine pu quitter la caisse depuis l'ouverture des portes, à 10 heures du matin. Au moins n'avait-elle pas eu le temps de s'inquiéter de ce que Laurie fabriquait avec Kevin. Elle l'avait prévenue de le laisser tranquille, mais aucun discours n'avait jamais empêché son amie de n'en faire qu'à sa tête, surtout quand elle était inquiète.

Et Laurie se faisait du mauvais sang, plus encore depuis qu'elle avait rencontré Kevin. Elle s'était répandue en commentaires sur lui dès qu'il était sorti de l'arrière-boutique. Shanna n'avait échappé à l'énumération des inquiétudes de son amie que grâce à l'arrivée de Jess qui, fort à propos, leur avait annoncé que le buffet était installé — il était alors 10 heures. Après, tout s'était fondu en un immense brouillard.

Apparemment, les habitants de Chesapeake Shores étaient cruellement en manque de lecture. Les livres de poche et les recueils pour enfants étaient partis comme des petits pains. Elle avait même vendu tous les exemplaires de Scrabble en édition de luxe, ceux équipés d'un plateau tournant. Les puzzles aussi se vendaient bien. De toute évidence, les estivants aimaient avoir ce genre de jeux sous le coude pour les jours de pluie et les visites des petits-enfants.

Bree avait été la première cliente de la file d'attente. Elle lui avait offert une énorme composition florale en l'honneur de l'inauguration, puis avait insisté pour acheter les livres qu'elle lui avait fait mettre de côté.

— Je veux étrenner la caisse, avait-elle déclaré. Pardon d'être si pressée, mais je ne peux pas laisser Jenny trop longtemps seule au magasin un samedi, pas avec le monde que vous avez attiré en ville. J'avais peur de ne pas pouvoir passer tout à l'heure. Aujourd'hui, c'est vous qui créez l'événement dans Main Street avec l'ouverture de votre magasin. Mais j'aurai des retombées commerciales : je vais récupérer tous les gens qui voudront parler de vous.

En riant, Shanna avait encaissé l'achat de Bree, avec la sensation confuse que, partie ainsi, la journée s'annonçait prometteuse. Mais jamais elle n'aurait pu prévoir le déluge de ventes et d'encouragements qui avait suivi.

Ce ne fut qu'en milieu d'après-midi qu'elle put enfin souffler et prendre une minute pour regarder autour d'elle. Quelques clients parcouraient encore les rayonnages, mais sa plus grande surprise fut de voir Kevin en train de ravitailler la machine à capuccino. Elle aurait cru qu'il se serait éclipsé depuis belle lurette, soit par ennui, soit las du harcèlement de Laurie. Elle alla vers lui.

— On peut dire que votre premier jour a été un triomphe, déclara-t-il en la voyant. Félicitations !

— Et on peut dire aussi que vous méritez l'accolade pour être resté, répliqua-t-elle. Vous devez être crevé.

— Arrêtez, c'est facile. Tout ce que j'ai à faire, c'est remplir cet engin et m'assurer qu'il y ait encore des tasses.

— Et repousser les assauts féminins, le taquina-t-elle. J'ai vu pas mal de femmes s'attarder ici et, croyez-moi, ça n'était pas le café qui les fascinait.

Kevin rougit.

— La ville est petite. J'étais à l'école avec la plupart de ces filles.

— Et vous sortiez avec elles ?

— Avec quelques-unes, avoua-t-il.

On aurait dit qu'elle ne pouvait plus s'arrêter maintenant qu'elle avait commencé.

— Et combien d'entre elles avaient envie de reprendre l'histoire à l'endroit où vous l'aviez interrompue ?

Il eut un petit rire.

— Je n'ai pas compté.

Il plissa les yeux.

— Vous semblez presque jalouse. Que dirait votre amie Laurie ?

Shanna frémit.

— Je préfère ne pas y penser. Je vous suis redevable après l'inquisition en règle qu'elle vous a fait subir. Je suis vraiment désolée pour tout ça, mais elle se fait du souci pour moi.

— Elle a une raison particulière de s'en faire ?

— C'est une longue histoire, et je n'ai pas le temps de vous la raconter aujourd'hui. J'ai fait la connaissance de votre sœur Abby et de ses filles, tout à l'heure. Dites donc, elles sont redoutables, ces gamines !

— Et vous êtes loin du compte, répliqua Kevin.

— Votre fils est encore là ?

— C'est plein de livres ici. Il ne va jamais vouloir partir. Je crois que Gram l'a emmené à côté le temps de déjeuner, mais ils sont revenus il y a quelques minutes.

Il indiqua un point derrière elle.

Shanna se retourna et reconnut immédiatement le bambin aux cheveux noirs blotti contre une femme aux cheveux blancs, et plongé dans la fascinante lecture d'un livre d'Eric Carle. Un peu plus tôt dans la journée, ils avaient acheté plusieurs livres — des romans policiers intimistes et un récent tour de l'Irlande en photos pour elle, des imagiers pour lui. Shanna sourit avec ravissement en apercevant le livre qu'ils étaient en train de regarder.

— Il s'intéresse à celui sur les lucioles, confia-t-elle à Kevin. C'est un de mes préférés. Il y a même de minuscules lumières à l'intérieur. Vous avez vu ça ?

— Au moins trente fois, soupira-t-il. Gram a fini par prendre le relais.

Il hésita, puis suggéra avec une réticence évidente :

— Je devrais sans doute vous la présenter — ma grand-mère, je veux dire.

— Nous nous sommes parlé tout à l'heure quand elle a acheté les livres, mais nous n'avons pas vraiment eu l'occasion de bavarder.

— Il vaudrait peut-être mieux en rester là, commenta-t-il d'un ton sombre.

Elle l'examina avec curiosité.

— Y a-t-il une raison particulière pour laquelle vous ne voulez pas que je lui parle ?

— Vous comprendrez bien assez vite, lança-t-il sur le même ton lugubre avant de la précéder. Gram, je te présente Shanna Carlyle. Ma grand-mère, Nell O'Brien, et mon fils, Davy.

Shanna serra chaleureusement la main de la grand-mère de Kevin.

— Je sais que nous nous sommes croisées tout à l'heure, madame O'Brien, mais je suis ravie d'avoir l'occasion de vous parler maintenant que l'effervescence est un peu retombée.

— Je vous en prie, appelez-moi Nell. Davy et moi adorons votre magasin. Vous nous y verrez très souvent, j'en suis sûre.

Shanna s'agenouilla à côté de Davy, toujours absorbé par le livre.

— Je suis contente que tu aies pu venir aujourd'hui, Davy.

Elle désigna l'ouvrage.

— Mon petit doigt me dit que tu aimes les lucioles.

Davy la considéra avec timidité.

— Oui…

— Tu sais ce que je pense ? Je pense que ce livre sur les lucioles est magique.

Davy hocha solennellement la tête avant de retourner le livre pour faire clignoter les lumières.

— Cioles, prononça-t-il joyeusement.

Shanna sentit son cœur fondre.

— Eh bien, je vois qu'aujourd'hui tu as trouvé ton livre de chevet, conclut-elle. Tu pourras le lire tous les soirs.

— Trois ou quatre fois chaque soir, vous voulez dire, marmonna Kevin dans son dos. Merci.

Elle leva vers lui un visage radieux.

— Eh bien oui, c'est un livre magique !

Elle remarqua que la grand-mère de Kevin observait leur échange avec une lueur d'interrogation au fond des yeux. Shanna comprit alors pourquoi Kevin s'était montré si peu pressé qu'elles se rencontrent. Cette femme n'oubliait pas de jouer les entremetteuses, même s'il lui avait clairement fait savoir que cela ne l'intéressait pas. Elle avait également surpris des regards similaires de la part de ses trois sœurs, aujourd'hui. Si l'on y ajoutait l'attitude de son père quelques jours auparavant, elle comprenait pourquoi Kevin redoutait d'autres rencontres avec sa famille.

Elle se leva et recula si vite qu'elle faillit trébucher sur la table basse face à la chaise. Kevin la rattrapa par le bras, les yeux pétillant d'amusement. Elle devina qu'il y aurait eu du « Je vous l'avais bien dit » dans l'air s'ils avaient été seuls.

— Je ferais mieux de retourner à l'avant du magasin, dit-elle. Merci encore d'être venus, j'espère vous revoir bientôt.

— Oh, vous pouvez compter là-dessus, affirma Mme O'Brien avec dans le regard une lueur malicieuse suggérant que leur prochaine visite concernerait davantage Shanna que d'éventuelles lectures.

Cette lueur parut peut-être inquiétante à son petit-fils mais ce ne fut rien à côté de ce que ressentit soudain Shanna. Elle la trouva carrément terrifiante. Et elle devait encore affronter Laurie et plusieurs heures d'interrogatoire avant que la journée ne soit terminée…

Il était 7 heures passées quand Jess eut fini de charger dans sa camionnette les assiettes et les plateaux vides après les avoir nettoyés. Laurie avait remis de l'ordre dans les rayonnages tandis que Shanna faisait le compte de la recette. La journée avait été excellente. Elle n'était pas naïve au point d'en conclure que toutes les suivantes seraient identiques, mais c'était un très bon début.

— Je pense que nous devrions aller fêter ça, déclara-t-elle à Laurie et Jess. Et pas à l'auberge, parce que tu t'inquiéterais du service, Jess. Que diriez-vous d'aller chez Brady ? C'est moi qui régale.

Laurie lui lança un regard éloquent : Shanna savait très bien ce qu'elle faisait en invitant Jess à venir. Et elle avait raison. Shanna voulait à tout prix éviter de se retrouver en tête à tête avec son amie inquisitrice.

— Je ne sais pas…, commença Jess. Je suis complètement claquée.

— Moi aussi, acquiesça Shanna, mais j'ai envie de faire quelque chose de spécial pour marquer l'événement, et je veux vraiment que tu sois de la partie. Ton buffet a eu un énorme succès, aujourd'hui. A mon avis, c'est grâce à lui que les gens sont restés au magasin à feuilleter et acheter des livres.

Jess s'illumina de fierté.

— Tu exagères, je pense, mais merci quand même. Vu que tout le monde m'a demandé ma carte, cette journée va me rapporter d'autres commandes en restauration. Il me tarde de le dire à Gail. Je représente peut-être l'auberge, mais le génie en cuisine, c'est elle. Même si nous n'obtenons qu'un seul contrat grâce au buffet d'aujourd'hui, je te fais dix pour cent sur ta facture.

— Voyons, protesta Shanna. Tu ne peux pas faire ça. C'est ton gagne-pain à toi aussi.

— Bon, toutes ces palabres sur la nourriture et l'argent m'ont donné faim, intervint Laurie. Allons, mesdames, sortons d'ici. J'ai envie d'un bon steak bien juteux.

— Pour moi, ça sera des croquettes de crabe, précisa spontanément Jess.

— Pour moi aussi, ajouta Shanna avant de lancer à Laurie un regard réprobateur. Comment peut-on venir dans l'une des régions les plus réputées pour ses fruits de mer et manger du steak ?

— Que veux-tu que je te dise ? J'adore la viande.

— Alors il te faudra venir plus souvent, afin qu'on te convertisse, suggéra Jess.

Cette dernière allait grimper dans sa camionnette quand Shanna l'arrêta.

— Laisse-la ici. On va prendre ma voiture. Je reviens dans une minute, j'habite à l'étage.

— Ça marche, répliqua Jess.

Dix minutes après, elles se garaient sur le parking bondé de Brady's. Il y avait la queue à l'entrée du restaurant de front de mer.

— Oh, non ! gémit Shanna. Je n'ai même pas pensé au monde qu'il y aurait ici un samedi soir. Je ne crois pas que je vais pouvoir attendre qu'une table se libère.

— Laissez-moi faire, intervint Jess. Restez bien derrière moi et ne vous arrêtez pas.

— Tu vas passer devant tout le monde ? s'enquit Laurie, la voix empreinte d'une crainte respectueuse.

— Pas exactement, répliqua Jess.

Elle prit la tête du petit groupe, fit le tour vers l'arrière du restaurant, et poussa la porte des cuisines qui s'ouvrit sur un chaos généralisé. Un grand homme roux de la taille d'un ogre lui jeta un regard et rugit :

— Qu'est-ce que tu fiches dans ma cuisine ?

Shanna et Laurie reculèrent aussitôt, mais Jess continua d'un pas décidé et alla droit dans les bras de l'homme. Choquée, Shanna vit ce dernier soulever Jess de terre et la faire tournoyer dans ses bras.

— Je croyais t'avoir dit de ne plus te faufiler comme ça, la gronda-t-il.

— Tu as vu la queue, dehors ? riposta Jess. Mesdames, je vous présente le plus grand chef de Chesapeake Shores, après celui de l'auberge, évidemment. Dillon Brady, je te présente Shanna Carlyle, propriétaire du tout nouveau magasin le plus branché de la ville, et son amie Laurie qui est venue nous voir de Philadelphie. Où aurais-je pu les emmener fêter l'inauguration de la librairie de Shanna sinon ici ? Tu vas bien nous trouver une petite table ?

— Pour toi, je décrocherais la lune, affirma Dillon.

Il s'adressa à Shanna et Laurie.

— Elle a beau m'avoir laissé tomber, j'ai choisi de lui pardonner.

Il soupira de façon théâtrale.

— Jess était la meilleure serveuse que j'aie jamais eue.

Cette dernière roula des yeux.

— Une véritable catastrophe, tu veux dire, rétorqua-t-elle. Il ne me gardait que parce que je le flattais interminablement sur sa cuisine.

— C'est en partie vrai, acquiesça-t-il sans vergogne.

— Et pour le reste ? demanda-t-elle, feignant l'amnésie.

Elle claqua des doigts.

— Ah oui ! Je t'ai présenté la femme qui est désormais ton épouse.

Il eut un large sourire.

— Oui, il y a ça aussi. Et je t'en serai d'ailleurs éternellement reconnaissant. Bon, donne-moi une minute. Je vais vous trouver une table, même si pour ça je dois un peu bousculer le maire et ses invités.

Shanna, fascinée, observait le chaos manifestement très organisé qui régnait en cuisine. C'était la première fois qu'elle se trouvait dans les coulisses d'un restaurant en plein coup de feu… la première fois tout court, d'ailleurs.

— Je ne pourrais jamais travailler là-dedans, déclara-t-elle au bout de plusieurs minutes.

Jess rit.

— Moi non plus. J'étais un véritable paquet de nerfs. J'ai tenu à peine trois mois et seulement parce que Dillon a eu pitié de moi. Il était persuadé que je finirais par prendre le coup.

— Quel effet ça te fait d'être devenue sa principale concurrente en matière de cuisine gastronomique ? la questionna Shanna.

— Dillon clame partout que tout ce que je sais, je l'ai appris ici, expliqua Jess avant de hausser les épaules. Sur ce point, il a sûrement raison. Et puis mon chef et lui s'entendent très bien, alors ça aide. Ils dînent ensemble tous les quinze jours et ils comparent leurs cartes pour s'assurer que nous proposons chacun des choix différents. Evidemment, certains plats doivent être servis aux deux endroits, mais comme ils sont suffisamment distincts, les gens ont l'avantage de la variété.

Dillon revint, le bras passé autour de la taille d'une femme qui était apparemment l'hôtesse du restaurant.

— Kate, mon épouse, annonça-t-il à Shanna et Laurie tandis que la femme embrassait Jess. Elle va vous conduire à votre table.

Il considéra Jess en lui agitant sous le nez un doigt menaçant.

— Et toi, la prochaine fois, passe par-devant comme tout le monde !

Jess lui sourit effrontément.

— C'est pas drôle ! En plus, Kate est bien trop diplomate pour nous laisser passer devant tout le monde.

— Exactement. Et maintenant, file !

Dès qu'elles furent assises et que Kate eut regagné son poste à l'entrée du restaurant, Shanna commanda une bouteille de vin. Avant que la serveuse ne reparte, elles commandèrent aussi leur repas.

Shanna se renfonça dans son siège avec un soupir.

— Rien que de pouvoir s'asseoir, c'est le paradis ! Je ne me doutais pas que ça serait si dur d'être sur mes jambes toute la journée. Ne dites rien surtout, j'ai enlevé mes chaussures. Ne me laissez pas repartir sans elles !

La serveuse leur apporta le vin et une sauce cocktail au crabe.

— Dillon vous offre ça pour vous faire patienter. Comme nous sommes bondés, ça risque d'être long en cuisine, mais il va préparer vos menus aussi vite que possible.

— Remerciez-le pour nous, s'il vous plaît, dit Jess avant de s'adresser à Shanna. Bon, passons maintenant à la nouvelle la plus importante de la journée. Comment t'es-tu entendue avec Gram et Davy ?

Shanna tiqua. Comment n'avait-elle pas deviné que Jess serait au moins aussi indiscrète que Laurie ? Maintenant, elles seraient deux liguées contre elle. Elle leva la main.

— Kevin, son fils ainsi que le reste de ta famille sont tabous, déclara-t-elle.

Jess se tourna vers Laurie, les yeux écarquillés d'innocence.

— Ai-je fait allusion à Kevin ?

— Je ne t'ai pas entendue prononcer son nom, confirma Laurie.

— Visiblement, mon frère lui trotte dans la tête, remarqua Jess avant d'ajouter d'un air songeur : toi qui la connais le mieux, Laurie, qu'est-ce que tu en déduis ?

— Je dirais qu'elle est un poil chatouilleuse sur le sujet parce qu'elle s'intéresse à lui, mais en même temps elle ne veut pas que nous le sachions.

Shanna les fusilla du regard.

— J'espère que ça vous amuse, toutes les deux ?

— Prodigieusement, affirma Jess.

— Ça faisait une éternité que je ne m'étais pas autant amusée, renchérit Laurie dont le visage se rembrunit très vite. Shanna, tu te rends compte de ce que tu es en train de faire ?

— Tout à fait, rétorqua celle-ci. Rien. Je ne fais absolument rien. Cette histoire entre Kevin et moi n'existe que dans votre imagination.

— Tu parais oublier que je vous ai vus ensemble tout à l'heure, objecta Laurie. Le courant passait manifestement entre vous…

— Oui, je m'en suis rendu compte, moi aussi, ajouta Jess. Même Abby l'a remarqué.

— Je l'ai à peine croisée, protesta Shanna. Et elle ne nous a jamais vus ensemble avec ton frère.

— Kevin était là. Pour elle, c'était suffisant.

— Oh, pour l'amour du ciel ! Vous faites une montagne de pas grand-chose. Kevin se trimballe des valises. Moi aussi. Ce n'est pas une bonne combinaison.

— De nos jours, dans n'importe quel couple, les deux se trimballent leur lot de valises, affirma Laurie. Et, bizarrement, ça ne les effraie pas, même quand ils feraient mieux de s'en inquiéter.

— Eh bien, je dois être une exception, conclut Shanna. Et Kevin aussi. Et maintenant, arrêtez avant de gâcher notre dîner ou en tout cas le mien.

— J'ai juste encore une chose à dire, chérie, et puis je n'insisterai plus pour ce soir, intervint Laurie. J'ai beau te taquiner, Kevin n'est pas un homme pour toi. C'est un type sympa et vous avez des atomes crochus : c'est bien mignon, mais, ensemble, vous courez à la catastrophe. Tu dois bien t'en rendre compte ?

Jess la considéra avec indignation.

— Hé, c'est de mon frère que tu parles !

— Ça n'a rien de personnel. Je l'aime bien. Franchement. Je dis juste que Shanna et lui ne vont pas bien ensemble. Si tu connaissais son histoire, tu te rangerais à mon avis.

— Alors raconte-la-moi, suggéra Jess en se penchant en avant, visiblement fascinée.

Shanna lança à Laurie un regard assassin.

— Pas si tu tiens à avoir un toit où dormir ce soir.

Cela ne fit qu'attiser la curiosité de Jess.

— Pourquoi ? Qu'est-ce que tu caches ?

Elle s'adressa à Laurie.

— Dois-je mettre mon frère en garde ?

Laurie fit non de la tête.

— Cela dit, c'est compliqué.

— Les complications ne sont pas toujours une mauvaise chose, souligna Jess d'un ton songeur. Raconte-moi et je me ferai mon opinion.

Shanna lui lança un regard implorant.

— Je jure que je te dirai tout ce que tu veux savoir, mais pas ce soir. Remuer le passé va gâcher la soirée, du moins pour moi.

Jess approuva lentement de la tête.

— C'est juste. C'est ta fête, ce soir, reconnut-elle avant d'ajouter : Mais un de ces quatre, je viendrai frapper chez toi avec mes questions sous le bras.

Shanna soupira. Pas de doute, elle n'y couperait pas. Jess était aussi protectrice envers Kevin que Laurie l'était envers elle.

— Je t'offrirai le café, lança-t-elle, résignée à l'inéluctable.

Ses deux compagnes changèrent scrupuleusement de sujet alors que leurs plats arrivaient. Jess et Laurie s'attaquèrent joyeusement à leur assiette tout en bavardant de choses sans importance, mais Shanna ne put avaler une bouchée de son menu. Le seul rappel de son bref et malheureux mariage lui avait coupé l'appétit et sapé le moral. Le seul fait d'en parler, ce soir ou n'importe quand, l'emplissait systématiquement de désespoir.

7

Le dimanche, Kevin entra dans la salle à manger alors que Gram mettait la table, et nota que les convives étaient plus nombreux que d'ordinaire. Même si Bree, Jake, Trace et les filles se joignaient à eux, la rallonge supplémentaire semblait excessive. Cela dit, il n'était pas rare qu'un membre du clan invitât quelques personnes au traditionnel repas de famille dominical.

— Tu as besoin d'aide ? demanda-t-il à sa grand-mère.

— Si tu pouvais finir de mettre la table, ça m'arrangerait. Je dois aller voir mon rôti en cocotte.

— Combien sommes-nous exactement, aujourd'hui ? s'enquit-il en prenant le relais là où elle s'était arrêtée.

Il disposa un autre couvert sur la table.

— Davy et toi, tes trois sœurs, Trace et Jake, les filles d'Abby, bien sûr, ton père et moi. Et deux autres personnes invitées par Jess.

Elle énuméra les convives sur ses doigts.

— Ça fait treize, plus ta mère, en supposant que Mick et elle soient par là. Ils ont le chic pour ne pas me tenir au courant de leurs projets.

Kevin se renfrogna à la perspective d'avoir de nouveau à affronter sa mère, même si depuis sa dernière visite il y avait eu un léger progrès dans leur relation.

— Si elle devait venir ici, ne serait-elle pas arrivée vendredi ?

— C'est fort probable, mais comme ses jours de congé varient, elle vient parfois le dimanche. Etant donné que je n'ai pas vu ton père ce matin, mon petit doigt me dit qu'il a filé la chercher à l'aéroport.

— Et ça ne te fait rien qu'ils ne te préviennent pas ? demanda Kevin, contrarié pour sa grand-mère.

Celle-ci haussa les épaules.

— Un peu plus de considération ne serait pas pour me déplaire, mais de tout temps vous m'avez toujours prévenue à la dernière minute quand vous invitiez un ami à dîner, et je n'ai jamais rien dit. Il y a toujours assez à manger pour quelques personnes de plus.

— Oui, je suppose, admit Kevin.

Mais c'était bien là un autre exemple de la désinvolture de Megan.

A moins que la faute n'en revienne à Mick, réfléchit-il, décidant de lâcher un peu sa mère. Après tout, c'était son père qui faisait venir quelqu'un à la maison.

L'éventualité que Megan reste ici quelques jours obscurcit son humeur, mais comment trouver un prétexte pour s'esquiver ? Il était trop tard. D'ailleurs, il avait décidé de ne plus fuir devant rien — qu'il s'agisse de personnes, de problèmes ou d'autre chose.

Lorsqu'il sortit quelques minutes plus tard, il dut faire appel à toute sa volonté pour se rappeler sa résolution : il venait d'apercevoir Jess en train de traverser le jardin, suivie par Shanna et son amie Laurie.

Comment diable n'avait-il pas fait plus tôt le rapprochement entre les invités de sa sœur et ces deux-là ? C'était typique de Jess d'essayer de semer la zizanie. Mais ce qui lui échappait, c'était la raison pour laquelle Shanna avait accepté de marcher dans ce plan, surtout avec son amie ultra-inquisitrice dans les parages.

Shanna jeta un coup d'œil dans sa direction, croisa son regard et articula silencieusement :

— Désolée.

En dépit de son premier sentiment d'exaspération, Kevin sourit. De toute évidence, la situation ne l'enchantait pas plus que lui. Mais alors, pourquoi avait-elle laissé faire ? On était en droit de se poser la question. A cet instant, il surprit le regard triomphant de Jess et comprit que sa sœur avait délibérément manigancé cette rencontre. Elle n'était pas du genre à se laisser décourager par un refus — il était bien placé pour le savoir.

— Kevin, sois gentil, conduis Shanna à l'intérieur et offre-lui quelque chose à boire, lui lança Jess.

« Et voilà, songea-t-il, elle a enclenché le processus. » Si Shanna et lui n'y mettaient pas le holà très vite, ses sœurs saisiraient la moindre occasion de les jeter dans les bras l'un de l'autre.

Kevin surprit une ombre de contrariété sur le visage de Laurie mais, à ce moment précis, Jess prit cette dernière par le bras et l'entraîna d'un pas vif vers la plage, soit pour lui montrer la vue, soit tout simplement dans une tentative éhontée de diversion, afin qu'il n'ait d'autre choix que de s'occuper de Shanna.

Il se tourna vers celle-ci dont les joues étaient rouges de confusion.

— Je vous avais pourtant prévenue de ne pas vous laisser piéger dans la toile d'araignée O'Brien.

— Mais vous aviez oublié de me dire que Jess était aussi fourbe que persuasive, se défendit-elle. J'avais dit non pour aujourd'hui. Je l'ai répété une bonne demi-douzaine de fois. Même Laurie a protesté, et elle est bien plus coriace que moi.

— Et pourtant, vous êtes là, constata-t-il. Je devrais peut-être demander à Davy de vous enseigner à dire « non » de manière plus convaincante. En ce moment, il n'a que ce mot-là à la bouche.

A la mention du fils de Kevin, le regard de Shanna s'éclaira et elle le chercha aussitôt alentour.

— Où est-il ?

— La dernière fois que je l'ai vu, il était dans la cuisine en compagnie de Gram et de ses cousines. Les enfants adorent traîner là-bas parce qu'elle les laisse dérober des cookies, alors qu'elle sait très bien que c'est défendu avant de passer à table. Quand nous étions petits, elle était inflexible sur ce point. En revanche, quand il s'agit de Davy, Caitlyn et Carrie, toutes les règles sont foulées aux pieds. Mais si jamais j'ose lui en faire la remarque, elle prétend qu'une arrière-grand-mère a le droit de gâter qui elle veut. Je n'ai aucun argument valable à lui opposer quand elle fait valoir sa supériorité hiérarchique.

Shanna pouffa.

— Vous croyez qu'on a une chance de chiper un cookie en douce si on les rejoint ? J'ai une faim de loup. Je me suis levée tard et j'ai sauté le petit déjeuner. Avec Laurie et Jess, on s'est fait une petite soirée, hier.

Kevin la dévisagea, consterné.

— Vous êtes allée faire la bringue avec ma sœur ? Vous êtes folle ou quoi ?

— Sûrement, puisque c'est là qu'elle m'a convaincue de venir chez vous, aujourd'hui. Et on ne peut pas parler de bringue. Nous sommes juste allées manger ensemble après la fermeture du magasin ; ensuite, on est restées un bout de temps à discuter. Dillon Brady et sa femme nous ont rejointes.

— Ah oui ? Alors, il devait être tard. Dillon sort rarement de sa cuisine avant 11 heures.

Shanna hocha la tête.

— Ce qui veut dire qu'il était minuit passé quand nous sommes rentrées. On s'amusait tellement que je n'ai pas vu l'heure jusqu'au moment où je suis tombée dans mon lit.

— Vous avez sympathisé, alors, commenta-t-il, vaguement piqué.

Réaction ridicule puisqu'il ne voulait pas particulièrement s'engager plus avant avec elle. Il était tout à fait normal qu'elle se fasse des amis ici. Et ce n'était pas comme si elle était sortie avec, mettons… Will et Mack, par exemple. Elle avait passé la soirée avec Jess, Laurie, Dillon Brady et sa femme. Difficile de faire plus innocent. Il n'y avait vraiment aucune raison pour justifier un tel pincement de contrariété, de jalousie ou de quoi que ce soit.

Shanna le regardait fixement, intriguée.

— Ça vous embête ?

— Non, mentit-il. Pourquoi ça m'embêterait ?

— Je n'en sais trop rien, mais vous avez un drôle de ton.

— Vous vous faites des idées. Je suis sûr qu'avec ce magasin vous allez vous faire des tas d'amis.

— Je l'espère, s'empressa-t-elle de répondre.

— A propos, vous ne comptez pas ouvrir le dimanche ? C'est un bon jour pour les touristes du coin.

— Si, à partir de la semaine prochaine. Sachant que la première journée serait très éprouvante, j'avais décidé d'attendre mardi avant de me caler sur les horaires normaux. Et bien m'en a prise, parce que, même dans mes rêves les plus fous, jamais je n'aurais imaginé une inauguration comme celle d'hier !

— A mon avis, la quasi-totalité de la ville est passée au magasin, estima Kevin.

— C'est aussi mon impression. Bref, à partir de maintenant, j'ouvrirai six jours sur sept — je prends le lundi. Ça me donnera l'occasion de renouveler les rayonnages après le week-end, de passer des commandes, etc.

— Six jours par semaine ? Vous ne risquez pas de vous épuiser à ce rythme-là ? Surtout si vous profitez du lundi pour rattraper la paperasse en retard et ce genre de trucs…

— Probablement, concéda-t-elle, la mine résignée, mais au début, mon budget ne me permettra pas de prendre une aide, encore moins à temps complet. J'espère pouvoir embaucher un ou deux jeunes en contrat partiel pendant les vacances, et ensuite une aide à plein temps d'ici l'été prochain. Je pourrai peut-être alors me dégager un salaire et payer les frais généraux. Dans une bourgade comme celle-ci, une petite entreprise met toujours un certain temps avant de s'établir et de rentrer dans ses comptes. Je me suis faite à l'idée de renoncer à toute vie privée pour le moment.

Kevin ne savait trop s'il devait en être soulagé ou déçu. A cet instant, Caitlyn, Carrie et Davy déboulèrent de la maison, lui évitant ainsi de pousser trop loin l'introspection. Davy n'arrivait pas à suivre l'allure de ses cousines plus âgées. Plus elles creusaient l'écart et plus son expression se faisait menaçante. C'est alors qu'il reconnut Shanna. Il effectua aussitôt un crochet dans leur direction.

— Livre ? lui demanda-t-il plein d'espoir en tendant les bras pour qu'on le soulève de terre.

Au lieu de quoi Shanna s'accroupit à son niveau.

— Je n'ai pas apporté de livres, mais s'il y en a un que tu aimerais que je te lise, je le ferai avec plaisir.

Davy leva les yeux vers son père.

— Livre, papa ?

Kevin regarda Shanna.

— Vous êtes sûre ? Si vous lui cédez, il ne vous laissera plus aucun répit.

— Pas de problème, affirma-t-elle.

Le petit garçon fermement agrippé à sa main, elle entra dans la maison avec Kevin, et tous ensemble ils montèrent dans la chambre de Davy. L'enfant la conduisit vers sa bibliothèque peinte en bleu vif et s'empara du livre des lucioles, puis d'un autre sur les camions. Il allait en prendre un troisième quand Kevin l'arrêta dans son élan.

— Ça suffit, mon bonhomme. Tu ne peux pas monopoliser Shanna. Elle est ici pour voir les grands.

— Ça m'est égal, je vous assure, insista-t-elle en ramassant le livre que Davy voulait prendre. On peut aller lire dehors ? Tu as un endroit favori ?

De nouveau, Davy tendit les bras pour qu'on le soulève.

— Je montre, dit-il.

Avant que Kevin ait pu protester, Shanna prit l'enfant dans ses bras comme s'il pesait moins qu'une plume.

— Dis-moi où c'est, suggéra-t-elle.

Puis, elle s'éloigna avec le petit garçon ; on aurait dit qu'elle avait oublié l'existence de Kevin. Davy babillait à tort et à travers. Kevin entendit le rire de Shanna monter jusqu'en haut des marches, provoquant en lui un petit pincement de jalousie.

— Ridicule ! grommela-t-il.

Il avait commencé par être jaloux de sa sœur, de Dillon et de Kate. Et voilà maintenant qu'il enviait son fils de deux ans ! C'était clair, il lui fallait reprendre sa vie en main — il y avait urgence.

Après le repas, Laurie découvrit Shanna assise à l'ombre, adossée contre un vieux chêne, Davy endormi sur ses genoux. L'arrivée de son amie mit un terme brutal à la parenthèse de calme et de plénitude dont elle profitait.

— Tu as perdu la tête ou quoi ? lui lança Laurie, embrassant la scène du regard.

— Chut ! Tu vas le réveiller.

— Tu ne vois donc pas que c'est mal ? s'indigna Laurie en baissant la voix, mais d'un ton tout aussi pressant. Tu ne peux pas remplacer un enfant par un autre, ni un père par un autre, d'ailleurs.

Shanna réprima une exclamation horrifiée.

— Je ne fais rien de tel !

— Ah non ? fit Laurie, le regard implacable. Oh, ma chérie ! Je sais combien Henry te manque. Je sais combien tu as souffert quand tu as dû partir en le laissant à Greg, mais tu n'avais pas le droit d'avoir sa garde. Quand tu as divorcé de Greg, Henry n'était ton beau-fils que depuis quelques mois.

— Mais il fera toujours partie de ma vie ! rétorqua Shanna avec fougue.

Greg et elle s'étaient fréquentés presque un an avant de se marier et elle avait complètement craqué pour son fils à la seconde où ses yeux s'étaient posés sur lui. Henry avait tant besoin d'une mère ! Lui aussi s'était immédiatement attaché à elle, la suppliant de pouvoir l'appeler maman presque dès le début.

— Ce que je veux dire par là, c'est que tu répètes le schéma qui a fini par te briser le cœur, expliqua Laurie.

— Ce n'est vraiment pas le moment ! s'irrita Shanna. Ni l'endroit !

Elle refusait de discuter de son ex-mari ou du fils de celui-ci dans un lieu où n'importe qui pouvait surprendre leur conversation. C'est tout juste si elle arrivait à prononcer le nom d'Henry sans se mettre à pleurer. Sa seule option juridique avait été de partir en l'abandonnant à cet environnement néfaste, mais son choix n'en avait pas été plus facile. Depuis, il ne s'était pas passé un seul jour sans qu'elle n'ait regretté sa décision, même en sachant qu'elle avait fait tout ce qui était en son pouvoir pour protéger le petit garçon.

Encore aujourd'hui, plus d'un an après, elle appelait régulièrement Henry, persuadée qu'à sa voix elle saurait deviner si tout allait bien pour le garçonnet de sept ans. Au moins Greg ne lui avait-il pas refusé ces appels, même s'il avait combattu sa requête pour l'obtention d'un droit de visite. Elle s'était promis que si jamais elle apprenait quoi que ce soit laissant supposer qu'Henry n'était pas heureux ou bien dans sa peau, elle n'aurait pas une seconde d'hésitation. Elle ferait un tel esclandre que les Hamilton — famille puissante et très collet monté — se retrouveraient au grand complet anéantis.

Laurie lui jeta un regard d'excuse et s'accroupit à côté d'elle.

— Pardonne-moi, mais il fallait que je t'en parle.

— Ecoute, je comprends que tu te fasses du souci. Franchement. Mais je ne suis pas aveugle : je vois très bien les similitudes entre les deux situations. Mais il y a aussi des différences importantes. Pourtant, je te jure que je me garderai de tout engagement sentimental. Moi non plus je n'ai pas envie de me retrouver une fois de plus le cœur en miettes, tu sais.

— Tu me tiens un discours raisonnable, Shanna, soupira Laurie d'un ton résigné.

Elle désigna Davy.

— Mais tes actes, eux, sont en flagrante contradiction avec tes paroles. Tu es déjà complètement dépassée par tes sentiments. Tu as passé le plus clair de la journée ici, avec Davy.

— Je ne suis pas du tout dépassée, répliqua fermement

Shanna. Et tu oublies Kevin. Lui non plus n'a pas envie de s'engager dans une relation. Le seul fait d'être avec moi suffit à le rendre nerveux.

— Et ça ne t'est pas venu à l'esprit que vous n'éprouveriez aucune nervosité s'il n'y avait pas d'attirance entre vous ? insinua Laurie. Entre connaissances, entre amis même, on n'est pas nerveux quand on est ensemble. Ce phénomène ne s'applique qu'à un homme et une femme qui luttent contre leurs désirs ou qui en nient la réalité.

— Tu n'as jamais songé à tenir la rubrique « courrier du cœur » au lieu de te cantonner aux recettes ? s'enquit Shanna d'un ton courroucé. Tu as beau éditer des livres de cuisine, tu sembles penser que tu détiens toutes les réponses, s'agissant des relations amoureuses.

— Non, riposta Laurie. Mais j'aurais peut-être intérêt à me reconvertir dans les sciences divinatoires, parce que je sais que toute cette histoire va te mener à la catastrophe.

Shanna aurait difficilement pu prétendre ne pas avoir vu les mêmes signes et augures que son amie, mais justement ! N'était-ce pas suffisant pour l'empêcher de se lancer dans une aventure aussi stupide ? Si elle était tombée amoureuse de Greg, c'est qu'elle n'avait pas su reconnaître les signes avant-coureurs du désastre.

— Je suis très lucide et très vigilante, affirma-t-elle à Laurie. Je t'assure.

Son amie parut discerner l'inflexion catégorique de sa voix car elle soupira encore plus profondément.

— Tu sais, si jamais ça devait changer, tu peux toujours m'appeler quand tu veux.

— Je sais. Et tu n'imagines pas à quel point ça compte à mes yeux. Sans toi, je n'aurais jamais pu tenir le coup durant ces deux dernières années.

Et elle espérait de tout cœur ne plus jamais avoir à dépendre ainsi de Laurie.

Le lendemain à la première heure, Kevin descendit à la marina de Harbor Lights pour y faire l'acquisition d'un bateau de pêche. C'était un coup de tête, mais aussi une nécessité.

Après avoir été le témoin envieux du tendre tableau que formaient Shanna et Davy dormant à poings fermés sur ses genoux, à la fin du déjeuner dominical, il avait jeté aux orties une bonne moitié de ses résolutions la concernant. A cette seconde, il avait compris à quel point Davy avait besoin d'une maman, d'une personne douce et chaleureuse qui lui apporterait amour et réconfort. Gram et ses propres sœurs étaient d'excellents substituts, mais ce n'était pas la même chose.

L'instant suivant, victime de sa volonté vacillante, il avait su qu'il devrait agir pour s'assurer que sa route ne croiserait plus celle de Shanna. Pas question de s'impliquer dans une relation avec pour seul but de donner une mère à son fils. En partant des heures en mer, il s'éloignerait de la tentation incarnée par cette jolie libraire qui semblait savoir s'y prendre avec Davy. L'achat d'un bateau de pêche devint une priorité immédiate.

A Harbor Lights, il flâna autour du bassin jusqu'à ce qu'il aperçoive Hawk Cooper avec son crâne chauve, sa peau tannée par le soleil et son regard acéré. Fils de marinier, Hawk n'avait jamais pu se résoudre à vivre ailleurs qu'au bord de la mer : il avait construit sa marina en même temps que Mick faisait surgir de terre Chesapeake Shores. Vieux amis, ils avaient coordonné leurs projets afin que le port vienne compléter la ville. Les habitants de Chesapeake Shores jouissaient de postes d'amarrage à des tarifs préférentiels même si, durant les mois d'été, la marina accueillait en grand nombre les yachts et hors-bord de non-résidents.

La clientèle de Hawk allait des richissimes propriétaires de dix-huit mètres de croisière aux possesseurs de modestes voiliers destinés aux sorties en mer du week-end. Depuis un ou deux ans, il avait même adjoint à la marina une section dédiée aux adeptes de plus en plus nombreux du kayak, désireux d'entreposer leur embarcation près de l'eau plutôt que dans leur garage.

En contact permanent avec les plaisanciers et les marinas du Maryland, du Delaware et de la Virginie, il négociait les ventes de bateaux de toute taille et de tout critère.

— Tiens, regardez qui voilà ! lança-t-il à Kevin. Ça faisait un bail que tu n'étais pas venu traîner du côté de mon bassin. Tu es de retour, à ce qu'il paraît. Je suis vraiment désolé de ce qui s'est passé…

Kevin l'interrompit avant que l'homme puisse aller plus loin.

— Tu vends toujours des bateaux, Hawk ?

— Bien sûr. Il y en a un qui t'intéresse ? Un joli petit voilier, peut-être ? J'en ai justement un très sympa en stock.

— En fait, je cherche quelque chose de plus grand, un bateau que je pourrais louer pour des parties de pêche.

Hawk le regarda d'un œil fixe, visiblement déconcerté par cette requête.

— Fiston, tu te rends bien compte de ce que sont les affaires de nos jours ? s'enquit-il d'un ton bourru, manifestement inquiet. La vie était déjà dure à l'époque où mon père bossait sur ces eaux, mais avec l'amenuisement des réserves de poissons et de crabes, sans parler de toutes les réglementations sur la pêche qui deviennent de plus en plus contraignantes, on ne peut pratiquement plus vivre de ce métier. Ajoute à ça le coût du carburant et tu seras ruiné avant d'avoir commencé, surtout si tu penses sortir au large, sur l'océan.

— Je pense me cantonner à la baie, affirma Kevin, même si, à vrai dire, il n'y avait pas réfléchi jusque-là.

— Bon, c'est déjà ça.

Hawk scruta Kevin d'un œil songeur. Puis il secoua de nouveau la tête.

— Je t'ai connu tout gosse. Je sais que tu traverses une passe difficile. Ne le prends pas mal, mais tu devrais peut-être y repenser encore un peu.

— Je ne le prends pas mal, mais ma décision est prise, insista Kevin. Tu peux me trouver un bateau, oui ou non ?

— Mais bien sûr que je peux ! s'écria Hawk, indigné. Il n'existe pas de bateau à vendre dans un rayon de cent cinquante kilomètres que je ne puisse pas me procurer pour toi. Et je saurai t'obtenir un bon prix. Donne-moi deux ou trois jours.

— Je le veux aujourd'hui, objecta Kevin qui préférait battre le fer tant qu'il était chaud, de crainte de revenir sur sa décision.

Devant le regard surpris de Hawk, il précisa :

— Je ne veux pas dire par là que je le veux en ma possession aujourd'hui, simplement je veux trouver un bateau et effectuer la transaction.

— Pourquoi tant de hâte ?

Kevin voulut s'expliquer, mais les mots lui firent défaut.

— C'est un pas en avant, c'est tout. Je dois l'accomplir maintenant.

— Donne-moi au moins quelques heures, négocia

Hawk. Reviens après déjeuner. Je me serai fait faxer des documents sur la marchandise à vendre.

Vu qu'il n'y avait pas un seul bateau de pêche amarré au port, on ne pouvait probablement pas en exiger plus de Hawk.

— Je reviendrai à 1 heure.

— Disons plutôt à 2. Ils auront peut-être quelque chose chez Mitchell. Je pourrais te l'amener ici pour que tu le voies.

Kevin acquiesça d'un hochement de tête.

Cet après-midi-là, à 2 heures et quart, après avoir arpenté le bateau de la proue à la poupe et obtenu de Hawk l'assurance que les machines étaient en parfait état, il signa les papiers, remplit un chèque et prit les dispositions nécessaires auprès de lui pour bénéficier d'un emplacement à la marina.

Il aurait cru éprouver du soulagement d'être passé du projet à la possession effective d'un bateau. Au lieu de quoi il se sentait complètement dépassé.

— Mais qu'est-ce qui t'a pris d'acheter un bateau ? s'exclama Bree lorsqu'elle le rencontra un soir de la semaine suivante.

Il était assis sur le sable encore chaud tandis que Davy pataugeait au bord de l'eau.

— C'est une idée de Jess, lâcha-t-il d'un ton laconique.

— Et à quoi pensait-elle ? maugréa Bree.

— Elle pensait que je pourrais louer le bateau pour l'organisation de parties de pêche.

— Et c'est ce que tu comptes faire ?

— Pas encore. Je dois d'abord obtenir mon brevet de capitaine.

— Tu t'en es occupé ?

— Pas encore.

Bree hocha la tête d'un air triomphant.

— C'est bien ce que je pensais. Tout ça n'a rien à voir avec la pêche. Tu te fiches pas mal d'attraper une rascasse ou un quelconque poisson, et encore moins que d'autres en attrapent. Tu as peur de l'échec, voilà tout.

Bon sang ! Qu'on le protège de toutes ces femmes qui croyaient si bien le connaître !

— Tu ne sais pas de quoi tu parles.

— Un mètre cinquante-huit, yeux verts, répliqua-t-elle. Ça te rappelle quelqu'un ?

— Si tu es si sûre que Shanna veut un homme dans sa vie, pourquoi ne la branches-tu pas avec un des amis de Jake ? Mack et Will sont libres.

Mais, en disant ces mots, il frémit à la pensée que Shanna puisse sortir avec l'un d'eux.

Bree fronça les sourcils, déconcertée.

— Vraiment, ça ne te dérangerait pas ? Je dois dire que je pensais d'abord à toi, mais ça pourrait peut-être coller entre Mack et elle… Bien sûr, Mack sort beaucoup avec Susie, même s'ils soutiennent mordicus ne *pas* sortir ensemble. Il faudrait que je vérifie si justement ça n'est pas le contraire.

— Si tu le dis, marmonna Kevin d'un ton soudain agressif.

Le visage de Bree s'éclaira d'un large sourire.

— C'est bien ce que je pensais. Cette idée te déplaît au plus haut point.

— Ça ne me regarde pas, s'obstina-t-il.

— Bien sûr que si, si tu veux Shanna pour toi.

— Or ce n'est pas le cas, lâcha-t-il d'un ton sans appel.

— Menteur.

— Peste.

Suivant un schéma désormais bien rodé, elle l'embrassa sur la joue avant de lui lancer une dernière pique :

— Un café, Kevin. Invite-la juste à boire un café, un de ces jours. Ça n'a rien d'extraordinaire. Ça se fait beaucoup entre hommes et femmes. Ça ne t'engage à rien de bien terrible, mais tu te gardes des portes ouvertes.

Sa sœur avait beau dire, tout cela n'avait rien d'anodin. Quand un homme pleurait encore son épouse disparue, la perspective de prendre un café en compagnie d'une autre femme était presque paralysante. Il se sentait déloyal rien que d'y penser. Quant à lancer une telle invitation, c'était inenvisageable. Il savait que les mots resteraient coincés au fond de sa gorge.

Il s'avéra que l'initiative de toute cette affaire lui fut ôtée des mains. Par son propre fils. C'était certes quelque peu effrayant et tout à fait exaspérant, mais il fallait bien admettre que son fils avait d'une certaine manière hérité du gène d'entremise de sa grand-mère et de ses sœurs.

En jetant un regard par la vitrine du magasin, Shanna vit Kevin qui descendait la rue, le pas réglé sur l'allure du petit garçon qui marchait à son côté. Cette vision l'emplit d'une envie désormais familière. Il fallait que cela cesse. Un de ces jours, Kevin allait la surprendre en train de le manger des yeux telle une gamine convoitant une friandise défendue derrière une vitrine. La probabilité d'une telle humiliation la fit reculer.

Au bout de plusieurs minutes, quand il fut évident qu'ils n'allaient finalement pas venir au magasin, elle poussa un soupir et toute l'excitation du plaisir anticipé retomba. Elle avait six nouveaux cartons de livres à déballer. Il lui fallait se concentrer là-dessus au lieu de rester plantée là comme une idiote transie d'amour.

Au bout d'un moment, elle entendit de l'agitation au-dehors, suivie d'un cri aigu et d'une requête concernant des livres. Elle leva les yeux et vit entrer un Kevin à la mine résignée, tiré d'une main impatiente par son petit garçon.

— Salut, les gars ! lança-t-elle, le cœur battant. Il te faut d'autres livres, Davy ?

L'enfant se libéra de la poigne de son père et trottina vers elle.

— Tu lis, commanda-t-il.

Shanna tomba immédiatement sous le charme.

— D'accord. Allons choisir un livre.

Elle lança un regard à Kevin.

— Ça ne vous ennuie pas ?

— Non, je vous en prie. Je vais aller m'asseoir tranquillement là-bas avec un café.

— Il est tout frais. Je l'ai fait il y a quelques minutes. Je crois que j'ai enfin pris le coup. Il est presque aussi bon que le vôtre.

Kevin hocha la tête et leur tourna le dos.

Shanna conduisit Davy vers les livres d'images et s'agenouilla à côté de lui pour l'aider à choisir. Il en trouva trois sur-le-champ. Le premier, qui contenait quelques mots, regorgeait d'illustrations de camions, un des sujets de prédilection du petit garçon, avait-elle remarqué. Un autre avait pour thème les camions de pompiers et le troisième, les trains. Shanna les emporta pour aller s'asseoir sur le sofa et Davy se blottit tout contre elle. Elle respira l'odeur du shampoing pour bébé mêlée à celle du petit garçon et faillit soupirer de bien-être.

Le magasin étant généralement désert à cette heure-ci,

elle lut presque une heure sans interruption. Enfin, Kevin eut pitié d'elle.

— Ça suffit, mon bonhomme. Choisis le livre que tu veux et on va laisser Shanna souffler un peu.

— Ça ne me dérange pas, protesta celle-ci. Comme vous pouvez le constater, c'est l'heure creuse. D'habitude, je ferme une demi-heure et je file manger un morceau chez Sally.

— Vous n'avez pas encore déjeuné ?

— Non.

Le regard de Kevin se porta sur Davy, sur la vitrine du magasin, bref partout sauf dans la direction de la jeune femme, tandis qu'il ruminait apparemment ce qu'il allait dire ou faire.

— On pourrait, c'est-à-dire que… J'aimerais vous inviter à déjeuner. Pour vous remercier de passer tout ce temps avec Davy, vous comprenez…

Elle n'avait jamais vu un homme aussi nerveux — ni aussi craquant — que Kevin en train de bredouiller son invitation.

— Ce que je veux dire, c'est que Davy et moi, on s'apprêtait à aller manger des sandwichs au fromage fondu chez Sally quand il a repéré les livres. Vous pourriez vous joindre à nous ?

Il hésita.

— Si le cœur vous en dit.

— D'accord, répondit-elle, incapable de résister.

Et c'est ainsi que fut initié ce rendez-vous qui devait être la première d'une série de rencontres quotidiennes chez Sally. Chaque fois, Shanna tombait un peu plus amoureuse. Mais était-elle éprise de l'homme ou du contexte dans son ensemble ? Elle n'aurait su le dire. Et après tout ce qu'avait enduré Kevin, elle n'avait pas le droit à l'erreur.

8

Bree avait eu raison concernant ce café — qui s'avéra d'ailleurs être un déjeuner : ce n'était pas la peine d'en faire une montagne. Au fil des rendez-vous, Kevin se sentait de plus en plus à l'aise durant l'heure ou deux qu'il passait presque chaque jour en compagnie de Shanna. Il n'éprouvait plus le besoin de se réfugier sur le bassin, à bord d'un bateau dont rien n'indiquait encore avec certitude qu'il représentât la clé de son avenir.

Leurs conversations étaient légères et insouciantes, principalement centrées sur leurs lectures, les endroits qu'ils avaient visités, les cours de navigation qu'il suivait en vue d'obtenir son brevet de capitaine ou encore le combat écologique très médiatisé de son oncle visant à améliorer la qualité de la baie de Chesapeake. Ils étaient tous deux horrifiés que le plus large estuaire du pays continue à se dégrader en dépit de la législation votée par plusieurs Etats dans le but de le préserver. Kevin constatait avec joie que Shanna partageait sa passion sur ce point.

Ni l'un ni l'autre ne s'aventuraient sur le territoire de la vie privée, soit par consentement tacite, soit du fait de la fréquente présence de Davy qui empêchait toute incursion dans le domaine personnel.

A l'heure où Shanna pouvait faire sa pause, Sally's était presque désert, ce qui leur évitait d'être en butte à tous les regards. Cela limitait les commérages en ville, même si Kevin savait que sa grand-mère et ses sœurs étaient au courant de ses sorties. A coup sûr, Bree devait les avoir consignées dans le moindre détail, mais, à son grand soulagement, les femmes de sa famille restaient toutes étonnamment muettes à ce sujet, craignant sans doute de porter la poisse à une éventuelle idylle naissante.

Shanna et lui venaient de terminer leur bol de soupe de crabe quand le téléphone portable de Kevin sonna. Comme Davy était chez Abby avec les filles, il était obligé de répondre au cas où il y aurait une urgence.

— Kevin, c'est Martha, dit avec émotion la mère de sa défunte femme. J'étais en train de penser à Georgia, alors je me suis dit que toi aussi peut-être, et j'ai éprouvé le besoin de t'appeler. Elle aurait eu vingt-neuf ans, aujourd'hui.

Sa voix se brisa et il lui fallut une minute avant de pouvoir poursuivre.

— Excuse-moi. Quand j'ai composé ton numéro, j'ai cru que ça irait, mais, parfois, ça me tombe dessus sans prévenir. Je n'arrive pas à croire que ma petite fille est partie.

Les sanglots de Martha lui transpercèrent le cœur, d'une part parce qu'il comprenait son chagrin, de l'autre parce que, avant qu'elle n'y fasse allusion, il avait complètement oublié que c'était l'anniversaire de Georgia, aujourd'hui. Comment avait-il pu rater cette date ? Et que faisait-il un tel jour en compagnie d'une autre femme, même en toute innocence ? Aujourd'hui plus que tout autre jour, il aurait dû être en train de pleurer son épouse.

— Je suis désolé, murmura-t-il d'une voix étranglée.

Il articula des excuses muettes en direction de Shanna, puis sortit pour terminer son appel en privé.

— J'aurais dû vous appeler, dit-il à son ancienne belle-mère.

— C'est bon, affirma Martha. Je comprends. Crois-le ou non, mais la plupart du temps, je vais très bien. J'ai cru que ça me ferait du bien d'entendre la voix de Davy. Il est là ? Ce n'est pas l'heure de sa sieste, si ?

— En fait, Davy est chez ma sœur, avec ses cousines. Abby et Trace ont organisé un pique-nique sur la plage pour les enfants.

— Oh, je suis sûre qu'il doit adorer ça ! s'exclama-t-elle. Ça t'ennuierait si John et moi venions vous rendre visite bientôt ? Je ne veux pas que mon petit-fils grandisse sans connaître le côté Davis de sa famille.

— Les portes de la maison vous seront toujours ouvertes, déclara Kevin. Faites-moi juste savoir la date à laquelle vous comptez venir.

Il songea à la visite embarrassante qu'il avait rendue à son ancienne belle-famille au Texas, après la mort de Georgia, mais se força malgré tout à proposer :

— Ou si vous voulez, je peux emmener Davy vous voir à Beaumont. Je souhaite que vous passiez le plus de temps possible avec lui. C'est important qu'il ait une grande famille. Et vous devez lui raconter toutes les anecdotes que vous connaissez concernant sa mère.

— Oh, je suis si soulagée de t'entendre dire ça ! C'est si difficile de savoir quoi faire dans une telle situation ! Je sais qu'un jour tu referas ta vie, que tu te remarieras peut-être, mais Davy est tout ce que…

De nouveau, sa gorge se noua.

— Enfin, tu comprends.

— Oui, je comprends, assura-t-il. Organisez-vous pour venir nous voir, d'accord ? Et si vous n'arrivez pas à trouver le bon moment, c'est moi qui emmènerai Davy chez vous. Promis.

— Je suis sûre que nous arriverons à trouver un arrangement. Fais un gros câlin à Davy pour moi, s'il te plaît.

— Ce sera fait, promit-il. Et saluez John de ma part.

— Je n'y manquerai pas. Nous t'aimons, Kevin. Et même si les choses n'ont pas tourné de la façon dont nous l'espérions, pour nous, tu fais partie de la famille.

Kevin sentit avec surprise les larmes lui picoter les yeux en entendant ces mots de la bouche d'une femme qu'il n'avait jamais trouvée particulièrement expansive. C'est l'œil sec et l'air détaché qu'elle avait assisté à la cérémonie de leur mariage ainsi qu'aux obsèques de sa fille. Apparemment, son stoïcisme avait néanmoins fini par s'effondrer. Celui de Kevin venait lui aussi d'en prendre un coup.

— Merci, parvint-il enfin à articuler. On en reparle très vite.

— D'accord.

Il raccrocha, inspira profondément, puis jeta un œil à l'intérieur du café et vit que Shanna le regardait d'un air soucieux. Quelque chose dans l'inquiétude sincère qu'il lut dans son regard apaisa la souffrance qu'avait ranimée le coup de fil de Martha. Cela l'emplit également de remords. Comment pouvait-il prendre du bon temps avec une autre femme, le jour même de l'anniversaire de Georgia ?

Il rentra lentement à l'intérieur, ne sachant trop ce qu'il pouvait ou devait dire de l'appel qui avait assombri son humeur, provoquant en lui une bouffée de culpabilité inattendue.

— Tout va bien ? s'enquit Shanna alors qu'il se glissait sur la banquette. Ça ne concernait pas Davy, au moins ?

— Non, c'était la mère de Georgia, expliqua-t-il, les mots jaillissant de sa bouche avant qu'il ait pu les retenir.

Elle aurait eu vingt-neuf ans aujourd'hui. Martha était bouleversée.

— Oh, Kevin, je suis navrée, dit-elle en posant sa main sur la sienne, le visage empreint de sympathie.

Il retira sa main. Il ne méritait pas sa compassion.

— J'avais oublié, avoua-t-il d'un air penaud. Il n'y a qu'un peu plus d'un an que Georgia est morte et j'ai déjà oublié son anniversaire.

— Combien d'anniversaires avez-vous fêtés ensemble ? l'interrogea-t-elle.

Cette question bizarre le fit tiquer.

— Deux, c'est tout. Pourquoi ?

— Dans ce cas, est-ce vraiment surprenant que tu l'aies oublié ? D'après le peu que je sais, vous n'avez vécu ensemble que sur une très courte période, en grande partie dans un climat très intense, qui plus est. J'imagine qu'il y a des tas de dates que tu n'as jamais eu la chance de mémoriser.

— Ne me cherche pas d'excuses, répliqua-t-il. J'aurais dû m'en souvenir.

Il rencontra son regard.

— Et je n'aurais pas dû être ici avec toi.

Shanna eut l'air consterné.

— Kevin, nous sommes amis. Du moins je l'espère. Avec qui d'autre devrais-tu passer une journée qui t'évoque de si tristes souvenirs ?

— Avec ma famille, répondit-il sans hésiter. Avec Davy.

— Tu vas rentrer les voir, objecta-t-elle d'un ton léger.

— Là n'est pas la question.

— Je ne pense pas que tu aurais eu cette réaction si ça n'avait pas été la mère de Georgia qui t'avait rappelé le sens de la date d'aujourd'hui.

Il considéra sa remarque avant de hocher la tête.

— Tu as sans doute raison. Martha ne m'appelle pas souvent et je sais que son but n'est pas de me culpabiliser, mais, d'une manière ou d'une autre, je finis toujours par me sentir fautif. Elle me donne l'impression de ne pas avoir le même chagrin qu'elle et John.

Shanna le dévisagea avec incrédulité.

— J'ignorais que ce genre de chose obéissait à des règles. Existe-t-il une meilleure façon qu'une autre d'avoir du chagrin ? Es-tu censé verser un quota de larmes précis sur un nombre de jours donné ? Explique-moi ça.

Ces questions le firent sourire.

— D'accord, j'exagère peut-être un peu par rapport à ce qu'elle m'a dit. Ce n'est pas comme si elle m'accusait de ne pas porter le deuil de sa fille. Loin de là.

Il redevint sérieux en croisant le regard de Shanna.

— Tu t'es déjà sentie coupable au point d'en être presque paralysée ?

L'espace d'un instant, cette question parut la prendre au dépourvu, puis elle hocha la tête.

— Plus souvent que tu n'imagines, répondit-elle doucement.

Quelque chose dans sa voix, quelque chose dans la détresse de ses yeux le frappa d'étonnement. A cette seconde, il comprit que c'était vrai, qu'elle comprenait exactement ce qu'il voulait dire et que, pourtant, elle s'était débrouillée pour continuer, d'une façon ou d'une autre. Lui essayait de reprendre une vie normale, mais Shanna, elle, y était déjà arrivée.

Un de ces jours, quand il n'aurait plus l'impression de marcher sur des sables mouvants, il faudrait qu'il lui demande comment elle avait fait. Et, ensuite, il lui faudrait s'enquérir de la tragédie qui l'avait forcée à apprendre cette douloureuse leçon.

*
**

Megan était sur le point de déclarer provisoirement forfait et de quitter la galerie d'art située dans l'Upper East Side où elle travaillait depuis quinze ans. Phillip avait certes toujours été un patron lunatique et difficile, mais aujourd'hui ses sautes d'humeur avaient atteint un summum. Un colis contenant des toiles de prix n'était toujours pas arrivé et il se comportait comme si elle en était personnellement responsable.

Au terme de la tirade de son patron, elle se leva.

— Où vas-tu ? tonna-t-il.

— Je vais faire un tour.

— Tu ne peux pas t'en aller maintenant. Nous avons un énorme problème sur les bras.

Megan le regarda droit dans les yeux.

— J'en suis bien consciente, mais ce n'est pas en me criant dessus que tu vas y changer quelque chose. Je reviendrai quand tu te seras calmé.

— J'insiste pour que tu restes ici !

— Si je reste ici et que tu me balances un seul reproche de plus au sujet de cette histoire, je passerai le seuil de cette porte, mais cette fois ce sera pour de bon, le prévint-elle. Tu consens à courir ce risque ?

L'espace d'un instant, Phillip eut l'air abasourdi.

— Tu démissionnerais ?

— A la seconde, rétorqua-t-elle, réalisant avec un choc que c'était la vérité.

Pour la première fois depuis qu'elle avait été embauchée à la galerie, ce boulot avait cessé d'être toute sa vie. Maintenant, il y avait Mick.

Non qu'elle envisageât de rappliquer dans les bras de son ex-mari pour la simple sécurité qu'il lui offrait, mais Mick serait à ses côtés si jamais elle décidait que c'en était assez de Phillip Margolin et de ses caprices. C'était une pensée réconfortante.

Son patron la considéra d'un œil songeur. La colère qui avait empourpré ses joues reflua peu à peu de son visage.

— Excuse-moi, grommela-t-il, ce qui pour lui représentait une concession majeure. Vas-y, sors prendre l'air. Je sais très bien que rien de tout ça n'est ta faute, mais quand je pense que des toiles d'une valeur d'un million de dollars ou plus se baladent quelque part dans Manhattan alors qu'elles sont censées être ici, ça me fait un peu flipper.

— C'est tout à fait compréhensible, acquiesça Megan. Mais je n'y suis pour rien.

Son patron lui lança un regard contrit.

— Je te répète que je suis vraiment désolé si je t'ai donné l'impression de penser le contraire.

— Je reviens dans un quart d'heure, promit-elle. Et nous allons les retrouver, ces toiles, Phillip. Je vais m'offrir un moka frappé. Tu veux que je te rapporte quelque chose ? Un truc sans caféine, de préférence…

Sa remarque lui fit hausser un sourcil.

— Un cappuccino frappé — décaféiné, répliqua-t-il consciencieusement. Le plus grand qui existe.

Megan acquiesça, s'empara de son sac et se dirigea vers la sortie. Elle n'était pas à la moitié de la rue qu'elle percuta quelqu'un qui faillit la faire tomber. Elle leva les yeux et croisa le regard surpris de Mick.

— Tu es pressée ? s'enquit-il en la rattrapant. Et pourquoi tu ne regardes pas où tu vas ? C'est comme ça qu'on se fait agresser.

Elle se renfrogna face à ce ton grondeur.

— Ça fait plus de quinze ans que j'habite ici, Mick

O'Brien. Ce n'est pas toi qui vas m'apprendre les dangers de la distraction, riposta-t-elle avec colère.

Il leva aussitôt les mains en geste d'apaisement.

— Désolé. Visiblement, tu n'es pas à prendre avec des pincettes.

— Comme c'est condescendant de ta part de le formuler ainsi ! commenta-t-elle sèchement.

Mick fronça les sourcils avec inquiétude. Avec fermeté, il prit Megan par l'épaule et la conduisit tout droit au coffee shop du coin de la rue. Comme c'était là qu'elle comptait aller au départ, elle ne perdit pas de temps à protester.

— Assieds-toi, ordonna-t-il. Qu'est-ce que tu veux ?

— Un peu moins de despotisme, ça serait bien, répliqua-t-elle.

— Non, à boire, précisa-t-il, faisant clairement appel au peu qui lui restait de patience.

Elle lui confia sa commande ainsi que celle de Phillip, puis s'assit et prit plusieurs profondes inspirations tandis que son ex-mari allait chercher les boissons. Elle avait besoin de se calmer. C'était ridicule de reporter sur Mick la frustration engendrée par son patron. Et d'ailleurs, que faisait-il ici, celui-là ? Il ne lui avait pas dit qu'il serait à New York, lorsqu'ils s'étaient parlé la veille au soir…

Mick revint avec leurs commandes et prit place en face d'elle. Il attendit qu'elle ait bu plusieurs gorgées de café avant de la fixer de son regard le plus intraitable.

— Ça te dérangerait de me dire ce qui a bien pu te mettre d'une humeur pareille ?

— Phillip est dans une colère noire. Des toiles valant plus d'un million de dollars n'ont pas été livrées dans les temps et nous n'arrivons pas à retrouver leur trace. Je suis sûre qu'il s'agit simplement d'un cafouillage idiot avec le service de livraison, mais il est persuadé que nous sommes victimes du vol du siècle et que j'en sais plus long que je ne veux bien le dire.

L'expression de Mick passa de l'incrédulité à l'indignation.

— Il insinue que tu es mouillée dans une espèce de vol de tableaux ?

Megan balaya sa réaction d'une pichenette.

— Pas sérieusement. Tu connais Phillip. Il adore faire des drames, tu le sais bien. Il est dans tous ses états, voilà tout, et comme je suis là, il se défoule sur moi.

Elle haussa les épaules.

— Ce qui explique ma présence ici, si tu arrives à suivre mon raisonnement. C'était soit prendre l'air, soit démissionner.

— Je vote pour la démission, lança Mick spontanément.

Megan haussa un sourcil, surprise par la vivacité de sa réplique.

— Ne serais-tu pas en train d'essayer de récupérer la situation au profit de tes desseins inavouables ?

— Bien sûr que si, voyons, affirma-t-il sans hésiter.

Il lui sourit.

— Si ça doit te faire revenir à Chesapeake Shores, je me servirai de tout l'arsenal mis à ma disposition. Tu ne devrais pas travailler pour quelqu'un qui ne sait pas t'apprécier à ta juste valeur.

— J'ai été mariée à un homme avec qui c'était exactement pareil, lui rappela-t-elle.

Mick encaissa le coup.

— D'accord, cclle-là je ne l'al pas volée, mais j'essaie de me rattraper, non ? Tu peux au moins me reconnaître ça.

Elle lui prit la main.

— Tout à fait. Je te reconnais beaucoup de qualités, d'ailleurs. Que fais-tu ici, à propos ?

— Je me suis réveillé ce matin avec l'envie de te voir. Comme ton travail ne te permettait pas de descendre dans le Maryland, j'ai décidé que ce serait moi qui viendrais à toi.

— Eh bien, tu tombes à pic. J'avais besoin de voir un visage amical.

Mick parut content de cette remarque et son regard se fit grave.

— Megan, sérieusement, réfléchis à ton retour à la maison. Tu pourrais ouvrir ta propre galerie de peinture. Tu connais le métier. Tu as un réseau de relations. Et moi, je dispose des fonds pour te financer.

— Mais alors ça ne serait plus mon affaire, n'est-ce pas ? objecta-t-elle. Non, Mick. C'est une proposition généreuse mais je ne peux pas accepter.

— Alors remarie-toi avec moi, nom d'une pipe, et rentre à la maison, point !

Elle le regarda droit dans les yeux et éclata de rire.

— Alors ça, c'est bien la demande en mariage la plus adorable que j'aie jamais entendue, commenta-t-elle en secouant la tête. Me voilà prête à tomber pâmée dans tes bras…

— Si c'est tout le tralala avec les petits cœurs et les fleurs que tu veux, je m'en charge, promit-il. Mangeons ensemble, ce soir. J'organiserai un dîner aux chandelles avec des violons et je t'offrirai un énorme diamant.

— Oh, Mick, fit-elle en lui serrant la main, je n'ai pas besoin d'une bague en diamant. Pour te dire la vérité, je ne les aime pas tant que ça, les diamants. Et je ne peux pas me remarier avec toi, alors je t'en prie, oublie le grand numéro romantique.

Il retira sa main, indéniablement blessé.

— Tu veux dire que je perds mon temps à te faire la cour ? Tu as déjà décidé que tu ne te remettrais jamais avec moi ?

— Non, tempéra-t-elle, regrettant aussitôt la façon dont elle avait formulé sa réponse. Je n'ai rien décidé du tout.

— Eh bien, tu avais pourtant l'air sacrément sûre de toi il y a à peine une minute, dit-il d'un air grognon.

— Tout ce que je veux dire, c'est que je ne pourrais pas t'épouser *maintenant*, ni même te dire oui *maintenant*. Nous avons encore besoin de temps, Mick. Nous avons changé depuis notre première rencontre, et même depuis notre divorce. Nous ne pouvons pas revivre ensemble et nous entendre de nouveau comme avant.

— Je devrais sans doute être soulagé par tes paroles, mais, en fait, ça ne fait que tout empirer, avoua-t-il.

Elle sourit.

— Parce que la patience n'a jamais été ton fort.

— C'est assez vrai.

Il se leva.

— Bon, puisque tu refuses que j'organise un bon petit gueuleton, je suppose que nous devrions retourner à ton espèce de galerie pour retrouver la trace de ces toiles disparues.

Megan le dévisagea avec surprise.

— Tu n'es pas obligé de m'aider.

— Si, si. Je tiens à passer un peu de temps avec toi ce soir, répliqua-t-il. Et puis je n'ai pas fait tout ce chemin pour me balader seul en ville.

Elle lui lança un regard sceptique.

— Avec tous les attraits que peut t'offrir New York, tu ne te soucies que de moi ?

Il rit.

— Meggie, tu ne sais donc pas depuis le temps que les seuls attraits qui m'intéressent, ce sont les tiens ?

— J'ai toujours craqué pour ton baratin d'Irlandais, plaisanta-t-elle en le suivant hors du coffee shop.

— Ce n'est pas du baratin ! s'indigna-t-il. C'est la pure vérité.

« Alors, que Dieu me vienne en aide ! », songea Megan.

Elle commençait en effet à croire en sa sincérité…

Plus d'une semaine passa avant que Shanna ne revoie Kevin, à la suite du coup de téléphone de son ancienne belle-mère. Elle savait ce qu'il traversait et pourquoi, mais se désolait de voir qu'il semblait avoir perdu cet élan constructif qui l'avait remis sur les rails de sa vie. Hier matin, Bree était passée la voir et lui avait confié que Kevin errait de nouveau comme une âme en peine à la maison. Sa seule activité positive consistait à se rendre à la formation obligatoire pour obtenir son brevet de capitaine.

Cinq ou six fois Shanna avait décroché le téléphone pour l'appeler, avant de se raviser. Entre amis, on s'appelle, mais étaient-ils vraiment des amis ? Entre eux l'air crépitait de trop d'étincelles de désir pour que cette étiquette puisse s'appliquer à leur relation.

Mais il y avait plus inquiétant encore que son indécision à l'appeler : elle passait déjà bien trop de temps à penser à lui. Lors de sa conversation avec Bree, devant leurs boutiques respectives, elle avait recueilli la moindre remarque anodine sur Kevin avec un bien-être comparable à celui qu'éprouvent les fleurs assoiffées après la pluie. Ce n'était pas bon signe.

Bien sûr, penser à Kevin l'empêchait de songer à son

ancien beau-fils. Chaque fois qu'elle voyait le matin des enfants courir impatiemment vers la plage ou des familles faire la queue pour acheter des glaces au marchand du coin de la rue, elle pensait à Henry et son cœur se brisait. Aujourd'hui, elle avait le choix entre deux préoccupations aussi torturantes l'une que l'autre : Kevin ou Henry.

Mais Kevin était majeur et ce n'était pas à elle de résoudre ses problèmes, donc elle prit le téléphone et composa le numéro qui était autrefois le sien. Ce fut la gouvernante qui répondit.

— Greta ? C'est Shanna.

— Oh, madame Hamilton, comment allez-vous ?

Greta émit un claquement de langue en entendant l'erreur qu'elle venait de commettre.

— Pardon. Je sais bien qu'il faut dire madame Carlyle, désormais. Simplement, je n'arrive pas à m'y faire.

— Appelez-moi Shanna, ce sera parfait, conseilla-t-elle à la femme qui s'occupait d'Henry depuis que sa mère s'était tuée dans un accident alors qu'il avait trois ans. Comment va Henry ? Il est là ?

— Il est juste à côté de moi, répondit Greta. Dès qu'il a entendu votre nom, il est venu en courant. Je vous le passe.

— Dites-moi d'abord s'il va bien.

Greta hésita, puis affirma sans conviction :

— Tout va bien.

Percevant une note de réserve dans sa voix, Shanna insista :

— Non, ce n'est pas vrai. Qu'est-ce qui se passe ?

— Je ne peux vraiment pas en parler maintenant. Je vous passe Henry.

— Maman, c'est vraiment toi ? demanda Henry.

Soulagée d'entendre l'excitation familière de sa voix, Shanna mit ses craintes de côté. Elle ne voyait pas non plus pourquoi elle l'aurait empêché de l'appeler maman même si Greg et sa famille s'étaient opposés à ce qu'il continue à lui donner ce nom après le divorce.

« Nous lui avons permis de m'appeler ainsi avant notre mariage, avait-elle rappelé à Greg. Le jour où quelqu'un d'autre entrera dans ta vie, nous nous inquiéterons de savoir qui il doit appeler maman. »

Son ex-mari avait finalement abdiqué.

Un moment, elle se complut dans le simple fait de savoir que son garçon avait l'air heureux. Puis elle lui demanda :

— Alors comment ça va, mon grand ? Tu as encore pris quinze centimètres depuis la dernière fois qu'on s'est parlé ?

L'enfant gloussa de rire.

— Personne ne grandit aussi vite !

— Si, toi, je crois. J'ai dû te racheter trois fois des vêtements quand tu étais en grande section de maternelle. Et ce pull que je t'avais envoyé pour ton anniversaire ? Il ne t'est pas déjà trop petit ?

— Sûrement pas, se récria-t-il. Il est trop bien. Je le mettrai toute ma vie.

Il marqua une pause avant de lancer :

— Devine, maman ?

— Quoi ?

— Papa a promis de m'emmener au match de base-ball des Phillies la semaine prochaine, et peut-être à un match des Baltimore Orioles un peu plus tard dans l'été. Il m'a dit qu'un jour on ferait le tour de tous les stades de base-ball du pays. C'est pas géant ?

Sachant combien Henry était fan de base-ball, Shanna acquiesça :

— Géant, en effet.

Pourvu seulement que ce projet ne vienne pas grossir

la liste interminable des promesses non tenues de Greg. Pour Henry, c'était chaque fois plus dur de rebondir après la déception. Chaque fois, la lumière de son regard s'atténuait davantage.

— Dis-moi encore ce que tu as fait d'autre, l'encouragea-t-elle. Tu passes de bonnes vacances ?

— Greta m'a emmené pêcher au lac, dit-il en mentionnant l'un de ses passe-temps préférés.

Quand Shanna vivait encore là-bas, ils y allaient presque tous les jours. Henry poussa un grand soupir.

— Mais elle n'aime pas enfiler l'appât à l'hameçon. Je ne crois pas qu'on y retournera.

Il s'interrompit avant de suggérer :

— Mais toi, tu pourrais peut-être venir et m'y emmener ?

— J'aimerais bien, mon grand. J'en parlerai à ton père et peut-être qu'un de ces quatre on pourra organiser une sortie. Mais je ne promets rien, d'accord ?

— Je sais. C'est parce que le tribunal l'a dit, enchaîna-t-il d'un ton lugubre. Je déteste ce tribunal débile.

Shanna ne l'aimait pas particulièrement non plus. Le juge qui s'était occupé de leur divorce était un ami du père de Greg : il ne lui avait laissé aucune chance. Un juge plus compatissant et aux relations moins influentes aurait peut-être tenu compte du lien qui l'unissait à Henry au lieu de ne se focaliser que sur les dispositions juridiques. Ces coups de fil épisodiques ne les satisfaisaient ni elle ni l'enfant. Néanmoins, c'était quand même mieux que d'être totalement coupée de la vie d'Henry, ce qu'auraient préféré les Hamilton.

— Tu as ouvert ta librairie ? lui demanda le petit garçon.

— Oui, et elle est magnifique.

— J'aimerais la voir…, soupira-t-il mélancoliquement. Peut-être que Grandma m'y emmènera ?

Là-dessus Shanna avait des doutes. Loretta Hamilton n'avait jamais raffolé de sa bru. Au mépris de toute évidence, elle avait reproché à Shanna le fiasco de son mariage avec Greg au bout de quelques mois seulement. Bien que tout à fait consciente du lien étroit qui s'était tissé entre elle et Henry, sa belle-mère avait appuyé sans réserve son mari et son fils dans leurs efforts pour exclure Shanna de la vie du petit garçon, une fois le divorce prononcé.

— Je dois y aller, mais je t'aime, Henry, affirma-t-elle. Tu peux me repasser Greta ?

— Elle est descendue. Je crois qu'elle prépare le déjeuner.

— Bon, très bien, fit Shanna, dissimulant sa déception de ne pas pouvoir interroger davantage la gouvernante. Je te rappelle très vite.

— Vraiment très vite ? demanda-t-il d'un ton plaintif.

— Vraiment très vite. Je t'aime, conclut Shanna, et elle attendit.

Au bout d'un moment vint la réponse acquise de haute lutte :

— Je t'aime.

Shanna raccrocha, les larmes aux yeux. Des mois durant il lui avait fallu répéter cette phrase chaque fois qu'elle lui souhaitait bonne nuit, que ce soit avant ou après le mariage, pour arriver à ce qu'Henry la prononce lui aussi. Dans une famille qui considérait toute manifestation d'émotion comme une faiblesse, le petit garçon n'avait que rarement entendu ces mots-là et, le cas échéant, il avait appris à s'en méfier.

Malheureusement, quand son père et elle s'étaient séparés, il s'était de nouveau senti trahi par cette simple expression. A l'âge de six ans, au moment du départ de Shanna, Henry avait appris que l'amour n'impliquait pas que les personnes restent auprès de lui. A partir de là, il lui avait opposé un silence obstiné quand elle prononçait ces mots au cours de leurs conversations. Il n'y avait que quelques semaines qu'il s'était remis à lui répondre « Je t'aime » — depuis qu'il avait commencé à croire que l'affection de Shanna avait perduré au-delà de leur séparation.

— Oh, Henry, murmura-t-elle, chassant les larmes qui mouillaient ses joues. Que t'avons-nous fait ?

Ce n'était pas la première fois qu'elle se posait cette question et ce ne serait pas la dernière, elle le savait. Greg, à sa manière hautement dysfonctionnelle, avait tourné la page après son divorce. Elle aussi, en se construisant une nouvelle vie qui, à d'autres égards, promettait d'être plus satisfaisante que son mariage.

Mais Henry, vivant au milieu du chaos qu'était l'existence de son père, n'avait pas eu le choix, lui. Il s'était retrouvé sans défense dans la tourmente quotidienne que déchaînait un homme tel que Greg, noyé la plupart du temps dans les brumes de l'alcool.

Shanna s'était efforcée au maximum d'expliquer tout cela au juge, mais c'était sa parole contre celle de Loretta et d'Harrison Hamilton, et même contre celle de Greg, qui avait suffisamment dessoûlé pour venir plaider sa cause en personne à la barre. Charmant et intelligent quand il était sobre, Greg avait porté sur leur union un témoignage qu'il lui avait été impossible de réfuter. Surtout en présence de ses influents beaux-parents venus là pour le soutenir et sûrement pas pour appuyer les revendications de Shanna. Même en soumettant au juge une liasse de factures exorbitantes du magasin de vins et spiritueux, elle n'avait pas pu apporter la preuve que c'était Greg lui-même qui descendait toutes ces bouteilles. Pour tout le monde, il s'agissait de cadeaux destinés à des partenaires commerciaux ou de ravitaillement pour soirées somptuaires, comme l'avait insinué l'avocat de Greg.

En conclusion de son bref mariage, Shanna s'était retrouvée divorcée, le moral en miettes mais sa dignité intacte. Cependant, c'est à un petit garçon âgé de six ans à l'époque qu'avait été causé le véritable préjudice. Un enfant qui avait été abandonné, sans personne pour le protéger et l'aimer à part une gouvernante trop effrayée par son patron pour s'exprimer devant un tribunal, là où sa parole aurait peut-être pu faire pencher la balance.

Shanna poussa un soupir. Ce coup de fil avait été frustrant à bien des égards, mais la note mélancolique décelée dans la voix d'Henry avait au moins eu un mérite : elle avait renforcé sa résolution de veiller sur lui à distance, du mieux possible.

Et si jamais elle soupçonnait un jour Henry d'être en souffrance — physique ou morale — à cause de son père, elle réagirait au quart de tour, et au diable les conséquences juridiques !

9

Las des regards apitoyés que lui lançait la quasi-totalité des membres de sa famille, Kevin invita Jake, Trace, Will et Mack à une partie de pêche le dimanche. Ce serait l'occasion de tester ses compétences à la barre de son nouveau bateau. Plus important encore, c'était peut-être le moyen de les rassurer tous sur son compte en leur prouvant qu'il avait retrouvé un sens à sa vie.

Les quatre hommes le rejoignirent à l'aube à la marina de Harbor Lights. Parmi eux, seul Mack ne semblait pas trop frais.

— Dure nuit ? s'enquit Kevin.

— Il avait une fois de plus rendez-vous avec Susie O'Brien même si ce n'était pas un vrai rendez-vous, expliqua Will. Pour deux personnes qui affirment ne rien éprouver l'une pour l'autre, ils passent sacrément de temps ensemble.

— On est amis, répliqua Mack qui lui décocha un regard noir avant de sauter dans le bateau de pêche, histoire de se mettre à l'écart.

A peine Kevin eut-il monté sa glacière à bord que Mack fit sauter la capsule d'une bouteille de bière.

Jake fronça les sourcils.

— Qu'est-ce qui te prend ? Il n'est même pas 7 heures.

— Je te dis qu'il est complètement ravagé par toute cette histoire, déclara Will.

— C'est ton opinion professionnelle ? s'indigna Mack. C'est quoi ce psy qui balance à quelqu'un qu'il est ravagé ?

— Un psy qui s'inquiète pour toi, bon sang ! s'énerva Will. Il faut que tu arrêtes ce truc absurde. Soit tu fréquentes cette fille, soit tu ne la fréquentes pas, mais sortez tous les deux de cette attitude de déni ridicule. Ça ne vous mènera nulle part. La dernière fois que j'ai croisé Susie, elle avait l'air aussi paumée que toi.

— Tu lui as fait part de ton impression ? s'enquit Mack.

Will parut épouvanté par cette suggestion.

— Bien sûr que non !

— Eh bien, pour info, sache que ce n'est pas à moi que tu devrais débiter ton petit sermon, répliqua Mack. Bon, on peut laisser tomber le sujet, s'il vous plaît ? Sinon, je rentre chez moi.

Trace sortit une bière et se laissa choir sur le siège voisin de celui de Mack.

— Je crois que je vais t'accompagner, déclara-t-il. Les malheureux se consolent entre eux, pas vrai ?

En entendant cela, Kevin se retourna comme si une mouche l'avait piqué.

— Les malheureux ? Tu as des raisons d'être malheureux, toi ? Vous allez vous marier, ma sœur et toi.

Trace haussa les épaules et prit une longue gorgée de sa bouteille de bière.

— Ça reste à prouver. Tu as entendu parler d'une date, toi ? Pas moi. Chaque fois que je pose la question, elle me regarde d'un air…

Mack hocha la tête d'un air de chien battu.

— Je connais cet air-là.

— Moi aussi, acquiesça Jake.

Kevin les contempla tous les trois.

— Et c'est quoi, cet air ?

— L'air qui dit qu'on est débile de vouloir quelque chose, pas vrai ? répondit Trace d'un air sombre. Tu ne crois pas que normalement Abby voudrait régulariser la situation ? Je m'étonne que son ex-mari n'ait pas fait tout un scandale parce qu'on vit ensemble sous le même toit avec les jumelles. Evidemment, Wes a ses propres problèmes de cœur, ce qui explique sans doute qu'il laisse tranquille à Abby sur ce point-là.

Mû par le besoin de défendre sa sœur, Kevin déclara :

— Abby est très occupée à développer sa boîte de courtage. Elle passe la moitié de son temps à Baltimore.

— Et c'est encore un autre problème, renchérit Trace en rebonsissant sur sa remarque. Tu as tout à fait raison, Kevin. Elle se planque la moitié du temps à Baltimore pendant que moi, je reste ici avec les jumelles.

Avant que Kevin ait pu lui demander pourquoi, selon lui, Abby se planquait, Trace le fit taire d'un regard.

— Je ne dis pas que je n'aime pas les filles comme si c'étaient les miennes, précisa-t-il. Et ça ne me dérange pas de m'occuper d'elles, puisque je travaille à la maison. Crois-moi, ce n'est pas la question.

Kevin le fixa d'un œil sceptique.

— Ça ne te dérange pas ? Tu es sûr qu'on parle bien de Carrie et de Caitlyn ? J'adore mes nièces, mais ces deux-là ne sont pas de tout repos.

— On a trouvé un système, insista Trace.

Les trois hommes le dévisagèrent.

— Un système ? fit Will en écho. Vraiment ?

Trace se renfrogna devant leurs mines dubitatives.

— Je vous dis qu'à la maison j'ai la situation bien en main.

— Tu les enfermes dans leur chambre ? s'enquit Kevin, mi-figue mi-raisin.

— Certainement pas, s'indigna Trace. Vous pourriez vous concentrer un peu sur ce que je dis ? Le problème, c'est pas les filles. C'est Abby. Je crois qu'elle a la trouille. Sinon pourquoi ferait-elle cette tête-là chaque fois que je parle de fixer une date pour le mariage ?

Mais, dans l'esprit de Kevin, il n'y avait aucun doute : Abby voulait se marier avec Trace. C'est lui qu'elle aurait dû épouser des années plus tôt.

— Je te dis que tu te trompes. Elle est trop centrée sur son boulot, c'est tout.

— Tu sais ce que je pense ? fit Will à Trace. Je pense qu'il faudrait que tu confies les filles à quelqu'un d'ici pour quelques jours, et que tu ailles à Baltimore pour te retrouver en tête à tête avec ta fiancée. Abby s'est lancée dans un nouveau boulot. Tu t'es lancé dans la vie commune et la parentalité. Tout ça exige des adaptations non négligeables. Il faut du temps pour être un couple, pour trouver un équilibre émotionnel et se souvenir des raisons pour lesquelles on est tombé amoureux.

Trace le considéra d'un air songeur.

— Tu as peut-être mis le doigt sur quelque chose, acquiesça-t-il.

Will sourit largement.

— Je ne m'enrichirais pas sur le dos de mes patients si je n'avais pas quelques illuminations crédibles de temps en temps.

— Je vais te prendre les filles, proposa Kevin. Gram va adorer les avoir quelques jours à la maison. Et c'est bien le moins que je puisse faire après toutes les fois qu'Abby et toi vous m'avez dépanné en vous occupant de Davy.

— Et voilà, conclut Will. Problème résolu. C'est moi qui suis bon ou quoi ?

Mack sourit et lui passa un bras autour des épaules.

— Oh, tu es bon, pas de doute là-dessus. Peut-être qu'un de ces quatre tu pourras mettre à profit toute ton expérience pour que tes propres relations se prolongent au-delà de quelques semaines.

Jake donna à Will un coup de coude dans les côtes.

— Là, il t'a eu, mon pote.

Will poussa un soupir.

— Passez-moi une de ces bières.

Kevin contempla ses amis et secoua la tête, découragé.

— Vous avez vraiment envie d'aller pêcher ? Ou est-ce que vous voulez juste rester assis sur le quai à picoler ?

— Rester ici, moi ça me va, déclara Trace.

— Moi aussi, confirma Jake.

— Attraper des poissons, ça m'a jamais vraiment branché, renchérit Will en s'installant dans l'une des chaises longues disposées sur le pont. Mais je dois dire que rester allongé là…

Il poussa un profond soupir.

— … c'est vraiment la belle vie.

— Amen ! approuvèrent les autres en chœur.

Kevin sourit et s'empara d'une bière.

— Au prix de l'essence, ça me convient parfaitement à moi aussi.

— Et il y a de sacrés canons qui se baladent sur les quais quasiment nues, renchérit Mack.

— Rince-toi l'œil tant que tu veux, persifla Jake. Ça ne changera rien au fait que tu craques pour Susie.

Mack poussa un gros soupir.

— Ouais, t'as sans doute raison…, admit-il, la mine sombre.

Il ne l'aurait jamais avoué à voix haute, mais Kevin savait lui aussi que regarder passer les jolies filles ne changerait rien au fait que, ces derniers temps, Shanna lui obsédait l'esprit. Toutefois, cela le distrairait peut-être de l'écrasant sentiment de culpabilité que lui causait cette attirance…

La matinée n'avait pas été bonne. En entrant dans le magasin, Shanna avait trouvé le sol de l'arrière-boutique inondé. Le tuyau du lavabo du cabinet de toilette avait apparemment eu une fuite dans la nuit. Elle avait coupé l'arrivée d'eau, mais jusqu'ici elle n'avait pas réussi à dénicher un plombier qui puisse venir avant le lendemain.

Elle avait eu tellement de clients ce matin qu'elle n'avait pas eu le temps de passer la serpillière dans l'arrière-boutique, ni d'évaluer les dommages causés aux cartons de marchandise entreposés par terre. Au moins avait-elle réussi à les mettre en hauteur, de manière à limiter les dégâts.

Elle poussa un soupir de soulagement lorsque le dernier de ses clients s'en alla, pile à la fermeture, aux alentours de 1 heure, et que l'accalmie habituelle s'ensuivit. Elle était en chemin vers l'arrière-boutique quand le carillon de la porte tinta. Elle entendit un petit cri familier et se retourna juste à temps pour recevoir Davy qui s'était jeté dans ses bras. Il était suivi à une allure plus tranquille par Carrie, Caitlyn et Kevin.

Shanna se força à sourire pour les enfants, mais son regard n'était pas illuminé comme de coutume et Kevin comprit sur-le-champ que quelque chose n'allait pas.

— Qu'est-ce qui se passe ? lui demanda-t-il.

— Un problème de plomberie à l'arrière, expliqua-t-elle. Et je n'ai pas eu deux minutes pour faire plus que couper l'eau et sortir quelques cartons des flaques. Je n'ai pas non plus réussi à trouver un plombier qui puisse passer aujourd'hui. C'est la première fois de toute la matinée que j'ai l'occasion de revenir ici pour essayer de remédier à la fuite.

— Montre-moi, proposa-t-il sans attendre.

Il se tourna vers Carrie et Caitlyn.

— Vous, les filles, je veux que vous restiez dans la section enfants et que vous regardiez des livres avec Davy, d'accord ? Si vous faites ça pour moi pendant quelques minutes, vous pourrez chacune choisir un livre à ramener à la maison.

— Ouais ! s'exclama Carrie, le visage impatient.

Elle saisit la main de Davy.

— Viens. Quel livre tu veux qu'on te lise ?

— Je garderai un œil sur eux, proposa Shanna.

— Une fois que tu m'auras montré le problème et que tu te seras assise une minute, répliqua Kevin. Tu as une mine de déterrée.

Shanna tenta de ne pas s'offusquer de ce qualificatif, d'autant plus qu'il avait raison. Elle avait incontestablement une mine de déterrée.

— J'ai eu une matinée mouvementée. Tu me sauves la vie si tu arrives à réparer cette fuite. Avec les bons outils, je pourrais m'en tirer, je pense, mais je n'ai rien.

Elle lui montra le tuyau et l'endroit d'où jaillissait l'eau.

— Ça m'a tout l'air d'être un joint défaillant, conclut-il.

Soudain, Shanna se remémora certains propos de Mick à l'égard de son fils, quelques semaines auparavant.

— Kevin, je ne voudrais pas faire la difficile, mais tu es bien sûr de savoir ce que tu fais ?

Il émergea de sous le lavabo et lui fit un clin d'œil.

— Il y a certaines réparations domestiques que même moi j'arrive à ne pas foirer. Comme j'avais les filles, je suis venu avec le 4x4 de mon père. Sa boîte à outils est dans le coffre. Je vais te réparer ça en un rien de temps.

Le prenant au mot, Shanna hésita à s'occuper des cartons mouillés, puis décida qu'elle devait d'abord aller jeter un œil aux enfants. Ils avaient beau être assez calmes, rien n'indiquait qu'ils n'étaient pas en train de faire une bêtise. En outre, les écouter tous les trois bavarder de tout et de rien lui viderait la tête de ses problèmes.

— Mademoiselle Shanna, s'enquit Caitlyn dès qu'elle se fut assise avec eux, vous avez un livre qui parle de filles ?

Perplexe, Shanna répondit :

— J'ai tout plein de livres qui parlent de petites filles.

— Non, un livre sur une famille avec des petites filles. C'est maman qui nous en a parlé. Elle nous a dit que Grandma Megan le lui lisait quand elle avait notre âge. C'est un film, aussi.

— Tu veux parler des *Quatre Filles du Dr March* ?

Caitlyn s'illumina aussitôt.

— C'est ça. Vous l'avez ?

— Bien sûr que je l'ai, affirma Shanna en allant vers la section des classiques pour enfants.

Elle chercha l'œuvre de Louisa May Alcott qui avait été jadis son livre préféré à elle aussi.

— Cette édition possède en plus de remarquables illustrations.

Lorsqu'elle la sortit du rayonnage et alla s'asseoir, les trois enfants s'installèrent auprès d'elle, Davy sur ses genoux et une fille de chaque côté. Aussitôt, elle fut transportée par un merveilleux sentiment de satisfaction.

Comme elle commençait à lire, les filles se rapprochèrent d'elle pour examiner les illustrations. Davy s'assoupit. Arrivée à la fin du premier chapitre, elle referma le livre et son regard passa de Carrie à Caitlyn.

— Ça vous plaît ?

Carrie fit oui de la tête.

— A moi aussi, dit Caitlyn. Je veux qu'oncle Kevin nous l'achète.

— Oncle Kevin ne demande pas mieux, affirma-t-il, faisant sursauter Shanna.

Shanna leva les yeux vers lui.

— Depuis combien de temps es-tu là ?

— Assez pour admirer le joli tableau que tu formes, assise là avec les trois enfants, répliqua-t-il. Tu as vraiment le coup avec eux.

Shanna piqua un fard. Ne sachant quoi répondre à une telle remarque, elle l'interrogea :

— Où ça en est avec le tuyau ?

— La fuite est réparée et l'eau est revenue. J'ai épongé le sol, mais il va te falloir examiner ces cartons. J'ai l'impression que quelques articles sont bien trempés.

— C'est ce que je craignais. Je retourne m'en occuper.

Kevin secoua la tête.

— Pas avant d'avoir déjeuné. On va manger une pizza. Tu viens avec nous.

— Oui, mademoiselle Shanna, il faut que vous veniez, insista Caitlyn.

— S'il vous plaît, l'amadoua Carrie.

— Et après, on mangera une glace, ajouta sa sœur.

Shanna considéra Kevin d'un air amusé.

— C'est ta conception du baby-sitting ? Les gaver de nourriture jusqu'à l'hébétude ?

— C'est quoi l'hébétude ? demanda Carrie.

— Rien de bien méchant, la rassura Kevin. Elles ont un appétit féroce.

— Mais de petits estomacs, riposta Shanna.

— Pas ces deux-là, affirma-t-il.

— On est capable de manger des montagnes et des montagnes de trucs, confirma Caitlyn.

Carrie écarta les bras.

— Au moins comme ça de pizza et puis après de la glace.

Shanna confia Davy à Kevin et se leva.

— Il faut que je voie ça, s'exclama-t-elle avant de sourire à Kevin. Et je tiens aussi absolument à te voir assurer quand elles auront la nausée.

— Tu parles à un ancien ambulancier et membre du personnel soignant de l'armée, lui rappela-t-il. Pas de souci.

Elle rit devant tant de confiance.

— Nous verrons.

Une heure plus tard, Kevin installait deux petites filles horriblement malades dans sa voiture en tâchant d'éviter le regard entendu de Shanna qui semblait lui dire : « Je te l'avais bien dit. »

— J'étais loin de me douter qu'on pouvait se mettre dans un tel état en aussi peu de temps, marmonna-t-il entre deux gémissements misérables des jumelles.

— Deux parts et demie de pizza couronnées par un sundae caramel sauce au chocolat chaud, voilà qui pourrait expliquer ce résultat, commenta Shanna.

Quand les filles s'étaient mises à vomir, elle s'était précipitée pour s'occuper d'elles, armée d'une infinie compassion et d'une voix douce et apaisante. Mais avec Kevin elle n'avait rien fait pour cacher son amusement.

— Je n'ai pas fini d'en entendre parler, pas vrai ?

— Sans doute, admit-elle.

— Tu vas te sentir obligée de tout raconter à ma sœur ?

— A Bree, tu veux dire ?

— A Bree, Abby, Jess. Peu importe. Une fois que l'une sera au courant, les autres le seront aussi.

— En tout cas, elles ne l'apprendront pas de ma bouche, affirma-t-elle avant de lancer un regard appuyé en direction des filles assises dans leur siège-auto. Mais elles le découvriront quand même.

Kevin réfléchit.

— Je pourrais peut-être les soudoyer pour qu'elles ne me dénoncent pas à leurs parents ?

Shanna secoua aussitôt la tête.

— Mauvaise idée. On ne doit pas encourager les enfants à faire des cachotteries à leurs parents.

— Oui, tu as sans doute raison. Eh bien, tant pis ! Abby et Trace seront peut-être si bien disposés au retour de leur petite escapade en amoureux que j'éviterai de me prendre un savon.

Ils étaient encore sur le trottoir quand Bree sortit de sa boutique et vint les rejoindre. Elle jeta un œil dans la voiture et fronça les sourcils.

— Qu'est-ce que tu as fait à ces gamines ? s'enquit-elle aussitôt. Elles sont vertes.

— Ne commence pas, râla Kevin.

— Overdose de pizza et de crème glacée, résuma Shanna.

Il se retourna brusquement vers elle.

— Il me semble que tu étais d'accord pour ne rien dire.

— Bree est là. Elle l'a constaté par elle-même.

— Tu aurais pu m'en empêcher, quand même, l'accusa-t-il.

Shanna pouffa.

— Moi ? Non. Tu m'as dit que tu avais la situation bien en main.

Le regard de Bree passait de l'un à l'autre et son visage se fendit progressivement d'un grand sourire.

— C'est trop bon. Je rentre dans le magasin pour appeler Abby.

— Il n'en est pas question ! s'écria Kevin en lui agrippant le bras. Trace et elle sont… Eh bien, disons que ça serait une mauvaise idée de les déranger dans le seul but de cafter.

Immédiatement détournée du sort de ses nièces livides, Bree le fixa d'un air fasciné.

— Qu'est-ce que tu sais sur Trace et Abby que j'ignore ?

— Ils sont à Baltimore — seuls, si tu vois ce que je veux dire, rétorqua-t-il.

Les yeux de Bree s'allumèrent.

— C'est vrai ? Un petit avant-goût de lune de miel ?

— Quelque chose comme ça, acquiesça Kevin. Trace voulait amener Abby à se concentrer sur le mariage, alors je me suis proposé pour garder les filles pendant deux ou trois jours.

— Ah oui ? Et tu n'as rien trouvé de mieux que de les rendre malades ?

Il fusilla sa sœur du regard.

— Laisse-moi tranquille !

A son côté, Shanna se mit à glousser de rire.

— J'adore cette famille. Vous faites vraiment la paire, tous les deux.

— Tu trouves ça drôle ? demanda Kevin.

— Tout à fait, confirma-t-elle.

— Ma propre sœur me casse les pieds alors que j'ai fait une bonne action et tu trouves ça drôle ? persista-t-il.

— Tu sais ce qu'on dit : on ne fait jamais le bien impunément, intervint Bree.

— Oui, eh bien, ne compte pas sur moi pour que je te rende service, la prévint-il avant de se tourner vers Shanna. Et toi, c'est comme ça que tu me remercies d'avoir réparé la fuite de ton tuyau ?

Shanna s'empourpra, l'air coupable. Ses joues rosies la rendaient encore plus belle.

— Oups !

Bree la regarda fixement.

— Tu as laissé Kevin réparer un problème de plomberie ? lui demanda-t-elle, la mine inquiète.

— Je suis quand même capable de remplacer un joint ! rétorqua-t-il indigné en leur lançant à toutes deux un regard assassin.

Vraiment, il y avait des moments où les femmes étaient plus enquiquinantes qu'autre chose. De toute évidence, ces deux-là ne savaient pas apprécier une bonne action à sa juste valeur.

— Je devrais peut-être demander à papa de venir y jeter un œil, suggéra Bree. Il est rentré de New York, non ?

— Inutile de faire intervenir papa. Le tuyau ne fuit plus, affirma Kevin. Demande à Shanna. Est-ce qu'il fuyait quand on est partis déjeuner ?

— Non, répondit-elle aussitôt.

Bree jeta un regard en direction de la librairie et poussa un cri étouffé.

— Alors vous pourriez peut-être m'expliquer pourquoi de l'eau s'échappe de sous la porte ?

Kevin se retourna et sentit la couleur se retirer de son visage. Shanna affichait une expression horrifiée qui, songea-t-il, devait valoir la sienne.

— Bree, ramène les filles et Davy à la maison, commanda-t-il. Appelle papa en route et demande-lui de venir ici, d'accord ?

— Je m'en occupe ! lança Bree en se précipitant dans sa boutique pour prévenir Jenny qu'elle s'en allait.

— Donne-moi ta clé, ordonna Kevin à Shanna qui semblait pétrifiée à la vue de toute cette eau qui inondait la rue.

Comme elle ne bougeait pas, il lui prit la clé qu'elle serrait dans sa main.

A l'intérieur, il pataugea jusqu'à l'arrière-boutique et coupa l'arrivée d'eau : le débit s'amenuisa en un filet d'eau, puis cessa après quelques dernières gouttes.

Shanna le rejoignit en pataugeant, lançant des regards tout autour d'elle, atterrée par les dégâts.

— Qu'est-ce qui s'est passé ?

— Apparemment, le problème ne se limitait pas au joint, expliqua-t-il succinctement. Ne t'en fais pas. Je vais tout nettoyer. Dans deux heures, le magasin sera redevenu comme avant.

— Certains articles ne pourront pas être récupérés, murmura-t-elle, au bord des larmes. Je ne peux pas me permettre une telle perte !

Kevin la considéra, consterné.

— Tu n'es pas assurée ?

— Bien sûr que si, mais je ne peux pas déposer une demande d'indemnisation auprès de mon assurance quelques semaines après avoir ouvert mon commerce. Mes cotisations vont décoller !

Kevin alla vers elle et l'attira dans ses bras.

— Je t'en prie, ne pleure pas, murmura-t-il dans ses cheveux. Je ne peux pas le supporter. C'est ma faute et je vais tout arranger.

— Tu voulais seulement te montrer serviable, répondit-elle en se cramponnant à lui.

Ses larmes mouillaient sa chemise.

Kevin lui releva le menton et la regarda droit dans les yeux.

— Arrête de pleurer, d'accord ? On n'a pas intérêt à ce que le niveau d'eau monte encore.

Comme il l'espérait, Shanna esquissa un sourire.

— Voilà qui est mieux, commenta-t-il. Ne t'inquiète pas. La situation n'est pas aussi catastrophique qu'elle en a l'air. La plupart de ton stock était entreposé en hauteur et nous allons assécher le magasin en un clin d'œil. Je vais embaucher deux fans inconditionnelles et ramener une équipe de nettoyage.

Il planta son regard dans le sien.

— Tu pourras tenir le coup le temps que je passe un ou deux coups de fil et que je mette les choses en branle ?

Shanna acquiesça d'un hochement de tête, gardant malgré tout un visage sombre.

A contrecœur, Kevin la laissa seule et sortit téléphoner. Quand il revint au magasin, elle chassait l'eau vers la porte d'entrée à l'aide d'un balai.

— Une serpillière serait plus efficace.

— Je n'en ai pas.

— Sally en aura une, elle, dit-il immédiatement. Tu vas aller la lui emprunter et, pendant ce temps, je vais commencer à éponger avec des serviettes. Je peux utiliser celles de la salle de bains ?

Elle fit oui de la tête.

— Il y en a d'autres en haut, dans mon appartement. La clé est sur le même trousseau. Je reviens tout de suite.

Kevin passa par la porte de service, monta en courant jusqu'à l'appartement de Shanna, s'empara d'une brassée de serviettes de toilette et redescendit. Entre-temps, Shanna était revenue, non seulement armée d'une serpillière, mais accompagnée de Jake, Mack et Will.

— J'ai trouvé des renforts, lança-t-elle, un peu abasourdie. En m'entendant décrire à Sally ce qui s'était passé, ils ont tenu à venir me prêter main-forte. Je remercie le ciel qu'ils aient choisi ce jour pour se retrouver autour d'un déjeuner tardif.

Kevin resta dubitatif. Leur motivation tenait sans doute davantage à l'envie de lui pourrir la vie plutôt qu'à celle de faire montre de serviabilité. Il n'avait pas fini d'entendre que tout ça était sa faute. Ces gars-là n'aimaient rien tant que jubiler aux dépens du fils de Mick O'Brien en soulignant sa nullité en matière de bricolage.

A la grande surprise de Kevin, Mick s'abstint de tout commentaire en arrivant. Il se contenta d'enserrer les épaules de Shanna d'un bras rassurant.

— Pas de souci, lui affirma-t-il. Nous allons arranger tout ça et nettoyer ce désastre en un clin d'œil.

Quelques minutes après l'arrivée de Mick, Bree revint et nota aussitôt le regard vide de Shanna.

— Toi, tu as besoin d'un café, décréta-t-elle. On va en faire une cafetière, d'accord ? Ensuite, on s'en versera une tasse qu'on ira boire toutes les deux dans le parc, en face.

— Je ne peux pas laisser le magasin, protesta Shanna en enchaînant pourtant d'un geste machinal les différentes étapes de la préparation du café.

— Tu peux très bien faire une petite pause, insista Bree.

— Va avec ma sœur, approuva Kevin. Laisse-nous nous occuper de tout ça.

D'un hochement de tête, Bree indiqua son approbation sans réserve.

— Tu as là une équipe d'hommes forts et compétents

qui vont se charger de tout nettoyer. Laisse-les travailler, ensuite on fera toutes les deux l'inventaire des marchandises, histoire d'avoir une estimation.

De nouveau, Shanna parut près d'éclater en sanglots. Le moral de Kevin dégringola — il se savait seul responsable de cette situation.

— Je m'en veux tellement, soupira-t-il alors que Mick sortait de l'arrière-boutique.

— Ce n'est pas ta faute, fiston, affirma ce dernier. Avec un tuyau dans cet état, ça devait arriver un jour ou l'autre. J'appelle ton oncle Jeff. Je me demande à quoi ils pensent en louant un local de ce type sans effectuer les réparations de base. Ils n'ont aucune excuse. Shanna, l'assurance de la société de gestion immobilière couvrira toutes les pertes que vous risquez de subir. Vous n'aurez pas à demander d'indemnisation à la vôtre.

Le visage de Shanna s'éclaira nettement.

— Vous êtes sûr ?

— J'y veillerai, répliqua Mick, un reflet dur au fond des yeux.

Son père, pressentait Kevin, allait se délecter de la confrontation avec son frère. Dernièrement, ces deux-là ne s'adressaient que rarement la parole, sauf quand Gram insistait pour qu'ils fassent preuve de courtoisie pendant les vacances. Leur mésentente remontait à l'époque de leur différend concernant le développement de Chesapeake Shores. Cette histoire allait fournir à Mick des munitions supplémentaires pour s'en prendre à son frère cadet.

— Je pourrais peut-être lui parler, proposa Kevin.

Mais un regard catégorique de Mick le mit en garde.

— C'était une idée en l'air, s'empressa-t-il de corriger. Je pensais que ça serait peut-être sympa de maintenir la paix dans la famille par égard pour Gram.

— Je ne vais pas casser la figure à mon frère pour si

peu, rétorqua Mick. Mais je veillerai à ce qu'il arrange tout ça. Peut-être qu'à l'avenir ça lui rappellera que ses obligations ne se limitent pas à la simple collecte des chèques de loyer.

Kevin restait sceptique quant à la capacité de son père à prendre sur lui. En outre, au vu de ses observations, son oncle possédait un sens aigu du devoir et avait jusque-là parfaitement administré la société de gestion immobilière sans les conseils de Mick. Leur désaccord tenait principalement au fait qu'ils avaient un avis différent sur tout.

Et pourtant il sautait aux yeux de toute personne extérieure à la famille que Mick, Jeff et Thomas se faisaient mutuellement contrepoids, chacun ayant apporté sa contribution originale à l'époque où ils avaient développé la ville. Chesapeake Shores ne s'en portait que mieux. Mais cela, Mick se refuserait toujours à l'avouer. Il avait pris chaque divergence comme une critique personnelle visant sa conception de la ville mais aussi ses compétences de promoteur.

Plutôt que de gaspiller sa salive à démontrer tout cela à son père, Kevin se tourna vers Shanna.

— Ma famille te plaît toujours autant ?

Un sourire mal assuré éclaira peu à peu le visage de la jeune femme.

— Oui, toujours autant.

Pour une raison mystérieuse, cette réponse le rendit plus heureux qu'il n'aurait été en droit de l'être un jour aussi chaotique et riche en mésaventures que celui-ci.

10

Shanna était assise sur un banc du parc situé de l'autre côté de la rue, en face du magasin. Elle serrait dans ses mains sa deuxième tasse de café en s'efforçant de ne pas pleurer, tandis que les cartons détrempés étaient évacués et rangés à l'arrière du pick-up pour être transportés à la décharge. Le soir tombait ; ils avaient travaillé sans relâche tout l'après-midi pour assécher le magasin et enlever tout ce qui avait été irrémédiablement endommagé.

Elle était physiquement et moralement vidée d'avoir trié des livres imbibés d'eau, relevé les titres détruits de manière à les ôter de sa liste d'inventaire le temps de les commander de nouveau. La plupart des dégâts concernaient les livres pour enfants qui se trouvaient sur les étagères les plus basses ou, bien souvent, par terre, là où les jeunes lecteurs les avaient abandonnés.

Quand Kevin traversa la rue, elle leva la tête et son cœur sursauta vaguement, sans enthousiasme, à l'image de son sentiment général.

— Hé, fit-il en s'affalant à côté d'elle. Ça va ?

— J'ai connu des jours meilleurs, avoua-t-elle. Franchement, je ne sais pas ce que j'aurais fait si vous n'aviez pas tous retroussé vos manches cet après-midi. Tout le monde a été fantastique. Même des gens que je connaissais à peine se sont arrêtés pour m'aider.

— Les gens d'ici se serrent les coudes et les habitants sont ravis d'avoir une nouvelle librairie dans Main Street, expliqua-t-il.

Il la détailla avec attention et ajouta :

— Tu as l'air complètement crevée. Pourquoi n'irais-tu pas prendre une douche et te changer ? Je t'emmène manger un morceau. Une soirée de détente, sans soucis, ça ne te fera pas de mal.

A peine avait-il commencé à formuler son invitation qu'elle secouait déjà la tête.

— Il reste encore trop à faire.

— Ça peut attendre demain. Nous avons séché le magasin, c'était ça l'essentiel. Susie est arrivée il y a quelques minutes ; elle est en train d'aider Bree à trier toute la marchandise.

Il sourit.

— Du moins quand elle ne fait pas la tête à Mack.

— Je ne l'ai même pas vue, se désola Shanna.

— Parce que tu es tellement exténuée que tu n'arrives même plus à garder les yeux ouverts. Ajoute à ça le stress, et il ne te reste plus qu'à aller te coucher de bonne heure.

Elle fit mine de se lever.

— Je dois parler de l'assurance à Susie.

Kevin la fit rasseoir en tirant sa manche.

— Elle t'apportera les formulaires de déclaration de sinistre demain matin à la première heure. Elle te fera même un chèque d'avance sur ton indemnisation, si nécessaire.

Il sourit.

— Ça, c'est l'œuvre de mon père, à tous les coups. Il est passé au bureau de gestion et s'en est pris violemment à oncle Jeff, d'après Susie.

Shanna tressaillit.

— Je ne voulais pas de ça.

— Ne t'en fais pas. Ces deux-là passent leur vie à se disputer pour une raison ou une autre. Ça les maintient en forme. Tu leur as fourni un nouvel os à ronger pendant deux ou trois jours.

Elle le regarda d'un air stupéfait.

— C'est normal de se disputer comme ça ? Entre frères et sœurs ?

— Tu es fille unique ?

Elle fit oui de la tête.

— Bon, je ne peux parler que pour ma famille. Abby, Bree, Jess, Connor et moi nous adonnons de temps en temps à la bagarre, même si en général il ne s'agit que de chamailleries sans conséquences. Mon père et mes oncles, c'est une autre paire de manches. Ils sont radicalement opposés. Ils pourraient se disputer sur le bleu du ciel. La pauvre Gram a essayé pendant des années de rétablir la paix entre eux, mais si tu veux mon avis, ils se régalent d'alimenter la querelle qui les sépare. Mon père est un perfectionniste, incapable de déléguer. Oncle Jeff est presque aussi buté que lui. Oncle Thomas est le plus calme et le plus rationnel des trois, mais il sait lui aussi faire parler son sang irlandais dans l'intérêt d'une bonne dispute.

— Pourtant, vous semblez tous bien vous entendre avec Susie, fit remarquer Shanna.

— C'est justement la mésentente entre nos pères respectifs qui scelle notre lien. Comme aucun de nous ne comprend trop de quoi il retourne, nous faisons bloc en fermant les yeux sur leur brouille — à moins que nous ne soyons obligés de prendre parti.

Shanna était fascinée.

— Ils insistent pour que vous preniez parti ?

— De temps en temps, reconnut Kevin. Mais le plus

souvent, nous revendiquons notre neutralité et nous nous y tenons.

— J'aimerais…, commença Shanna avant de s'interrompre.

— Tu aimerais quoi ?

Elle haussa les épaules.

— Quel intérêt de souhaiter quelque chose qui ne sera jamais ? Ma famille était ce qu'elle était. Mes parents étaient formidables. Ils m'ont toujours apporté amour et soutien. Simplement, j'ai toujours rêvé d'avoir ce genre de grande famille complètement dingue et vaguement dysfonctionnelle qu'on voit à la télé.

Elle rencontra son regard.

— Le genre de famille que tu as.

Kevin gloussa de rire.

— La plupart du temps, je trouve ma famille extrêmement pénible. C'est bien la première fois que je la considère comme un avantage.

Shanna lui lança un regard surpris. Kevin lui exprimait-il par cette remarque un intérêt qu'il aurait tu jusqu'ici ? Ils avaient beau avoir passé un certain temps ensemble, leurs relations étaient restées dans l'ensemble tout à fait décontractées… du moins si l'on exceptait les sensations électriques qu'elle éprouvait depuis leur toute première rencontre.

Comme s'il s'était rendu compte de l'implication de ses mots, Kevin se leva et lui tendit la main.

— Allez. Tu n'as qu'à faire une dernière fois le tour du magasin, donner les consignes qui te permettront de partir l'esprit tranquille, et puis nous irons manger un morceau.

— Ce n'est pas correct de laisser les autres finir le boulot, objecta-t-elle en traversant la rue à sa suite. Je devrais vraiment…

— Tu devrais vraiment aller avec mon frère, acheva Bree en les rejoignant sur le trottoir, ayant selon toute vraisemblance deviné le sujet de leur conversation. Nous avons fait tout ce qui pouvait être fait pour ce soir.

— Je dois établir la liste des articles dont on se débarrasse, protesta Shanna.

— C'est fait, répliqua Bree. J'ai noté les titres, les auteurs et le numéro que tu m'as indiqué et qui figure au dos. J'ai mis de côté les livres qui m'ont paru seulement humides. Tu pourras décider de leur sort demain. Les rayonnages ont été essuyés. Les ventilateurs brassent l'air. La climatisation est en marche. J'ai posé sur le comptoir deux cartons de livres. Tu devrais y jeter un coup d'œil. A mon avis, tu pourrais les vendre à moitié prix, mais c'est à toi de voir.

Shanna la dévisagea avec stupéfaction.

— Je ne sais pas comment te remercier.

— C'est inutile. Tu aurais fait la même chose pour moi. Maintenant, fais une pause et va te détendre. On va manger des hamburgers chez Sally. Vous pouvez vous joindre à nous, mais, personnellement, je te conseille de laisser Kevin t'emmener dans un endroit tranquille où tu pourras te vider la tête pendant une heure ou deux.

Shanna serra Bree dans ses bras et sentit ses yeux s'emplir de larmes. En l'espace d'un bref laps de temps, Bree était devenue pour elle une amie aussi chère que Laurie. Un jour comme aujourd'hui, alors qu'elle avait vraiment besoin de se tourner vers une amie, Bree avait répondu « présente ». Après avoir ramené Davy, Carrie et Caitlyn chez Nell, elle était revenue et avait aussitôt retroussé ses manches. Evidemment, Laurie lui avait proposé de venir tout de suite quand elle l'avait appelée, et Shanna lui en était reconnaissante, mais Bree et les autres étaient déjà entrés en scène.

A l'intérieur, Shanna ouvrit la caisse et sortit une poignée de billets de vingt.

— Prends ça, dit-elle. J'offre le repas à tout le monde.

Bree se mit à protester mais Shanna fronça les sourcils d'un air obstiné.

— Prends, insista-t-elle. C'est bien le moins que je puisse faire.

Demain matin, elle remplacerait l'argent de la caisse par le sien.

— Ce n'est pas nécessaire, mais merci.

Bree serra brièvement son frère dans ses bras et alla rejoindre son mari et les autres chez Sally.

Après le départ de Bree, Shanna laissa échapper un soupir. Kevin posa une main sur son épaule.

— Ça va aller, affirma-t-il.

— Je sais, répondit-elle, plantée au beau milieu du magasin et promenant son regard sur le chaos environnant.

Des livres et des jeux avaient été sortis des rayonnages inférieurs et placés en hauteur, entassés sur des tables et des chaises. Il faudrait les trier et les ranger demain matin avant l'ouverture. Elle croisa le regard inquiet de Kevin.

— Même si, pour le moment, j'ai du mal à l'envisager.

— C'est pour ça que tu ne dois pas t'y atteler avant demain. Je serai là pour t'aider. Entre-temps, qu'est-ce que tu dirais d'aller te doucher et de te mettre quelque chose sous la dent ?

L'espace d'un éclair, Shanna s'imagina en train de prendre sa douche avec lui. Voilà qui sans conteste aurait chassé ses idées noires !

Elle réprima un sourire. Kevin lui lança un drôle de

regard, comme s'il avait lu dans ses pensées. Troublée, elle battit des paupières et détourna la tête, les joues brûlantes.

— Bien sûr, lâcha-t-elle enfin. Donne-moi un quart d'heure.

C'était largement assez pour passer rapidement sous la douche et changer de tenue. Mais cela suffirait-il à lui rendre sa sérénité... par rapport aux événements de la journée ou à l'intérêt que lui portait Kevin ? Sans doute pas. Cela faisait bien longtemps qu'elle n'avait pas fréquenté un homme sur lequel elle puisse compter.

Kevin projetait d'emmener Shanna chez Brady, où ils pourraient prendre un repas agréable dans un décor serein. Mais, à son grand désarroi, elle insista pour aller rejoindre les autres chez Sally.

— Tu y tiens pour une raison particulière ? s'enquit-il, sans chercher à masquer sa consternation.

Elle le considéra d'un œil soupçonneux et lui retourna sa question.

— Et toi, tu as une raison particulière de *ne pas* vouloir te joindre à eux ?

— Je n'ai jamais dit que...

— C'est tout comme.

— Je me disais juste que ça serait plus relaxant d'aller dans un endroit comme Brady's, prétendit-il, alors qu'en vérité il ne tenait pas à manger sous le regard inquisiteur des autres convives qui s'interrogeraient ouvertement sur leur relation.

Car c'est ce qui se passerait s'ils se rendaient chez Sally. Les spéculations allaient déjà suffisamment bon train comme ça. Rien que pour cet après-midi, il avait déjà eu sa dose de commentaires lourdingues de la part de ses prétendus amis.

— Je ne suis pas habillée pour aller chez Brady, objecta Shanna en indiquant son T-shirt et son short.

— Aucun restaurant de Chesapeake Shores n'exige de tenue de soirée, à part peut-être l'auberge, lui signala-t-il en récupérant cet argument à son profit.

— Si tu veux me faire changer d'avis, il va falloir m'expliquer clairement ce que tu reproches à Sally's.

— Bree dîne là-bas, lâcha-t-il d'un ton laconique. Ainsi que Jake, Mack, Will et Susie.

— Ils font tous partie de ta famille ou de tes amis, commenta-t-elle, toujours perplexe.

Puis elle sembla subitement comprendre.

— Et justement tu veux les éviter, conclut-elle.

Kevin opina du chef.

— Si on va là-bas ensemble, ils vont en faire toute une histoire.

— Mais ne serait-ce pas pire si nous faisions bande à part ? demanda-t-elle avec raison. Je sais que Bree nous l'a suggéré, mais si on veut vraiment éviter de faire jaser sur notre compte, on devrait se mêler aux autres.

Kevin n'avait pas vu les choses sous cet angle.

— Rien de tel que la foule pour passer inaperçu, ajouta-t-elle. Si nous nous joignons à eux, nous ferons partie de la foule. Ça ne donnera pas matière à spéculation.

Kevin entendait le point de vue de Shanna — son raisonnement tenait la route. Malgré tout, il voulait encore la convaincre d'aller chez Brady. Et son obstination lui soufflait qu'il n'était pas tout à fait franc avec lui-même quant aux motivations qui le poussaient à souhaiter dîner là-bas. Il voulait être seul avec Shanna, il voulait être celui qui lui ferait retrouver le sourire après cette affreuse journée. Il voulait des choses qu'il n'aurait pas dû vouloir. Il capitula.

— Tu as raison. Allons chez Sally.

Si Shanna fut décontenancée par son brusque revirement, elle ne l'exprima pas. Ce qui n'était pas plus mal, car pour rien au monde il ne lui aurait avoué la véritable raison de son revirement.

Quand ils entrèrent chez Sally, Kevin vit avec surprise qu'il restait deux chaises libres à la table que tous occupaient. Bree lui lança un regard amusé.

— Quelque chose me disait que vous n'alliez pas tarder à arriver, tous les deux. Je me demandais juste lequel d'entre vous aurait argumenté en faveur de Sally's. Vos hamburgers sont déjà commandés. J'ai dit à Sally de les préparer à la seconde où vous passeriez le seuil.

— Merci pour la commande, et, pour ta gouverne, sache que notre décision de venir ici s'est faite d'un commun accord, précisa Kevin d'un ton crispé en tirant la chaise voisine de sa sœur pour que ce soit Shanna qui prenne place à côté d'elle. Il prit la chaise restante qui, hélas, côtoyait celle de son beau-frère. Jake le dévisageait d'un œil amusé.

— Tu veux que je dise à ta sœur de te lâcher un peu ? demanda-t-il en fausse confidence de manière à ce que toute la tablée l'entende.

Kevin le fusilla du regard mais se retint de lui balancer la réplique qui lui brûlait les lèvres — il y avait des dames. Au lieu de quoi il laissa son regard errer jusqu'au bout de la table et vit Mack en train de contempler Susie d'un air transi. Exactement le genre d'expression qu'il serait lui aussi voué à arborer s'il n'y prenait pas garde, songea-t-il avec angoisse. Susie, elle, ignorait Mack de manière ostensible et bavardait avec Will. Ecœuré, Kevin secoua la tête et se tourna vers sa sœur.

— Tu pourrais peut-être concentrer ton attention sur ces deux-là, suggéra-t-il en hochant la tête dans leur direction.

Bree répondit par un large sourire à son évidente tentative de diversion.

— Oh, crois-moi, quand il s'agit de jouer les entremetteuses, je suis capable de courir plusieurs lièvres à la fois.

— Je t'ai pourri la vie à ce point-là quand tu sortais avec Jake ?

— Tu n'étais même pas là, lui rappela-t-elle.

— La première fois, si. Et je suis resté en dehors de tes affaires.

— Ha ! s'exclama Jake à côté de lui. Connor et toi vous êtes ligués contre moi à chaque occasion.

— Je n'en ai aucun souvenir, prétendit Kevin en réprimant toutefois à grand-peine un sourire.

Ce badinage se poursuivit encore plusieurs minutes, avant d'être interrompu par l'arrivée de Sally qui posa un cheeseburger et des frites devant Kevin ainsi qu'une autre assiette en face de Shanna, le tout accompagné de deux grands verres de thé glacé. Sally s'arrêta le temps de serrer brièvement l'épaule de Shanna.

— Si jamais tu as besoin d'aide demain, fais-moi signe, d'accord ? Après avoir ouvert le matin, je ne reviens pas ici avant le coup de feu de midi, ça me laisse du temps libre.

Shanna, qui avait passé tout l'après-midi au bord des larmes, fondit soudain en pleurs. Kevin la contempla avec impuissance, puis lança un regard désespéré à Bree. Cette dernière se borna à le fixer d'un œil courroucé jusqu'à ce qu'il rapproche sa chaise de celle de Shanna et lui passe un bras autour des épaules. Il lui glissa un doigt sous le menton et la força à le regarder.

— Le pire est derrière toi, lui rappela-t-il. Et tout ira cent fois mieux demain matin.

— Je sais, renifla-t-elle en cherchant une serviette en papier pour éponger ses larmes.

— Alors, n'arrose pas ce délicieux hamburger…

— C'est juste que vous êtes tous si gentils, expliqua-t-elle. Même Sally que je connais à peine. Je vous connais tous à peine.

— Tu vas arrêter, oui ? l'interrompit Bree. Nous sommes amis, d'accord ? Et les amis, c'est là pour mettre la main à la pâte. Que ferait ton amie Laurie si elle était là ?

Les lèvres de Shanna s'entrouvrirent en un sourire inattendu.

— Elle m'aiderait, répondit-elle sans hésiter. Tant que je lui paie sa manucure en cas d'ongle cassé.

Bree étendit ses mains devant elle, des mains abîmées à force de manipuler les roses et leurs épines, le fil de fer et les ciseaux.

— Hum… Une manucure ne me ferait pas de mal.

— Je te l'offre, s'exclama Shanna spontanément. A toi aussi, Susie. Je vous propose une sortie entre filles, dans la semaine. C'est moi qui invite.

— Tu nous as déjà offert le dîner, protesta Bree. C'est plus que suffisant, mais on t'accompagnera pour une manucure, pas vrai, Susie ?

— Je viendrai, fit Susie qui regardait ses mains d'un air désespéré. Ça fait bien longtemps que je n'ai pas bénéficié d'une véritable manucure.

En fait, il était clair qu'elle se rongeait les ongles jusqu'au sang. A cause de Mack, soupçonna Kevin. Ces deux-là avaient vraiment besoin d'un conseil pour sortir de l'ornière et s'avouer leurs sentiments.

Par-dessus la table, Mack posa sa main sur celle de Susie.

— Elles sont très bien, tes mains, lâcha-t-il d'un ton bourru, avant de se reculer vivement, l'air embarrassé. Je dois y aller.

Susie s'écarta de la table et, ce faisant, faillit renverser sa chaise.

— Tu peux me déposer ?

Le trouble de Mack s'accrut de plus belle, mais il hocha la tête et tous deux s'en allèrent.

A côté de Kevin, Jake secoua la tête.

— Ils font vraiment mal au cœur, ces deux-là.

— Je suis bien d'accord, dit Will. Tu crois que Mack va se souvenir que c'est lui qui m'a conduit ici, tout à l'heure ?

Bree éclata de rire.

— Ça m'étonnerait. Jake et moi, on te ramènera chez toi ou à ta voiture, comme tu voudras. Et d'ailleurs nous aussi, on ferait bien d'y aller.

Elle intercepta le regard de son mari, une lueur de désir au fond des yeux.

Kevin détourna la tête. Il ne voulait pas savoir comment sa sœur et Jake envisageaient de terminer la soirée.

En quelques minutes, Shanna et lui se retrouvèrent seuls à la table. Elle termina son hamburger et trempa sa dernière frite dans le ketchup. Quand elle eut fini, elle se tourna vers Kevin en souriant, ayant visiblement retrouvé son optimisme coutumier.

— Merci, dit-elle.

— De quoi ?

— D'avoir accepté de venir ici. Ça m'a fait un bien fou.

— Ça t'a fait pleurer, lui rappela-t-il.

— Je crois que ça aussi ça m'a fait du bien, mais là, je tombe de sommeil.

Kevin se leva et lui tendit la main.

— Alors, viens. Je te raccompagne chez toi.

Elle glissa sa main dans la sienne et, pour la première fois depuis un nombre incalculable de mois, il éprouva non pas une étincelle d'attirance, mais un lien profond et puissant avec un autre être humain. Shanna avait eu besoin de lui aujourd'hui — elle avait eu besoin d'eux tous, d'ailleurs — et c'était bon de savoir qu'il avait été capable de répondre à son appel. Même s'il avait été fort pour Davy depuis le décès de Georgia, là, c'était différent. Il se sentait redevenu un homme et non plus la coquille vide qui accomplissait machinalement tous les gestes de la vie quotidienne.

Cela lui donnait aussi l'espoir qu'un de ces jours, peut-être, il pourrait recommencer à éprouver des sentiments autres que la culpabilité et le désespoir.

Fidèle à sa parole, Susie O'Brien arriva à *Jeux de Mots* le lendemain matin à la première heure, munie d'un chèque et de formulaires de déclaration de sinistre. Elle avait les joues enluminées et ses cheveux roux étaient en bataille, comme si elle n'avait pas eu le temps de se coiffer après sa douche matinale. Ou comme si quelqu'un les avait ébouriffés juste avant qu'elle ne parte de chez elle, songea Shanna en dissimulant un sourire. Ce quelqu'un était-il Mack ?

— Vous avez passé une bonne soirée avec Mack ? s'enquit-elle d'un ton léger en versant un café à chacune.

Sous ses taches de rousseur, Susie devint toute rose.

— Mack n'est qu'un ami, affirma-t-elle.

Shanna lui indiqua une chaise.

— Tu ne vas peut-être pas aimer ce que je vais te dire, mais, dans toute la ville, il n'y a guère que Mack et toi qui le croyiez vraiment.

Susie s'empourpra davantage.

— Ça se voit à ce point ?

Shanna hocha affirmativement la tête.

— J'en ai bien peur.

Elle hésita, puis :

— Je peux te poser une question personnelle ?

— Euh, oui, fit Susie avec une réticence évidente.

— Pourquoi vous en défendez-vous si violemment tous les deux ? Ça crève les yeux qu'il est fou de toi et vice versa.

Susie reposa sa tasse sur la table et se pencha en avant, le visage grave. Elle avait l'air presque soulagée que quelqu'un lui ait enfin posé cette question.

— En tant que nouvelle arrivante, tu ne sais pas grand-chose de Mack, pas vrai ?

— C'est à peine si je le connais, reconnut Shanna. Mais il m'a tout l'air d'être un type sympa.

— C'est vrai, mais c'est un dragueur, si tu vois ce que je veux dire.

— Il est sorti avec un tas de femmes, conclut Shanna.

Susie roula des yeux au plafond.

— Ce n'est rien de le dire ! C'était la grande star du football au lycée, alors toutes les filles du coin rivalisaient d'efforts pour attirer son attention.

— Toutes sauf toi, devina Shanna.

— A quoi bon ? J'étais hors compétition. Mack sortait avec les pom-pom girls, les plus jolies filles de la classe. Depuis cette époque, rien n'a changé. A l'université du Maryland, c'était la coqueluche du campus. Maintenant qu'il est revenu ici, il est sorti avec presque toutes les filles possédant une résidence secondaire dans le coin, sans compter la plupart des touristes, à condition du moins qu'elles soient jolies.

— Et pourtant c'est avec toi qu'il semble préférer passer son temps, glissa Shanna. Ça ne t'est jamais venu à l'esprit qu'il puisse avoir épuisé les charmes superficiels du rituel de la drague et qu'il recherche maintenant quelqu'un de sérieux, quelqu'un comme toi ?

Malgré des yeux remplis d'envie d'y croire, Susie balaya cette suggestion.

— Il ne m'a jamais vraiment invitée à sortir avec lui.

— Et hier soir, alors ? C'était quoi ?

— Il m'a raccompagnée chez moi, rectifia Susie. Il n'est pas resté, si c'est ce à quoi tu penses.

« Adieu ma belle théorie de tout à l'heure ! » songea Shanna.

— Bon, d'après ce que j'ai compris, tu préférerais mourir plutôt que sortir avec lui.

Susie sourit.

— Oui, ça m'est arrivé de le dire une ou deux fois.

— Alors il est peut-être trop intimidé pour te le demander en face.

— Mack ? railla Susie. Allons donc ! Rien ne l'intimide.

— Moi, je sais ce que je vois. Ce type en bave.

— Vraiment ?

— Vraiment, confirma Shanna. Et si tu ne me crois pas, repense à ces dernières semaines ou même à ces derniers mois, et compte : combien de soirées Mack a-t-il trouvé le moyen de passer avec toi sans vraiment t'inviter de manière officielle ? A mon avis, il ne doit plus lui rester beaucoup de temps pour sortir avec d'autres femmes.

Susie eut d'abord l'air déconcertée par cette remarque, puis, petit à petit, la perspicacité des paroles de Shanna fit son chemin dans son esprit et elle se mit à sourire.

— Oh ! là, là !..., fit-elle, visiblement ravie. En fait, ça fait presque des mois que Mack et moi sortons ensemble.

— C'est bien l'impression que j'ai, acquiesça Shanna.

Brusquement, Susie se décomposa.

— Oh, bon sang, j'aurais préféré que tu ne me dises rien !

— Pourquoi ? répondit Shanna, déroutée.

— Parce que, maintenant, je vais être comme un paquet de nerfs chaque fois que je serai avec lui.

Dans son empressement à se lever, elle faillit renverser sa tasse.

— Je dois partir.

— Où ça ?

Susie effleura ses boucles désordonnées.

— J'ai besoin d'une coupe de cheveux et puis de cette manucure dont on a parlé, et peut-être aussi de renouveler entièrement ma garde-robe.

— Du calme, conseilla Shanna. Rappelle-toi que Mack semble t'aimer telle que tu es.

Susie ferma les yeux et inspira profondément.

— Tu as raison, reprit-elle d'un ton plus posé. D'ailleurs, je n'ai pas envie de renoncer à ce que je suis pour lui plaire.

Elle sourit à Shanna.

— Mais je vais quand même m'acheter de la lingerie sexy. Tu sais, au cas où.

Shanna la fixa d'un regard surpris, puis se mit à pouffer. Dans son zèle à vouloir gentiment pousser Susie dans les bras de Mack, elle avait apparemment donné naissance à une femme fatale...

Alors que Susie se dirigeait vers la porte, Kevin entra. Susie étreignit son cousin et lui administra un baiser retentissant sur la joue avant de lui désigner Shanna.

— Ne bousille pas tes chances, Kevin. C'est une perle, ne la laisse pas filer.

Elle se précipita dehors, abandonnant Shanna, les joues en feu. Kevin suivit sa cousine du regard, puis se retourna lentement.

— Qu'est-ce que ça voulait dire ?

— Je me suis un peu immiscée dans leurs affaires, avoua Shanna.

— Susie et Mack ?

— C'est ça…

— Mais qu'est-ce qu'elle voulait dire sur toi et moi ?

— Je pense qu'elle a voulu te rendre la pareille, expliqua Shanna. Ne fais pas attention à elle.

— Tu ne crois pas qu'il y a assez de marieuses et de mouches du coche dans ma famille sans que tu ailles grossir leurs rangs ?

— Je me suis dit qu'elle avait peut-être besoin d'un avis extérieur, expliqua Shanna.

— Dois-je avertir Mack que sa vie est sur le point de se compliquer davantage ?

Shanna lui décocha un grand sourire.

— Surtout pas, autrement ça ne serait pas drôle ! Ce sera bien plus marrant de voir comment il va réagir à la toute nouvelle assurance de Susie.

Cette remarque plongea Kevin dans l'incrédulité.

— Quelle intrigante tu fais ! Pourquoi ne m'en suis-je pas rendu compte plus tôt ?

— Oh, j'ai des tas de qualités cachées dont tu ignores tout.

Mais, en lançant cette affirmation d'un ton léger, elle réalisa qu'elle taisait un secret réellement susceptible de modifier le regard que Kevin lui portait. Et ce constat fit croître ses craintes.

11

Un nuage était passé sur le visage de Shanna, et cela n'avait pas échappé à l'œil de Kevin. Sa gaieté, son ton badin avaient soudain été assombris comme par un démon intérieur. Etant lui aussi parfois victime de changements d'humeur inopinés, il en reconnut les signes chez Shanna et ne put s'empêcher de s'interroger sur leur cause.

— A quoi penses-tu ? s'enquit-il en la fixant.

Elle détourna les yeux et s'affaira sur le comptoir.

— A tout ce que je dois faire au magasin avant l'ouverture, répondit-elle en évitant soigneusement ses yeux. Je dispose d'à peine une grosse heure. Il faut que je m'y mette sérieusement.

Kevin se planta devant elle.

— Et tu vas t'y mettre, avec mon aide. Mais d'abord dis-moi ce qui a provoqué en toi une saute d'humeur si brutale ?

— Je ne m'étais pas aperçue que mon humeur avait changé, prétendit-elle.

— Vraiment ?

— Kevin, j'ai des tonnes de choses à faire, lança-t-elle avec impatience. Tu veux m'aider, oui ou non ? Si tu ne veux pas me donner un coup de main, rentre chez toi t'occuper des enfants que tu es censé garder en l'absence de Trace et Abby. Tu les as encore laissés à ta grand-mère ?

— Gram s'est portée volontaire pour les surveiller afin que je puisse venir t'aider, riposta-t-il, aussitôt sur la défensive. Et comme tu sembles penser que je tire au flanc, je t'informe qu'à 10 heures je prends le relais. Je me suis dit qu'une fois le magasin ouvert tu n'aurais pas envie que je traîne ici, et que donc je repartirais à la maison. Trace et Abby rentrent aujourd'hui ; d'ici là, je devrais être capable d'empêcher les filles de faire les quatre cents coups. Mais entre-temps, je suis venu te donner un coup de main. J'ai pris le 4x4 de mon père au cas où il y aurait d'autres choses à transporter à la décharge.

Shanna hésita, l'air vaguement chagriné, puis laissa tomber le sujet.

— Très bien. Merci, dit-elle d'un ton laconique. Il y a un carton de stock endommagé contre la porte de service et j'ai presque fini de jeter le reste des marchandises dans un autre. Je dois encore noter quelques codes d'inventaire, c'est tout.

— Tu n'as qu'à t'occuper de ça pendant que j'emporte le premier carton à la voiture, dit-il, pressé de s'éloigner du climat de tension qu'il avait créé entre eux par mégarde.

Pourquoi s'était-elle montrée si susceptible, il l'ignorait, mais son instinct lui dictait d'éclaircir ce mystère. Pas aujourd'hui pourtant, ce n'était pas le jour, et encore moins l'endroit. De toute évidence, ils étaient trop à cran pour affronter ce qui se passait entre eux. Kevin déposa le premier carton dans le coffre du 4x4 de Mick, puis alla chercher le second.

— Bon, voilà qui est fait, et maintenant ? demanda-t-il.

D'un geste, Shanna engloba l'intérieur du magasin.

— Tout ce qui se trouve sur les tables, les comptoirs et les fauteuils doit retourner sur les rayonnages.

Elle fronça les sourcils.

— D'ailleurs, je ferais sans doute mieux de m'en charger moi-même, étant donné que je connais la place de chaque chose.

Kevin commençait à trouver la farouche indépendance de Shanna un tantinet exaspérante

— Je devrais pouvoir y arriver. J'ai appris l'alphabet quand j'étais petit et les sections sont très clairement indiquées.

Shanna encaissa le sarcasme avant de pousser un soupir.

— Pardon si j'ai eu l'air de te congédier. Je suis vraiment d'une humeur de chien. Mais tu n'as pas à en faire les frais.

Ce fut au tour de Kevin de soupirer.

— Non, c'est moi qui m'excuse. Tu as bien assez à faire sans que je te tombe dessus parce que tu tiens à procéder à ta guise. Ecoute, je vois bien comment est organisée la section enfants, que dirais-tu si je m'occupais de ces livres-là ? Si j'ai des questions, je te demanderai.

Elle acquiesça d'un hochement de tête.

— Merci. Ça m'aiderait énormément.

A 10 heures, ils avaient rendu toute son allure au magasin. Même si de nombreux rayonnages, surtout dans la section enfants, restaient pratiquement vides, seule une personne au courant du désastre aurait pu dire qu'il s'était passé quelque chose. Bree apporta même un petit vase de pâquerettes colorées qu'elle posa sur le comptoir, près de la caisse. Shanna avait vaporisé la pièce avec un spray au parfum léger dans le but de masquer d'éventuels relents d'humidité dans l'air — précaution inutile, selon Kevin. Le magasin était parfaitement sec, le tuyau percé avait été remplacé et le reste de la plomberie examiné à la recherche de problèmes éventuels. Un plombier avait été envoyé par son oncle. D'ailleurs, tous les commerces de Main Street devaient en ce moment même être examinés de fond en comble de manière à éviter d'autres incidents potentiels.

— J'ai l'impression que tu es prête à rouvrir.

— Je le crois aussi, répondit-elle en jetant un dernier regard autour d'elle.

Ses yeux se posèrent sur les fleurs.

— C'est si gentil de la part de Bree d'avoir apporté ce bouquet. Et toi, Kevin, tu m'as été d'une aide inestimable ce matin. J'ai été pénible tout à l'heure, merci d'être resté.

Il la gratifia d'un large sourire.

— Tu étais loin d'être pénible, affirma-t-il.

Il déposa un baiser sur sa joue, faillit dériver vers sa bouche, mais préféra se reculer.

— Tout est parfait. Tu peux aller passer la journée avec les jumelles et Davy. Amuse-toi bien.

Arrivé à la porte, il s'attarda, sans pouvoir s'expliquer sa réticence à s'en aller. Shanna sourit.

— Tu cherches un moyen de te défiler pour ne pas rentrer t'occuper des filles ?

Kevin rit.

— Pas du tout. Elles sont sages comme des images.

— Ça, je demande à voir, commenta-t-elle d'un ton dubitatif. Hier, tu as réussi à y couper en les renvoyant à la maison avec une indigestion. Appelle-moi tout à l'heure pour me dire si tu as autant de chance aujourd'hui.

— Je pourrais peut-être les amener ici, au lieu de rester à la maison ? Les filles n'ont pas eu le livre que je leur avais promis, hier.

— *Les Quatre Filles du Dr March*, se remémora-t-elle en se rembrunissant. L'exemplaire qui leur plaisait tant est fichu. Il faudra quelques jours avant que je puisse m'en procurer un autre.

Sentant Shanna de nouveau au bord des larmes en repensant aux pertes qu'elle avait subies, Kevin se pencha vers elle, mû par une subite impulsion, et l'embrassa. Au départ, son geste n'avait eu d'autre but que de la réconforter, de la distraire un peu, éventuellement. Au lieu de quoi ce fut un véritable choc, comme si quelque chose cédait en lui.

La bouche de Shanna avait une saveur si sucrée… Ses lèvres étaient si douces… Elle sentait vaguement le muguet, parfum qu'il avait toujours associé à la maison de son enfance, à cause de l'allée du jardin de sa mère. Et le souffle léger qu'elle avait exhalé quand leurs bouches s'étaient rencontrées dénoua quelque chose en lui. Sans s'en apercevoir, il approfondit son baiser, attirant Shanna tout contre lui, puis enfouissant ses doigts dans ses cheveux.

Il fallut un coup sec frappé à la porte, suivi d'un rire étouffé, pour qu'il s'écarte d'elle. Se retournant, il découvrit Laurie, l'amie de Shanna, sur le seuil du magasin, les yeux brillants d'amusement, même si une ombre d'inquiétude sembla ternir leur étincelle de bonne humeur.

Shanna recula d'un pas, chancelante, l'air vaguement étourdi. Comme elle ne semblait pas s'être aperçue qu'ils avaient de la compagnie, ce fut Kevin qui alla déverrouiller la porte pour laisser entrer son amie.

— Eh bien, eh bien…, fit Laurie. J'ai l'impression que tout est rentré dans l'ordre, ici ? Enfin, presque, ajouta-t-elle en lançant un regard appuyé en direction de Shanna.

Celle-ci, rose de confusion, battit des paupières et la contempla, la mine coupable.

— Qu'est-ce que tu fais ici ?

— Tu m'as appelée. Je suis venue, répliqua Laurie

de manière succincte. Même si la panique du début me semble appartenir au registre du passé.

Elle promena un regard circulaire sur le magasin proprement réorganisé avant de se tourner vers Kevin, les sourcils froncés.

— J'ai pourtant l'impression que je n'ai pas fait le voyage pour rien.

— J'allais partir, déclara-t-il.

— Quel timing parfait…, lâcha Laurie.

Ce n'était pas l'avis de Kevin. Quelque chose lui disait qu'il aurait dû s'en aller cinq minutes plus tôt… avant l'arrivée de Laurie et surtout avant ce baiser.

— Où est le café ? demanda Laurie, plantée devant la machine à cappuccino. Il ne devrait pas être prêt pour l'ouverture du magasin ?

— J'ai eu pas mal d'autres soucis, ce matin, répliqua Shanna sur la défensive.

— Tu parles de l'inondation et du nettoyage d'hier, ou fais-tu référence à l'homme qui t'embrassait quand je suis arrivée ? persifla Laurie qui, après avoir rempli la machine de grains de café, enclencha le broyeur.

Laurie étant occupée pour l'instant, Shanna ignora sa question et passa dans l'arrière-boutique. Un bref coup d'œil au miroir au-dessus du lavabo confirma ses craintes : elle était tout ébouriffée et un vif émoi se lisait sur ses traits. En temps normal, ce baiser inattendu aurait déjà été assez déconcertant. Mais avec Laurie comme témoin, c'était une véritable calamité. Jamais elle ne pourrait trouver une explication plausible pour se justifier. Elle aurait beau essayer, son amie ne croirait évidemment pas à l'innocence de ce baiser. D'ailleurs, *elle-même* savait que tout cela n'avait rien d'innocent. La passion de leur étreinte avait véritablement embrasé son désir.

— Tu peux revenir maintenant, lui cria Laurie au bout de quelques minutes. Le café est prêt.

Shanna osa enfin retourner à l'avant du magasin. Elle trouva Laurie, juchée derrière la caisse.

— Ça doit être marrant de rester assise là toute la journée à regarder défiler les gens, lança-t-elle à Shanna.

— Figure-toi qu'il m'arrive quand même de me déplacer, voire de conseiller un client, lâcha Shanna d'un ton sec.

— Je sais, fit Laurie, exaspérée. Je dis juste que j'arrive presque à comprendre ce qui te plaît dans ce boulot.

Ses yeux brillèrent d'un éclat de malice.

— Et puis il y a ton beau soupirant…

— Kevin ?

— Qui d'autre ? Les hommes comme lui ne doivent pas courir les rues par ici ?

— Détrompe-toi. Mais je ne vois vraiment pas en quoi ça t'intéresse, toi qui es sur le point de te marier.

— Effectivement, c'est plutôt toi qui devrais garder l'œil sur ces autres célibataires, lui fit remarquer Laurie. Je ne vais pas revenir sur toutes les bonnes raisons que tu aurais de le faire. Nous en avons déjà discuté.

— Oui, en effet.

— Et, de toute évidence, tu continues à faire fi du bon sens.

— Non, pas du tout ! s'écria Shanna, excédée. Je comprends très bien pourquoi, entre Kevin et moi, ça serait…

Elle s'efforça de trouver un mot qui soulignerait le risque que pourrait comporter leur relation.

— Catastrophique, glissa Laurie.

— Non, compliqué, s'entêta Shanna.

— Tu as parlé à Henry, récemment ? la questionna Laurie sans ménagement.

— Va droit au but, d'accord ? marmonna Shanna à la mention de son ex-beau-fils.

— J'essaie. Ce que je n'arrive pas à comprendre, c'est pourquoi le parallèle entre les deux situations ne t'effraie pas davantage. Un homme meurtri, un gamin solitaire. C'est ton schéma classique, ma chérie, et il ne vaut pas un clou.

— Kevin n'a rien de commun avec Greg, s'emporta-t-elle pour la énième fois, sûre de ses convictions.

Son ex-mari avait de sérieux problèmes avec la bouteille. Kevin, lui, était simplement noyé dans son chagrin, pas dans l'alcool.

— Et puis Davy n'est pas dans la même situation qu'Henry. Il n'est pas en danger. Il est entouré par une immense famille, pas par un couple de grands-parents guindés comme les Hamilton.

— Mais tout ton être te souffle que Kevin et ce petit garçon ont besoin de toi, n'est-ce pas ?

— Peut-être, avoua-t-elle. Mais je ne me lance pas tête baissée dans quoi que ce soit avec Kevin, pas comme je l'ai fait avec Greg. Greg et moi sommes tombés amoureux presque immédiatement, bien que nous ayons tout de même attendu un moment avant de nous marier. Avec Kevin, nous nous voyons de temps à autre. Il est d'ailleurs très loin d'être prêt à s'investir dans une nouvelle relation.

— Alors je dois m'être imaginé ce baiser quand je suis entrée, ironisa Laurie.

— C'était… surprenant, une anomalie, expliqua Shanna. Nous n'avons pas l'habitude de nous embrasser.

— Et tu ne penses pas que vous allez remettre ça, maintenant que la glace est pour ainsi dire rompue entre vous ?

— Non, je ne le pense pas, mentit-elle.

Si elle avait son mot à dire dans toute cette histoire, il y aurait assurément d'autres baisers. Mais Kevin veillerait hélas sans doute à ce que cela ne se reproduise pas…

— Il était épouvantable ce baiser ? s'enquit Laurie en plantant son regard dans le sien.

— Non, bien sûr que non.

— Alors vous allez recommencer, décréta son amie d'un ton sans appel. Et tu ferais mieux de mettre un terme à tout ça avant d'aller trop loin avec cet homme et de perdre pied.

— Nous sommes amis, c'est tout, insista Shanna, s'avisant à l'instant où elle prononçait ces mots qu'elle était aussi peu crédible que Susie à propos de Mack.

— Au fait, comment va Drew ? Et les préparatifs du mariage, ça avance ?

— Drew va très bien. Quant aux préparatifs, ils sont bien engagés. Jess a été formidable.

Elle jeta à Shanna un regard contrarié.

— N'essaie pas de noyer le poisson.

— J'essayais de montrer de l'intérêt pour toi. D'habitude, tu ne demandes pas mieux que de te lancer dans ton sujet de prédilection.

— Eh bien, aujourd'hui, je suis d'humeur altruiste. Je me soucie davantage de toi.

— Inutile, affirma Shanna avec force. Comme tu peux le constater, le magasin a retrouvé son allure et ma vie privée va très bien. Ta mission ici est terminée.

Laurie parut surprise d'être congédiée.

— Tu veux que je rentre chez moi ?

Shanna opina du chef.

— Ça me fait extrêmement plaisir de te voir et j'apprécie vraiment le fait que tu aies tout laissé tomber pour venir ici, mais tout va bien et j'ai énormément de boulot entre les formulaires d'assurance et toute la marchandise que je dois de nouveau commander.

— Tu n'as même pas le temps d'aller déjeuner à l'auberge, n'est-ce pas ? s'enquit Laurie. Comme je suis là, je m'étais dit qu'on pourrait discuter avec Jess de certains détails concernant le mariage.

Shanna perçut la déception dans la voix de son amie et prit conscience qu'elle était vraiment injuste envers Laurie. Celle-ci avait tout laissé tomber pour voir si elle allait bien et voilà qu'elle la renvoyait dans ses foyers comme si, pour elle, sa visite n'avait représenté qu'une contrariété et non un geste adorable.

— Pourquoi pas ? On va appeler Jess pour voir si elle peut venir ici, ou même apporter de quoi manger au magasin.

Laurie s'illumina.

— C'est vrai ? Tu auras le temps ?

— Tant qu'on reste au magasin, oui. Je me débrouillerai.

— Et jusque-là, je ne te dérangerai pas trop ?

Shanna tâcha de trouver une réponse diplomatique.

— Tu pourrais peut-être aller jeter un œil aux autres commerces de Main Street et aux restaurants de Shore Road ? Il faudra bien que tu puisses indiquer les meilleures adresses à tes invités quand ils viendront pour le mariage. C'est l'occasion idéale de te familiariser avec la ville. Toi qui adores les ustensiles de cuisine, tu devrais aussi aller faire un tour à la quincaillerie. Qui sait ? tu y trouveras peut-être ton bonheur ?

La cuisine de Laurie était déjà le paradis du cordon-bleu mais cela ne signifiait pas pour autant qu'elle ne puisse pas dénicher de nouveaux gadgets.

Laurie hocha la tête en dépit du regard entendu qu'elle lança à Shanna.

— Superidée. Je serai de retour à midi, d'accord ?

— Parfait. Je vais passer un coup de fil à Jess pour tout organiser.

Elle traversa le magasin et étreignit Laurie de toutes ses forces.

— Merci d'être venue. Ce n'était pas nécessaire mais je suis si contente que tu l'aies fait.

— Même si je fourre toujours mon nez dans ta vie privée ?

— C'est le privilège des amies, répliqua Shanna avec un grand sourire. Cela dit, ça n'implique pas que je doive suivre tes conseils.

Laurie poussa un soupir exagéré.

— Dans ce cas, je revendique ici et maintenant le droit de clamer : « Je te l'avais bien dit. »

— J'en prends bonne note.

Ce ne fut que lorsque Laurie eut passé le seuil que Shanna laissa enfin échapper un soupir. Puis elle s'empara du téléphone et appela Kevin sur son portable.

— Quel que soit ton programme, ne reviens pas ici tout à l'heure avec les enfants.

— Laurie, devina-t-il aussitôt. Elle est encore ici.

— Pour l'instant, elle est partie explorer la ville, mais elle va revenir à midi pour discuter avec Jess des détails de son mariage.

— Merci de m'avoir prévenu. Elle n'y va pas de main morte dans ses interrogatoires.

— Ne m'en parle pas !

— Je te rappelle ce soir, d'accord ? Elle sera partie ?

— Oui.

— Shanna…

La voix de Kevin se fit soudain hésitante.

— Quoi ?

— Ce baiser…

Il laissa sa phrase en suspens comme si, aussitôt abordé, ce sujet lui était devenu inconfortable.

— C'était un merveilleux baiser, affirma-t-elle d'une voix brouillée par l'émotion.

— Tout à fait, acquiesça-t-il. Mais…

— Mais nous ne devrions sans doute pas réitérer l'expérience, acheva-t-elle avant qu'il ait pu finir sa phrase.

Shanna n'était pas étonnée de la réaction de Kevin : ne l'avait-elle pas anticipée toute seule ? Au profond soupir qu'il poussa en l'entendant dire ces mots, elle comprit qu'elle ne s'était pas trompée.

— C'est juste qu'en ce moment ma vie est sens dessus dessous, expliqua-t-il. J'ai des tas de choses à régler.

— Crois-moi, je te comprends, affirma-t-elle. Ma vie non plus n'est pas franchement un long fleuve tranquille.

— Alors, disons que c'était un moment d'égarement qui ne se reproduira plus.

— Entendu.

En prononçant ce mot, Shanna sentit la déception se propager en elle. Mais ce n'était pas le moment de s'en préoccuper. Pour l'instant, elle avait d'autres chats à fouetter, y compris tâcher de trouver le moyen de faire partir Laurie avant qu'elle ne croise de nouveau le chemin de Kevin.

Dès qu'il eut raccroché après sa conversation avec Shanna, Kevin rentra dans la maison et réunit Davy et les jumelles.

— Enfilez vos maillots, leur ordonna-t-il.

— On va faire un pique-nique sur la plage, devina Caitlyn, qui partit sur-le-champ à la recherche de son maillot une pièce — bleu vif et garni de volants — tout en ôtant un à un ses vêtements.

— C'est exact, confirma Kevin.

Il prit Davy dans ses bras et l'emmena dans sa chambre pour lui passer son maillot, puis il enfila le sien.

Ensuite, il rassembla tout l'attirail nécessaire : de l'écran solaire, une couverture, des serviettes de plage, des seaux et des bouées. Gram entra dans le vestibule alors qu'il considérait d'un œil inquiet la pile croissante d'affaires indispensables.

— Comment diable faisais-tu pour nous emmener tous à la plage ? l'interrogea-t-il.

— Vous portiez chacun vos jouets et votre serviette, lui rappela-t-elle. Je me chargeais de la couverture et du panier à pique-nique. Laisse les filles te donner un coup de main.

Carrie et Caitlyn dévalèrent l'escalier et Kevin leur indiqua du doigt les affaires de plage entassées.

— Prenez les jouets que vous souhaitez emporter, ordonna-t-il. Et chargez-vous chacune d'une serviette.

Cela lui laissait encore le panier à pique-nique confectionné par les bons soins de Gram, la couverture et Davy, trop petit pour aborder seul les marches menant à la plage. Le visage de Gram se fendit d'un large sourire devant son dilemme évident.

— Pourquoi est-ce que je ne descendrais pas dans une heure avec le pique-nique ? suggéra-t-elle.

— Ça ne t'ennuie pas ?

— Bien sûr que non. Je te le porterai avant d'aller à l'église.

Elle considéra Kevin d'un air songeur.

— Tu es sûr que tu pourras t'en sortir avec ces trois-là ? Tu n'auras pas une minute de répit si tu veux garder l'œil sur eux en permanence.

— Tu t'en sortais bien avec nous cinq, lui rappela-t-il.

— Oui, mais vous étiez tous plus grands, se souvint-elle. A part Jess, mais même elle avait l'âge de Carrie et Caitlyn, à l'époque. Et vous m'aidiez tous en la surveillant.

— Tout se passera bien, affirma-t-il avec confiance.

Il ne s'agissait que de deux ou trois heures à la plage. Rien de bien extraordinaire. Ensuite, il y aurait la sieste, puis sa sœur et Trace reviendraient, et ce baby-sitting cauchemardesque prendrait fin. Non qu'il n'aimât pas Carrie et Caitlyn. Mais en dépit de ce qu'il avait déclaré à Shanna, il se sentait submergé, et ce depuis le début.

L'heure qui suivit lui apporta la preuve supplémentaire qu'il était complètement dépassé. Il était aux trois quarts enterré dans le sable et quasiment immobilisé, tout ça grâce au stupide plan qu'il avait conçu pour occuper les trois enfants, le temps que Gram leur apporte le déjeuner. Carrie et Caitlyn avaient été transportées de joie à l'idée de déverser sur lui quantité de seaux de sable. Ceux de Davy étaient à peine à moitié remplis, mais il imitait ses cousines.

— Il est temps de me déterrer, maintenant, lança-t-il.

Carrie et Caitlyn se contentèrent de glousser de rire et lui jetèrent encore plus de sable dessus.

— C'est trop rigolo, oncle Kevin, déclara Carrie. Quand il y aura assez de sable, on construira un château sur ton ventre. Le plus gros château du monde.

— Mauvaise idée, estima-t-il en tentant de dégager ses jambes.

Mais le sable était trop lourd. Il essaya de lever les bras, sans succès. La prochaine fois — s'il était assez bête pour suggérer encore une telle idée —, il veillerait à garder les mains libres.

A ce moment-là, il entendit rire derrière lui et, tournant la tête, découvrit Abby en train de le contempler avec un amusement évident. Trace, qui se tenait derrière elle, le panier à pique-nique à la main, ne tenta même pas de dissimuler son sourire devant la scène.

— Te voilà dans de beaux draps, commenta Abby, les yeux pétillants.

— Maman ! s'écria Caitlyn en s'élançant vers elle, immédiatement suivie par Carrie.

Davy se dandina derrière les jumelles et tendit les mains vers Trace qui posa le panier à pique-nique afin de le prendre dans ses bras.

— L'un de vous deux pourrait peut-être me sortir de là ? s'enquit Kevin avec irritation. A moins que vous ne goûtiez vous aussi le spectacle ?

— J'avoue qu'un tel divertissement pèse lourd dans la balance, rit Abby.

Kevin jeta à Trace un regard noir.

— Je te rends service et c'est comme ça que tu me remercies ?

— Dis donc, ce n'est pas moi qui t'ai enterré, protesta Trace. Et ne me dis pas que ces gosses en ont eu l'idée tout seuls.

— C'était mon idée, d'accord, admit-il.

— Tu aurais fait quoi si on n'était pas arrivés ? l'interrogea Abby avec curiosité. Par exemple, si l'une d'elles avait décidé de te fausser compagnie pour aller se baigner sans autorisation ?

— J'étais en train de régler le problème, insista-t-il. Elles allaient me déterrer. Et elles connaissent la règle pour aller dans l'eau, pas vrai, les filles ? Jamais sans la présence d'un adulte.

Caitlyn, la petite traîtresse, glissa :

— Mais tu es là, oncle Kevin…

— Je n'ai rien à ajouter, déclara Abby. En plus, j'ai

cru entendre qu'elles projetaient de construire un château sur ton ventre. C'est papa qui serait fier.

Kevin commençait à devenir vaguement claustrophobe sous le poids de tout ce sable. Il fixa d'un œil mauvais son futur beau-frère, sa sœur n'étant visiblement pas disposée à venir à sa rescousse.

— J'apprécierais volontiers un coup de main, à présent, lança-t-il.

Trace sourit et reposa Davy sur le sable.

— Allez, les enfants, déterrons oncle Kevin. Ensuite, on pourra passer au pique-nique.

— Non, tout de suite, le pique-nique ! cria Carrie en bondissant d'excitation.

— Pas question, pas tant qu'oncle Kevin ne peut pas se joindre à nous, répliqua Trace avec fermeté.

— On pourrait le faire manger, suggéra Caitlyn, l'air songeur.

— Creuse ! ordonna Trace d'un ton sans appel.

Armés de leur seau, les trois enfants se mirent à ôter le sable. A croire que cette opération était plus longue que celle de le recouvrir, constata Kevin. Enfin il put bouger ses membres et se mit debout.

— Puisque les renforts sont là, je vais aller me baigner pour enlever le reste de cette saleté de sable, annonça-t-il à sa sœur.

— Ce n'était peut-être pas une bonne idée de lui confier nos enfants, insinua Abby, une lueur d'inquiétude au fond des yeux.

Kevin surprit le regard pétillant que Trace lança à sa compagne.

— Vraiment ? Tu regrettes les deux jours qu'on a passés ensemble ?

— Non, mais…

— Les filles sont entières, lui fit remarquer Trace. Kevin

n'a pas encore perdu la boule, ce qui à mes yeux en fait un baby-sitter hors pair. D'ailleurs, selon mes critères, il est digne d'être élevé au rang de saint.

Il lança à Abby un regard appuyé.

— Tu vois ce que je veux dire ?

Cette dernière piqua un fard.

— Je me disais qu'on pourrait de nouveau l'enrôler dans quinze jours, suggéra Trace, les yeux rivés à ceux d'Abby. Qu'est-ce que tu en dis ?

Abby alla vers lui.

— Peut-être..., murmura-t-elle en levant le visage pour l'embrasser.

Kevin poussa un gémissement, pas seulement parce que l'idée de garder encore les filles lui donnait vaguement la nausée, mais parce que être témoin du désir qui animait Abby et Trace lui rappelait sans ménagement ce qu'il avait ressenti en embrassant Shanna. Sauf que, comme un idiot, il lui avait dit qu'il valait mieux ne plus recommencer. Qu'est-ce qui lui avait pris ?

Certes, ce baiser était probablement une folie...

Et le pire, se rappela-t-il, c'était que Shanna elle-même l'avait approuvé !

Comment avaient-ils pu penser qu'une chose aussi agréable ait pu être une erreur ? A cette seconde, un tel aveuglement lui parut inconcevable.

12

Mick survolait le Kansas lorsqu'il réalisa qu'il n'avait même pas essayé de joindre Megan pour lui dire qu'il avait été appelé d'urgence à Seattle. Or, à l'heure qu'il était, elle devait être sur le point de débarquer à l'aéroport de Baltimore pour passer quelques jours à Chesapeake Shores. Et personne ne serait là pour l'accueillir. La situation se présentait sous de très mauvais auspices car Megan allait à coup sûr s'emparer de l'incident et en faire toute une histoire.

Mick saisit le téléphone intégré au siège et composa le numéro du portable de Megan. A sa grande frustration, son appel fut immédiatement dirigé vers la boîte vocale.

— Meggie, c'est moi. J'ai été appelé tard hier soir à Seattle et, ce matin, j'ai sauté dans le premier vol. Je sais que j'aurais dû t'appeler tout de suite, mais il était tard, et puis, dans la précipitation du départ, j'y pense seulement maintenant. Je suis vraiment navré. Si tu es encore à l'aéroport quand tu auras ce message, que dirais-tu de chercher s'il n'y a pas un autre vol pour Seattle et de me rejoindre là-bas ? Tu adorerais cette ville, j'en suis sûr. Si tu te décides, fais-le-moi savoir. Sinon, je te passerai un coup de fil en arrivant à l'hôtel. Je devrais atterrir dans deux heures, environ.

Il raccrocha avec une grimace. Megan allait s'énerver

et il ne pouvait pas lui en vouloir. Son appel suivant fut pour Kevin.

— Papa, mais je te croyais en vol pour Seattle ?

— Je le suis, mais je me suis rappelé quelque chose et j'ai besoin de ton aide, d'accord ?

— Bien sûr, qu'est-ce que je peux faire pour toi ?

— Ta mère va arriver de New York à l'aéroport. Il faudrait que tu ailles la chercher ou que tu l'aides à trouver un vol pour la côte ouest, ce qu'elle préfère.

— Tu as oublié que maman venait ?

Kevin semblait incrédule, et peut-être même un peu amusé du pétrin dans lequel s'était fourré son père.

— Je n'ai pas vraiment oublié, rectifia Mick, sur la défensive. Mais les événements se sont précipités.

— Oh, dis donc ! Elle va être furieuse, murmura Kevin.

— Parce que tu crois que je ne le sais pas ? répondit son père en s'impatientant. C'est bien pour ça que tu dois intervenir en allant à l'aéroport.

— Pourquoi moi ? Abby est beaucoup plus près. De son bureau, elle pourrait être là-bas en une demi-heure.

— C'est vrai, reconnut Mick. Mais en te voyant, ta mère oubliera peut-être provisoirement ses griefs contre moi.

— Papa, tu sais ce que je pense d'elle, commença Kevin.

Mick l'interrompit.

— Je sais aussi que tu dois surmonter ton ressentiment. Emmène Davy. Dis-toi que c'est pour lui que tu le fais. Il va adorer voir les avions décoller et atterrir, et être là pour accueillir sa grand-mère. Allez, fiston, tire-moi de ce mauvais pas !

Kevin poussa un profond soupir.

— A quelle heure arrive l'avion de maman ?

— J'ai tout noté sur un bloc-notes près du téléphone, dans mon bureau, mais le temps presse ! Empare-toi des coordonnées du vol, embarque Davy et fonce !

— Tu te rends bien compte que, maintenant, nous sommes *deux* à t'en vouloir : maman et moi.

— Tu perds du temps. Tu te défouleras sur moi plus tard, d'accord ?

— Tu ne l'emporteras pas en paradis, crois-moi, répliqua Kevin en raccrochant.

Mick se renfonça dans son siège et ferma les yeux, tâchant de visualiser la réaction de Megan arrivant à l'aéroport et ne trouvant personne posté devant le terminal. Si Kevin ne s'y trouvait pas pour l'attendre à sa place, elle risquait de tourner les talons et de repartir aussi sec à New York. Peut-être même ne remettrait-elle jamais plus les pieds à Chesapeake Shores. Avec Megan, tout était possible. Son tempérament imprévisible faisait partie du charme de son caractère, mais, cela dit, Mick en faisait souvent les frais…

Bien sûr il pouvait toujours tenter de lui dire qu'elle était seule responsable de ce cafouillage. Car si elle était revenue vivre à la maison, dans son foyer, elle aurait été avertie de son déplacement dès que lui-même en aurait été informé, et elle se serait retrouvée assise à son côté dans l'avion, en train de siroter un bloody mary devant un film d'action. Oui, c'était une bonne idée de présenter les choses de cette manière.

Mais il ne faudrait pas oublier de rentrer la tête au moment où elle lui balancerait un objet en pleine figure.

Dans le terminal bondé, Kevin serrait très fort la main de Davy dans la sienne tout en essayant d'apercevoir Megan. Si l'on se fiait aux informations trouvées dans le bureau de Mick, elle allait sortir d'un instant à l'autre. L'écran des arrivées indiquait en effet que son avion avait atterri cinq minutes plus tôt.

— G'ma, balbutia Davy.

Il s'entraînait à prononcer ce mot depuis que Kevin lui avait expliqué qu'ils allaient chercher Megan à l'aéroport. Apparemment lassé de contempler une forêt de jambes, l'enfant tendit les bras vers son père. Kevin le souleva pour qu'il puisse y voir quelque chose.

— G'ma ! cria l'enfant tout excité en pointant son doigt.

Et, de fait, c'était bien Megan qui avançait vers eux à grands pas, un sourire hésitant aux lèvres.

— Ça, c'est une surprise, s'exclama-t-elle en posant son bagage à main pour attraper Davy qui se tortillait en tentant d'échapper aux bras de Kevin pour aller vers sa grand-mère.

— Où est ton père ?

Kevin, refusant d'être le porteur de mauvaise nouvelle, préféra suggérer :

— Il m'a dit qu'il t'avait laissé un message sur ta boîte vocale. Tu devrais peut-être l'écouter.

Megan fronça les sourcils, mais elle fouilla quand même dans sa poche, alluma son portable et écouta ses messages. Puis elle coupa le téléphone et le referma d'un geste sec.

— C'est bon, je connais la chanson.

— Maman, ça s'est vraiment décidé à la dernière minute, protesta Kevin, surpris par son besoin de défendre son père. J'ai entendu sonner le téléphone vraiment très tard hier soir, bien trop tard pour que papa puisse t'avertir, et il a quitté la maison aux aurores. Il était déjà parti à 6 heures, quand je me suis levé pour aller courir.

— Mon vol a décollé après 10 heures. Le message

précise que ton père a attendu qu'il soit presque 11 heures avant de m'appeler, après que mon avion eut décollé.

Elle était furieuse et Kevin pouvait la comprendre. Tout à coup, il prit conscience du nombre de fois où sa mère s'était retrouvée la cinquième roue du carrosse, dès qu'une urgence chamboulait l'emploi du temps de Mick à la dernière minute.

— Il a proposé que tu le rejoignes à Seattle, glissa-t-il. Je me suis renseigné et il y a un vol qui part dans deux heures. Il reste encore des places.

Megan secoua aussitôt la tête, le visage fermé par une expression butée qu'il connaissait bien.

— Je vais rentrer avec toi, si ça ne t'ennuie pas. Maintenant que je suis là, j'aimerais passer un peu de temps avec Davy et les jumelles. Je repartirai à New York demain.

Kevin tiqua. Son père avait été très clair dans ses instructions : il devait soit mettre sa mère dans un avion pour Seattle, soit la garder à Chesapeake Shores. Sauf qu'à l'évidence Megan n'était pas d'humeur à accepter l'un ou l'autre des deux plans prévus. Pas étonnant…

— Tu n'attendras pas le retour de papa ? lui demanda-t-il.

Sa mère lui décocha un regard noir des plus éloquents. Kevin s'empara de son sac.

— Tu as d'autres bagages ?

Elle fit non de la tête avant de porter son attention sur Davy qui s'enthousiasmait de tout ce qu'il voyait sur le chemin du parking.

— Cet enfant sera reporter, prédit Megan en riant tandis qu'elle l'installait sur le siège-auto avec des gestes étonnamment sûrs. Il a l'œil pour les détails.

Kevin pouffa.

— C'est une façon de dire les choses. Moi, j'appelle ça un moulin à paroles.

— Journaliste télé, alors, rectifia-t-elle en montant dans le 4x4 de Mick.

Elle se tourna vers Kevin, le regard chaleureux.

— Je suis contente que Mick t'ait envoyé à sa place.

— En fait, c'était une manœuvre sournoise de papa, confessa-t-il. En me faisant venir, il espérait apaiser ta colère en te détournant l'esprit.

— Eh bien, son stratagème a échoué, déclara-t-elle. Je suis tout à fait capable de lui en vouloir à mort et de me réjouir en même temps de te voir. Au moins aurons-nous un peu de temps pour parler.

— Maman, arrête, fit Kevin, se rembrunissant soudain. On ne va pas remettre ça sur le tapis.

— Je ne comptais pas évoquer le passé. J'allais simplement te demander de tes nouvelles. Il paraît que tu as acheté un bateau de pêche.

Kevin eut un signe de tête affirmatif.

— Tu as obtenu ton brevet de capitaine ?

— Non, il me reste encore quelques cours avant de pouvoir être qualifié.

Megan se laissa aller contre le dossier de son siège, les yeux clos.

— Je me rappelle combien tu aimais pêcher, murmura-t-elle, le visage empreint de nostalgie. Peu importait que le poisson soit gros ou minuscule, tu étais si excité quand tu en ramenais un au bout de ta ligne !

Elle se tourna vers lui en souriant.

— Et après, tu voulais toujours le remettre à l'eau. Pour un capitaine de bateau de pêche, ce n'est pas franchement un avantage d'être sentimental à ce point…

L'observation de sa mère arracha un soupir à Kevin.

— Ça, tu l'as dit…

Ce n'était pas la première fois qu'il se faisait cette réflexion : il n'était pas aussi bien taillé que le supposait Jess pour cette nouvelle carrière. Il s'était emparé de cette idée par défaut, parce qu'il était dans l'incapacité de proposer une alternative valable.

— Tu sais dans quoi je t'ai toujours vu ? fit Megan.

Intrigué, Kevin fit non de la tête. Jamais il n'aurait cru que sa mère se serait représenté l'homme qu'il deviendrait un jour. Il avait seize ans quand elle était partie de la maison, un an de moins qu'Abby, et, à cette époque-là, il était à des années-lumière du moindre projet d'avenir.

— Je pensais que tu suivrais les traces de ton oncle Thomas, révéla Megan. J'étais persuadée que tu t'impliquerais dans la défense de l'environnement, que tu travaillerais à la protection de la baie de Chesapeake ou de tout autre écosystème fragile en péril.

En entendant sa mère prononcer ces mots, Kevin fut remué par une étrange excitation.

— On en discutait souvent, non ?

Megan hocha la tête.

— Quand Thomas venait pour les vacances, tu le harcelais de milliers de questions.

Elle lui coula un regard de côté.

— Tu devrais peut-être en parler avec lui, histoire d'avoir un aperçu de ce qu'il fait en ce moment. Tu l'as vu, récemment ?

Kevin secoua la tête.

— Tu sais comment ça se passe entre papa et lui.

— Je sais aussi que Nell peut se montrer très persuasive. Et comme elle tient à les voir se réconcilier, ils y viendront tôt ou tard, c'est forcé. Et je ne parle pas simplement des politesses de façade qu'ils échangent le temps des vacances.

Elle haussa les épaules.

— Tu n'as pas besoin de la permission de Mick pour aller voir ton oncle.

Devant l'air contrarié de Kevin, elle s'empressa de préciser :

— Je n'essaie pas de te forcer la main.

— Non, je sais. Je me demandais juste comment réagirait papa si je devenais l'un de ces écolos qu'il méprise tant.

En disant cela, il sourit. Mick serait horrifié, surtout s'il pensait que son frère avait poussé son fils dans cette voie.

— Je crois que tu sous-estimes ton père. Mick ne milite peut-être pas avec le même activisme que Thomas, mais il est très attaché à la baie. Il a accepté beaucoup de compromis pour Chesapeake Shores — pas assez peut-être aux yeux de son frère, mais suffisamment pour faire la différence avec d'autres. Mick respecte l'action de Thomas.

— Ah oui ? Alors pourquoi ne s'adressent-ils plus la parole ?

— Parce qu'ils sont terriblement têtus et qu'ils adorent les joutes verbales. Ils se disent des horreurs sans même y penser, et ensuite ils s'enferrent obstinément dans leur attitude.

Kevin éclata de rire en songeant au nombre de désaccords minimes, aux vétilles qui avaient dégénéré en conflit familial suite à une escalade incontrôlée.

— Sur ce point-là, tu pourrais bien avoir raison. C'est indéniablement héréditaire.

— Je présente la même tendance, hélas, avoua Megan visiblement à regret. Même sans avoir de gènes O'Brien.

— C'est comme ça que ça s'est passé entre papa et toi, n'est-ce pas ? lui demanda-t-il, sous le coup d'une subite intuition. Vous vous êtes disputés et, par la suite, vous êtes restés campés sur vos positions.

Sa mère hocha la tête.

— Bien sûr, il serait faux de prétendre que nous n'avons pas chacun notre part de responsabilités. Mais avec notre tempérament sottement buté et colérique, nous n'avons fait que jeter de l'huile sur le feu.

— Ne repars pas là-dessus, maman, la supplia Kevin, surpris lui-même de s'essayer au rôle de pacificateur. Je sais que papa s'est mal comporté aujourd'hui, mais il tient plus que tout à ce que tu reviennes vivre avec lui. J'ai eu beaucoup de mal à l'accepter, mais maintenant *je sais* que c'est la vérité.

— Et pourtant il est à Seattle et moi ici, objecta-t-elle à voix basse.

— Tu pourrais l'y rejoindre, suggéra-t-il avec douceur. Ou du moins rester ici jusqu'à son retour. N'aggrave pas son erreur en en commettant une autre.

Megan leva les yeux vers lui avec défi, puis soupira.

— Nous verrons.

Kevin se détourna de façon à dissimuler son sourire satisfait. Mission accomplie. Mieux encore, sa mère lui avait fourni matière à réflexion en termes d'avenir.

Le samedi était le jour le plus chargé au magasin. Par bonheur, Shanna avait réussi à se faire expédier une nouvelle commande de livres le vendredi et les rayonnages avaient été entièrement regarnis. Aujourd'hui, il n'y avait pas eu de temps mort, pas la moindre occasion de foncer chez Sally pour prendre un sandwich en vitesse, pas même une seconde pour commander un plat à emporter et aller le chercher.

Quand Kevin arriva vers 15 heures à la librairie, elle fut si soulagée de le voir qu'elle faillit se jeter à son cou.

— Si tu peux aller me chercher un sandwich chez Sally, mon cœur te sera acquis à jamais, lui lança-t-elle, à peine consciente de la tête que fit Kevin en entendant cette expression. Je n'ai pas pensé à apporter mon déjeuner aujourd'hui et je meurs de faim. J'oublie tout le temps que le samedi j'ai trop de monde pour pouvoir m'esquiver.

Kevin sortit alors de derrière son dos un sac blanc à l'allure familière.

— Sandwich de thon au pain de seigle, chips et soda light, annonça-t-il.

Elle se jeta bel et bien à son cou.

— Tu es un ange !

Ce qualificatif lui fit hausser un sourcil dubitatif.

— Pas vraiment. Je suis passé tout à l'heure devant le magasin et j'ai vu que tu étais coincée, alors j'ai deviné que tu n'aurais pas le temps de prendre un déjeuner à moins d'en faire apparaître un par magie.

— Je peux te dire que j'adore ce genre de tour, s'exclama-t-elle en déchirant le sac.

Elle mordit dans l'épais sandwich et soupira de plaisir, comme si c'était un délice gastronomique.

— Tu as pris quelque chose pour toi ? s'enquit-elle.

— J'ai mangé tout à l'heure, à la maison.

Il eut une hésitation avant d'ajouter :

— Ma mère est ici.

Les mains de Shanna s'immobilisèrent et elle leva la tête.

— Ça n'a pas vraiment l'air de te réjouir.

— Nous avons nos problèmes, avoua-t-il. Quoique, à vrai dire, ça s'est plutôt bien passé, aujourd'hui. Elle m'a parlé d'une idée qui depuis n'a pas cessé de me trotter dans la tête.

— Quel genre d'idée ?

Elle n'avait jamais vu Kevin si excité ; elle posa son sandwich et écouta ce qu'il avait à lui dire.

— Une idée concernant ma reconversion.

Shanna le considéra avec perplexité.

— Je croyais que tu voulais obtenir ton brevet de capitaine pour organiser des parties de pêche ?

— C'était le projet que j'avais, admit-il. Mais ma mère m'a rappelé que je rejetais toujours à l'eau les poissons que j'attrapais.

— D'accord…, dit-elle lentement. Ce qui signifie ?

— Que je risque de faire un piètre capitaine de bateau de pêche, conclut-il, l'œil pétillant. En général, les pêcheurs préfèrent ramener leurs prises à la maison. Ils pourraient ne pas trop apprécier que le capitaine leur arrache le poisson des mains.

— Hum, je vois…, fit-elle, comprenant peu à peu son raisonnement. Mais elle t'a suggéré une autre idée à la place.

— Exact. Tu sais que mon oncle Thomas travaille à la défense de l'environnement ?

— Comment pourrais-je l'ignorer ? On cite son nom dans la quasi-totalité des articles sur la vie de la baie.

— Ma mère pense que je devrais lui parler.

De nouveau, Shanna vit l'excitation faire briller les yeux de Kevin. Une flamme assurément absente quand il lui détaillait son projet de bateau de pêche.

— Et qu'est-ce que tu en penses ? l'interrogea-t-elle d'un ton prudent.

— Qu'elle a raison. Je dois dire que ça m'agace un peu de voir qu'elle me connaît si bien, mais je ne vais pas ignorer cette idée pour le simple fait qu'elle vient de ma mère. Tu as des ouvrages concernant la baie, ici ?

Pas des livres pour touristes, de la documentation plus sérieuse ?

— Bien sûr, affirma Shanna, oubliant son sandwich tandis qu'elle se dirigeait vers les rayonnages de droite.

Kevin la suivit.

— En voici deux.

Elle lui tendit des volumes abondamment illustrés.

— Je les ai feuilletés. A mon avis, ce sont les plus exhaustifs.

Elle tapota du doigt le livre du dessus.

— Et celui-ci cite énormément ton oncle. L'auteur le mentionne d'ailleurs sur la jaquette.

— Parfait. Je vais les prendre, décida Kevin en les posant près de la caisse.

Puis il tira un second tabouret jusqu'au comptoir.

Shanna se rassit et prit une autre bouchée de son sandwich qu'elle mastiqua lentement.

— Tu sais, lâcha-t-elle enfin, ça serait peut-être intéressant de proposer à ton oncle de faire une présentation ici, un de ces jours. J'ai toujours eu envie d'organiser ce genre d'événement. Je pourrais l'interroger sur les ouvrages qu'il recommande et avoir en stock plusieurs exemplaires de ces titres. Et lui pourrait sensibiliser le public à son combat pour le sauvetage de la baie.

— C'est une idée géniale ! s'exclama Kevin plein d'enthousiasme. Tu veux que je lui pose la question pour toi ?

— Volontiers, puisque tu dois aller le voir, accepta-t-elle en s'animant à cette perspective. Le samedi, c'est de la folie ici, alors peut-être plutôt un vendredi soir, assez tard pour permettre aux touristes du week-end d'y assister. Je pourrais servir du vin et du fromage ou demander à Jess de préparer quelque chose de léger.

— Moi, je viendrai, intervint un client émergeant du fond du magasin où il semblait avoir déniché une série de romans de science-fiction en format poche.

— Moi aussi, lança une autre cliente qui attendait à la caisse.

Shanna alla s'occuper des ventes, puis se tourna vers Kevin.

— Ça pourrait vraiment marcher. D'après moi, les gens soucieux de la protection de la baie sont plus nombreux qu'on ne croit, mais peut-être ne savent-ils pas comment agir. J'espère que ton oncle acceptera de venir. Cette démarche ne se limiterait pas à une bonne opération commerciale. Ça serait aussi une formidable mission de service public.

— Il viendra, affirma Kevin d'un ton confiant avant de sourire. Ne serait-ce que pour embêter mon père en donnant une petite conférence en plein cœur de sa ville.

— Je croyais qu'ils avaient conçu Chesapeake Shores ensemble. Ton oncle n'habite pas ici ?

Kevin secoua la tête.

— Non, il vit à Annapolis. Il a juré de ne plus remettre les pieds dans cette ville. Cela remonte au temps où son frère et lui se querellaient pour chaque arbre abattu par mon père à l'époque où il construisait ici. L'ironie dans tout ça, c'est que, grâce à mon oncle, Chesapeake Shores est sans doute l'aménagement urbain le plus respectueux de l'environnement de toute la région. Simplement, Thomas estime que papa aurait pu faire plus.

— On ne sort jamais totalement satisfait de ce genre de combat, devina Shanna.

— Pas quand on s'appelle O'Brien, en tout cas, confirma Kevin.

— Et toi, où est-ce que tu te situes dans tout ça ?

— Je comprends les intérêts des deux camps, avoua-t-il. Mais je pencherais plutôt du côté de mon oncle.

— Autrement dit, ça t'irait très bien de travailler avec lui, conclut-elle.

— Je commence à le croire.

Shanna le regarda droit dans les yeux.

— Ce revirement va transformer le bateau que tu as acheté en jouet de luxe.

Kevin secoua la tête.

— Quel meilleur endroit qu'un bateau ancré au beau milieu de la baie pour étudier son environnement ?

Pour la première fois depuis qu'ils s'étaient rencontrés, Shanna décela un regain d'énergie et de motivation dans le regard de Kevin. Cela augmenta encore d'un cran son attirance pour lui. Elle qui lui trouvait déjà un charme au pouvoir dévastateur fut soudain subjuguée par l'homme nouveau qui se tenait devant elle, plus séduisant que jamais. Il était quasiment irrésistible.

Le lundi matin à la première heure, Kevin déposa Davy chez Abby qui travaillait chez elle pour la journée, et se mit en route pour les bureaux de son oncle, situés à Annapolis, ravi d'avoir préféré sa petite voiture hybride au 4x4 fort gourmand en carburant de son père. Sinon, Thomas aurait entamé leur entretien par un sermon sur son bilan carbone.

Après avoir lu les livres achetés chez Shanna, Kevin était plus curieux que jamais de rejoindre la lutte pour la préservation de Chesapeake et de son écosystème délicat. Cet engagement lui semblait à bien des égards plus justifié que l'organisation de parties de pêche ne l'avait jamais été.

Un ancien entrepôt délabré abritait désormais les

bureaux de la Ligue pour la préservation de la baie de Chesapeake, sur les rives de la Severn. Ses façades avaient été rafraîchies par un crépi gris et l'intérieur divisé en bureaux, sans toutefois qu'on puisse se méprendre sur la fonction première du bâtiment d'origine. Cette rénovation terne et sans unité devait hérisser Mick chaque fois qu'il pénétrait dans les bureaux — à supposer qu'il y vînt.

Kevin demanda à voir son oncle et fut orienté vers l'extérieur, en direction d'un ponton. Il trouva Thomas à bord d'un rafiot semblant sur le point de couler à pic dans la rivière. On aurait dit que seule la rouille le maintenait en un seul morceau. Pour ajouter à cette impression de délabrement, son oncle avait démonté son moteur et, avec un air concentré, il en examinait les pièces éparpillées sur une bâche crasseuse.

— Je suppose que tu sais comment le remonter, lança Kevin en sautant à bord de l'épave.

Thomas leva les yeux et sourit.

— Evidemment.

Benjamin des trois frères O'Brien, il n'avait pas cinquante ans. Sa peau était bronzée et son visage buriné. Ses cheveux bouclés tiraient sur le blond-roux, contrairement à Jeff qui dans sa jeunesse les avait plutôt noirs comme ceux de Mick et sans le moindre fil d'argent. Ses yeux étaient du même bleu vif que ceux du reste de la famille. Il faisait plus jeune que son âge.

Il lui désigna le moteur.

— Mais bien sûr, entre le remonter et le réparer, il y a une grande différence.

Kevin s'accroupit à son côté.

— Quel est son problème ?

— L'âge.

— J'ai l'impression que ça ne concerne pas que le

moteur, ironisa Kevin en promenant un regard appuyé sur tout le bateau.

— Ouais, je sais… On a prévu un budget pour le remplacer, l'année prochaine. En attendant, j'essaie de chouchouter ce bon vieux rafiot.

— J'ai peut-être la solution pour toi, déclara Kevin.

Thomas abandonna la contemplation de son moteur pour lever sur son neveu un regard perplexe.

— Ah ?

— J'ai acheté un bateau de pêche il y a quelques semaines. Tu pourrais y jeter un coup d'œil, mais je suis presque certain qu'on pourrait l'équiper pour le genre de boulot qui t'intéresse.

Il avait indiscutablement éveillé toute l'attention de son oncle.

— Tu veux nous faire don d'un bateau ?

Kevin acquiesça.

— Et je ferai partie du lot. Du moins si tu penses que je peux vous apporter une éventuelle contribution.

Thomas essuya ses mains maculées d'huile de moteur sur un vieux chiffon et se remit debout.

— Allons discuter à l'intérieur. Il fait trop chaud ici, je vais croire à une hallucination.

Sa réaction fit sourire Kevin.

— Je te prends au dépourvu, pas vrai ?

— Pas tout à fait, répliqua son oncle. Je me demandais pourquoi diable tu n'en avais pas eu l'idée plus tôt. Et maintenant que c'est fait, je m'interroge sur ce que Mick aura à dire là-dessus.

— Papa est en déplacement. Il ignore encore tout de ma démarche.

Thomas secoua la tête, impressionné.

— De plus en plus intéressant, commenta-t-il en guidant son neveu à l'intérieur.

Il remplit deux verres de thé glacé. Il en tendit un à Kevin, puis débarrassa des papiers qui l'encombraient l'unique fauteuil disponible du bureau.

— Assieds-toi et raconte-moi tout.

Kevin lui décrivit la révélation qu'il avait eue grâce à sa mère, au cours du week-end.

— Tu es sûr que tu ne cherches pas simplement à contrarier Mick ?

— Allons, tu ne peux pas croire ça. Maman m'a rappelé que je te harcelais de questions quand j'étais gosse. D'une façon ou d'une autre, je me suis fourvoyé en devenant ambulancier, puis en m'engageant dans l'armée. Mais je crois que le moment est enfin venu de réaliser ce projet. J'ai besoin de m'atteler à quelque chose de nouveau, quelque chose de stimulant surtout, quelque chose qui importe vraiment.

— A mon avis, peu de choses importent davantage, répondit Thomas d'un air approbateur. Notre avenir dépend de ce que nous faisons pour protéger nos ressources naturelles, ici comme dans le reste du pays.

— Ça, j'ai pigé, répliqua Kevin. La seule question que je me pose c'est : est-ce que je peux me rendre utile ?

— Si tu sais piloter le bateau que tu dis vouloir nous apporter en plus de ton engagement, je peux t'enseigner tout ce qu'il te faut savoir d'autre.

Il lança à son neveu un regard perçant.

— Tu as fait de la biologie ?

— Oui.

— De la chimie ? De la zoologie ?

— Et bien d'autres matières scientifiques en prime, l'informa Kevin.

— Alors, tu t'intégreras parfaitement. Le salaire est minable, mais on te paiera quelque chose pour le bateau et tes frais de carburant seront pris en charge.

— Je n'en demande pas plus, affirma Kevin.

Pour l'instant, tout ce qui comptait, c'était cette certitude absolue d'avoir pris la bonne initiative. Et, ces derniers mois, il n'avait pas souvent eu l'occasion d'éprouver un tel sentiment. Il y avait eu cette démarche aujourd'hui… et la fois où il avait embrassé Shanna.

13

Avant de quitter les bureaux de son oncle, Kevin rencontra la plupart des autres scientifiques et employés. Leur effectif était assez réduit en comparaison de l'immensité de la tâche qu'ils s'efforçaient d'accomplir. Il réussit également à convaincre Thomas de faire une intervention à la librairie de Shanna.

— Dis-lui de m'appeler pour que nous en réglions les détails ensemble, proposa-t-il à Kevin avec un regard pénétrant. Cette femme compte beaucoup pour toi ? On dirait que…

— Je la connais à peine, répliqua Kevin par habitude.

Thomas eut un petit rire.

— En amour, le temps n'est pas toujours un facteur déterminant.

Kevin allait riposter quand d'un geste son oncle balaya ses velléités.

— Laisse tomber les protestations. Je verrai bien par moi-même ce qu'il en est quand j'irai faire ma causerie.

Pour la première fois depuis que Shanna avait suggéré d'inviter son oncle à prendre la parole au magasin, l'idée vint à Kevin que ce projet était peut-être une erreur. Thomas s'était marié par deux fois et, par deux fois, ses unions s'étaient soldées par un divorce. Détail ironique, il avait fait fuir ses deux épouses car, à l'instar de Mick, il était déjà marié à son travail.

Mais malgré sa difficulté à entretenir une relation durable, Thomas aimait sincèrement les femmes. Il était doué d'une intuition très sûre. Il savait les décrypter comme Kevin en aurait bien été incapable.

Mais tout ça, c'était de l'histoire ancienne, se persuada Kevin, lorsqu'il surprit Thomas en train de le fixer d'un air entendu.

Son oncle lui passa un bras autour des épaules en le raccompagnant jusqu'au dehors.

— Je crois que je vais venir à Chesapeake Shores demain, lança-t-il, prenant Kevin par surprise. Je ferais bien de passer voir Ma et peut-être de jeter un œil à ce bateau pour voir de quelles modifications il aura besoin, si tu comptes toujours nous le vendre.

— Je t'ai déjà dit que je t'en ferai don, lui rappela Kevin.

— C'est un bateau neuf, Kevin. Nous avons de l'argent de côté. Je préfère qu'on établisse un contrat de vente, même si tu n'en retires pas la somme qu'on pourrait t'en donner ailleurs.

— Comme tu veux, répondit prudemment Kevin.

— Alors, à demain.

Derrière la soudaine décision de son oncle de venir à Chesapeake Shores se cachait probablement un autre dessein. Kevin aurait juré que le bateau était le cadet de ses soucis. Thomas lui prouva qu'il avait vu juste en ajoutant :

— Une fois qu'on aura examiné le bateau, je pourrai te déposer à la librairie et fixer les détails de mon intervention là-bas aussi.

Son visage reflétait la plus parfaite innocence.

— J'apporterai une liste d'ouvrages à recommander pour ton amie. Shanna, c'est ça ?

Bingo ! songea Kevin, l'estomac noué. En un mot, Thomas avait résumé sa véritable mission.

— Shanna Carlyle, précisa-t-il.

— Bon, très bien, conclut son oncle avec gaieté. J'ai hâte d'être à demain. Tu seras à la maison ?

Kevin acquiesça d'un hochement de tête. A moins que, d'ici là, il n'ait dégotté un billet d'avion pour l'Antarctique…

— Je te retrouverai là-bas. On ira d'abord à la marina, puis en ville. Tu feras les présentations.

— Superprogramme, commenta Kevin, conscient néanmoins du manque d'enthousiasme dans sa voix.

Son oncle le scruta d'un œil interrogateur.

— Tu ne regrettes pas ta décision, si ?

— Bien sûr que non, affirma-t-il sans hésiter, avant de hausser les épaules. Peut-être un peu.

— Pour le bateau ?

Kevin fit non de la tête.

— Tu ne veux plus travailler avec moi ?

— Non, ce n'est pas ça du tout.

Le visage de Thomas se fendit d'un large sourire.

— Alors, c'est Shanna. Ne t'inquiète pas, je ne t'embarrasserai pas avec mes questions. Je me cantonnerai au rôle d'observateur, histoire de voir comment se présente le terrain, pour ainsi dire. Je suis sûr qu'elle doit avoir l'habitude d'être examinée à la loupe avec la concentration d'O'Brien basée à Chesapeake Shores.

Kevin le considéra avec accablement.

— Mais c'est quoi cette famille ? Je sais bien que toutes les femmes sont des marieuses invétérées, mais toi aussi, tu t'y mets maintenant ? C'est dans nos fichus gènes ou quoi ?

— Vu l'interminable liste d'O'Brien résidant aux Etats-Unis et en Irlande, je dirais que oui, répliqua Thomas, incorrigible. Nous voulons le bonheur des nôtres. Et nous faisons tout pour qu'il se réalise.

— En les casant à tout prix ? s'enquit Kevin, incrédule. Tu peux parler, avec deux mariages ratés à ton actif !

— Ce n'étaient pas des mariages ratés, pas plus que celui de tes parents. Ils n'étaient peut-être pas parfaits, mais ils n'étaient pas ratés. Gillian et Diana sont des femmes merveilleuses. Simplement, je ne leur ai pas consacré toute l'attention qu'elles méritaient. Pour te dire la vérité, je me remarierais demain si elles voulaient bien de moi.

— Papa aussi m'a l'air bien décidé à reconquérir maman, admit Kevin.

Thomas parut surpris.

— C'est vrai ? Eh bien, tant mieux ! C'était vraiment dommage qu'il l'ait laissée partir ! Qu'en pense Megan ?

— Maman n'est pas du genre à se laisser convaincre aussi facilement, mais je parie sur papa.

Il commençait même à se faire à cette perspective. La présence de sa mère ne lui avait pas autant pesé, ces derniers temps. Et il lui était sincèrement reconnaissant d'avoir semé dans son esprit l'idée de collaborer avec Thomas.

— Je miserais moi aussi sur mon frère, déclara son oncle. Il faudra que je lui prodigue quelques encouragements si je le vois demain.

Il haussa les épaules.

— Non qu'il les apprécie venant de moi. Il sera là ?

— Normalement, oui. Il rentre ce soir de Seattle.

— Et Megan ?

— Elle est repartie à New York, très offensée, expliqua Kevin. Ce qui signifie sans doute que papa attendra un ou deux jours avant de lui courir après. Il va vouloir lui laisser le temps de se calmer.

Thomas eut un petit rire.

— Tu me donnes une raison de plus pour que je te sois reconnaissant d'être passé ce matin — le prétexte idéal pour assister au feu d'artifice entre ces deux-là. Déjà la première fois, c'était assez animé. Mais maintenant que Megan a visiblement repris du poil de la bête, ça promet d'être spectaculaire.

— On peut dire que tu as une vision très personnelle de la dynamique assez confuse de notre famille, lui fit remarquer Kevin, qui aurait bien voulu pouvoir atteindre un tel mélange de fascination et de recul.

— Ce n'est pas facile d'avoir une vision claire des choses quand on nage en plein dedans, estima Thomas avant de gratifier son neveu d'un clin d'œil malicieux. C'est pour ça que j'ai hâte de me faire une idée sur ta relation avec cette Shanna que tu prétends à peine connaître. Je sens que je vais découvrir pas mal de choses que tu ne m'as pas avouées — pas plus que tu ne te les es avouées à toi-même.

Hélas, c'était bien ce que redoutait Kevin…

Le portable de Shanna sonnait si rarement qu'elle faillit ne pas en reconnaître la sonnerie, surtout qu'elle avait remisé son sac dans un recoin de l'arrière-boutique. Le temps qu'elle l'ait atteint et qu'elle ait mis la main sur son téléphone, il avait cessé de sonner. Et son correspondant n'avait pas laissé de message. Quand elle vit le numéro affiché, elle jura tout bas et appuya immédiatement sur la touche de rappel.

— Bonjour.

La petite voix douce d'Henry était empreinte de timidité.

— Coucou, mon cœur. C'est toi qui viens d'appeler ?

— Oui… Ça t'ennuie pas ?

— Bien sûr que non. Je t'ai déjà dit que tu pouvais m'appeler quand tu voulais.

Dieu merci, le juge lui avait au moins accordé cela ; son interdiction se limitait aux visites.

— Mais papa dit que je ne dois pas t'embêter, que tu ne fais plus partie de la famille. Ça le met vraiment très en colère quand je t'appelle, maman.

— Je ferai *toujours* partie de ta famille, Henry, déclara Shanna avec force. Ne laisse personne te dire le contraire. Quand tu as besoin de moi, tu m'appelles, d'accord ? Et maintenant, dis-moi comment tu vas.

Le petit garçon hésita.

— Papa est malade. En tout cas, c'est ce que dit Greta.

Dans sa voix, l'angoisse se fit plus précise.

— Tu crois que s'il est malade encore longtemps, il devra aller à l'hôpital ? Et s'il meurt ? Qu'est-ce qui va m'arriver ?

Shanna imaginait son adorable petit visage, son expression bien trop sérieuse pour son âge. Tentant d'instiller une note rassurante dans sa voix, elle affirma :

— Rien ne va vous arriver, ni à toi ni à ton père.

Elle savait très bien ce qui se passait avec Greg. Il devait avoir pris une bonne cuite et s'être enfermé dans ses appartements, laissant à la gouvernante le soin de trouver une excuse plausible pour un enfant de sept ans.

— Mais si jamais il mourait, insista Henry, je pourrais venir habiter chez toi ?

Shanna réprima un soupir, sachant que jamais le juge

n'accepterait un tel arrangement. Seul Greg ou ses parents avaient le pouvoir de prendre une telle décision, et cela n'arriverait jamais.

— Tu irais vivre chez tes grands-parents, lui expliqua-t-elle. Tu sais combien ils t'aiment. Ils s'occuperaient très, très bien de toi, Henry. Mais tu ne dois pas t'inquiéter pour des choses pareilles. Ton papa va se rétablir.

Pourvu qu'elle ne soit pas en train de lui mentir ! Pourvu que Greg ne se soûle pas à mort et n'aille pas encastrer sa voiture dans un arbre, un jour où il serait ivre mort, comme cela lui arrivait trop souvent.

— J'aimerais que tu sois là, soupira Henry.

— Moi aussi, mon chéri. Moi aussi. Mais même si je ne suis pas là, je t'aime et tu me manques. N'oublie jamais ça.

— Je dois raccrocher. Quelqu'un vient.

— Au revoir, Henry, murmura-t-elle.

Mais elle parlait déjà dans le vide.

Elle reposa le téléphone et posa la tête sur ses bras. Les larmes lui brûlaient les yeux. Parfois elle ne pouvait s'empêcher de penser qu'il aurait mieux valu pour elle — et pour Henry — ne jamais être entrée dans la vie des Hamilton. Henry ne serait pas autant attaché à elle. Elle ne se serait pas mise à le considérer comme son propre fils. Et le quitter ne lui aurait pas déchiré le cœur. Quant à Henry, le départ de sa belle-mère ne l'aurait pas laissé en proie à la crainte et à la solitude.

— Shanna ?

La voix de Kevin la fit sursauter. Elle releva la tête trop vite, oubliant qu'elle avait pleuré. En un instant, il fut près d'elle et s'accroupit à son niveau.

— Qu'est-ce qui se passe ? lui demanda-t-il en essuyant doucement les larmes sur ses joues, les yeux remplis d'inquiétude.

Il avisa le téléphone portable posé sur le bureau.

— Une mauvaise nouvelle ?

Shanna fit non de la tête, elle n'osait prononcer un mot de peur d'éclater en sanglots. Persuadée de ne pouvoir expliquer à Kevin sa situation par rapport à Greg et à Henry, ni l'erreur de son mariage raté, elle se força à sourire.

— Excuse-moi, j'ai eu un petit coup de déprime.

Elle chercha dans son sac un mouchoir en papier et s'en tamponna le visage, puis elle s'examina dans le miroir de son poudrier et se remit une touche de rouge à lèvres.

— Trop de changements en trop peu de temps, je suppose. Ça va aller, maintenant.

Il était clair que Kevin n'en croyait pas un mot.

Shanna parvint à lui adresser un autre sourire, plus convaincant que le premier, du moins l'espérait-elle…

— Et si on allait déjeuner ? proposa-t-elle. Le magasin est assez calme pour que je puisse m'esquiver une demi-heure chez Sally. En plus, je veux que tu me racontes comment ça s'est passé avec ton oncle ce matin.

— Tu es sûre d'avoir envie de sortir ? Je peux nous rapporter quelque chose ici.

— J'ai l'air si fatiguée que ça ?

Kevin secoua la tête.

— Tu es très belle, un peu triste, c'est tout.

— Je te l'ai dit, je ne suis pas dans un bon jour. Ça me fera du bien de voir des gens.

Et cela lui détournerait l'esprit du coup de fil d'Henry et de la tentation d'appeler Greta pour exiger de savoir quel était le réel problème de Greg.

Elle ramassa son sac et ses clés, et passa à l'avant du magasin. Kevin la suivit et lui tint la porte. En sortant, elle fut presque suffoquée par la chaleur et l'humidité qui avaient grimpé en force depuis le début de la matinée.

C'était comme une gifle, coupant le souffle et sapant l'énergie.

— Et si on allait au Panini Bistro, aujourd'hui ? suggéra Kevin tandis qu'elle verrouillait l'entrée de la librairie. Ça changerait un peu. Et d'après Bree, leurs sandwichs y sont délicieux.

— D'accord, répondit-elle lentement. Tu as une autre raison particulière de ne pas vouloir aller chez Sally ?

— Non, j'en ai juste un peu marre de la routine, affirma-t-il sans conviction. Pas toi ?

Shanna haussa les épaules.

— D'accord, ça sera sympa de changer.

A l'évidence, ils s'étaient tous deux levés du pied gauche…

Kevin se dirigea vers une table et ils s'installèrent en terrasse. Grâce à la brise marine, on pouvait sans problème se mettre dehors, malgré la chaleur. En silence, ils parcoururent rapidement le menu et ce ne fut que lorsque la serveuse eut pris leur commande que Kevin se décida à questionner Shanna.

— Bon, qu'est-ce qui s'est passé, là-bas ? Je suis sûr que tu ne pleurais pas juste à cause d'une matinée difficile : tu as à peine versé quelques larmes quand le magasin a été inondé ; alors, aujourd'hui, il a dû se produire une catastrophe pour que tu te retrouves dans un tel état.

— C'est sans importance.

— Je ne suis pas d'accord, répliqua-t-il d'un ton ferme. Quelqu'un t'a appelée et ça t'a bouleversée. C'était Laurie ? Ta famille ?

— Vraiment, Kevin, je t'assure que ce n'est rien, mentit-elle.

Tout cela était bien trop difficile à expliquer. Un jour, elle lui raconterait l'histoire du petit garçon qui avait conquis son cœur et de l'homme qui le lui avait brisé, mais pas aujourd'hui. Pour l'instant, elle préférait penser à quelque chose de plus gai.

— Parle-moi de ta matinée. Comment ça s'est déroulé avec ton oncle ?

Kevin, bien que réticent à abandonner son interrogatoire, ne put contenir l'impatience qui étincela dans son regard.

— On va travailler ensemble. Et il est d'accord pour organiser une présentation à la librairie. Cela dit, je dois quand même t'avertir : il a une idée derrière la tête.

— Laquelle ? Il veut en profiter pour collecter des fonds ? Je n'y vois aucun inconvénient. En fait, c'est une très bonne idée. Je lui ferai don d'un pourcentage sur les ventes.

— Il apprécierait certainement ton geste, mais son mobile est personnel, et non professionnel.

Après un temps d'hésitation, il reprit :

— Je ne sais pas pourquoi, mais il s'est mis en tête qu'il y a quelque chose entre nous. Je te jure que je n'ai rien dit qui ait pu l'amener à une telle conclusion. Prépare-toi simplement à parer une avalanche de questions quand tu le rencontreras. Il semble tout aussi enclin à se mêler de la vie des autres que le reste de ma famille.

Shanna était si excitée par la perspective d'organiser l'intervention de Thomas au magasin qu'elle nota à peine la fin du discours de Kevin.

— Je vais l'appeler tout de suite et je m'occuperai d'organiser les préparatifs. Et puis il faut que j'appelle Jess ; elle me donnera des idées d'amuse-bouches à un prix raisonnable.

Elle chercha du papier et un stylo dans son sac et prit quelques notes.

— Tu peux me donner le numéro de ton oncle ? Je l'appellerai en rentrant au magasin. Ou tout de suite, si tu penses qu'il est à son bureau. Mais il doit être sorti déjeuner…

Kevin posa sa main sur la sienne.

— Calme-toi. Inutile de l'appeler. Il vient ici demain. Je l'amènerai au magasin et tu pourras peaufiner tous les détails avec lui.

Shanna marqua une pause, surprise.

— Il va venir au magasin ?

Kevin opina du chef, amusé de voir que ses précédentes paroles venaient enfin de pénétrer son esprit.

— Et il s'interroge sur nous deux ?

— Oh, que oui ! confirma-t-il. Je ne peux pas dire que ça m'enchante, mais il a beaucoup insisté.

— Eh bien, il n'y a rien à dire sur ce sujet, répliqua-t-elle d'un ton brusque. Nous n'avons donc pas à nous en faire.

— C'est là que tu te trompes.

— Sur quoi exactement ? Ma première affirmation ou la seconde ?

— Les deux. Nous avons au contraire beaucoup de souci à nous faire parce que nous cachons chacun la vérité et que Thomas va voir clair dans notre petit jeu.

— Je ne comprends pas ce que tu veux dire, insista-t-elle.

Kevin la dévisagea d'un air sceptique.

— Vraiment ? Et que se passerait-il si je t'embrassais maintenant ?

Shanna déglutit péniblement. Un baiser révélerait ouvertement leurs sentiments, inutile de le nier. Pour le moment, la flamme se contentait peut-être de couver entre eux, mais elle ne demandait qu'à les embraser. Aussi Shanna s'empressa-t-elle de couper court à toute démonstration de la part de Kevin.

— Je vois où tu veux en venir. Mais nous n'allons pas nous embrasser devant ton oncle.

Et s'ils s'en tenaient chacun à leur résolution, peut-être même ne s'embrasseraient-ils plus jamais, songea-t-elle. D'ailleurs à cette seconde, sous le regard passionné de Kevin, elle n'arrivait plus à se souvenir de ce qui les avait poussés à prendre une telle décision.

— Que nous nous embrassions ou pas, ça n'aura pas grande importance, estima Kevin, l'air résigné. Oncle Thomas se considère comme un homme d'une intuition redoutable pour déceler ce genre de chose et, malheureusement, je crains qu'il ne surestime pas ses talents.

— Alors, contente-toi de le déposer devant le magasin, trouve un prétexte et va-t'en. Je peux très bien me charger de l'organisation, et tu reviendras le chercher plus tard.

Shanna le contempla, pleine d'espoir.

— Comme ça, nous ne nous retrouverons même pas dans la même pièce, ajouta-t-elle.

— Il va trouver ça bizarre, tu ne crois pas ? Peut-être même va-t-il extrapoler sur le fait qu'on s'évite ?

Il sourit.

— Comportement qui serait, d'ailleurs, bien trop révélateur. Même moi, je suis capable de m'en rendre compte. Un homme et une femme ne s'évitent que lorsqu'ils craignent de trahir leurs sentiments.

— Ou quand ils ne peuvent pas s'encadrer, suggéra Shanna.

— Ce qui n'est pas notre cas. En réalité, c'est même le contraire.

— Alors, nous nous débrouillerons, décida-t-elle. Si ton oncle se fait des idées à notre sujet, nous nous contenterons d'en rire. A mon avis, on s'inquiète pour rien. Il a sûrement autre chose à penser que ce qu'il peut y avoir entre nous.

— Je ne crois pas qu'il le voie comme ça, objecta Kevin, la mine sombre. Les membres de ma famille n'aiment rien tant qu'échafauder des plans. Et actuellement, je suis en tête de liste. Tu n'échapperas pas à toute cette intrigue, à moins de t'enfuir à l'autre bout du monde.

Malgré la panique qu'éveillèrent en elle les propos de Kevin, Shanna soutint son regard. Elle osa même poser sa main sur la sienne.

— Je ne bougerai pas d'ici.

Pour une raison inexplicable, elle savait que la meilleure solution était de rester à Chesapeake Shores, et elle n'était pas du tout pressée d'en partir même si Kevin l'y poussait avec insistance. Une chose était sûre, c'est que sa place était ici. Si elle ne pouvait retourner en Pennsylvanie pour reprendre son rôle auprès du petit garçon qu'elle aimait comme son fils, alors c'est ici qu'elle trouverait le foyer auquel elle aspirait. Kevin était peut-être même l'homme de sa vie. Mais rien pour l'instant ne lui permettait de l'affirmer avec certitude.

Kevin soupira et retourna sa main pour enserrer celle de Shanna.

— Je t'aurai prévenue.

Mick était assis à la table de la cuisine devant une tasse de café et l'un des scones confectionnés par sa mère quand la porte de derrière s'ouvrit ; son frère entra nonchalamment, d'un air de propriétaire. Mick, contrarié par cette intrusion indésirable, fronça les sourcils.

— Qu'est-ce que tu fais ici ? demanda-t-il d'un ton acerbe.

Thomas sourit malgré la froideur de cet accueil. Il alla droit au plan de travail et se versa une tasse de café.

« Vas-y, fais comme chez toi ! » songea Mick avec irritation.

— Moi aussi, ça me fait plaisir de te voir, grand frère, persifla Thomas en soutenant le regard de Mick d'un œil tout aussi inflexible. Toujours aussi aimable…

— Je suis aimable quand l'occasion s'y prête, riposta Mick. Et je persiste à me demander ce qui t'amène chez moi sans y avoir été invité. C'est Ma qui t'a dit de venir ?

— C'est moi qui l'ai invité, intervint Kevin en se joignant à eux.

Mick ne fit rien pour cacher sa consternation.

— Et pourquoi aurais-tu fait une chose pareille ?

— Parce que je vais travailler pour lui, ce qui fait que tu vas sans doute le voir beaucoup plus souvent, annonça Kevin. Aujourd'hui, nous avons des choses à faire.

— Il n'en est pas question, nom d'un chien ! s'insurgea Mick en assenant un coup de poing sur la table avant de se mettre debout.

Il faisait la même taille que son frère et tous deux étaient bâtis sur le même modèle, une carrure faite pour les travaux pénibles, même en cas d'intempéries. Mais leurs ressemblances s'arrêtaient là. Thomas était un fichu écolo. Mick respectait certaines des actions de son frère et bien entendu ses motivations. Mais ça n'était pas suffisant pour Thomas qui se serait battu pour sauver un moustique en train de lui sucer le sang ! Mick, lui, était d'avis que certaines bestioles méritaient de se faire écrabouiller.

— C'est mon choix, expliqua Kevin avec calme, alors que Mick jetait à Thomas un regard assassin.

— A quelles sortes de manœuvres sournoises a-t-il eu recours pour te convaincre ? s'enquit Mick.

Vu la piètre opinion qu'il avait de son frère — ce dernier l'avait plus d'une fois poignardé dans le dos lors de l'obtention des permis de construire pour Chesapeake

Shores —, Mick n'était pas vraiment surpris que Thomas ait fait subir un lavage de cerveau à son fils.

— Thomas n'y est pour rien, lâcha Kevin. L'idée vient de maman.

Mick en resta le souffle coupé. Il se rassit lourdement. Megan, complice d'une telle trahison ? Que s'était-elle imaginé ? Elle savait que Thomas et lui étaient en froid, mais cela ne l'avait pas empêchée d'encourager leur fils à former une alliance avec son oncle. Pourrait-il jamais lui pardonner ? Peut-être lui faisait-elle payer le lapin qu'il lui avait posé ce week-end ? Dans ce cas, elle n'aurait pu trouver moyen plus cruel.

— Elle ne l'a pas fait dans un but revanchard, précisa Kevin qui lisait dans les pensées de son père. Elle s'est simplement souvenue que, plus jeune, je n'arrêtais pas de poser des questions à Thomas et que je me passionnais pour ses actions. J'ai trouvé que son raisonnement tenait la route.

— Et ça a suffi pour que tu files le voir à Annapolis ? s'étonna Mick, incrédule.

Kevin acquiesça de la tête.

— Tout ça m'excite énormément, papa. Je vais faire quelque chose d'important.

— C'est important d'être ambulancier, rétorqua Mick, même s'il avait bien compris qu'il était trop tard pour intervenir.

La décision de Kevin était prise et, s'il voulait le bonheur de son fils, il n'avait pas son mot à dire sur son espèce de projet à la noix.

Le visage de Kevin se ferma.

— Excuse-moi, fit Mick d'un ton crispé. Je sais que tu ne veux pas reprendre ton ancien métier, mais ça ? Tu es sûr de toi ?

— Plus que de bien des choses, affirma Kevin.

— Il était fait pour ça au départ, intervint Thomas avec calme. Mick, toi et moi, nous ne voyons pas grand-chose du même œil, mais nous adorons tous les deux cette baie. Et nous savons qu'elle court le danger d'être bientôt détruite à jamais. Il va falloir du temps avant de pouvoir modifier cette tendance, peut-être plus que je n'en dispose. C'est la raison pour laquelle nous devons absolument impliquer la génération de nos enfants.

— Et je suis sûr que tu te frottes les mains d'avoir enrôlé mon fils, grommela Mick.

— Pas parce qu'il est ton fils, se défendit Thomas. Parce qu'il se sent concerné. Il est la personne idéale pour ce genre de travail. Si tu veux bien m'exclure une minute de l'équation et y réfléchir calmement, tu verras que j'ai raison. Kevin a grandi sur ces eaux. Il y est plus attaché que la plupart des gens.

Pour rien au monde Mick n'aurait admis que son frère puisse avoir raison sur quoi que ce soit. Il ignora sa requête et s'adressa à Kevin :

— Et ce bateau que tu as acheté ? C'était juste un caprice d'enfant gâté ?

— Je le revends à l'organisation d'oncle Thomas, expliqua-t-il. Nous allons passer à la marina voir s'il faut le rendre plus fonctionnel pour l'usage qu'il compte en faire.

Il hésita avant d'ajouter :

— Tu pourrais venir avec nous…

— Non, répondit Mick d'un ton catégorique.

Thomas lui lança un regard de regret, puis se tourna vers Kevin :

— Je vais voir si je trouve Ma, histoire de lui dire bonjour et de voir ce qu'elle fabrique. Je te retrouve dans quelques minutes à la voiture.

Kevin acquiesça d'un signe de tête.

— Ma est dans son jardin, le renseigna Mick avec réticence. Elle aime s'occuper dehors avant que le soleil ne soit trop haut.

Après une hésitation, Thomas s'enquit :

— Elle va bien ?

— Oui, elle va bien, répondit Mick avant de poursuivre : tu devrais passer plus souvent, t'en rendre compte par toi-même. Elle ne rajeunit pas, tu sais. On ne devrait pas laisser nos différends empêcher que vous vous voyiez.

Son frère parut surpris de cette concession, mais par chance il n'en fit pas toute une histoire. Il se borna à hocher la tête.

— D'accord, je passerai.

Après le départ de Thomas, Mick sentit ses épaules s'affaisser.

— Je n'ai pas agi dans l'intention de te blesser, papa, glissa Kevin.

— Je le sais bien, avoua ce dernier. A vrai dire, ça ne me surprend pas tant que ça. Simplement, j'avais l'espoir que tu prendrais un jour ma suite, je suppose.

Kevin pouffa.

— Oh, mais je crois avoir hérité pas mal de traits de ton caractère.

— Tels que ? l'interrogea Mick, sincèrement intrigué.

— Ton entêtement, pour commencer. Ta nature généreuse, ensuite.

— Plutôt contradictoire, si tu veux mon avis, maugréa Mick.

Kevin éclata de rire.

— Ne m'en parle pas ! Je vis un conflit permanent.

Mick se fit violence pour demander :

— Tu crois que ça vous serait utile si je vous accompagnais voir ce bateau ?

— Tout à fait. Je crois me rappeler un jour où nous sommes tous les deux partis sur le bateau de recherche scientifique avec oncle Thomas, avant que vous ne vous fâchiez. Tu avais plein d'observations à faire sur ce qui n'allait pas dans les eaux de la baie. Si vous faisiez la paix, ton frère et toi, on pourrait s'investir tous les trois dans cette cause. Ça deviendrait un motif d'union, au lieu d'un prétexte supplémentaire pour prolonger votre brouille.

— Une minute ! s'insurgea Mick, ignorant l'essentiel des propos de Kevin pour corriger la seule chose qu'il ne parvenait pas à digérer. Cette brouille ne s'est pas produite sans raison. Thomas m'a trahi. Il est allé voir les responsables de l'urbanisme et leur a demandé de me mettre des bâtons dans les roues pour certains de mes projets.

— Des projets qu'il t'avait déjà signalés comme étant des erreurs, des projets qui nuiraient aux zones humides de la baie, lui rappela Kevin.

— Ça, c'est ce qu'il a prétendu, rétorqua Mick.

Kevin soutint son regard sans broncher.

— Pourrais-tu au moins tirer un trait sur tout ça et nous accompagner aujourd'hui ?

Mick tenait plus que tout à faire partie de l'avenir de son fils. Et c'était pour lui la seule façon d'y parvenir.

— Je trouverai bien le temps de venir, j'imagine, lâcha-t-il comme à regret.

— On s'arrêtera à la librairie en repartant. Shanna voudrait qu'oncle Thomas donne une petite conférence au magasin dans le courant de l'été ; ils doivent organiser les détails de son intervention.

« Tiens, tiens… Très intéressant, tout ça », songea Mick. Pas question de laisser passer une occasion de voir comment son fils se comportait avec la jolie libraire. Il y avait là anguille sous roche, malgré les dénégations de

Kevin. Et si c'était le cas, il ne rechignerait pas à leur donner un petit coup de pouce, histoire de les rapprocher davantage…

La matinée avait plutôt mal débuté, mais il commençait à entrevoir quelques lueurs positives à l'horizon. Si Thomas pouvait aider Kevin à remettre sa vie professionnelle sur les rails et si Shanna pouvait faire de même avec son cœur, alors Mick pourrait enfin dormir sur ses deux oreilles en ce qui concernait son fils. Peu importait à qui en reviendrait le mérite. L'essentiel, c'était de revoir Kevin mordre dans la vie à pleines dents.

14

Avec trois O'Brien lâchés dans sa librairie — dont deux manifestement en mission —, il y avait de quoi paniquer, estima Shanna. D'ailleurs, la situation ne semblait pas non plus réjouir Kevin. Dès les premières minutes, force avait été de constater qu'ils n'auraient pas la moindre chance face au front allié réunissant Thomas et Mick, et ce malgré le discours confiant de Shanna qui avait cru qu'à eux deux ils parviendraient à canaliser son oncle.

Fait ironique, Mick n'avait pas prononcé trois mots. Installé dans l'un des fauteuils rembourrés, il se contentait de les contempler avec l'air ravi de celui qui vient de jouer un mauvais tour. C'était très déconcertant.

Si Thomas n'avait pas eu d'affaires à régler avec elle, nul doute qu'il aurait pris place à côté de son frère ; là, il aurait observé la façon dont Kevin et elle se comportaient l'un envers l'autre, et ensemble les deux frères auraient ensuite comparé leurs notes. Jamais Shanna ne s'était sentie si exposée, pas même le jour où les parents de Greg l'avaient toisée de leur nez aristocratique.

N'y tenant plus, elle lança un regard paniqué en direction de Kevin. Comme lui aussi semblait mourir d'envie de s'esquiver, il saisit son intention au vol et embraya :

— Shanna, tu ne m'as pas dit que tu pouvais vérifier des titres sur l'ordinateur, à l'arrière ? On pourrait peut-être jeter un œil aux ouvrages recommandés par Thomas ? S'assurer qu'ils sont disponibles ?

— Bonne idée ! approuva-t-elle en s'emparant de la perche qu'il lui tendait.

Elle gratifia Thomas et Mick d'un sourire radieux.

— Pourquoi ne pas vous servir un café ? Kevin et moi n'en avons que pour une minute. Comme ça, nous saurons si mon distributeur a ces ouvrages en stock.

Thomas jeta à Kevin un regard entendu, mais acquiesça d'un hochement de tête.

— Prenez votre temps. Je vais faire le tour des rayons. J'ai l'impression que vous avez une section suspens et thrillers tout à fait remarquable. J'aurais bien besoin de renouveler mes lectures car, à la longue, on finit par se lasser des revues scientifiques.

Shanna se rua littéralement dans l'arrière-boutique.

— Merci de m'avoir tirée de là, chuchota-t-elle à Kevin. Tu ne m'avais pas prévenue que ton père viendrait. Contre un O'Brien j'aurais pu faire face, mais deux…

Elle secoua la tête, découragée.

— Impossible.

Kevin opina du chef.

— Je commençais à flipper, moi aussi.

Shanna s'assit devant l'ordinateur, puis alla sur le site du distributeur pour consulter son stock. Cinq des six livres indiqués par Thomas étaient disponibles en quantités importantes. Le sixième était épuisé. Malgré tout, elle serait en mesure de proposer une jolie sélection aux clients qui assisteraient à l'événement et elle profita de ces instants de répit pour passer commande.

Quand elle se retourna enfin, Kevin se tenait juste derrière elle. Il était tout près. Beaucoup trop près, en fait. Il fit aussitôt un pas en arrière, mais une sorte de champ magnétique invisible avait déjà attiré la jeune femme à lui.

Il croisa son regard et déglutit péniblement.

— Shanna ?

Le ton interrogateur de sa voix reflétait les nombreux doutes qui lui envahissaient l'esprit. Pourtant, Shanna ne détournait pas son regard. Elle ne pouvait se résoudre à accomplir le geste qui l'aurait mise hors de sa portée.

Troublé, Kevin s'avança vers elle et sa bouche épousa la sienne avant que l'un ou l'autre ait pu brandir la promesse qu'ils s'étaient faite de ne plus recommencer. Le choc de ce baiser ébranla Shanna jusqu'à la pointe des orteils ; elle sentit la montée rapide du désir, cette envie dévorante d'aller plus loin.

Comment pouvait-elle éprouver une telle attirance pour un homme qu'une fois de plus elle connaissait à peine, pour un homme dont une fois de plus la vie était si compliquée ? Ne possédait-elle pas une once de bon sens ? N'avait-elle donc rien appris du coup de tête impétueux qui l'avait précipitée dans une relation vouée à l'échec ? Relation qui l'avait finalement conduite à épouser Greg…

Quand leur baiser prit fin, lentement, à regret, elle chancela, les jambes flageolantes d'émotion. Kevin la retint, même si lui aussi semblait un peu étourdi.

— Ce n'est pas bien, murmura-t-il, surtout pour lui-même.

— Moi, j'ai trouvé ça très bien, au contraire, répliqua Shanna, en grande partie à cause de l'air sombre qu'il affichait.

Son but était de le rendre plus gai.

Les lèvres de Kevin frémirent, mais il ne parvint pas à sourire.

— Tu te rends bien compte qu'en ce moment même

mon oncle et mon père sont probablement en train de spéculer sur ce que nous faisons ici ?

— On ne spécule pas, lança Mick, les faisant sursauter tous deux.

Il se tenait dans l'encadrement de la porte, une lueur satisfaite au fond des yeux. Thomas était posté derrière lui, l'air tout aussi suffisant.

— Ce n'est pas qu'on vous espionnait, prétendit Mick, mais on se demandait ce qui vous prenait autant de temps. Je me doutais bien que ça pouvait être quelque chose de ce genre…

Il prononça ces derniers mots avec un accent de triomphe qui laissa Shanna et Kevin pantois.

— Et si on vous laissait poursuivre seuls ? Thomas et moi, on va aller grignoter quelque chose chez Sally.

Kevin poussa un profond soupir.

— Je viens avec vous, histoire de veiller à ce que vous vous comportiez correctement.

— Inutile, affirma Mick. Je crois que nous serons capables de prolonger la trêve actuelle. On va manger un morceau, puis on vous ramènera quelque chose. Comme ça, on vous laisse passer un peu plus de temps ensemble. Qu'est-ce que vous en dites ?

Shanna avait le visage en feu.

— C'est très attentionné de votre part, répondit-elle.

— C'est la moindre des choses, répliqua Mick avec un large sourire. Nous serons de retour dans une heure. Dois-je accrocher le panonceau « Fermé » sur la porte ?

— Non, certainement pas, s'écria-t-elle.

Elle voulait lui démontrer que les choses en resteraient là et que, donc, il n'y avait aucune raison de craindre des interruptions intempestives.

Mick eut l'air vaguement dépité.

— Comme vous voulez.

Lorsqu'il fut parti, Shanna se laissa aller sur le tabouret devant l'ordinateur et se prit la tête entre les mains. Après une profonde inspiration, elle osa adresser un regard à Kevin.

— Ce n'était pas une bonne idée, finalement, murmura-t-elle.

A sa grande surprise, Kevin émit un petit rire.

Elle le dévisagea, l'œil sévère.

— Ce n'est pas drôle. Et tu n'avais pas l'air de trouver ça si drôle non plus, il y a quelques minutes.

— C'est vrai, mais c'était prévisible. Je viens juste de les imaginer en train de nous épier derrière la porte tout à l'heure dans le seul but de nous surprendre en flagrant délit. Je te jure qu'ils sont pires que mes sœurs.

— Tu trouveras ça toujours aussi amusant une fois qu'ils auront alerté Bree, Jess et Abby ?

— Papa ne dira rien, affirma Kevin avec confiance. Il se délectera trop de me tenir avec ce secret pour partager l'info avec elles.

— Si tu n'y vois pas d'inconvénient, moi, je vais me préparer au pire, l'avertit Shanna.

— Au pire ?

— A faire face au défilé de tes sœurs d'ici à la fin de la journée.

Kevin perdit son sourire.

— Mieux vaut que ça soit toi que moi, lâcha-t-il avec conviction.

— Pourquoi ? Depuis le temps, tu es entraîné à parer leurs questions.

Il fit non de la tête.

— Dans la vie, il y a certaines choses qu'un homme n'arrive jamais à maîtriser. Affronter des sœurs inquisitrices en fait partie, expliqua-t-il, rattrapé par son humeur sombre.

Shanna haussa un sourcil.

— Et un père et un oncle inquisiteurs ?

Kevin secoua la tête.

— C'est nouveau pour moi. Tu as une idée ?

— Pas la moindre, sauf si tu tiens à foncer chez Sally et à enlacer fougueusement une autre femme afin d'égarer leurs soupçons.

A cette seule suggestion, elle ressentit comme un vide à l'intérieur.

— Je ne suis pas intéressé, déclina Kevin. Il doit bien y avoir un autre moyen.

— Quelque chose me dit qu'à moins de mettre en scène une dispute homérique et qu'on te voie sortir d'ici en trombe, l'air ostensiblement vexé, nous sommes fichus.

Kevin eut un hochement de tête approbateur.

— C'est bien l'impression que j'ai moi aussi.

— Tu es bon comédien ?

— Nul. Et toi ?

— Probablement pire, avoua-t-elle.

Il lui passa un bras réconfortant autour du cou.

— Tu aimes toujours les O'Brien ?

Shanna soutint le regard de Kevin dont les yeux pétillaient de gaieté mais aussi de cette même ardeur qui venait de les fourrer dans le pétrin.

— Plus tant que ça, railla-t-elle.

Sauf que l'un d'eux avait incontestablement conquis son cœur…

— Motus et bouche cousue, ordonna Kevin à son père et son oncle sur le chemin du retour.

— Je ne vois pas de quoi tu parles, prétendit Mick.

Il se tourna vers son frère qui, depuis ces deux dernières heures, s'était transformé par une sorte de miracle en complice de la conspiration.

— Tu comprends, toi, Thomas ?

— Pas du tout. Il m'a l'air un peu à cran, non ?

— Coupable, c'est le mot que j'emploierais, précisa Mick.

— Je ne vois pas pourquoi, s'étonna Thomas, le visage pensif. L'attirance entre un homme et une femme est un phénomène à la fois naturel et merveilleux.

— Absolument, approuva Mick.

Kevin intervint sèchement.

— Vous allez me lâcher, tous les deux ? Arrêtez de monter en épingle ce que vous avez cru voir tout à l'heure.

— C'est clair comme de l'eau de roche, rétorqua son père. Je sais reconnaître un baiser quand j'en vois un.

— Tout à fait, acquiesça Thomas.

— Et j'en suis ravi, d'ailleurs, ajouta Mick. Il est temps pour toi de refaire ta vie. Shanna me fait l'effet d'une charmante jeune femme.

— C'est aussi mon impression, renchérit Thomas. Elle est belle et intelligente.

— Depuis quand parlez-vous d'une même voix, tous les deux ? Il y a seulement quelques heures, c'est à peine si vous vous adressiez la parole. Je préférais encore ça.

— Ce n'est pas parce que nous sommes d'accord sur ce point que nous avons fait la paix, se défendit Mick.

— Une détente provisoire, rien de plus, précisa Thomas. Mais s'agissant de Shanna et de toi, nous voyons les choses du même œil.

— Le ciel me vienne en aide…, murmura Kevin.

Puis, incapable de contenir sa curiosité, il s'enquit :

— Qu'est-ce que vous voyez quand vous nous regardez, à part le baiser, bien sûr ?

— D'abord, tu ne la quittes pas des yeux, commença Mick. C'est la preuve indiscutable qu'un homme est bien accroché.

— Pareil pour elle, expliqua Thomas. Elle n'arrêtait pas de te lancer des regards à la dérobée, même lorsqu'elle aurait dû s'intéresser à l'organisation de mon intervention.

— Et son expression se fait douce et rêveuse, ajouta Mick d'un air pensif, le regard gagné par la nostalgie. Meggie aussi me regardait comme ça, avant.

— Eh bien, ça m'étonnerait que tu obtiennes ce genre de regard de maman pour l'instant, lança Kevin, saisissant l'occasion de détourner l'attention de son père. Elle est très fâchée contre toi. Je suis bien placé pour te le dire.

— Ne te sers pas de ta mère pour changer de conversation, répliqua Mick. On parlait de Shanna et toi. Ta mère, c'est mon problème.

— Tout à fait d'accord, sauf que c'est toi qui m'as entraîné dans vos histoires en m'envoyant la chercher à l'aéroport l'autre jour, riposta Kevin, bien décidé à continuer sur ce sujet. Je me suis retrouvé piégé là-bas, à tenter de te défendre après toutes les promesses que tu lui as semble-t-il faites pour lui prouver que tu as changé.

— Je n'ai pas besoin que tu prennes ma défense, grommela Mick avant de retomber dans le silence, ce qui était l'objectif de Kevin.

Ce dernier jeta un œil dans le rétroviseur et vit son oncle esquisser un sourire. Il semblait s'amuser beaucoup cet après-midi.

— Je me demande si je ne vais pas regretter d'avoir voulu travailler avec toi.

Thomas eut un petit rire.

— Ça me fournira des occasions supplémentaires de t'asticoter sur ta vie sentimentale, reconnut-il. Mais, fais-moi confiance, les avantages surpasseront les inconvénients. Tu verras. Non seulement tu vas t'immerger dans un métier pour lequel tu es fait, mais en plus je mettrai à ta disposition ma sagesse légendaire en ce qui concerne les femmes.

Mick poussa une exclamation dédaigneuse.

— Deux divorces ! lâcha-t-il succinctement.

— Au moins en ai-je retiré deux ou trois enseignements, répondit Thomas sans se formaliser. Peux-tu en dire autant ?

— Maman répondrait non sans hésiter, se sentit obligé de renchérir Kevin, s'attirant ainsi un regard noir de son père et un gloussement à peine réprimé de son oncle.

Par bonheur, ils arrivèrent en vue de la maison. Kevin se précipita à l'intérieur, embarqua son fils et échappa au duo infernal. Soit ils allaient maintenir un climat pacifique, soit ils en viendraient aux mains. Dans les deux cas, il ne les aurait plus sur le dos.

Cet après-midi-là vers 16 heures, c'est sans surprise que Shanna vit Bree entrer d'un pas nonchalant dans le magasin. A cette heure-ci, la plupart des commandes de fleurs avaient été livrées et Jenny était au magasin, impatiente de s'occuper d'éventuels clients : Bree jouissait donc d'un peu de temps libre. Parfois, elle passait la fin de l'après-midi à l'arrière de sa boutique, travaillant à sa dernière pièce ou réglant l'organisation de sa première représentation dans le théâtre régional. A d'autres occasions, elle profitait de son temps libre pour passer voir Shanna et bavarder.

Cet après-midi, elle se versa une tasse de café puis s'assit, les coudes posés sur le comptoir. Elle fixa alors Shanna avec une curiosité non dissimulée.

— Est-ce que mon père, mon frère et mon oncle sont venus te voir, tout à l'heure ?

Shanna réfléchit. Moins elle en dirait à Bree et moins elle lui donnerait matière à interprétation. Elle se contenta donc d'opiner du chef et resta concentrée sur les factures de la journée.

Bree promena un regard appuyé tout autour du magasin.

— Les murs sont toujours debout, j'en déduis donc que la présence simultanée de mon père et de mon oncle dans la même pièce n'a pas tourné au pugilat. Comment ça s'est passé ?

— Ton oncle va faire une présentation ici dans quinze jours. On a finalisé les détails de l'organisation. Kevin et ton père l'accompagnaient, c'est tout.

— Je vois, fit Bree, l'air cependant perplexe. Tu sais que mon père et mon oncle sont brouillés ?

— C'est ce qu'on m'a dit.

— Alors, il faut qu'il se passe quelque chose d'extraordinaire pour qu'ils acceptent de partager le même espace. Ça m'étonnerait que ça soit le projet de causerie de Thomas.

Shanna se contenta de hausser les épaules.

Le regard de Bree s'illumina brusquement.

— Kevin et toi ! C'est ça, hein ? Ils voulaient en savoir plus sur vos relations. Oh ! là, là ! Tu devais être furieuse.

Refusant d'admettre que Kevin et elle avaient subi un examen en règle, et encore moins qu'ils cachaient quelque chose susceptible d'intéresser les deux hommes, Shanna haussa de nouveau les épaules.

— Ils ne se sont pas éternisés. Ils sont allés déjeuner.

— Vraiment ?

— Ça n'a pas été bien terrible, je t'assure.

Bree la dévisagea d'un œil sceptique.

— Je me demande si Kevin tiendrait le même discours.

— Je ne vois pas pourquoi sa version différerait de la mienne ?

— Parce qu'il est rompu aux manigances sournoises de la famille. Je crois que je vais l'appeler ou peut-être même passer à la maison en rentrant.

Shanna débattit intérieurement : devait-elle voler au secours de Kevin ? Finalement, elle décida de le jeter en pâture aux fauves. Après tout, c'était sa famille.

— Pourquoi pas ? approuva-t-elle gaiement.

— Ouh, là ! s'exclama Bree, un sourire s'élargissant sur son visage. Ça a été l'horreur, pas vrai ? Je le savais !

Shanna fronça les sourcils, décontenancée.

— Comment as-tu deviné ? J'ai tellement fait attention à ne rien dire !

— Justement.

Bree afficha un air épanoui.

— Si tout s'était passé de façon innocente et décontractée, comme tu l'as prétendu, tu m'aurais donné des détails. Tu ne m'aurais pas lancée sur Kevin.

— Chapeau pour ton pouvoir de déduction, marmonna Shanna, même si, dans sa bouche, cela n'était pas forcément un compliment.

En fait, c'était plutôt agaçant.

— Bon, maintenant que le pot aux roses est découvert, raconte-moi tout, ordonna Bree. Qu'est-ce qui s'est passé, ici ? Kevin et toi avez joué la comédie à mon oncle et à mon père ?

Shanna la considéra d'un œil noir.

— C'est toi qui fais du théâtre, rétorqua-t-elle. Kevin et moi, nous ne jouons pas la comédie.

Bree prit l'air songeur.

— Mais il s'est bien passé quelque chose. Je le vois dans tes yeux. Tu évites mon regard. Et tu es très évasive, très bizarre.

— Tu analyses comme ça toutes les personnes que tu croises ? s'enquit Shanna avec irritation.

Bree fit oui de la tête.

— Déformation professionnelle. J'aime décrypter les motivations profondes des gens. C'est bien pratique pour créer des personnages.

— A propos, l'interrompit Shanna, pressée de faire diversion, ta pièce, ça avance ? Les répétitions se passent bien ?

— Jolie pirouette, apprécia Bree. Mais je préférerais qu'on parle de ce qui s'est passé ici, aujourd'hui.

— Il ne s'est rien passé, persista Shanna.

Bree soutint son regard sans ciller et la fixa jusqu'à ce que Shanna capitule.

— Bon, d'accord. Ton père et ton oncle nous ont surpris, Kevin et moi, en train de nous embrasser.

Les yeux de Bree s'allumèrent.

— C'est vrai ?

— Et tu seras ravie d'apprendre que, qu'elles qu'aient été leurs divergences passées, ils font désormais front commun pour nous empoisonner la vie.

— Ça ne m'étonne pas. Mais ça rend la situation franchement délicate pour vous deux, non ?

— « Délicate », c'est encore en deçà de la vérité, fit Shanna d'un ton chagrin. Avec ces deux-là qui nous épient comme des faucons, je crains que ça ne soit notre dernier baiser.

Bree imita son intonation.

— Et tu trouves ça navrant ?

— Oui, répondit spontanément Shanna avant de piquer

un fard. Enfin, je veux dire… Personne n'apprécie de voir sa relation passée au crible, analysée comme si nous étions des spécimens sous un microscope ! Dans la situation de Kevin, je me passerais volontiers de ce genre de pression. D'ailleurs, ça ne m'enchante guère moi non plus.

— Je vais leur dire d'arrêter leur manège, décida Bree. J'ai beaucoup d'affection pour toi et j'adore mon frère. Je ne laisserai pas deux vieux indiscrets bousiller votre relation.

— Ni deux sœurs indiscrètes ? s'enhardit Shanna. Tu pourrais peut-être t'arranger pour tenir Jess et Abby en dehors de tout ça ? Peut-être en commençant par ne rien dire à Kevin ?

— Tout à l'heure, c'est toi qui m'as conseillé de lui parler !

— Uniquement parce que je ne voulais pas discuter avec toi de cette affaire. Je ne sais pas trop comment j'ai fini par te parler, mais puisque c'est fait, tu pourrais peut-être laisser ton frère en dehors de tout cela. Tu sais déjà tout ce qu'il y a à savoir.

— Je pourrais laisser mon frère tranquille, acquiesça Bree. Et je pourrais aussi ne rien dire à Jess ni à Abby…

— Mais ?

— Mais elles finiront par l'apprendre.

— D'après Kevin, Mick et Thomas ne raconteront rien parce qu'ils jubilent de savoir quelque chose que le reste de la famille ignore.

Bree éclata de rire.

— C'est une théorie intéressante. Mais je ne suis pas sûre d'y adhérer. Mon père adore détenir des secrets mais il ne sait pas les garder ; c'est lui qui vendra la mèche de peur de se faire coiffer au poteau par son frère.

— On parle d'un *baiser* ! rétorqua Shanna irritée. Pas

d'une révélation fracassante susceptible de bouleverser l'ordre du monde ! Quel âge ont-ils ? Dix ans ?

— C'est ce qu'on croirait à les voir, non ? répondit Bree d'un ton ironique. Je vais faire de mon mieux pour limiter les dégâts mais ne t'attends pas à ce que tout ça reste secret bien longtemps.

Elle se leva et serra Shanna dans ses bras.

— Quoi que tu fasses, souviens-toi d'une chose : tu fais du bien à mon frère. Alors surtout, empêche-nous de te faire fuir. Et si on te met trop de pression, dis-nous d'aller au diable.

— Va-t'en au diable, lança Shanna, testant l'efficacité du propos.

Bree se contenta de rire.

Shanna rajouta un sucre à son café pendant que son amie franchissait le seuil de la librairie. Dire qu'elle avait toujours tant envié les familles du genre de celle des O'Brien… Une famille nombreuse, bruyante, inquisitrice. Elle commençait à bien distinguer le revers de la médaille…

Et pourtant elle persistait à vouloir faire partie d'un tel clan. Peut-être même de celui-là.

Chaque fois que son portable sonnait, Megan faisait un bond. Elle consulta l'identité de l'appelant, bien décidée à ne prendre aucun appel de Mick. Elle n'était pas d'humeur à entendre ses explications pour justifier son absence de dernière minute à Chesapeake Shores. Absence de toute façon inexcusable. En outre, il lui resservirait une fois de plus le même refrain.

Peu à peu, sa contrariété avait viré à la colère. Mais au bout de deux jours, elle se décida tout de même à décrocher.

— Qu'est-ce que tu veux ? demanda-t-elle d'un ton cassant.

— C'est une façon d'accueillir l'homme qui t'aime ? s'étonna Mick.

— Un homme qui m'aime, non, riposta-t-elle. En revanche, c'est l'accueil que tu mérites, *toi*.

— Je regrette de ne pas avoir été là, déclara-t-il d'un ton solennel. Mais ça, tu le sais déjà, si tu as écouté un de mes messages dans la douzaine de ceux que je t'ai laissés.

— Je les ai tous effacés, lui apprit-elle. Je n'en ai pas écouté un seul.

— Alors, je vais te restituer l'essentiel, dit-il avec une patience exagérée. J'ai été averti très tard de ce déplacement et je n'ai eu d'autre choix que de prendre le premier vol pour Seattle dès le lendemain matin. Dès que j'ai pu, je t'ai appelée de l'avion pour tout t'expliquer. J'ai aussi envoyé Kevin à l'aéroport pour t'accueillir et te parler. Et pour finir, je suis vraiment, vraiment désolé ; ça ne se reproduira pas.

Qu'il soit désolé, elle voulait bien le croire, mais le reste, non.

— Bien sûr que ça se reproduira, Mick. Partir au pied levé sans une pensée pour les autres, c'est comme ça que tu fonctionnes. Je voulais tellement te prendre au mot quand tu prétendais avoir changé, mais il est clair que c'est faux.

— Je t'ai demandé de me rejoindre là-bas, lui rappela-t-il. Ça ne joue pas en ma faveur ?

— Je ne possède pas la flexibilité qui me permettrait de tout lâcher pour m'envoler à l'autre bout du pays, riposta-t-elle.

— Tu pourrais si…

Megan lui coupa la parole :

— Je te conseille de ne pas remettre ça sur le tapis. Il est hors de question que je quitte mon travail pour me remettre avec un homme sur lequel je ne peux pas compter.

— Je dis juste que ça serait plus simple si…

Elle l'interrompit de nouveau.

— Laisse tomber, Mick. Ça n'est pas à l'ordre du jour.

— Tu es dure, Meggie.

— J'ai appris à l'être. Et avec toi, j'ai été à bonne école.

— Eh bien, ça fait toujours plaisir à entendre, maugréa-t-il. Et puisque nous avons fait le tour de mes péchés, passons maintenant aux tiens.

— Les miens ? fit-elle, incrédule. Qu'ai-je donc fait ?

— Tu as expédié notre fils dans les pattes de son oncle pour lui demander du travail !

L'humeur de Megan s'améliora aussitôt, en dépit du mécontentement manifeste de Mick.

— Kevin a vu Thomas ?

— Il commence à travailler pour lui la semaine prochaine. Il s'occupe déjà de transférer la propriété de son bateau de pêche à l'organisation de Thomas, de façon à ce qu'ils puissent l'équiper pour la recherche.

— Formidable ! s'exclama-t-elle. Pour Kevin, c'est le défi idéal. Il va adorer.

— Qu'est-ce qui t'enthousiasme là-dedans ? Que ton fils reprenne une activité ou que ça me contrarie au plus haut point de voir ces deux-là travailler ensemble ?

Son ton offensé fit glousser Megan.

— Disons que c'est la cerise sur le gâteau, reconnut-elle.

— Tu lui as suggéré cette idée pour te venger de moi ?

— Non. Je la lui ai suggérée parce que j'étais inquiète pour notre fils. Il avait besoin de donner une nouvelle orientation à sa vie et, franchement, ce projet de location de bateau de pêche ne me paraissait pas être la solution à son problème. Et, de toute évidence, Kevin s'est rangé à mon avis après avoir bien considéré la question. Allez, Mick, fit-elle d'une voix enjôleuse. Tu sais très bien que ce boulot lui ira comme un gant. Avec Thomas, ils se ressemblent comme deux gouttes d'eau pour ce qui est de leur attachement à la baie. Rappelle-toi toutes les questions que lui posait Kevin à l'époque où tu allais en mer avec eux. Ton frère faisait preuve d'une telle patience avec lui ! A mon avis, Thomas espérait ça depuis des années, mais, par respect pour toi, il n'a jamais poussé Kevin dans cette direction. Il a attendu que ce soit lui qui fasse le premier pas. Reconnais-lui au moins ce tact-là.

— Peut-être, concéda-t-il à contrecœur.

— Tu l'as vu ?

— Qui ? Thomas ?

— Oui.

— Il est venu ici, l'autre jour, il jubilait de me prendre mon fils.

Megan leva les yeux au ciel.

— Oh, je t'en prie ! Epargne-nous ça ! Thomas n'interférerait jamais volontairement dans ta relation à Kevin.

— En réalité, nous nous sommes trouvé un point commun, Thomas et moi.

— Ah oui ?

— Nous pensons que la nouvelle libraire en pince sérieusement pour Kevin et vice versa. Et nous sommes tous deux d'avis de faire notre maximum pour encourager cette idylle.

Megan s'épouvanta à cette idée.

— Mick O'Brien, je t'interdis d'aller fourrer ton nez dans les affaires de notre fils !

— Je vais juste leur donner un petit coup de pouce. Et Thomas aussi.

— Il ne t'est donc pas venu à l'esprit que ton « petit coup de pouce », comme tu dis, aura l'effet inverse et ne fera que les éloigner l'un de l'autre ? Shanna est la première femme à laquelle s'intéresse notre fils, bien qu'elle soit loin d'être la première à avoir tenté d'attirer son regard depuis son retour. Kevin a besoin de mener son histoire à son propre rythme.

— Pourquoi ? l'interrogea Mick, sincèrement désarçonné.

— Parce qu'il est dans une situation délicate. Kevin n'a pas encore fait le deuil de Georgia, ou du moins ne se l'autorise-t-il pas. Dans sa position, il considère peut-être toute autre attitude comme une sorte de trahison à sa mémoire.

— Alors justement ! Ne devrait-on pas lui faire comprendre que personne ici ne le voit ainsi ? Ça ne le rassurerait pas de savoir qu'il n'y a aucun mal à refaire sa vie ?

— Peut-être, admit Megan. Mais peut-être pas. Tu veux vraiment prendre le risque de tuer leur amour dans l'œuf avant même qu'il n'ait eu la chance de s'épanouir ?

— Tu m'as l'air bien décidée à priver ma vie du moindre amusement, remarqua-t-il d'un ton sinistre.

— J'essaie simplement d'être réaliste.

— Eh bien, tu as un moyen de t'assurer que je ne me mêlerai pas de leur vie. Invite-moi à New York. Comme ça, c'est à notre histoire qu'on réfléchira, pas à la leur.

Megan aurait voulu lui dire de ne pas venir, lui dire qu'elle était encore trop furieuse contre lui. Mais en vérité, à mesure qu'elle le voyait s'intéresser à la vie de leur fils, sa colère avait perdu l'essentiel de sa force. Ce seul fait était la preuve que Mick avait changé, qu'il s'était amélioré.

— Depuis quand as-tu besoin d'une invitation pour venir ? ironisa-t-elle enfin.

— Tu n'as pas dit que tu me flanquerais à la porte si jamais je me pointais chez toi ? demanda-t-il avec prudence.

Megan sourit, soulagée qu'il ne puisse voir l'expression de son visage.

— Essaie, tu verras bien.

D'ici là, elle aurait le temps de fortifier sa volonté…

15

Après avoir été surpris en train d'embrasser Shanna dans l'arrière-boutique de la librairie, Kevin s'arrangea pour éviter la jeune femme ainsi que Main Street en général. Il se persuada que c'était pour consacrer un maximum de temps à son fils, avant d'entamer sa collaboration avec Thomas, la semaine suivante. Il rendit son argument si convaincant qu'il faillit y croire.

Ce jour-là, il avait retrouvé Abby, Trace et les jumelles pour un pique-nique en famille sur la plage. Il voulait aussi mettre au point les derniers détails concernant l'organisation de la garde de Davy ; la nounou employée par Abby s'occuperait de lui pendant la semaine. Gram s'était bien proposée, mais la charge d'un enfant de deux ans, cinq jours sur sept, était bien trop éreintante pour elle. Et puis Marian avait accepté de s'occuper de Davy.

— Ça ne pose aucun problème, avait-elle affirmé à Kevin.

Restait à s'assurer que Trace et Abby approuvaient à cent pour cent. C'était Trace, son plus gros souci, car il gérait sa boîte de graphisme à domicile : il se retrouverait donc avec un enfant de plus dans les jambes. Il avait beau prétendre que la présence de Carrie et Caitlyn ne le gênait pas, pourrait-il en dire autant de celle de Davy ? s'interrogeait Kevin.

Tandis qu'il aidait Trace à disposer les hot dogs et les hamburgers sur la grille du barbecue, il décida d'aborder le sujet avec son futur beau-frère.

— Tu es sûr que ça ne te dérangera pas d'avoir un enfant de plus à la maison pendant la journée ? J'ai entendu le boucan que font ces trois-là quand ils se déchaînent.

— Boucan principalement généré par Carrie et Caitlyn, lui rappela Trace. C'est pour ça que j'ai fait insonoriser mon atelier. Ça ne bloque pas toute l'agitation extérieure mais ça l'assourdit.

— Bon, ça règle le problème du bruit, mais les interruptions ?

Trace haussa les épaules.

— Ça ne me dérange pas vraiment qu'ils déboulent dans l'atelier. Marian limite leurs allées et venues au maximum, mais les jumelles sont si vives et curieuses de tout que j'aime bien les avoir dans les parages. Et Davy adore dessiner avec moi. Ça se passera bien.

— Jusqu'à ce qu'il orne d'une de ses œuvres la maquette à cent mille dollars que tu destinais à un de tes clients, insinua Kevin.

— J'effectue une grande partie de mon travail sur ordinateur, et tout est prévu pour que ça ne risque rien de ce côté-là, affirma Trace avec confiance. Il n'y a pas de souci, Kevin. Sinon, on te le dirait.

Kevin scruta le visage de Trace, en quête du moindre signe qui aurait trahi un discours de convenance. Il n'en trouva pas. Trace semblait sincèrement satisfait de sa vie professionnelle ainsi que de sa situation familiale. Du moins de cette partie-là.

Il était moins résigné au refus d'Abby de fixer une date pour leur mariage. Ce matin-là, il avait remis le sujet sur le tapis, affectant d'en rire, mais sa voix vibrait d'une tension palpable que Kevin jugeait préoccupante.

— Les choses avancent entre ma sœur et toi ?

— Ça va, affirma Trace sans conviction.

Pourtant, son expression s'adoucit quand, du regard, il la chercha au bord de l'eau où elle surveillait les enfants. Il était amoureux d'Abby, c'était évident.

— J'aimerais simplement que nous puissions franchir un nouveau cap.

Kevin, lui, avait tant de mal à garder la tête hors de l'eau qu'il craignait de sombrer au moindre faux pas. Toutefois, il comprenait la frustration de Trace.

— Franchement, qu'est-ce que ça changerait ? l'interrogea-t-il. Vous porteriez chacun une alliance, mais vous vivez déjà ensemble. Vous formez déjà une famille.

— Moi, je veux tout, déclara Trace en croisant son regard pour la première fois. Je veux la cérémonie, l'engagement, d'autres enfants.

— Abby t'a donné une raison pour ne pas fixer la date ?

— Elle en a une bonne douzaine, soupira Trace, résigné. Toutes très valables, toutes très logiques, et difficiles à récuser.

— Et pourtant tu ne crois pas que parmi elles se trouve celle qui lui fait vraiment traîner les pieds, conclut Kevin.

Trace secoua la tête.

— Elle a peur. Je ne sais pas pourquoi car elle sait que je l'aime. Elle sait aussi que je n'ai rien à voir avec Wes. Qu'elle et les filles représentent tout pour moi. Quand je nous ai acheté une maison, je pensais que ça serait un symbole, que ça lui prouverait que je m'embarquais sur du long terme.

Il haussa les épaules.

— C'est peut-être elle qui n'arrive pas à s'engager pour la vie.

— Tu sais bien que c'est faux, répliqua Kevin.

— Ça ne serait pas la première fois, objecta Trace d'un ton sinistre. Je croyais qu'elle m'aimait, et puis un jour elle a fichu le camp.

Alarmé à l'idée que sa sœur puisse un jour quitter cet homme qui était fait pour elle, Kevin prit peur. Car si Abby persistait dans son refus, un jour Trace se lasserait d'attendre et la laisserait tomber.

— Je vais lui parler, proposa-t-il. Je peux peut-être découvrir le fin mot de l'histoire.

Trace lui lança un regard d'avertissement.

— Tu aimerais qu'elle se mêle de ta vie privée ?

— Sûrement pas ! se récria Kevin en songeant à sa propre situation avec Shanna.

Il aurait tellement voulu qu'on les laisse tranquilles !

— Alors, agis en conséquence. Reste en dehors de tout ça. Avec Abby, on finira bien par s'en sortir. Et maintenant, laisse-moi m'occuper des hamburgers et des hot dogs. Tu me distrais. Va plutôt profiter de ton fils.

Il lui sourit.

— Si tu veux vraiment te rendre utile, tu pourrais prendre la relève d'Abby auprès des enfants et me l'envoyer.

Kevin eut un petit rire.

— Ça, c'est dans mes cordes, affirma-t-il en se dirigeant vers le rivage où, sous la surveillance d'Abby, Davy aidait Carrie et Caitlyn à creuser une douve autour de leur château de sable.

— Heureusement que Mick n'est pas là pour voir ça, commenta-t-il en examinant la construction de guingois et la tranchée sinueuse qui l'entourait.

— Tu l'as dit ! J'espère qu'il ne compte pas sur la génération suivante pour reprendre le flambeau, renchérit sa sœur. Pour l'instant, ça ne promet pas des masses du côté de ces trois-là.

Kevin lui coula un regard en douce, tentant d'évaluer son humeur.

— Tu peux aller aider Trace si tu veux, je garde un œil sur les enfants, proposa-t-il.

Au lieu de saisir son offre, Abby fronça les sourcils.

— Il t'a dit qu'il avait besoin de mon aide ?

— Je ne pense pas que ça soit une question de besoin, mais plutôt d'envie que tu sois avec lui, expliqua-t-il en la dévisageant d'un œil soucieux. Qu'est-ce qui se passe entre vous, sœurette ? Il y a un problème ? Je sais bien que, dans la famille, on s'est toujours tournés vers toi pour les conseils, mais ça marche dans les deux sens. Si tu veux me parler, je peux au moins t'écouter.

Abby marqua une hésitation avant d'avouer :

— Trace me met la pression pour la date du mariage. Il y revient sans cesse et je crois qu'il perd patience.

Kevin passa outre sa toute récente promesse de rester en dehors de leurs histoires. Après tout, l'occasion lui tombait littéralement du ciel. Pas question de la laisser passer.

— Bon, pourquoi n'avez-vous pas fixé de date ? Et épargne-moi tous les prétextes logiques, parce que je ne marche pas.

Abby leva vers lui un regard de défi, puis soupira :

— Tu as toujours su lire en moi.

— Ton fiancé aussi sait lire en toi. Trace non plus ne croit pas à tes excuses.

— Oui, je sais…, fit-elle sombrement.

Kevin scruta le visage de sa sœur mais ne put déchiffrer son expression.

— Tu l'aimes vraiment, n'est-ce pas ?

— Bien sûr que oui ! s'écria-t-elle d'un ton farouche. J'ignorais même qu'on pouvait aimer à ce point.

— Alors, où est le problème ?

— J'ai peur de tout perdre. J'ai déjà tout raté une première fois.

— Eh bien, le meilleur moyen de tout faire échouer une seconde fois, c'est de repousser sans fin la date du mariage.

Une idée le traversa subitement.

— Tu es sûre de ne pas le mettre à l'épreuve ?

Abby battit des paupières, troublée.

— Le mettre à l'épreuve, comment ça ?

— Bon, c'est vrai que j'étais un peu loin pour me faire une idée de ton mariage avec Wes. Mais j'ai tout de même remarqué qu'il n'avait que peu de respect pour ta carrière, et qu'il voulait toujours que tu sois quelqu'un que tu n'es pas. Wes imaginait sans doute que tu lâcherais tout pour devenir une mère et une épouse dévouée.

— C'est vrai.

— C'est ça que tu redoutes ? Que Trace exige tout à coup que tu deviennes femme au foyer, que tu remettes ta carrière en question ? Tu crois que ça commence par des petites récriminations sur le temps que tu passes à Baltimore, et qu'ensuite ça sera l'escalade, une escalade qui culminera le jour où il exigera que tu abandonnes tout ?

Abby ne répondit pas tout de suite, mais, à son expression songeuse, Kevin devina qu'elle considérait sincèrement sa suggestion.

— Tu pourrais bien avoir raison, lâcha-t-elle enfin.

— Trace t'a-t-il une seule fois donné l'impression d'avoir le moindre point commun avec ce tyran domestique qu'était Wes ?

— Jamais, reconnut-elle. Mais ce n'est qu'une fois mariée que j'ai découvert cet aspect-là de sa personnalité.

— Donc, en repoussant la date du mariage, tu repousses en même temps le risque de voir Trace se métamorphoser comme ton premier mari, devina Kevin, poussant sa théorie jusqu'à sa conclusion logique.

Abby le considéra d'un air choqué et prit la défense de l'homme qu'elle aimait.

— Trace n'est pas comme ça.

Kevin la regarda avec un grand sourire.

— Ça, je le sais. Et toi aussi manifestement, au fond de ton cœur. Vis ta vie, Abby. Un mariage en automne, ça serait magnifique, tu ne trouves pas ?

Elle sourit, puis se leva et se pencha pour déposer un baiser au sommet de sa tête.

— Je t'aime.

— Moi aussi, répliqua-t-il, hilare, tandis qu'elle remontait la plage en courant pour aller rejoindre celui qui, si tout se passait bien, allait devenir son époux.

Elle dit quelque chose à Trace dont le visage fut envahi par une expression de surprise. Puis, le sourire aux lèvres, il fit un signe approbateur en direction de Kevin.

A ce moment-là, Davy grimpa sur les genoux de son père, son pouce dans la bouche.

— Papa, murmura-t-il en se blottissant contre sa poitrine.

— Comment ça va, mon fils ? Tu es fatigué ?

Mais au lieu de s'assoupir comme Kevin s'y attendait plus ou moins, l'enfant pointa le doigt en direction d'Abby.

— Maman ?

Un peu perdu, Kevin lui expliqua :

— C'est ta tante Abby. La maman de Carrie et de Caitlyn.

— *Ma* maman ! fit Davy avec emphase.

Kevin lutta contre le picotement inattendu des larmes.

— Non, ta maman n'est pas ici.

Davy le regarda tristement.

— Veux maman.

Comment expliquer à un enfant d'à peine deux ans que sa maman ne reviendra plus ? Depuis maintenant des mois, Kevin se répétait que son fils était entouré d'un tel nombre de tantes, auxquelles s'ajoutaient son arrière-grand-mère et même dernièrement sa grand-mère, qu'il ne remarquerait pas vraiment l'absence de sa mère. Mais c'était sans compter sur le désir de Davy d'avoir la même relation qu'entretenaient Carrie et Caitlyn avec Abby.

Tout ce qu'il trouva à dire fut :

— Je sais, fiston. A moi aussi, elle me manque.

Ces derniers temps, néanmoins, il avait de plus en plus de mal à se souvenir clairement de Georgia ou à se rappeler les raisons qui l'avaient fait s'éprendre d'elle. Si l'on ajoutait à cela ses beaux-parents qui s'étaient enfin décidés à venir passer quelques jours à Chesapeake Shores, visite par deux fois retardée, il se sentait encore plus coupable. Il se reprochait d'accepter que Georgia s'efface doucement de sa mémoire, mais aussi de laisser peu à peu Shanna envahir son cœur, pour y occuper une place que certains auraient pu estimer être celle de son épouse disparue.

Abby entra dans la librairie le lundi, en fin d'après-midi. Aussitôt, Shanna se mit sur la défensive, prête à repousser une avalanche de questions sur Kevin. Mais Abby se borna à lui demander si Bree était là.

— Elle n'est pas à son magasin et, d'après Jenny, elle pourrait être venue ici, expliqua Abby.

— Je suis là, cria Bree.

Shanna sourit et désigna le fond du magasin.

— Elle est là-bas, assise par terre, elle regarde des livres de jardinage et de composition florale. Elle a calculé quel jour arrivaient mes livraisons de nouveaux livres et, en principe, elle débarque une heure après.

Abby secoua la tête, amusée, puis alla vers le rayon et lança :

— Shanna a quelque chose sur l'organisation de mariages ? C'est ça que tu devrais potasser.

Bree poussa un cri aigu, se leva et les deux sœurs tombèrent dans les bras l'une de l'autre.

— Tu as fixé une date ! s'exclama Bree. Alléluia ! Trace a fini par te décider.

— En réalité, c'est Kevin, rectifia Abby.

Elle se tourna vers Shanna.

— Je dois dire que mon frère est d'une perspicacité étonnante pour un homme.

Shanna rougit.

— J'ai remarqué.

— Eh bien, ça se fête ! décréta Bree. Abby, tu restes ici. Je file acheter du champagne.

— Au beau milieu de l'après-midi ? objecta sa sœur, bien qu'elle semblât plus ravie que choquée.

— Parfaitement. Shanna, ça ne te dérange pas, hein ?

— Tant que personne ne ressort d'ici en titubant… Mais ne devriez-vous pas aller à l'auberge pour partager ce moment avec Jess ?

— Je vais l'appeler, lança Abby qui sortit sur-le-champ son portable et concrétisa sa promesse.

Quand elle raccrocha, elle déclara à Shanna :

— Toi aussi, tu dois être des réjouissances. Puisque tu ne peux pas laisser le magasin, on va fêter ça ici.

Shanna éprouva une douce chaleur intérieure devant la détermination d'Abby de l'associer à son bonheur. Sa joie ne s'assombrit que lorsqu'elles se retrouvèrent seules.

Abby se tourna alors vers elle, une lueur interrogative au fond des yeux.

— Maintenant, on va pouvoir parler, toutes les deux, dit-elle à Shanna d'un air entendu.

— De quoi ?

— De mon frère.

— Il n'y a rien à dire là-dessus, insista Shanna au moment où Kevin en personne franchissait le seuil du magasin, faisant voler en éclats l'illusion qu'elle avait eu l'intention de créer.

Elle le dévisagea, agacée.

— Ce n'est pas aujourd'hui que tu commences à travailler avec ton oncle ?

Le regard de Kevin alla de Shanna à Abby, devinant l'origine de son humeur irascible.

— Avec lui, le travail débute avant l'aube. J'ai eu le temps d'aller à Annapolis, d'effectuer ma journée et de revenir.

Les yeux d'Abby brillaient.

— C'est merveilleux. Comment ça s'est passé ?

— J'ai beaucoup à apprendre. Mais ça va me plaire. Maintenant, dis-moi ce que tu fais là.

— Je suis passée annoncer à Bree que Trace et moi avions fixé la date de notre mariage. Grâce à toi.

Elle lui administra un baiser sonore sur la joue.

Kevin s'épanouit à cette nouvelle, mais, très vite, son regard se fit méfiant.

— Tu es venue chercher Bree chez Shanna ? Pourquoi ?

— Bree regardait des livres, expliqua cette dernière. Et là, elle est partie acheter du champagne. Jess va arriver, elle aussi.

— Il faut que tu restes, déclara Abby. C'est une affaire de famille.

— Ça m'a plutôt l'air d'une affaire de filles, objecta Kevin qui reculait déjà vers la porte. Je crois que je vais vous laisser entre vous.

Avant qu'Abby ait eu le temps de l'en empêcher, il était parti. De toute évidence, cette interruption n'avait fait qu'alimenter les spéculations de la jeune femme. D'un geste, elle enjoignit à Shanna de s'asseoir et tira une chaise de façon à s'installer en face d'elle.

— Intéressant que mon frère ait choisi de venir ici en sortant de son premier jour de travail, insinua-t-elle d'un air dégagé. Tu continues à t'en tenir à la version qui veut qu'il n'y ait rien entre vous ?

Shanna releva le menton avec défi.

— Tout à fait.

Abby la regarda droit dans les yeux, sembla considérer sa réponse, puis secoua la tête.

— Je ne marche pas.

Shanna haussa les épaules.

— Je n'y peux rien.

— Alors, ce baiser l'autre jour, ça ne signifiait strictement rien ? persista Abby, esquissant un sourire tandis qu'elle lâchait sa petite bombe.

— Un baiser ? fit Shanna en écho, affectant l'innocence.

— Tu ne crois quand même pas que c'est resté secret ? Papa a déboulé à la maison et a lâché le morceau à Gram. D'habitude, ma grand-mère est une vraie tombe, mais elle y a vaguement fait allusion devant Bree qui, visiblement, était déjà au courant. Je suis entrée et je les ai surprises toutes les deux en plein conciliabule. Puis je les ai harcelées jusqu'à ce qu'elles m'aient tout raconté.

Si elle n'avait pas été aussi embarrassée, Shanna aurait été ravie du scénario décrit par Abby. De fait, elle aurait même aimé en être partie prenante. Mais se retrouver l'objet d'une telle discussion était un peu moins réjouissant.

Abby surprit sa réaction atterrée.

— Je te mets vraiment mal à l'aise, non ? Excuse-moi. Avec mes sœurs, on a tellement l'habitude de se mêler de la vie des autres qu'on ne se rend pas compte de l'effet que ça produit sur quelqu'un d'extérieur à la famille.

Shanna sentit la déception se peindre sur son visage. Voilà, c'était dit. Même dans ces circonstances, elle était extérieure à la famille. Elle devait garder cela à l'esprit et ne pas se bercer d'illusions : elle gravitait en périphérie de cette famille.

— Oh ! là, là ! j'ai encore gaffé, s'exclama Abby. Je ne voulais pas dire par là que tu es étrangère à la famille, comme si tu étais différente de nous, mais simplement que…

— Je ne suis pas une O'Brien, acheva Shanna. Crois-moi, je le sais.

— Mais tu aimerais bien en devenir une, n'est-ce pas ? fit Abby lentement, l'œil interrogateur.

— Pas de la façon que tu crois, s'empressa de répondre Shanna. Pas en mettant le grappin sur Kevin ou quoi que ce soit. Je vous envie simplement tous d'avoir une grande et merveilleuse famille.

Abby ne semblait pas tout à fait convaincue par cette explication.

— Elle n'est pas toujours merveilleuse. Parfois, elle est terriblement agaçante.

— Mais dans le bon sens, insista Shanna.

— Comment peux-tu encore dire ça après que je suis venue ici te harceler de questions auxquelles tu ne veux pas répondre ?

Shanna hocha la tête et Abby lui sourit.

— Tu as la patience d'une sainte, conclut-elle. Tu seras parfaite pour mon frère.

— Mais…

— Inutile de gaspiller ton souffle, lui conseilla Abby avant d'accueillir d'un sourire radieux le retour de Jess et Bree dans la librairie.

Bree portait deux bouteilles de champagne et Jess un plateau de petits choux fourrés au fromage de chèvre et aux oignons caramélisés.

— Je n'ai pas pu faire mieux dans un délai aussi court. Et comme on ne peut pas faire la fête sans ce genre de fantaisies, on garde toujours ça en réserve au congélateur, expliqua Jess.

— Il nous faut aussi un gâteau, déclara Bree. Gram arrive avec le gâteau au chocolat qu'elle a confectionné cet après-midi.

En un rien de temps, les sœurs O'Brien investirent la partie café de la librairie et le champagne coula à flots. Elles attendirent que Nell O'Brien soit arrivée avec le gâteau pour que Bree propose un toast en l'honneur de sa grande sœur.

— Je t'ai peut-être prise de vitesse à l'autel, Abby, mais je te prédis un avenir aussi long et heureux que celui que je compte connaître avec Jake !

— Bravo ! s'écria Jess.

— Alors, il paraît que la date est enfin fixée, intervint Nell.

— Le premier samedi d'octobre, annonça Abby.

Bree sursauta.

— C'est dans moins de deux mois ! Quel genre de mariage veux-tu organiser en si peu de temps ?

— Le genre que nous voulons, Trace et moi, un mariage sans chichis et dans l'intimité.

Elle se tourna vers Jess.

— On voudrait le faire à l'auberge. C'est possible ?

Shanna se mit à protester que le mariage de Laurie tombait le même week-end, mais Jess acquiesçait déjà :

— Ça ira.

— Mais…, intervint Shanna.

Jess l'interrompit d'un signe de la tête.

— Ça ira, répéta-t-elle avant de la prendre à part. Laurie a appelé tout à l'heure pour tout annuler. Je suppose que tu ne lui as pas encore parlé ?

— Non, pas du tout. Les préparatifs se déroulaient normalement quand elle est venue il y a quinze jours.

Bouleversée par la nouvelle et encore plus par le fait que Laurie ne l'ait pas immédiatement appelée pour lui en faire part, elle murmura :

— Excuse-moi. Je dois l'appeler.

— Je t'en prie, ne lui dis pas que je t'ai tout raconté. Je ne l'aurais pas fait si tu n'avais pas été là quand Abby a choisi cette date.

— Pas de souci, lui assura Shanna. Je ne lui dirai rien. Je vais juste prendre de ses nouvelles. D'habitude, on se téléphone deux fois par semaine. Elle ne s'étonnera donc pas que je l'appelle aujourd'hui.

Elle n'avait pas fini sa phrase que le téléphone sonnait. Lorsqu'elle vit s'afficher le numéro de Laurie, elle s'excusa de nouveau et passa dans l'arrière-boutique pour prendre l'appel.

— Je te dérange ? s'enquit Laurie.

— Pas du tout. Comment vas-tu ?

— Très bien, répondit Laurie d'une voix pourtant tremblante.

— Tu n'as pas l'air d'aller si bien que ça. Qu'est-ce qui se passe ?

— Drew a annulé le mariage, lâcha-t-elle brusquement. Il dit qu'il ne veut pas se marier. Il veut partir sur une île ou je ne sais où pour se trouver. Tu as déjà entendu une excuse plus ridicule, toi ? Qui fait des choses comme ça ? Pourquoi ne pas dire tout simplement qu'il ne m'aime pas ?

— Peut-être parce qu'il t'aime vraiment, glissa Shanna avec prudence. Chérie, Drew n'était pas aussi prêt que toi pour ce mariage. C'est un type formidable, mais il manque de maturité. Il t'a demandé de l'épouser parce qu'il voulait te rendre heureuse, mais je ne crois pas que le cœur y était.

— Parce qu'il ne m'aime pas, insista Laurie.

— Non, parce qu'il a besoin de temps pour prendre un tel engagement. Tu n'es peut-être pas prête à l'entendre, mais, à mon avis, il te rend service en agissant ainsi.

— Il a annulé mon beau mariage, sanglota Laurie.

— Il l'a annulé ou est-ce qu'il t'a demandé de le repousser ?

— Ça revient au même.

— Non, pas du tout.

— Il ne veut pas m'épouser.

— Il ne veut pas t'épouser *maintenant*, rectifia Shanna.

Elle avait presque l'impression d'entendre Drew s'efforçant d'expliquer son problème à Laurie tandis que cette dernière restait sourde à ses arguments. Dès le début, Shanna avait vu le regard de Drew s'emplir de panique quand on évoquait le sujet du mariage. Mais elle avait aussi remarqué autre chose : Drew était fou amoureux de Laurie et prêt à sauter le pas, ne fût-ce que pour lui faire plaisir.

— Dis-moi ce qu'il t'a dit, ordonna-t-elle à son amie. Ses mots exacts.

— Il m'a dit que tout allait trop vite, qu'il lui fallait trouver un meilleur boulot et se mettre à gagner assez d'argent pour m'offrir la vie que je méritais. Je lui ai répondu que je me fichais pas mal de tout ça. Je gagne très bien ma vie.

— Mais, à l'évidence, il veut subvenir à tes besoins. C'est important pour lui.

Laurie balaya son analyse.

— Laisse tomber. Je ne veux plus en discuter. C'est trop déprimant. Parle-moi plutôt de toi.

— Ici, rien à signaler. Pourquoi ne viendrais-tu pas t'en assurer toi-même ce week-end ? Ça te fera du bien de t'éloigner deux ou trois jours. Tu pourras prendre du recul et laisser un peu de temps à Drew.

— Je ne serai pas de trop ?

— Bien sûr que non. Pourquoi me demandes-tu une chose pareille ?

— J'ai vu comment ça se passait avec Kevin la dernière fois que je suis venue, malgré tous mes conseils pleins de bon sens.

— Tu pourrais peut-être t'inspirer de ton manuel de recommandations et lever un peu le pied concernant ton histoire avec Drew.

— Je te signale qu'après l'annulation du mariage notre histoire est carrément au point mort, ironisa Laurie.

— Combien de fois l'as-tu appelé pour tenter de le faire revenir sur sa décision ?

— Je ne peux pas l'appeler, répondit-elle d'un ton lugubre. Je te l'ai dit, il est parti pour se trouver et il n'a pas voulu me dire où.

De toute évidence, Drew connaissait bien Laurie. Partir sans lui donner sa destination était la seule façon pour lui d'avoir la paix. Si son amie n'avait pas été aussi bouleversée, Shanna aurait souri.

— Raison de plus pour venir passer quelques jours ici. Je t'attends samedi matin à la première heure.

— Tu es sûre ? Je risque de ne pas être de très bonne compagnie. Je ne vais pas arrêter de pleurer et de chercher du réconfort.

— J'achèterai des tonnes de mouchoirs et des litres de crème glacée, promit Shanna. A bientôt.

— Merci, Shanna.

— Inutile de me remercier. Les amies, ça sert à ça.

Elle coupa la communication. Des rires lui parvinrent de l'avant du magasin et elle retourna écouter Jess, Abby et Nell planifier d'un ton léger l'organisation du mariage. Bree servait un client de la librairie. En la voyant s'occuper de lui sans qu'elle ait eu besoin de le lui demander, Shanna sentit son cœur s'emplir d'un contentement inattendu. Même si Laurie gardait une place à part dans son cœur, elle avait trouvé des amis ici aussi, des gens sur lesquels elle pouvait se reposer.

Abby l'aperçut et la héla.

— Viens ! On discute d'une couleur thématique pour le mariage. Jess est très branchée sur les couleurs automnales, mais moi, je pense que ça ferait trop pour un cortège de rouquines.

Shanna dévisagea les trois sœurs.

— Pas si vous prenez une teinte cuivrée assez douce, chatoyante, pour les demoiselles d'honneur, suggéra-t-elle enfin. Ça serait super.

— Oh, j'adore ! s'exclama Jess avec enthousiasme. Allez, Abby, dis oui ! En plus, qu'est-ce que ça peut te faire ? Toi, tu seras en blanc !

— J'ai déjà été mariée, protesta Abby.

— Oh, pour l'amour du ciel ! Bon, disons en crème, alors, fit Bree en les rejoignant. De toute façon, ce premier fiasco ne compte pas vraiment !

— Les jumelles vont vouloir lancer les pétales de roses,

intervint Abby. De quelle couleur seront-elles habillées si vous portez toutes du cuivré ?

Elle se tourna vers Shanna.

— Qu'est-ce que tu en penses ?

— Je pencherais pour du vert foncé, suggéra-t-elle, mais c'est peut-être une teinte un peu trop dure pour des petites filles. Pourquoi pas un vert sauge, plus clair ? Ce n'est pas très automnal, mais je parie que ça ferait un supereffet sur elles, et puis ça se marierait bien avec le cuivré.

— Avec des roses rose pâle brodées sur leurs robes et de vrais pétales de roses roses dans leurs corbeilles, proposa Nell. Je pourrais même me charger de la broderie.

Abby regarda tout autour d'elle à la recherche d'un consensus, puis hocha la tête d'un air satisfait.

— Je crois qu'on tient une idée.

— Tu ne vas pas appeler ta mère pour discuter de tout ça avec elle ? demanda Nell. Ça fait des mois maintenant qu'elle demande qu'on la fasse participer.

Abby s'empourpra, sous l'effet du champagne ou du remords.

— Evidemment, répondit-elle, sur la défensive. Je veux qu'elle prenne part à mon mariage. La dernière fois, la situation était compliquée, puisque papa et maman s'adressaient à peine la parole, mais maintenant, l'entente est presque revenue entre tout le monde. Ça sera une vraie fête de famille.

— Parce que c'était quoi, mon mariage ? s'insurgea Bree. Toute la famille était là !

— Jake et toi, vous vous êtes mariés sur la plage, au coucher du soleil. C'était une cérémonie hawaïenne traditionnelle, railla Jess.

Bree agita en l'air sa main ornée d'une alliance.

— Je suis toujours mariée, déclara-t-elle. Le plus légalement du monde.

Shanna se laissa submerger par le raffut de cette dispute bon enfant. C'était cela dont elle rêvait : se sentir intégrée à une grande famille tapageuse dans des moments comme ceux-là. Restait cependant à s'assurer que ce n'était pas la seule raison qui la poussait lentement, mais sûrement, à s'éprendre de Kevin.

16

Au grand regret de Kevin, Davy fut saisi d'un accès de timidité à l'arrivée des parents de Georgia. Il ne s'attendait certes pas à ce que son fils les reconnaisse, mais Davy était si sociable d'ordinaire que Kevin n'avait pas anticipé sa réaction de recul à la vue de ces deux quasi-inconnus. Et, bien sûr, il ne suffisait pas de dire à Davy qu'ils étaient ses grands-parents pour forger un lien immédiat : il fallait qu'il les fréquente pour apprendre à les connaître.

Le père de Georgia parut comprendre la réticence de son petit-fils et donna à Davy le temps de s'adapter à lui, mais Martha, visiblement très émue, tenta immédiatement de le prendre dans ses bras. Davy poussa un hurlement et tendit les mains vers Kevin, les joues ruisselantes de larmes.

— Papa, gémit-il, les bras tendus. Veux papa.

Martha, l'air choqué, lui rendit l'enfant.

— Je suis navré, s'excusa Kevin. Ça fait longtemps qu'il ne vous a pas vus. A l'époque, il était encore bébé.

— Bien sûr, acquiesça John en passant un bras réconfortant autour des épaules de sa femme. Ne t'inquiète pas pour ça. C'est ce qui fait toute l'importance de cette visite. Nous voulons fortifier ce lien et veiller à ce que Davy connaisse la famille de sa mère.

Lorsqu'ils quittèrent l'aéroport, Martha s'assit à l'arrière de la voiture, contre le siège-auto de Davy. Prenant davantage de précautions, elle attrapa son bagage à main et en tira un petit paquet plat, enveloppé d'un papier coloré et orné d'un nœud élaboré.

— C'est pour toi, Davy, de la part de Grandpa et de la mienne.

Les larmes de Davy avaient beau avoir séché, il conservait encore un air préoccupé.

— Moi ?

Sa grand-mère hocha la tête.

— Tu veux que je t'aide à le déballer ?

— Oui ! s'écria Davy en tendant les mains vers son cadeau avec impatience.

Dans le rétroviseur, Kevin le regarda tirer en vain sur le ruban, gagné par un sentiment de frustration.

— Hé, mon bonhomme, lança Kevin, tentant de désamorcer la colère noire qui s'annonçait.

Il avait appris à ses dépens à ne pas s'embêter avec des rubans sur les cadeaux de Davy, car ses petites mains parvenaient à peine à venir à bout du papier.

— Pourquoi tu ne laisses pas grand-mère Martha t'aider ? Elle peut enlever le ruban pour toi.

— Non ! lança Davy avec force, écartant les mains impatientes de Martha.

Celle-ci se renfonça dans son siège, dépitée.

De nouveau, Kevin s'excusa.

— Il n'a pas fait sa sieste pour venir à l'aéroport. Je suis sûr qu'une fois qu'il sera reposé tout ira mieux.

— Bien sûr, approuva John.

C'est alors que le paquet vola par-dessus le siège avant et alla s'écraser contre le tableau de bord. Kevin entendit un craquement de verre brisé suivi d'une exclamation choquée de Martha, ce qui déclencha aussitôt chez Davy une crise de sanglots bruyants.

« Mais qu'est-ce que ça peut bien être ? » se demanda Kevin, consterné. Martha avait-elle offert un objet de verre à un enfant de deux ans ? Il dut se mordre la langue. Mais immédiatement son ancien beau-père se tourna vers sa femme.

— A quoi pensais-tu en donnant quelque chose de fragile à un enfant de cet âge ? demanda-t-il énervé en ramassant le paquet désormais tordu et cassé.

Par chance, les morceaux de verre ne s'étaient pas échappés du papier-cadeau.

Martha renifla.

— C'est une photo de sa mère quand elle était petite, murmura-t-elle. Je voulais qu'il l'ait.

Sa voix traduisait une angoisse évidente. A son côté, Davy continuait à pleurer doucement, pris dans l'émotion générale qu'il était incapable de comprendre.

Kevin intervint.

— C'est bon, Davy, le consola-t-il. Nous savons que tu ne voulais pas casser le cadeau. Martha, ça lui fera très plaisir. Je referai encadrer la photo. Je la mettrai sur la commode de sa chambre, à côté de l'autre portrait qu'il a de Georgia. Le cadre est placé suffisamment en hauteur de façon à ce qu'il ne puisse pas le briser, mais nous regardons sa photo tous les soirs avant d'aller au lit. Je lui parle de sa mère et je lui raconte combien elle était belle et courageuse.

Le regard de Martha s'éclaira.

— C'est vrai ?

— Je vous montrerai. C'est notre photo de mariage. Davy la regarde depuis tout bébé, depuis l'époque où Georgia est repartie pour sa première mission en Irak. Il sait que c'est sa maman et je veillerai à ce qu'il ne l'oublie jamais. Je vous le promets.

— Oh, Kevin, merci pour tout, fit-elle en se penchant en

avant pour lui serrer brièvement l'épaule. J'étais si inquiète qu'il ne sache rien de sa mère. Il était si petit quand elle est morte. Il ne peut pas avoir de souvenirs d'elle.

— Je t'avais dit que tu n'avais pas à t'en faire, intervint son mari. Kevin est quelqu'un de bien. Il ne va pas laisser son fils oublier Georgia.

— Certainement pas, les rassura Kevin.

Une heure après, il aborda avec soulagement le virage qui marquait l'entrée dans Chesapeake Shores. Il se félicitait également d'avoir réservé une chambre à l'auberge pour les Davis. Son intuition lui soufflait que le stress du trajet n'était rien comparé à ce qu'il aurait dû subir s'ils avaient tous été réunis sous le même toit. Déjà, être le témoin des pénibles tentatives de Martha pour gagner la confiance de Davy — tentatives qui se soldaient systématiquement par des rebuffades — se révélait pratiquement au-dessus de ses forces. Pourtant, en un sens, John et son acceptation stoïque de la conduite de Davy était encore plus difficile à vivre.

Durant les jours qui allaient suivre, il lui faudrait faire son maximum pour combler le fossé qui les séparait, sans quoi cela s'ajouterait à la liste des choses dont il se sentait coupable.

Shanna savait que les anciens beaux-parents de Kevin passaient le week-end à Chesapeake Shores, mais elle ne s'attendait pas à ce qu'il les amène à la librairie. Elle leva les yeux et, sidérée, les vit dehors sur le trottoir. Davy lui faisait déjà coucou de la main et se tortillait pour descendre des bras de son grand-père.

Dès que Kevin poussa la porte, le petit garçon bondit vers elle. Le temps que les autres soient entrés, il l'entraînait déjà vers les livres pour enfants.

— Histoire, ordonna-t-il.

— Dans une minute, promit Shanna.

Elle se tourna pour saluer le couple âgé qui la dévisageait avec une consternation non dissimulée.

— Bonjour, je m'appelle Shanna Carlyle. Je suis une amie de Davy.

Comme Kevin semblait complètement dépassé par la situation, elle tâtonna :

— Vous devez être les grands-parents de Davy.

— Oui, confirma la femme. Je suis Martha Davis et voici mon mari, John. Nous sommes venus du Texas pour passer quelques jours avec Davy.

— Davy est un grand fan de lecture. Vous vous en êtes sans doute déjà aperçus.

— C'est vrai qu'il adore qu'on lui raconte une histoire avant d'aller au lit, acquiesça l'homme grand à l'allure distinguée en lui adressant un chaleureux sourire, même si son épouse continuait à considérer Shanna avec déplaisir. C'est ce qui nous a donné l'idée de lui offrir un livre aujourd'hui.

Sa femme ajouta à contrecœur :

— Vous avez un très joli magasin. Je comprends que Davy aime tant y venir.

— Merci. J'ai une vaste clientèle d'enfants qui par bonheur traînent leurs parents ici.

— Non que j'aie besoin d'être traîné pour venir, intervint Kevin qui avait enfin retrouvé l'usage de la parole. Shanna est fantastique avec Davy. Il l'adore.

Davy appuya ses dires en tirant sur la main de la jeune femme pour lui réclamer de nouveau une histoire.

— Excusez-moi, fit Shanna avant de s'accroupir pour aider Davy à sélectionner un imagier.

Son grand-père se joignit à eux.

— Camion, Grampa ! cria l'enfant tout excité en désignant le livre qu'il avait choisi.

— Je crois que tu as déjà ce livre à la maison, lui fit remarquer son grand-père.

Davy hocha la tête.

— J'aime camions.

M. Davis eut un petit rire.

— Oui, je sais que tu aimes les camions.

Il sourit à Shanna.

— Sa chambre en est remplie.

— Je sais. Je l'ai vue, lâcha-t-elle sans réfléchir, avant de tiquer en voyant son sourire s'estomper.

Elle s'efforça péniblement de trouver une explication qui ne la relierait pas à Kevin.

— Jess, la sœur de Kevin, m'a invitée, un dimanche. Davy a immédiatement insisté pour que je lui raconte une histoire.

— Je vois, commenta-t-il.

Derrière eux, elle entendait Mme Davis questionner Kevin.

— Tu l'amènes souvent ici ? demandait-elle avec un soupçon de désapprobation. On ne doit pas trop céder aux caprices des enfants.

— Même quand il s'agit de livres ? s'enquit Kevin. Je crois plutôt qu'il faut encourager l'intérêt pour la lecture.

— Mais bien sûr, acquiesça son ancienne belle-mère, visiblement troublée.

Il était clair que son objection ne s'appliquait pas aux livres, mais à la libraire, conclut Shanna.

Ignorant les adultes, elle s'installa dans un fauteuil rembourré, Davy blotti contre elle, et ouvrit le livre qu'il avait choisi. Tandis qu'il lui désignait les images, elle commença à lire.

Ce fut le moment que choisit Laurie pour entrer tranquillement dans le magasin depuis l'arrière-boutique. Elle considéra cette paisible scène avant de poser le regard sur Kevin.

— Je me demandais quand vous passeriez au magasin, lança-t-elle en traversant le local pour le saluer avec chaleur. Ça me fait plaisir de vous revoir.

Shanna vit le malaise de Kevin augmenter tandis qu'il présentait Laurie aux parents de Georgia.

— Vous travaillez aussi à la librairie ? s'enquit Martha.

— Non, je suis juste ici pour le week-end, répondit Laurie. Je vis dans les environs de Philadelphie.

— Mais vous devez venir ici souvent pour connaître Kevin.

— Je ne suis venue que deux ou trois fois depuis que Shanna a ouvert sa librairie, répliqua Laurie, inconsciente de la tension qui planait dans le magasin, ou alors désireuse de l'alimenter. Mais Kevin est généralement dans le coin.

La contrariété de Martha s'accrut.

— Je vois.

Elle se tourna vers Kevin :

— Je crois que nous devrions rentrer à l'auberge. Je ne me sens pas très bien. Sans doute quelque chose que j'ai mangé.

Ou vu, songea Shanna, presque navrée pour elle. Martha était venue ici dans le but de reprendre contact avec l'enfant de sa fille et avait découvert son affection pour une autre femme. Même s'il n'y avait rien de répréhensible au fait que Kevin et Davy forment de nouvelles attaches, cela devait quand même faire mal.

— Je vous ramène, décida aussitôt Kevin. Allez, Davy. On y va.

— Non ! hurla le petit garçon, proche de la colère. Pas partir !

Shanna, surprise, entendit Laurie suggérer :

— Laissez-le ici et vous reviendrez le chercher plus tard. Je garderai un œil sur lui si jamais il y a trop de clients.

Martha pâlit. Kevin semblait tiraillé entre les deux options, mais comme Davy se cramponnait de toutes ses forces à Shanna, il céda, sans doute pour éviter une scène.

— Je reviens dans vingt minutes, promit-il tandis que ses beaux-parents sortaient du magasin sans un mot.

Son regard se posa sur Shanna.

— Je suis désolé. Je n'aurais pas dû les amener ici.

— Tout va bien, affirma-t-elle, sincère.

La rencontre avait certes été embarrassante, mais pas catastrophique.

Dès qu'il fut parti, Laurie s'assit dans un fauteuil en face de celui de Davy et Shanna.

— Eh bien, j'ai comme une impression de déjà-vu, déclara-t-elle d'un air entendu.

Shanna savait à quoi son amie faisait allusion : à la façon dont les Hamilton avaient toujours traité leur bru — comme une intruse indésirable.

— Sois indulgente avec eux, conseilla Shanna. Leur fille est morte. Ils ont sans doute imaginé que j'essaie de la remplacer.

Laurie lui lança un coup d'œil narquois avant de désigner du regard Davy qui, blotti contre Shanna, suçait son pouce d'un air satisfait tout en feuilletant le livre qu'elle tenait sur les genoux.

— Et ce n'est pas le cas ?

— Bien sûr que non ! se récria spontanément Shanna, même si, en le disant, elle savait que ce n'était pas tout à fait vrai.

Il était indéniable qu'elle s'attachait de plus en plus à Davy et à son père. Son mensonge tomba cependant dans l'oreille d'une sourde, car, à l'évidence, Laurie ne la croyait pas.

Heureusement, un client entra avant que son amie ait pu lui en faire la remarque. Laurie bondit de son siège et prit la place de Shanna auprès de Davy.

— Alors, petit gars, que dirais-tu que je prenne le relais et que je finisse de te lire cette histoire ? Elle m'a l'air très bien.

— Très bien l'histoire, confirma Davy qui accepta avec calme le changement de lectrice.

Après que la cliente eut choisi deux ou trois livres et payé, Shanna demeura derrière la caisse et repensa à la scène qui s'était déroulée avec les beaux-parents de Kevin. Comment aurait-elle pu blâmer Martha Davis d'avoir eu cette réaction ? Ce qui lui échappait, c'était la raison pour laquelle Kevin avait choisi d'amener ses beaux-parents ici ! Il aurait dû se douter qu'ils réagiraient mal.

Quelques minutes plus tard, lorsque Kevin revint, il jeta un coup d'œil en direction de Davy pour s'assurer que l'enfant était bien installé avec Laurie, puis il alla droit vers Shanna.

— Comment va Mme Davis ? l'interrogea-t-elle.

— Je ne pense pas qu'elle soit malade. C'est le fait de te rencontrer qui l'a bouleversée, rien de plus. Durant le chemin du retour, elle n'a pas cessé de me dire que je déshonorais la mémoire de sa fille en refaisant ma vie si vite.

Il la regarda d'un air malheureux.

— Elle a peut-être raison.

— Une minute ! intervint Shanna, irritée que cette femme ait voulu culpabiliser Kevin. Premièrement, ce n'est pas comme si toi et moi, nous avions une folle aventure.

Et deuxièmement, même si c'était le cas, il n'y aurait rien de mal à ça. C'est une tragédie que tu aies perdu ta femme et eux leur fille, mais c'était il y a dix-huit mois, n'est-ce pas ? Tu dois refaire ta vie, Kevin, que ce soit avec moi ou avec quelqu'un d'autre. Et c'est mal de leur part d'essayer de t'en empêcher.

Il ébaucha un pâle sourire devant la fougue de sa réaction.

— Rappelle-moi de ne pas m'opposer à toi. Tu deviens féroce quand tu prends la défense de quelqu'un.

— Oui, c'est vrai, reconnut-elle en repensant avec quelle vigueur elle s'était battue pour protéger Henry de son père.

Elle avait eu plus d'une confrontation explosive non seulement avec Greg mais aussi avec ses parents, lorsqu'elle avait tenté de leur faire comprendre toute l'horreur de la situation pour un petit garçon sensible. Elle avait même combattu l'avocat de Greg et le juge. Elle avait su dès le début qu'elle n'avait pas la moindre chance d'obtenir la garde d'Henry, et que tous ses efforts étaient vains, mais cela ne l'avait pas empêchée d'essayer.

Elle dévisagea Kevin avec curiosité.

— En les amenant ici, tu devais te douter que ça ne se passerait pas bien. Alors pourquoi l'as-tu fait ?

— Davy n'arrêtait pas de parler de livres, alors Martha a insisté pour venir ici lui en acheter un. Je n'ai pas trouvé de moyen de l'en dissuader.

— Je croyais qu'elle désapprouvait qu'on cède à ses caprices, lui rappela Shanna. Tu aurais pu te servir de cet argument.

Kevin sourit.

— Elle ne l'a fait sien qu'au moment où elle t'a aperçue.

Shanna abandonna le sujet.

— Et à part cet après-midi, comment se passe leur séjour ?

Il haussa les épaules.

— Je crois que Martha en attendait trop. Davy est encore un peu distant avec elle, justement parce qu'elle en fait trop. Cependant, il se laisse apprivoiser par le père de Georgia.

— J'ai remarqué. Ça viendra aussi avec Martha.

— Je l'espère, soupira-t-il. C'est ce que je n'arrête pas de leur dire. Et puis nous allons aussi essayer de programmer quelques séjours ensemble, de façon à ce que Davy s'habitue à leur présence.

— C'est une bonne idée, approuva Shanna.

Malheureusement, elle voyait aussi le côté négatif du plan. Kevin renforcerait lui aussi ses liens avec les Davis, or Martha savait déjà manifestement comment le culpabiliser pour obtenir gain de cause. Pourrait-il tenir le coup face à une telle attitude ? Dans l'intérêt de Kevin, elle espérait que oui. Elle ne voulait pas qu'il vive à jamais lié au souvenir de Georgia.

— Ils veulent prendre Davy au Texas un de ces quatre pour un long séjour, poursuivit Kevin. Mais j'ai refusé tant qu'il ne les connaît pas assez. Sinon, on court au désastre. Je ne veux pas de ça, pour personne. Dans deux ou trois mois, je le descendrai là-bas pour un week-end.

— Ils partent lundi ?

Kevin opina du chef.

— Je les déposerai à l'aéroport en allant travailler. Leur avion décolle très tôt.

Il hésita puis lui demanda carrément :

— Tu veux manger avec moi, lundi soir ? On pourrait aller chez Brady. Je te dois bien ça, après l'épisode de tout à l'heure.

Prise de court par son invitation, Shanna se défendit.

— Tu ne me dois rien du tout.

— Moi, je trouve que si, insista-t-il. S'il te plaît.

— Bon, d'accord, ça sera sympa de dîner ensemble.

Le visage de Kevin s'éclaira.

— Génial. Bon, je ferais mieux de prendre Davy et de rentrer à la maison. Ils viennent ce soir pour un barbecue. Je vous aurais bien invitées Laurie et toi, mais ça n'aurait fait qu'aggraver la situation.

Ses yeux imploraient sa compréhension.

— Il faut que tu saches que si notre relation — enfin, si nous étions engagés l'un envers l'autre, je n'essaierais pas de le cacher, pas même aux parents de Georgia.

— Je comprends, répondit Shanna.

Et c'était la vérité.

— J'aimerais que tout ça ne soit pas si compliqué.

Elle eut un sourire rassurant.

— Ça aussi, je comprends.

— On se voit lundi, alors. Je viens te chercher ici, à 6 heures ?

— Je ne travaille pas le lundi. Je serai en haut, à l'appartement.

— C'est vrai. J'avais oublié.

Laurie apparut alors portant Davy endormi dans ses bras. Elle le confia à Kevin.

— C'est un gamin formidable.

Kevin eut un grand sourire.

— Merci. Et merci aussi de vous en être occupée. Profitez bien du reste de votre séjour.

Laurie attendit qu'il soit parti pour se tourner vers Shanna.

— Tu as rendez-vous avec lui, lundi ?

Elle fit oui de la tête.

— Tu es folle ?

Shanna soupira.

— C'est plus que probable.

Jusque-là, elle avait pu maintenir l'illusion d'une relation purement amicale, mais cette position devenait difficile à tenir maintenant que Kevin lui avait effectivement proposé de sortir avec lui. Ce n'était pas comme manger un morceau ensemble à midi chez Sally ou au Panini Bistro, le temps d'une pause. Ce n'était pas comme demander à Kevin de rapporter un sandwich au magasin. C'était un dîner, au restaurant, avec un homme capable de l'électriser de la tête aux pieds d'un simple effleurement de la main. Qu'il l'ait invitée juste après la visite de ses anciens beaux-parents donnait encore plus de sens à ce rendez-vous.

« Me voilà dans de beaux draps », songea-t-elle en réprimant à grand-peine un soupir. Mais il y avait un constat plus inquiétant encore : elle se moquait de plus en plus du désastre que lui réservait peut-être l'avenir.

— Shanna et toi semblez passer beaucoup de temps ensemble, fit remarquer Jess le samedi soir, alors que toute la famille ou presque était réunie autour de la table.

Par malheur, les parents de Georgia, toujours aux aguets et peu habitués au mode de fonctionnement taquin des O'Brien, étaient présents, eux aussi.

Kevin fusilla sa plus jeune sœur du regard.

— Tu essaies de semer la pagaille ? chuchota-t-il en lançant un regard appuyé en direction de ses anciens beaux-parents.

Jess battit aussitôt en retraite, mais Bree montra moins de discrétion. Elle se tourna vers John et Martha.

— Vous avez fait sa connaissance, aujourd'hui. C'est une fille formidable, non ?

— Elle m'a eu l'air très sympathique, répliqua Martha d'un ton crispé.

Elle s'adressa à Kevin.

— Je sais que je t'en ai déjà parlé, mais tu ne trouves pas que c'est un peu tôt pour fréquenter quelqu'un d'autre ?

Elle promena son regard tout autour de la table en quête de renfort, mais les autres gardèrent le silence.

— Shanna et moi ne sortons pas ensemble, affirma Kevin avec force, principalement dans le but d'éviter une autre scène.

Comme ça peut-être Martha éviterait-elle d'exprimer son opinion concernant la loyauté qu'il était censé éprouver envers son épouse défunte. Ou encore de prendre la mouche et de quitter la pièce.

— On se voit de temps en temps, rien de plus.

Bree renifla sans le moindre tact.

— De temps en temps ? Ha ! Parce que, pour toi, tous les après-midi et les samedis, c'est « de temps en temps » ?

— Laisse ton frère tranquille, intervint Gram. C'est très bien qu'il voie quelqu'un.

Elle considéra les parents de Georgia avec compassion.

— Ça ne signifie pas que Georgia ne compte pas énormément pour lui. Elle l'a rendu très heureux.

« Et très malheureux », songea Kevin en son for intérieur. Mais cela, personne ici ne le comprenait, et il pouvait difficilement le leur dire.

Gram poursuivit :

— Kevin est jeune. Il a besoin de refaire sa vie et Davy a besoin d'une mère. Pas de quelqu'un qui remplace Georgia mais d'une femme qui apporterait un côté maternel à sa vie.

Kevin poussa un gémissement. Martha devint livide.

— Veuillez m'excuser, dit-elle avant de sortir de la pièce.

John soupira.

— Je ferais mieux d'aller lui parler.

Après leur départ, Kevin regarda sa famille d'un air mauvais.

— Vous ne voyez pas que ce sujet les met mal à l'aise ? Ça n'arrange pas non plus mon moral, d'ailleurs. Il est tout à fait inconvenant de discuter de mes fréquentations devant les parents de Georgia.

— Vous croyez que c'est parce que Shanna lui résiste qu'il est d'aussi mauvais poil ? spécula Jess, ignorant l'avertissement de son frère. La frustration sexuelle a parfois cet effet-là sur certaines personnes.

— Ce n'est pas un sujet de conversation à table, décréta Gram d'un ton catégorique en lançant à Jess un regard noir.

— Sans parler du fait que ça ne te regarde pas ! rétorqua Kevin.

Le problème, c'était que Jess avait raison. Il devenait de plus en plus évident qu'il avait envie de Shanna, non en tant qu'amie, à la façon dont leur relation avait débuté, mais en tant que femme. Il avait envie de l'embrasser, de faire l'amour avec elle. Et il avait l'impression qu'elle aussi car elle ne s'était pas du tout dérobée les deux fois où il l'avait embrassée.

— Eh bien, en dépit de ce que peut dire Martha, moi je trouve que tu devrais demander à Shanna de sortir avec toi, déclara Jess.

— Moi aussi, renchérit Bree, suivie par l'approbation d'Abby.

— Lâchez-moi ! ordonna férocement Kevin, le front courroucé. Surtout ce soir.

Si elles n'arrêtaient pas, toutes, il serait le prochain à quitter la pièce.

En face de lui, Trace et Jake souriaient d'un air compatissant, mais ses trois sœurs se contentèrent de rire. Que diraient-elles si elles étaient au courant de ses projets pour lundi soir ? En un sens, cette invitation représentait bien plus qu'un dîner, il le savait. Mais Shanna en avait-elle conscience, elle aussi ?

— Qu'est-ce qui se passe entre mon frère et toi ? demanda Bree à Shanna le lundi matin, après l'avoir débusquée dans son appartement et attirée chez Sally pour prendre un café. Ça devient sérieux, finalement ?

Shanna fronça les sourcils.

— Sérieux ? Après un seul baiser ?

Bon, d'accord, il y en avait eu deux, mais Bree n'était pas censée le savoir.

Cette dernière gloussa.

— Vous êtes pitoyables, tous les deux. Samedi, au dîner, Kevin a tenté d'esquiver nos questions, et je dois te dire qu'il s'en est fort mal tiré.

Ce repas de famille incluait les parents de Georgia, se remémora Shanna.

— Vous avez mis ça sur le tapis en présence des Davis ? lui demanda-t-elle, incrédule.

Bree piqua un fard.

— Oui, bon, c'était un peu maladroit. Martha et John ont quitté la table.

— Qui pourrait leur en vouloir ? Qu'est-ce qui vous a pris ?

— Eh bien, c'est Jess qui a commencé, et elle ne réfléchit presque jamais avant d'ouvrir la bouche, expliqua Bree avant de hausser les épaules d'un air penaud. Ensuite, Abby et moi, on n'a pas pu résister à l'envie de nous y mettre aussi. Je dois avouer que c'est surtout moi. Kevin avait l'air tellement troublé que je n'ai pas pu m'en empêcher.

Shanna préférait ne pas imaginer à quel point la scène avait dû être embarrassante.

— Kevin n'a vraiment pas dû apprécier.

— Il n'était pas content, admit Bree. Et Gram a un peu tiqué quand on a parlé de sexe à table, ou plutôt du manque de sexe de Kevin.

Shanna gémit.

— Je me fourvoie peut-être complètement à fantasmer sur les familles nombreuses. Ça m'a l'air horrible, en fait.

— Ça dépend dans quel camp tu te trouves, je suppose. Si tu es la cible des taquineries, bien sûr…, répondit Bree d'un ton songeur. Enfin bref, quand allez-vous admettre que vous êtes amoureux l'un de l'autre ?

— Je ne peux pas me prononcer pour Kevin, mais je…

Shanna stoppa net car elle ne pouvait proférer un pareil mensonge. Elle était bel et bien en train de tomber amoureuse de Kevin. Simplement, elle n'était pas sûre qu'il soit prêt à se lancer dans une véritable histoire d'amour. Il la fréquentait peut-être uniquement parce qu'elle n'était pas exigeante et qu'elle comblait ses heures de solitude. C'était une possibilité non négligeable.

— Tu quoi ? l'encouragea Bree, refusant de lâcher le sujet. Tu as de l'affection pour lui, non ?

— Mais bien sûr. C'est un type formidable. Il est intelligent, prévenant, protecteur, et c'est un père merveilleux.

— Il rit plus souvent ces derniers temps, constata Bree, la mine pensive. Je crois que c'est grâce à toi. Il y a encore peu, il était assez sinistre.

— Comment lui en vouloir ? Il a perdu la femme qui était tout pour lui.

Bree secoua la tête.

— Il la connaissait à peine. Je ne devrais sans doute pas te dire ça, mais tu mérites d'avoir une autre perspective. Je crois que c'est la culpabilité qui le ronge depuis des mois, et non le chagrin. J'en suis encore plus persuadée depuis que les parents de Georgia sont ici.

Shanna ne prit pas la peine de cacher le choc qu'elle éprouva.

— Mais qu'est-ce que tu veux dire par là ?

Bree la considéra d'un air hésitant.

— Kevin ne t'a pas raconté son histoire ?

Shanna fit non de la tête.

— Il ne m'a pratiquement jamais parlé de Georgia.

— Bon, ce n'est sans doute pas à moi de te raconter tout ça, mais puisqu'il ne l'a pas fait, je vais le faire. Ils se sont rencontrés en Irak.

— C'est à peu près tout ce que je sais.

— Bon, dans de pareilles conditions, il me semble que tout doit prendre une tournure très intense. Les émotions sont décuplées. On se tourne vers les personnes qui sont là. Georgia était là. Ils se sont mariés durant leur première permission, au beau milieu de l'aéroport de Baltimore.

— Ils devaient être impatients de se marier, commenta Shanna en tentant d'imaginer un tel cadre pour un mariage.

— A mon avis, on ne peut pas faire pire, à part sans doute ces mariages express dans les chapelles de Las Vegas, décréta Bree. Bref, le temps qu'ils rentrent au pays après leur mission, Georgia était enceinte de Davy. Kevin a été démobilisé peu de temps après, mais Georgia est restée dans l'armée. Ils ont passé quelques semaines ici avant de s'installer dans le nord de la Virginie. Kevin a pris un boulot d'ambulancier. Georgia est restée en poste à Fort Belvoir jusqu'à la naissance du bébé. Je crois qu'à cette époque tout allait bien entre eux. Normalement, si tu vois ce que je veux dire. Ils avaient l'air vraiment heureux.

Shanna hocha la tête.

— Quand Georgia a reçu l'ordre de retourner en Irak, elle aurait pu refuser, avec un nourrisson à la maison, mais elle a accepté. Ils ont eu une terrible dispute à ce sujet — je le sais parce que Georgia était tellement bouleversée qu'elle m'a appelée après coup. Je lui ai dit que j'approuvais Kevin.

Bree haussa les épaules.

— C'est sans importance. Elle était décidée à partir. Si tu veux mon avis, pour leur couple, ça a été le commencement de la fin. Oh, Kevin nous a fait tout un cinéma. Il prétendait qu'il la comprenait, qu'il l'admirait de vouloir faire son devoir.

— C'était sûrement vrai, intervint Shanna. Du moins à un certain niveau.

Bree secoua la tête.

— Je ne crois pas. D'après moi, il savait que son mariage était déjà fichu. Notre mère nous a abandonnés quand mon père et elle ont divorcé. Jess était encore petite, moi j'avais à peine douze ans et les autres étaient adolescents, mais cet événement a eu sur nous un impact énorme. Kevin pense dur comme fer que la place d'une mère est auprès de son enfant. Il ne l'avouera jamais maintenant que Georgia est morte et qu'il l'a presque érigée en martyre dans sa tête, mais c'est la vérité. Il n'aurait pas dû rester avec elle quand elle a choisi son boulot plutôt que Davy.

Grâce aux renseignements de Bree, Shanna considérait Kevin sous un jour nouveau, et assez angoissant. Que penserait-il d'elle s'il apprenait qu'elle avait quitté un mari et un enfant, même si, devant la loi, elle n'avait aucun droit sur son beau-fils ?

Kevin la jugerait-il pour ce qu'elle avait fait ? Si oui, son opinion ne serait certainement pas plus dure que celle qu'elle portait sur elle-même. Question culpabilité, elle n'avait rien à lui envier, peut-être même le surpassait-elle. Ce qu'elle considérait comme sa propre lâcheté — ne pas être restée avec Greg dans l'intérêt d'Henry — participait aux raisons pour lesquelles elle gardait Kevin à distance. Elle n'était pas certaine de mériter une seconde chance d'avoir une famille, surtout une famille présentant autant de similitudes avec celle qu'elle avait fuie.

Perdue dans ses pensées douloureuses, elle faillit oublier la présence de Bree.

— Shanna, ça va ? Tu es toute pâle. J'ai dit quelque chose qui t'a contrariée ?

— Ce n'est rien, je t'assure, affirma-t-elle. Mais vraiment, je dois y aller. C'est mon seul jour de congé et j'ai des tonnes de choses à faire aujourd'hui.

Bree posa la main sur la sienne.

— Tu es sûre que ce n'est pas moi qui te fais fuir avec ma langue bien pendue ? Si je t'ai contrariée, je te demande pardon.

— Non, tu m'as simplement fourni quelques renseignements dont j'avais besoin.

Des renseignements, songea-t-elle sombrement, *qui pourraient bien tout changer.*

17

La journée de Shanna ne fit qu'aller de mal en pis. Lorsqu'elle regagna son appartement, son téléphone portable, qu'elle avait laissé sur le plan de travail de la cuisine, était en train de sonner. Un coup d'œil au numéro de l'appelant lui apprit qu'il s'agissait d'Henry.

— Salut, mon lapin, comment vas-tu ?

L'enfant ne répondit pas mais le bruit de ses pleurs était bien reconnaissable. Shanna sentit son cœur se serrer.

— Henry, qu'est-ce qui se passe ? Parle-moi, mon chéri.

— Papa va s'en aller, articula-t-il enfin. Pour très longtemps.

— Je ne comprends pas.

Le petit garçon dit autre chose qu'elle ne put interpréter tant il pleurait.

— Greta est là ? Je peux lui parler, s'il te plaît ?

La nounou prit l'appareil, à l'évidence aussi bouleversée qu'Henry.

— L'ambulance est là, annonça-t-elle à Shanna. M. Hamilton a bu. Et il a pris des médicaments. C'est un accident, forcément, mais il était inconscient quand la femme de ménage l'a trouvé.

— Henry sait tout ça ?

— Seulement qu'on emporte son père à l'hôpital.

Mme Hamilton est ici. Elle a insisté pour qu'on appelle le médecin de M. Hamilton avant d'autoriser les ambulanciers à l'emmener. Ils parlent de le faire admettre directement en cure de désintoxication à sa sortie de l'hôpital. Henry a surpris leur conversation avant que j'aie pu le faire sortir de la pièce.

— Pas étonnant qu'il soit bouleversé. Il ne comprend sans doute pas pourquoi son père doit quitter la maison. Vous avez une idée de ce qui va advenir d'Henry ? Quelqu'un y a-t-il songé ?

— Je dois rester ici, bien sûr. Mme Hamilton m'a dit qu'elle reviendrait plus tard, après avoir installé son fils à l'hôpital, et que nous discuterions de la suite.

— Je vais venir, proposa Shanna.

— Je ne pense pas que ce soit une bonne idée, objecta Greta en baissant la voix. Henry a parlé de vous et Mme Hamilton a piqué une crise. Elle lui a dit que vous ne faisiez plus partie de la famille et qu'il ne devait même pas songer à vous appeler.

Shanna ravala un juron à l'endroit de cette femme pour son manque de sensibilité envers ce petit garçon effrayé. Mme Hamilton aurait dû faire appel à toutes les personnes désireuses ou capables d'aider Henry.

— Je vais lui parler, dit-elle à Greta. Repassez-moi Henry.

— Il est à côté de moi, répondit Greta en cédant l'appareil à l'enfant.

— Maman ? murmura-t-il timidement d'une voix un peu plus calme.

— Je suis là. La situation doit être carrément angoissante pour toi, je le sais, mais tout va s'arranger. Tu as Greta auprès de toi et ta grand-mère veillera à ce que rien de mal n'arrive à ton père.

— Il s'en va dans l'ambulance, fit l'enfant dans un

sanglot. Il n'est encore jamais parti en ambulance. Tu crois qu'il a peur ?

— Non, ton papa est très courageux. Et il va aller à l'hôpital pour que les médecins le remettent sur pied.

— Maman, je peux rester avec toi jusqu'à ce qu'il soit guéri ?

Shanna ferma les yeux pour contenir la vague d'émotion qui la submergea. L'accent nostalgique d'Henry était insoutenable.

— Non, mon cœur, mais tu peux m'appeler chaque fois que tu as peur, jour et nuit, d'accord ? Greta y veillera.

— Sûrement, répondit-il, résigné.

— Je t'aime.

— Au revoir, lâcha-t-il avant de raccrocher en entendant ces mots auxquels il ne croyait plus.

Shanna fixa le téléphone silencieux puis passa immédiatement un coup de fil à la mère de Greg, s'armant de courage à la perspective de l'accueil glacial qui lui serait sans doute réservé.

— Le moment est mal choisi, répondit Loretta Hamilton d'un ton coupant.

— On fera avec, répliqua Shanna. Je sais ce qui est arrivé à Greg et j'en suis navrée. Franchement. Mais pour l'instant, je veux savoir ce que vous comptez faire au sujet d'Henry.

— Ça ne vous regarde pas, rétorqua son ex-belle-mère avec force. La nounou n'aurait pas dû vous appeler et vous entraîner dans ce qui se passe ici. Elle sera renvoyée pour avoir informé un tiers d'une affaire de famille.

— Je ne suis pas vraiment un tiers ! En plus, ce n'est pas elle qui m'a appelée. C'est Henry. Lui aussi vous allez le mettre à la porte, parce qu'il vous a défiée ?

Ce commentaire fut accueilli par un long silence.

— Que voulez-vous ? s'enquit finalement Loretta.

Son ton glacial avait cédé la place à une certaine lassitude.

Combien de fois avait-elle traversé ce genre d'épreuve avec Greg ? se demanda Shanna, prise d'un élan de compassion pour cette femme. Plus souvent qu'elle-même, certainement. Ce devait être épouvantable pour une mère de voir son fils adulte se conduire de façon aussi autodestructrice.

— Je veux vous aider, expliqua-t-elle avec simplicité. Je n'ai jamais eu d'autre intention.

— Eh bien, il n'y a rien que vous puissiez faire à part aggraver la situation, affirma Mme Hamilton.

— Greg va s'en sortir, n'est-ce pas ?

L'attitude bravache de son ancienne belle-mère s'effrita.

— Je n'en sais plus rien, avoua-t-elle dans une rare manifestation d'incertitude. Cette fois…

Elle laissa sa phrase en suspens.

— Je ne sais pas.

— Avec le recul, cet incident va sûrement l'amener à réfléchir, souligna Shanna. Peut-être l'inciter à rester en cure de désintoxication. Peut-être se décidera-t-il enfin à vaincre sa dépendance à l'alcool ?

— Je l'espère, répondit sa mère sans trop de conviction.

— Je sais que vous n'en croyez rien, mais moi aussi, je l'espère. Appelez-moi s'il y a quoi que ce soit que je puisse faire pour Henry ou pour vous. Je suis sincère.

Elle sentit que Mme Hamilton hésitait et attendit.

— Au tribunal, j'ai essayé de vous diaboliser, je le sais, reconnut cette dernière. C'était la seule façon de maintenir Henry dans ce que je considérais comme son foyer. J'en suis désolée. En épousant mon fils, vous ignoriez totalement où vous mettiez les pieds. J'ai vu les étoiles briller dans vos yeux et je savais que ça ne durerait pas. J'aurais dû vous prévenir. Au lieu de quoi j'ai gardé le silence, en priant pour que tout se passe au mieux. Pire, quand la situation a tourné comme je l'avais prévu, j'en ai rejeté la faute sur vous.

— Je vous en ai voulu pour votre attitude, votre attitude à tous, mais je comprenais, déclara Shanna. Vous vous battiez pour votre fils. J'aurais sans doute agi de la même façon. Mais aujourd'hui, peut-être feriez-vous mieux de vous battre dans l'intérêt d'Henry.

— Au revoir, Shanna.

Le ton était redevenu sec et sans appel.

— Au revoir, répondit Shanna, perplexe.

Cet appel arrangerait-il la situation d'Henry ou n'avait-elle fait que jeter de l'huile sur le feu ?

En arrivant à l'appartement, Kevin trouva Shanna, l'air absent et malheureux. Les cheveux en bataille, elle n'était pas maquillée et, à l'évidence, leur rendez-vous lui était complètement sorti de l'esprit. En temps normal, son intrusion apparemment inopinée aurait dû la troubler. Mais cette fois-ci, elle l'accueillit avec indifférence.

— Bon, raconte-moi tout, commença-t-il en entrant dans l'appartement. Tu as passé une mauvaise journée, c'est clair.

La dernière fois qu'il l'avait vue dans cet état, elle venait de recevoir un coup de téléphone qu'elle avait refusé de commenter. En avait-elle reçu un autre ? Comme elle ne répondait pas à son interrogation, il la poussa vers une chaise.

— Assieds-toi et dis-moi ce qui se passe.

Shanna leva la tête et le dévisagea, confuse.

— J'ai oublié qu'on sortait ce soir.

— Pas de problème, répliqua-t-il d'un ton sec, même si c'est un coup dur pour mon amour-propre. Peut-être que si je savais pourquoi, ça serait plus facile à digérer.

— Je ne peux pas…

Elle secoua la tête, impuissante.

— Mes sœurs sont venues te casser les pieds ?

Ça leur ressemblerait assez…, songea-t-il.

— J'ai vu Bree ce matin, elle a pris un café mais elle ne m'a pas embêtée.

Une pensée bien plus perturbante traversa l'esprit de Kevin.

— La mère de Georgia ne t'a quand même pas appelée ?

Shanna tressaillit.

— Non, pourquoi l'aurait-elle fait ?

— Pour te demander de garder tes distances avec moi.

Elle ébaucha un vague sourire.

— Il en faut plus pour m'effrayer. Crois-moi, j'ai connu des femmes autrement plus terrifiantes.

— En aurais-tu croisé une, aujourd'hui ? hasarda-t-il.

Shanna opina du chef.

— Quelque chose comme ça.

— Tu veux en parler ?

— Non, merci. Je suis vraiment navrée d'avoir oublié notre dîner. On peut encore y aller. J'aurai vite fait de me doucher et de me changer, même si je risque de ne pas être de très bonne compagnie.

— Ta compagnie m'est toujours agréable, mais quelque chose me dit que tu n'es pas d'humeur à sortir ce soir. Et si j'allais nous chercher quelque chose à manger ? Thaï, peut-être ? Italien ? Ce qui te fait envie.

Shanna haussa les épaules avec indifférence.

— Je n'ai pas vraiment faim.

— Des glaces alors, suggéra-t-il, ne sachant plus quoi faire pour ramener un sourire sur ses lèvres.

Elle fit la moue.

— Pas très diététique…

— Moi, je trouve que la situation exige quelque chose de décadent. Qu'en dis-tu ?

— Un banana split, proposa-t-elle. Au moins, il y a un fruit dedans.

— Rien de plus sain qu'un banana split, approuva-t-il.

Shanna esquissa un sourire qui s'évanouit avant de se concrétiser.

— Je t'accompagne, on pourra aller manger sur la plage, suggéra-t-elle. Ça me fera du bien de sortir de cet appartement.

— Parfait, s'empressa-t-il d'acquiescer, soulagé de la voir montrer de l'intérêt pour quelque chose, ne fût-ce que pour une glace.

Dehors, l'air était chaud et moite, mais, au fur et à mesure qu'ils se rapprochaient de l'eau, un soupçon de brise se fit sentir. Kevin commanda leurs banana split — avec supplément de sauce au chocolat chaud, selon le désir de Shanna —, puis il transporta le tout jusqu'à un banc en bordure de la plage. La brise se leva, éloignant les moustiques. Elle parvint même à vaguement rafraîchir l'air chargé d'humidité. Au grand soulagement de Kevin, Shanna s'attaqua à sa glace avec enthousiasme.

— Je n'ai rien avalé depuis ce matin, lui avoua-t-elle. Je meurs de faim.

— Rien de tel qu'une sauce au chocolat chaud pour vous aiguiser l'appétit, décréta-t-il.

— C'est réconfortant, admit-elle en léchant la cuillère, les yeux clos.

Kevin sentit son sang se mettre à bouillir dans ses veines devant l'expression voluptueuse de Shanna lorsque sa langue rose vint caresser la cuillère en plastique. Elle avait bien de la chance, cette cuillère ! Qui aurait cru que la dégustation d'un banana split tournerait à l'expérience érotique ? Il changea de position sur le banc afin de dissimuler son excitation qui n'avait pas tardé à se manifester. Mais vu la détresse de Shanna, le moment était assez mal choisi pour penser au sexe.

— J'ai reçu un appel, aujourd'hui, lui confia-t-elle.

Kevin sursauta.

— Mon ex-mari a été admis à l'hôpital. Il a pris trop de médicaments alors qu'il était soûl. Des somnifères, je pense, quoique je n'en sois pas sûre. On appelle ça une overdose accidentelle.

— Je suis désolé, fit Kevin en étudiant son visage.

Affichait-elle simplement du souci pour un homme qu'elle avait jadis aimé ou y avait-il autre chose ?

— Il va s'en tirer ?

— Je l'espère.

— Une telle nouvelle doit t'avoir bouleversée.

Elle tourna vers lui un regard morne avant de lâcher :

— Il fallait s'y attendre. Un jour ou l'autre, ce genre de chose devait arriver.

— Donc, son problème avec l'alcool n'est pas nouveau ?

Shanna secoua la tête en signe de dénégation.

— Et c'est à cause de ça que tu l'as quitté ?

— Je ne pouvais rien faire pour l'aider. En fait, la plupart du temps, on aurait dit que je ne faisais qu'aggraver la situation.

Kevin avait connu quelques vétérans de l'Irak qui s'étaient tournés vers l'alcool pour pouvoir affronter leurs souvenirs. La guérison n'était pas toujours simple, il le savait, ni pour eux ni pour leurs proches.

— On ne peut pas aider les gens qui ont ce genre de problème tant qu'ils ne sont pas prêts.

— Sa mère espère que cette mésaventure l'aura suffisamment effrayé pour qu'il aille au bout d'une cure de désintoxication, cette fois.

— Il en a déjà fait ?

— Des tas, mais ça je l'ignorais quand je l'ai épousé. Comment ai-je pu être aussi stupide ? J'ai été aveugle à tous les signaux d'alarme. Je pensais juste que Greg était un buveur mondain qui de temps à autre dépassait la mesure. J'étais loin de me douter de la gravité du problème. Qu'est-ce que j'étais naïve !

— Les alcooliques sont parfois très habiles à dissimuler leur addiction.

— Greg l'était, indiscutablement.

— Je suis désolé.

Shanna croisa son regard, surprise.

— Tu es sincère, n'est-ce pas ?

— Toute cette histoire t'affecte, donc je suis forcément désolé.

Elle lui effleura la joue.

— Tu es vraiment formidable.

— Loin de là.

Shanna lui lança un regard narquois.

— Bree m'a raconté ce qui s'était passé au repas, samedi soir, glissa-t-elle en changeant de sujet. Ça me fait de la peine pour les parents de Georgia. Ils n'avaient pas besoin de savoir que tu fréquentais peut-être quelqu'un, tes sœurs auraient dû s'en rendre compte.

— Ce n'était pas malintentionné de leur part. Tu les connais, elles aiment bien taquiner. Et depuis la révélation de ce fameux baiser, c'était la première occasion qui leur était donnée de se liguer contre moi. Personnellement, je me réjouis que Mick n'ait pas été là, il n'aurait fait que rendre la situation encore plus pénible. En sa qualité de témoin oculaire, il leur aurait sûrement fait un compte rendu circonstancié de toute l'histoire.

Shanna voyait d'ici la scène... Elle poussa un gémissement.

— Il n'aurait quand même pas fait ça !

Sa réaction provoqua un petit rire chez Kevin.

— Tu le connais suffisamment, maintenant. Tu comprends bien qu'il ne s'en serait pas privé !

— Pourquoi ton père était-il absent ?

— Il est à New York ; il tente de faire la paix avec ma mère. Il lui a fait faux bond il y a quinze jours et, depuis, il fait ses quatre volontés pour se racheter.

Kevin sourit largement.

— Je dois dire que je trouve la situation plus amusante que prévu.

Shanna lui lança un regard songeur.

— Bree m'a raconté combien vous aviez tous souffert de la séparation de vos parents et du départ de votre mère.

— Oui, ça n'a pas été facile, admit-il, sans pourtant que sa voix se teinte de l'habituelle amertume.

Il prenait enfin conscience qu'il y a toujours deux versants à une histoire, et que c'était aussi valable pour celle-ci.

— Néanmoins, je commence à considérer les choses du point de vue de ma mère.

— Tu as pris fait et cause pour ton père, quand elle l'a quitté ?

Kevin acquiesça.

— C'était une situation compliquée, or j'en avais une vision totalement manichéenne. Mon père était resté. Ça lui donnait le beau rôle. Ma mère était partie. Donc, c'était elle la méchante. Il s'avère que ça n'était pas aussi tranché.

— Dans un couple, les relations sont rarement simples. Et c'est encore plus dur de savoir ce qu'il en est vraiment quand on est extérieur à la famille.

Kevin perçut dans la voix de Shanna une note étrange, une inflexion qui semblait dire qu'elle parlait d'expérience.

— On t'a critiquée d'avoir quitté ton mari ?

— Certaines personnes, oui. D'abord parce que c'était plus simple de s'en prendre à moi que d'en rejeter la faute sur lui. Moi, je n'étais personne. J'étais celle qui était entrée par alliance dans une famille en vue. Ensuite, nous nous étions efforcés au maximum de cacher la vérité au sujet de l'alcoolisme de Greg. Donc, si, en moins d'un an, notre mariage avait périclité, c'était forcément ma faute. Je ne pouvais être qu'une intrigante, pressée d'obtenir un divorce vite fait, assorti d'une grosse pension alimentaire. Il y a même eu un article dans la presse locale pour suggérer que j'allais toucher le pactole grâce à un contrat de mariage que nous n'avons jamais signé. J'aurais eu du mal à faire passer dans le journal un démenti clamant que je ne lui avais pas pris un sou…

— Tu as dû en baver.

Elle acquiesça d'un hochement de tête avant de changer de sujet.

— Comment ça s'est passé à ton travail, aujourd'hui ?

Kevin aurait préféré poursuivre cette discussion sur son mariage, mais Shanna le regardait d'un air si implorant qu'il embraya là-dessus.

— Je m'éclate vraiment dans ce boulot.

Toute la journée, il avait attendu le moment de partager son enthousiasme avec elle. C'était bon de rentrer chez soi auprès de quelqu'un qui s'intéressait à la façon dont s'était déroulée votre journée.

— Oncle Thomas est encore plus formidable que je ne le croyais.

— Raconte ! fit-elle avec empressement.

— Aujourd'hui, je l'ai accompagné à un entretien réunissant deux législateurs du Maryland. Demain, il a rendez-vous avec le gouverneur et, là encore, j'irai avec lui. Il est clair que je n'ai pas grand-chose à apporter, mais Thomas insiste pour que je participe à tous ces pourparlers. Il veut que je sois au taquet avant qu'on ne commence vraiment à leur mettre la pression : de véritables efforts doivent être entrepris pour la dépollution de la baie.

— Une nouvelle loi ?

— Non, juste une application plus stricte de la Loi sur la baie de Chesapeake qui existe déjà. Le problème ne se limite pas au Maryland, tous les Etats dont les eaux se jettent dans la baie sont concernés. Je ne sais pas trop ce qui coince : manque d'inspecteurs pour gérer les infractions ou manque de volonté politique ? Quoi qu'il en soit, il nous faut toucher les Etats pour faire de cette action une priorité.

Shanna écoutait en souriant le discours de Kevin.

— Depuis qu'on se connaît, je ne t'ai jamais vu aussi heureux, observa-t-elle. Tu es vraiment emballé par tout ça, hein ?

— C'est fantastique. C'est le genre de travail qui peut faire une réelle différence, expliqua-t-il.

— Je suis si heureuse pour toi.

Elle lui pressa la main.

— J'ai hâte d'apporter ma contribution en organisant cette collecte de fonds, au magasin. Je croule sous les demandes, à tel point que je commence à craindre qu'il n'y ait pas assez de places assises pour le grand soir.

— Vous pouvez toujours déplacer l'intervention à l'auberge, suggéra Kevin. Ou vous installer dans le square. Tu risques d'avoir besoin d'une autorisation, mais je ne pense pas que ça pose problème. Tu veux que je me renseigne ? Je sais que mon oncle ne verrait aucun inconvénient à donner davantage d'ampleur à l'événement. Il n'aime rien tant que parler de sa passion pour la baie devant une foule nombreuse.

— Cette idée me plaît énormément, s'exclama Shanna, impatiente. Il faudrait installer une sono dans le kiosque du parc, et ton oncle pourrait s'exprimer de là. Les gens s'assiéraient sur des chaises de jardin ou des couvertures. J'installerais un présentoir de livres. Il faudrait que j'aie quelqu'un au magasin, mais je pourrais aussi m'occuper des ventes à l'extérieur.

Son regard s'illumina.

— Un membre de votre organisation pourrait faire signer les nouveaux adhérents et collecter les dons.

— Je m'en charge, proposa Kevin, gagné par l'enthousiasme de Shanna.

— Ça va être génial, s'écria-t-elle.

Elle bondit sur ses pieds.

— Je dois m'y mettre tout de suite !

— A cette heure-ci, tout est fermé, lui rappela Kevin. Tu ne pourras pas accomplir grand-chose ce soir.

— Je peux toujours établir des listes, comme ça je serai prête à foncer, demain à la première heure.

Il la regarda droit dans les yeux.

— On a rendez-vous, tu te souviens ?

Shanna se tourna vers lui et se rassit avec un sourire contrit.

— Je me suis un peu emballée…

Il rit.

— J'adore ton enthousiasme, mais pour mon ego, c'est

l'horreur ! Tu n'attends qu'une chose, c'est de te débarrasser de moi pour aller faire des listes. Et quelques heures à peine après avoir complètement zappé nos projets pour ce soir, en plus.

Elle pouffa.

— A mon avis, ça ne fait pas de mal à ton amour-propre. Il peut supporter quelques coups.

Kevin redevint sérieux et, d'un doigt, il effleura les cernes sombres qui soulignaient les yeux de Shanna et que ni l'excitation ni la bonne humeur n'avaient réussi à effacer.

— Je regrette vraiment que tu aies eu une journée si éprouvante.

— Ça va mieux maintenant, affirma-t-elle. Grâce à toi. Le banana split m'a distraite de mes idées noires. Sans parler du projet d'amplifier la collecte de fonds.

— Et ça ? lui demanda-t-il en se penchant vers elle pour lui prendre la bouche.

Ce bref contact déclencha un brasier en lui. Sous ses doigts, la peau de Shanna était brûlante, elle aussi.

— C'est une agréable distraction ? murmura-t-il, l'haleine mêlée à la sienne.

Shanna déglutit péniblement.

— La meilleure qui soit.

Kevin la regarda droit dans les yeux.

— Je ne veux pas m'arrêter là, Shanna. Ma vie est un gâchis complet, je ne peux pas te faire de promesses pour demain, mais ce soir, j'ai envie de toi.

Elle hésita si longtemps, les yeux rivés aux siens, qu'il crut qu'elle s'efforçait de trouver une façon polie de refuser. Au lieu de quoi elle se leva et lui tendit la main.

— Moi aussi, j'ai envie de toi, dit-elle simplement.

Ce ne fut qu'en chemin vers son appartement que Kevin commença à s'interroger. Shanna avait-elle réellement envie de lui ou souhaitait-elle juste se changer les idées après avoir appris l'hospitalisation de son ex-mari ? Au pire, songea-t-il en refermant sa main sur la sienne, cela importait-il vraiment ? A cette seconde précise, une seule chose comptait pour lui : le désir fou de serrer Shanna dans ses bras.

Shanna avait envie que quelqu'un la serre dans ses bras, quelqu'un qui l'aimerait vraiment. Ce soir, elle avait surtout besoin de réconfort. Toute la journée, elle avait eu l'esprit accaparé par son ex-mari et les problèmes de ce dernier. A la terrible façon dont tout cela avait dégénéré, elle avait l'impression de ne pas avoir été à la hauteur. D'un point de vue rationnel, elle n'avait pas manqué à une quelconque obligation envers lui, elle le savait, et l'alcoolisme de Greg datait de bien avant leur rencontre. Mais au plus profond de son cœur, elle restait persuadée qu'elle aurait pu, qu'elle aurait *dû* faire quelque chose pour arranger sa situation et surtout celle d'Henry.

La ferme sensation de la main de Kevin emprisonnant la sienne lui procurait un sentiment de sécurité qu'elle n'avait pas connu depuis longtemps. Kevin était un homme solide, sur lequel elle pouvait se reposer, et non un homme qu'il fallait porter à bout de bras. En dépit de son deuil et de son chagrin, il n'avait jamais perdu de vue ses responsabilités envers son fils. Shanna admirait sa force de caractère, plus qu'elle n'aurait su le dire. Cette attitude lui indiquait quel genre d'homme il était : le genre d'homme avec qui elle voulait passer sa vie.

Quand ils pénétrèrent dans l'appartement sombre, à peine éclairé par la douce lueur de la rue et le chatoiement d'un rayon de lune, une partie d'elle-même souhaita qu'il l'emporte dans ses bras et lui fasse oublier tout le reste.

D'un autre côté, elle appréciait sa prévenance, le tendre contact de ses doigts sur sa joue, la douce caresse de sa main sur sa peau nue, révélée par le décolleté du corsage. Kevin procédait avec lenteur, malgré le désir qui enflammait son regard. Il lui laissait le temps de changer d'avis, peut-être même de s'accorder à sa passion.

Lorsqu'il l'embrassa de nouveau, sa langue lui taquina les lèvres avant de plonger à l'intérieur de sa bouche pour en savourer le goût, et, sous le choc de ce baiser, Shanna se sentit défaillir. Si elle n'avait pas été appuyée contre lui, ses jambes auraient très bien pu se dérober.

— La chambre, murmura-t-elle, désireuse d'aller jusqu'au bout, désireuse de sentir tout le corps de cet homme étendu à côté du sien… sur le sien.

La main de Kevin s'immobilisa, presque à hauteur de son sein, la laissant tout émoustillée et languissante. Il chercha son regard. Il avait au fond des yeux une fougue et un désir qui n'avaient sans doute rien à envier aux siens.

— Tu es sûre ?

— Absolument, répondit-elle en passant devant lui.

Néanmoins, une fois dans la chambre, elle se fit plus hésitante, rattrapée par le souvenir de toutes ces fois où, avec son mari, les choses en étaient arrivées à ce stade, parfois même au-delà. Mais, très vite, Greg perdait tout intérêt pour elle et s'endormait. Cette attitude lui ravageait le cœur. Sa raison avait beau lui dire que l'alcool était seul responsable de la subite indifférence de Greg, elle n'arrivait pas à dissocier cette certitude du sentiment de ne pas être à la hauteur.

— Shanna ? murmura Kevin, la voix et le regard interrogateurs.

— Ça va, affirma-t-elle en décidant de s'occuper

des boutons de sa chemise plutôt que de ceux de son corsage.

Elle avait besoin de pousser Kevin au-delà du point de non-retour, besoin de le toucher et de sentir son excitation, de savoir qu'elle pouvait se rendre désirable, elle qui commençait à douter d'en être capable.

Percevant chez la jeune femme une sorte d'ardeur incontrôlée, surpris par la tension qui crispait son regard, il la laissa procéder à son rythme. Shanna entendit le souffle de Kevin s'accélérer tandis qu'elle effleurait ses abdos d'acier, puis ses mains s'aventurèrent plus bas. Elle défit la boucle de sa ceinture, le bouton de son pantalon puis, lentement, ouvrit sa braguette, frôlant son sexe en érection sous le doux tissu du slip. Kevin gémit et lui immobilisa les mains.

— Assez, chérie. A mon tour, maintenant, ordonna-t-il en lui enlevant son corsage.

Puis il inclina la tête pour sucer ses seins déjà raidis à travers la dentelle de son soutien-gorge couleur pêche.

Il la porta jusqu'au lit et entreprit de lui ôter adroitement le reste de ses vêtements avant de se débarrasser des siens.

Shanna attendait en retenant son souffle le moment où quelque chose déraillerait, mais les caresses de Kevin se firent plus intimes sans que son empressement faiblisse. Elle sentait son sang bouillonner de désir, ses nerfs se tendre à fleur de peau sous ce regard d'appréciation masculine qu'elle avait toujours espéré en vain.

— Détends-toi, suggéra-t-il en la caressant.

Au bord de l'extase, elle n'arrivait cependant pas à lâcher prise, par manque de confiance en lui et en elle — elle craignait trop que tout s'arrête là.

— J'ai envie de toi, murmura-t-elle. S'il te plaît, Kevin. Je veux qu'on soit ensemble.

Il se mit alors sur elle, lui souleva les hanches et s'ajusta à son corps. Puis il commença à se mouvoir lentement, avec assurance, jusqu'à la posséder entièrement. C'était une sensation fantastique. Trop. Et pourtant pas encore assez. Shanna se mit à onduler du bassin. Sans relâche, Kevin alla à sa rencontre jusqu'à ce qu'enfin elle ose se laisser aller, croire en lui et surtout en elle, tandis que, vague après vague, le plaisir déferlait en eux.

Inéluctablement, la vague de plaisir reflua mais Shanna se cramponnait à Kevin, refusant que cela cesse, refusant que s'achève cet instant magique.

Or, par miracle, au bout de quelques minutes Kevin reprit son va-et-vient en elle et la folle chevauchée repartit de plus belle. Parvenus au summum du plaisir, tandis qu'ils se laissaient emporter par le délire, les doutes de Shanna sur la femme qu'elle était volèrent en éclats. Quoi qu'il advienne après cette nuit, jamais elle n'oublierait que c'était Kevin qui avait accompli ce prodige, qui lui avait rendu l'estime de soi qu'elle croyait avoir définitivement perdue.

18

A 3 heures du matin, Kevin finit par émerger du sommeil et jeta un œil au réveil posé sur la table de chevet. Aussitôt un sentiment de culpabilité l'assaillit. C'était l'une des rares fois où il n'était pas rentré à la maison pour border Davy ou, du moins, l'embrasser.

Il ne s'inquiétait certes pas que son fils ait pu être négligé. Gram aurait veillé à ce qu'il ne manque de rien. Quand il avait quitté la maison, Davy dormait déjà à moitié et il ne se réveillait presque jamais la nuit. Mais si cela s'était justement produit pour une fois et qu'il n'ait pas été là pour le réconforter ? Même le fait de savoir que Gram dormait dans la chambre voisine ne suffisait pas à rassurer Kevin.

Pourtant, comment regretter ce qui s'était passé ici ? L'amour avec Shanna avait dépassé ses plus folles espérances. Au début, il avait perçu chez elle une réserve qu'il n'avait pas tout de suite comprise. Comme si elle luttait contre des démons intérieurs. S'il n'avait pas été au courant de son mariage, il aurait pu s'interroger sur sa virginité en raison de son attitude hésitante, puis de la nature délibérée de ses actes. Elle avait paru si désireuse d'aller plus loin, comme s'il s'était agi d'une mission et non d'une joie anticipée.

En y repensant, on aurait dit que d'une certaine façon

elle se testait — à moins qu'elle ne l'ait testé, lui. Si tel était le cas, ils avaient apparemment passé l'épreuve avec succès, car la nuit avait été pleine de sensations, de rires et d'une passion qu'il n'aurait pas cru connaître de nouveau un jour. Leur relation avait également pris un tour plus profond et plus significatif que prévu.

Et maintenant ? Il ne lui avait fait aucune promesse, il avait même été très clair là-dessus. Ironiquement, c'est lui qui s'était réveillé avec l'envie d'un engagement plus sérieux. Il n'avait certes jamais considéré cette nuit comme une aventure sans lendemain, mais soudain il comprit qu'il voulait que cela dure toujours. Ce sentiment lui flanqua une peur bleue, d'autant plus qu'il était talonné par un nouvel accès de culpabilité. Il lui semblait entendre la voix de son ancienne belle-mère, le critiquant d'avoir remplacé Georgia dans son cœur. Avant de repartir, elle le lui avait suffisamment reproché pour que ses mots se soient gravés dans sa mémoire.

Il se glissa hors du lit, tâtonna à la recherche de ses vêtements et se dirigea vers la salle de bains pour s'habiller. Ne voulant pas réveiller Shanna en allumant, il laissa la porte ouverte pour laisser entrer la lueur des réverbères. De là, il pouvait la contempler dans son sommeil, admirer sa beauté, à peine couverte du drap, les cheveux en désordre. L'idée de la rejoindre au lit était bien trop tentante. Il tourna la tête et entreprit de se vêtir rapidement.

Cela fait, il s'arrêta près du lit et se pencha pour déposer un léger baiser sur son front. Shanna remua un peu.

— Kevin, murmura-t-elle.

— Rendors-toi, Shanna. C'est encore la nuit, mais je dois rentrer pour voir si Davy va bien et, ensuite, partir pour Annapolis.

— D'accord, marmonna-t-elle avant de se pelotonner

sous les draps, ses bras étreignant un oreiller à la place de son amant.

Kevin soupira, se força à détourner le regard et s'en alla. S'il avait autant de mal à quitter Shanna au bout d'une seule nuit, qu'est-ce que ça serait au fil du temps ? Il n'avait jamais multiplié les aventures d'un soir. Mick avait inculqué à ses fils un sens élevé de l'honneur, leur faisant bien entendre que le sexe n'était pas une affaire à prendre à la légère.

En y repensant, Kevin s'interrogea. Son éducation n'expliquait-elle pas la hâte qu'il avait eue à se marier avec Georgia ? Une fois qu'ils s'étaient retrouvés au lit, il en avait conclu qu'ils s'aimaient. Ce n'est que plus tard, bien plus tard, qu'il avait pris conscience de son erreur.

Trop tard, songea-t-il en roulant vers la maison. Aujourd'hui, il était impossible de revenir en arrière et d'y remédier, avec le recul. Sa seule option, c'était de veiller à ne pas reproduire la même erreur. Shanna et lui apprenaient à peine à se connaître sur ce plan tout à fait nouveau. Cette fois, pas question de se lancer tête baissée dans quoi que ce soit.

En d'autres termes, il lui fallait mettre un peu de distance entre Shanna et lui, qu'il le veuille ou non. Et si cela impliquait de ne plus se retrouver au lit avec elle — lieu où sa détermination était vouée à flancher — alors, qu'il en soit ainsi !

De New York, Mick s'envola de très bonne heure pour Baltimore. Il devait travailler sur les plans du théâtre de Bree, dont la construction devait débuter dès que tous les permis auraient été approuvés. A titre d'essai, Bree produirait sa première pièce au lycée cet automne, suivie d'une autre au cours de l'hiver. L'idée était de donner l'été prochain le coup d'envoi d'une saison entière au tout nouveau Théâtre de la Communauté de Chesapeake Shores.

Bien qu'impatient de faire surgir ce projet de terre et de l'achever, à la fois pour Bree et pour la ville, Mick regrettait d'avoir dû une fois de plus quitter Megan précipitamment. Il éprouvait une frustration croissante devant le refus de celle-ci de se montrer raisonnable en revenant vivre à la maison, avec ou sans la bague au doigt. Il était prêt à l'épouser ou à lui laisser davantage de temps, selon ce qu'elle préférerait, mais il voulait l'avoir auprès de lui, il voulait qu'elle réintègre sa place dans leur vie à tous.

Bon sang, quelle tête de mule, cette femme ! En y songeant, l'ironie de la situation le fit sourire. Le caractère de Megan s'accordait bien au sien, même si leurs affrontements ne leur simplifiaient pas la vie. Ni l'un ni l'autre ne possédaient la capacité de céder d'un pouce.

Megan obsédait tellement ses pensées que, dès que l'avion eut atterri, il sortit son téléphone portable et l'appela à son travail.

— Tu me manques déjà, lui avoua-t-il. Viens ici, ce week-end.

— Mick, c'est dans quelques jours ! protesta-t-elle. Tu viens à peine de partir.

— Et je ne peux pas me passer de toi, rétorqua-t-il avant de rassembler tous les arguments qui l'aideraient peut-être à toucher la corde sensible. Réfléchis, Meggie. Tu pourras passer en revue les plans du nouveau théâtre municipal et en discuter avec Bree, et puis tu pourras arranger les histoires de Kevin et Shanna. Sans compter que tu auras l'occasion de profiter de Caitlyn, Carrie et Davy. Nos trois petits-enfants grandissent à toute vitesse. En un rien de temps, ils seront en fac et ils vivront leur vie.

Megan éclata de rire.

— Mick O'Brien, tu es un monstre de roublardise. Tu sais que je ne résiste pas au plaisir de voir nos enfants et petits-enfants même si, à mon avis, nous avons encore de la marge avant que les plus jeunes n'aillent à l'université.

— On ne sait jamais, ça aurait pu marcher, c'est ce que je dis toujours, répliqua-t-il pour se justifier. Tu viendras, alors ?

— Samedi matin, je dois travailler, commença-t-elle avant de marquer un temps d'hésitation assez long pour le rendre nerveux. Mais je prendrai un avion dans l'après-midi.

Mick laissa échapper un soupir de soulagement.

— Ce n'est pas assez tôt, mais je m'en contenterai, s'empressa-t-il de répondre. Surtout si ça implique que tu restes ici jusqu'à lundi.

Megan laissa passer quelques secondes, nul doute dans le but de le torturer, avant de lâcher :

— C'est possible.

Mick eut un petit rire.

— Je devrais peut-être pousser jusqu'à mardi…

— En ce cas, je serais obligée de te dire non. Réjouis-toi déjà de cette petite victoire.

— Je t'aime, Meggie.

— Moi aussi. Mais que cela ne te monte pas à la tête, ne commence pas à te faire tout un cinéma.

— Je ne dirais pas que ça me monte à la tête, répliqua-t-il en espérant que les passants ne remarquent pas sa réaction toute physiologique aux paroles de Megan.

— Arrête de dire des choses comme ça, le sermonna-t-elle tout en pouffant de rire. A samedi.

— Communique-moi les coordonnées de ton vol et je viendrai te chercher.

— Je louerai une voiture, protesta-t-elle.

— Mais je peux quand même aller te chercher, riposta-t-il. Aller et retour, ça sera autant de temps gagné en ta compagnie.

— En fait, tu aimes que je sois à ta merci dès mon arrivée à Chesapeake Shores, le gourmanda-t-elle.

— Maintenant que tu en parles, c'est un bonus inestimable !

A contrecœur, Mick mit fin à l'appel, se dirigea vers le parking, récupéra sa voiture et fila à la maison. Ces jours-ci, il ne savait jamais ce qu'il allait trouver en rentrant, et cela lui convenait à merveille. A son âge, il découvrait qu'il aimait les surprises, surtout s'agissant de sa famille. Quel changement spectaculaire par rapport à l'époque où il rentrait par devoir, l'esprit encore tourné vers le projet laissé derrière lui, et non curieux de ce qui l'attendait à la maison ! Aujourd'hui, c'était le contraire.

Et ce constat lui indiquait qu'il était peut-être prêt à embrasser le genre d'avenir que méritait Megan.

Shanna était presque tous les jours en communication avec Greta, même si elle ne parlait pas toujours à Henry. Elle comprenait qu'un excès de contacts avec le petit garçon risquait de s'avérer contre-productif. Elle ne faisait plus partie de sa vie, plus vraiment, et ne voulait pas le bouleverser ou le troubler en ignorant ce fait. Malgré tout, elle éprouvait le besoin d'avoir des nouvelles de Greg et d'Henry.

Lorsqu'elle appela, Greta répondit d'une voix éteinte.

— Mme Hamilton a décidé qu'Henry et moi devions nous installer chez elle. D'après elle, le père d'Henry ne va sans doute pas rentrer à la maison avant plusieurs mois, à condition qu'il reste en cure comme le médecin le lui a recommandé.

— Oui, c'est logique, commenta Shanna, démoralisée.

La demeure des Hamilton avec ses tentures lourdes et sombres qui occultaient la lumière, ses antiquités de valeur et ses précieux bibelots n'était pas un endroit pour un jeune garçon débordant d'énergie.

Dans son enfance, Greg devait s'être si souvent entendu dire « non » que, devenu adulte, il s'était ouvertement rebellé en faisant tout ce qu'il lui avait été défendu de faire étant jeune. Sa maison à lui était claire et spacieuse, pratiquement dénué d'objets sur les tables. En fait, son environnement était presque stérile, mais il avait encouragé Henry à jouer dans n'importe quelle pièce de son choix. Et il lui interdisait rarement, voire jamais, de faire quoi que ce soit. Avec un autre petit garçon, le résultat aurait pu s'avérer catastrophique, mais Henry n'était pas un enfant gâté. D'une façon ou d'une autre, il avait toujours su où étaient ses limites, à moins que, désireux de faire plaisir, il n'ait tenu à bien se conduire la plupart du temps.

Où qu'il aille vivre, il y serait sûrement bien, mais Shanna s'inquiétait de l'atmosphère oppressante de la maison des Hamilton, en particulier avec deux grands-parents sûrement rongés d'inquiétude et obnubilés par l'état de Greg.

— Shanna, je ne veux pas aller vivre là-bas, lui avoua Greta.

— Mais vous le devez, s'alarma Shanna. Plus que jamais, Henry va avoir besoin de vous.

— Je sais, soupira la nounou. Mais Mme Hamilton et moi, on ne s'entend sur rien. Elle est bien trop stricte avec le petit, et je ne crois pas qu'un rapport de force permanent soit bénéfique à Henry.

— Essayez, je vous en prie, la supplia Shanna. Dans l'intérêt d'Henry. Je sais qu'elle peut être impossible, mais donnez-lui raison et, ensuite, faites ce que vous pensez être le mieux.

— Le mieux pour Henry, c'est qu'il aille habiter chez vous, voilà ce que je pense, répliqua Greta d'un ton catégorique. Je m'occupe de lui depuis sa petite enfance, depuis la mort de sa mère, pratiquement. Il n'a jamais été aussi heureux que lorsque vous étiez là.

Les yeux de Shanna brûlaient de larmes contenues.

— Oh, Greta, vous savez bien que c'est mon vœu le plus cher, mais c'est impossible !

— Rien n'est impossible, affirma Greta, triste mais déterminée. Et j'ai bien l'intention de dire ma façon de penser à Mme Hamilton jusqu'à ce que ça rentre dans sa tête de bourrique. S'il le faut, je le lui rabâcherai dix fois par jour avec double ration le dimanche.

Shanna réprima un sourire. Elle aurait adoré voir ça, mais tout ce qu'y gagnerait Greta, ce serait d'être mise à la porte.

— Vous ne pouvez pas faire ça et vous le savez, la morigéna-t-elle. Mme Hamilton ne tolérera pas d'impertinence de votre part.

— Eh bien, on peut toujours rêver, insista Greta. Et un de ces jours, qui sait ce qui peut jaillir de ma bouche ? Je sais qu'elle a de l'affection pour Henry. Simplement, elle refuse d'admettre que son bonheur dépend de votre présence à ses côtés et que, dans ces conditions seulement, il pourrait avoir une enfance normale.

— Peut-être que, cette fois, Greg ira au bout de sa cure de désintoxication et qu'il se ressaisira, insinua Shanna. Henry a besoin de son père.

— Henry a besoin de l'homme qu'était son père, rectifia Greta d'un ton lugubre. Or nous savons toutes les deux qu'il y a peu de chances pour que cet homme-là revienne.

— Ça, je ne m'y résoudrai jamais, déclara Shanna.

Car s'y résigner, cela revenait à admettre qu'Henry était condamné à une vie de chaos et d'incertitude.

— Quel dommage que cet homme ait gâché la meilleure chose qui lui soit arrivée, déclara Greta. Aujourd'hui encore, vous continuez à croire en lui.

— Je veux croire en lui. Je l'ai aimé. J'ai eu du mal à accepter que je m'étais trompée sur son compte. Mais même ainsi, il doit avoir en lui une sorte de décence. Je ne crois pas que je l'aurais aimé, même si peu de temps, s'il n'avait pas eu d'autres qualités que son physique et son charme.

— Combien de femmes se sont fait piéger par un beau parleur qui se montre sous son meilleur jour ! objecta Greta. Certains ont effectivement du bon en eux. D'autres sont pourris jusqu'à la moelle. M. Hamilton, je ne sais pas.

— Eh bien moi, je sais ! insista Shanna. Regardez Henry, regardez l'enfant merveilleux qu'il est malgré tout ce qu'il a enduré. Cela doit venir en partie de l'influence de Greg.

— Je suppose, admit Greta. Je vous appellerai dès que nous serons installés chez les Hamilton. Il vaut sans doute mieux que ce soit moi qui téléphone plutôt que vous.

— Bien sûr, acquiesça Shanna, connaissant les risques d'un appel intempestif de sa part. Dites à Henry que je l'aime. Je suis sûre qu'il n'y croit plus, mais c'est la vérité.

— Il le sait. Au fond de son cœur, il le sait, lui assura Greta.

Shanna raccrocha lentement et, levant les yeux, se retrouva nez à nez avec Bree, bouche bée sous le choc.

— Tu es amoureuse de quelqu'un qui s'appelle Henry ? s'enquit-elle d'un ton accusateur.

A sa voix glaciale, Shanna tressaillit.

— Bree, tu as mal compris.

— Tes paroles étaient on ne peut plus claires, insista cette dernière. Oh, Shanna, comment as-tu pu faire ça à Kevin ? Comment as-tu pu le laisser tomber amoureux de toi si tu en aimais un autre ?

Shanna poussa un soupir.

— Ce n'est pas ce que tu crois.

— J'ai très bien entendu, rétorqua Bree, ses yeux lançant des éclairs, dans l'élan protecteur des O'Brien. Tu ignorais que j'étais là, donc ce que tu as dit était forcément la vérité. Et, maintenant, tu rames pour te justifier.

Elle secoua la tête, dégoûtée.

— Comment as-tu pu faire ça à Kevin après tout ce qu'il a subi ? Tu t'es bien fichue de nous.

Shanna la laissa déblatérer encore quelques minutes, le temps qu'elle se calme. Il n'était pas difficile de comprendre ce qui avait induit Bree en erreur et ce malentendu se résoudrait sans peine — à condition toutefois qu'elle arrive à placer un mot.

Bree ralentit enfin le débit de son sermon, mais la colère brillait encore dans ses yeux.

— Je peux parler, maintenant ? s'enquit Shanna.

— Vas-y. Essaie de m'expliquer tout ça, répliqua Bree d'un ton intraitable et sceptique.

— Henry a sept ans. C'est mon beau-fils, l'enfant de mon premier mari.

Bree n'avait pas l'air convaincue.

— Tu me jures que c'est la vérité ? lui demanda-t-elle enfin.

Shanna la regarda droit dans les yeux.

— C'est la vérité. Je vais chercher mon portefeuille et je te montrerai sa photo, si tu veux.

Bree capitula aussi vite qu'elle s'était enflammée.

— Excuse-moi, Shanna. Je ne savais pas. Tu n'as jamais évoqué l'existence d'un beau-fils.

— Parce que toute cette situation est terriblement douloureuse pour moi. Je n'aime pas y penser, et encore moins en parler.

— Kevin est au courant ?

— Il sait que mon mariage a été un fiasco, mais il ignore tout d'Henry. Le sujet n'est pas venu dans la conversation.

— Donc, quand tu as divorcé, tu n'as pas seulement quitté ton mari, tu as perdu un enfant que tu considérais comme ton fils, récapitula Bree.

Shanna hocha la tête. Elle qui était déjà proche des larmes tout à l'heure ne put contenir son chagrin qui ruissela le long de ses joues.

— Bree, quitter cet enfant a été l'épreuve la plus terrible de ma vie.

— Tu n'as plus de contacts avec lui, désormais ?

— Seulement par téléphone. La nounou me tient au courant, elle aussi. C'est elle qui était au bout du fil tout à l'heure. C'est le maximum que m'a accordé le juge. Même si nous nous connaissions depuis un bon bout de temps, Greg et moi ne sommes restés mariés que moins d'un an. Toute sa famille s'est battue pour m'empêcher d'obtenir un droit de visite. Ils ont prétendu que ça serait trop perturbant et trop déroutant pour l'enfant.

— Oh, mon Dieu… Je n'arrive même pas à imaginer une telle horreur, soupira Bree, aussitôt compatissante. Shanna, je suis tellement désolée.

— Oui, moi aussi. C'est même pire en ce moment, parce qu'il vit une situation de crise et que, même là, je ne peux pas le soutenir.

— Si tu as envie d'aller le voir, pourquoi ne pas tenter

le coup ? Qu'est-ce que peut te faire le juge, te mettre en prison ?

Shanna sourit.

— Le juge peut-être pas, mais la grand-mère d'Henry n'y verrait sans doute aucune objection.

— Je viendrai à ta rescousse, proposa Bree. En fait, on viendra tous. Tu imagines ? La force combinée de tous les O'Brien qui leur tombent dessus à la prison ? On pourrait peut-être leur envoyer Grandma ?

Cette vision déclencha l'hilarité de Shanna. Elle se leva et étreignit Bree avec affection.

— Merci pour ta proposition. Tu n'imagines pas ce que ça représente pour moi.

Bree redevint sérieuse.

— Il faut que tu mettes Kevin au courant. Tu sais, il va avoir du mal à accepter que tu aies laissé un enfant derrière toi, même un beau-fils.

Shanna hocha la tête.

— Je l'ai compris l'autre jour, quand tu m'as parlé de votre mère et de ta théorie sur les sentiments de Kevin à l'égard de Georgia. J'ai peur de lui en parler, avoua-t-elle. Ça risque de modifier ses sentiments pour moi.

— Se taire pourrait être pire, objecta Bree. Tôt ou tard, il surprendra une parole ou bien quelqu'un commettra une gaffe. Il vaut mieux qu'il l'apprenne de ta bouche. Après tout, ce n'est pas ta faute, Shanna.

— Je sais, mais, des jours comme aujourd'hui, j'ai l'affreuse impression que si, comme si j'avais abandonné ce petit garçon. Et si Kevin lui aussi avait cette impression-là ?

— Ça n'arrivera pas s'il connaît toute l'histoire, affirma Bree avec confiance. Parle-lui.

— Je le ferai, promit Shanna. Je trouverai un moment propice.

— C'est à toi de le créer. Quand Jake et moi avions des problèmes à régler, c'est ce que me disait toujours mon père : que je devais insister pour aborder le sujet, et que me contenter d'attendre le bon moment était le plus sûr moyen de courir au désastre. Le bon moment n'existe pas.

— Je m'en souviendrai, promit Shanna.

Bree se leva pour partir.

— Ça va mieux ? Tu veux que je t'apporte de la nourriture réconfortante de chez Sally ? Un croissant au chocolat, peut-être ?

— Je vais bien, affirma Shanna. Merci pour ton écoute et ta compréhension.

Bree prit un air contrit.

— Après t'être tombée dessus à bras raccourcis, quand même. Excuse-moi.

— Tu protégeais Kevin. Je le comprends. C'est un des aspects de votre famille que je préfère : vous vous défendez toujours les uns les autres. Vous pouvez vous infliger toutes sortes de chagrins, mais quand quelque chose vous tombe dessus, vous faites front contre la personne qui a fait du mal à l'un de vous.

— C'est vrai. Je compte bien que tu fasses partie de la famille un de ces quatre, ne l'oublie pas. Tu auras donc toi aussi droit à notre soutien. Tu n'as qu'à demander.

Shanna contint une nouvelle montée de larmes, le temps que Bree sorte du magasin, puis elle passa dans l'arrière-boutique et laissa libre cours à son émotion. Quand ses pleurs cessèrent enfin, elle se sentit étonnamment nettoyée de l'intérieur. L'avenir lui apparut moins sombre. Et elle sut que, même si la situation de Greg et Henry empirait, elle trouverait le moyen de leur venir en aide… dût-elle pour cela enfoncer les lignes ennemies, soutenue par une armée d'O'Brien.

*
* *

Kevin multipliait les prétextes pour rester de plus en plus tard à Annapolis, afin d'éviter la tentation de revoir Shanna. Durant la première semaine, personne ne lui en fit la remarque, mais le mercredi de la semaine suivante, lorsqu'il revint chercher Davy en fin d'après-midi, Abby le prit à part.

— Assieds-toi, lui ordonna-t-elle en désignant la table de la cuisine.

Elle posa devant lui une bouteille de bière décapsulée, sans doute pour faire passer le sermon qu'il sentait venir.

— Depuis quand c'est toi qui commandes ? lui demanda-t-il d'un ton léger, comme il l'avait fait durant les premières semaines qui avaient suivi le départ de leur mère, quand Abby s'était crue obligée de s'occuper d'eux, en dépit de la présence de Gram.

Plutôt que de s'en offusquer, elle lui sourit.

— J'ai toujours été le chef, ici.

Kevin se contenta de lever un sourcil.

Abby haussa les épaules.

— En tout cas, avec moi tout marcherait plus droit, c'est sûr. Comment ça va entre Shanna et toi, en ce moment ?

— Très bien, répondit-il prudemment. Pourquoi ?

— Je me demandais simplement si c'était à cause d'elle que tu restais de plus en plus tard à Annapolis.

Kevin but une gorgée de bière avant de secouer la tête.

— J'ai beaucoup à apprendre dans ce nouveau job.

— Je n'en doute pas, mais rien ne t'oblige à tout assimiler durant les premières semaines.

Il voulut répondre, mais elle leva une main pour l'interrompre.

— Avant que tu ne me sortes quelque bobard, laisse-moi te dire qu'oncle Thomas se fait aussi du mauvais sang pour toi. C'est lui qui m'a demandé s'il y avait de l'eau dans le gaz entre Shanna et toi.

— Bon sang ! Cette famille n'est qu'un ramassis de mouches du coche, maugréa Kevin.

Abby eut un petit rire.

— C'est aujourd'hui que tu le découvres ?

— Non, mais c'est différent quand on en est la cible.

Sa sœur le regarda avec commisération.

— Ne m'en parle pas !

— Si tu me comprends, alors arrête. Et laisse-moi embarquer mon fils pour qu'on puisse rentrer à la maison.

Il fit mine de se lever.

— Pas si vite ! l'interrompit-elle. Tu n'as toujours pas répondu à ma question.

Kevin la regarda dans les yeux sans se troubler.

— Et je ne compte pas le faire, rétorqua-t-il. Quoi qu'il se passe entre Shanna et moi, ça ne concerne précisément que Shanna et moi.

Mais son intonation devait l'avoir trahi car Abby ouvrit de grands yeux.

— Oh, Dieu du ciel, tu as couché avec elle, pas vrai ? C'est ça qui te fait flipper. C'était si horrible que ça ?

— Ça n'était pas du tout horrible, protesta-t-il avant de s'aviser de son erreur.

Un sourire s'élargit sur le visage de sa sœur.

— Ah ! Je t'ai eu !

— Alors, aide-moi. Si tu souffles un seul mot de tout ça à quelqu'un de la famille, à quelqu'un de la ville — ou à n'importe quel habitant de la planète, nom d'un chien ! —, je ne me gênerai pas : je dirai à tout le monde que tu faisais le mur pour aller coucher avec Trace, à une certaine époque.

Mais, dépité, il s'aperçut que sa menace ne faisait ni chaud ni froid à sa sœur.

— Tout le monde le sait, lança-t-elle d'un ton cavalier.

— Vraiment ? Et papa, il est au courant ?

Abby se troubla légèrement à l'idée de cet éventuel coup bas.

— Non, mais qu'est-ce que ça lui ferait, aujourd'hui ? Trace et moi sommes majeurs et vaccinés. On vit ensemble. On va se marier dans quelques mois.

— Oui, mais papa te considère toujours comme sa petite fille modèle, railla Kevin. Quelle tristesse ce sera pour lui quand il découvrira sa méprise…

— Tu es épouvantable, lâcha Abby sans toutefois beaucoup de venin.

Pour la première fois depuis le début de cette discussion inconfortable, Kevin sourit. Il avait enfin l'avantage.

— Tu fais vœu de silence ?

Sa sœur fronça les sourcils.

— Bon, d'accord, acquiesça-t-elle à contrecœur. Du moins quand tu auras répondu à une dernière question.

Kevin attendit.

— Qu'est-ce qui te fait flipper au point d'éviter Shanna ? C'est à cause des parents de Georgia qui t'ont fait toute une histoire parce que soi-disant tu refaisais ta vie trop vite ?

— En partie.

— En partie seulement ? Et le reste, c'est quoi ?

— Contrairement à Connor et moi, tu n'as jamais bénéficié des sermons de papa sur le sexe et le sens des responsabilités, pas vrai ?

— Dieu m'en préserve ! dit-elle en frissonnant. Ç'aurait été vraiment trop glauque.

Kevin rit.

— Parce que Trace et toi, vous étiez déjà passés à l'acte, c'est ça que tu veux dire ?

— Parce que papa m'aurait parlé de sexualité, c'est ça que je veux dire.

— Je dois avouer qu'une fois lancé il était plutôt impressionnant. Il nous a appris à Connor et moi que ce n'était pas une chose à prendre à la légère, qu'il ne s'agissait pas de performance ni de quelques minutes de plaisir, mais d'amour et de respect.

Le regard de sa sœur s'illumina sous l'effet de la compréhension.

— D'où ton mariage précipité avec Georgia ! Et ta panique d'avoir couché avec Shanna !

Il hocha la tête.

— Oh, Kevin, je serais bien la dernière personne à suggérer qu'un homme doive traiter le sexe avec désinvolture, mais la foudre ne va pas s'abattre sur toi si jamais il s'avère que ton histoire avec Shanna, ça n'est pas le grand amour. Elle s'attend à un engagement de ta part ?

— Non.

— Alors, tant que vous vous entendez là-dessus, profitez-en. Voyez où ça vous mène. A mon avis, vous êtes faits l'un pour l'autre, mais je ne m'attends pas pour autant à ce que vous me preniez de vitesse à l'autel. D'abord, Trace serait furax si ça se produisait.

Kevin éclata de rire.

— C'est sûr !

Abby lui claqua un baiser sonore sur le front.

— Tu as ma bénédiction, déclara-t-elle. Ne fais pas mariner Shanna pour le simple fait que tu ne te sens pas prêt à franchir l'étape suivante de votre relation.

Kevin exhala un soupir de soulagement.

— La sagesse du grand âge…, commenta-t-il.

— J'ai à peine un an de plus que toi, alors ne t'emballe pas !

— Je t'aime, dit-il encore avant de quitter la cuisine.

Puis il alla chercher son fils pour rentrer chez lui.

En manœuvrant la voiture, il vit la silhouette d'Abby se découper dans l'embrasure de la porte, la main levée en geste d'au revoir… à moins qu'il ne s'agisse de la bénédiction qu'elle lui avait accordée tout à l'heure. Dans les deux cas, il retrouva la sérénité qui l'avait fui depuis sa nuit passée chez Shanna.

19

La collecte de fonds pour la Ligue de préservation de la baie de Chesapeake attira environ deux cents personnes dans le square municipal, soit bien plus que prévu. Au bout de la première heure, Shanna se retrouva à court de livres et dut en commander d'autres. La Ligue augmenta son nombre d'adhérents et les dons atteignirent rapidement plus de deux cents dollars. Au final, la somme totale culminerait sans doute à cinq cents dollars, ce qui était beaucoup pour un événement organisé à la hâte dans une petite bourgade. L'un dans l'autre, c'était un succès, estima Shanna.

— Vous avez réussi votre coup ce soir, lui lança Mick.

Il rayonnait de fierté comme s'il avait personnellement mis la main à la pâte.

— C'est le genre d'événement qui resserre les liens d'une communauté, ajouta-t-il.

— Tout à fait d'accord, approuva Thomas en les rejoignant. J'aurais dû vous confier l'organisation de toute une série d'interventions comme celle-ci, pas seulement pour l'argent qu'on peut récolter, mais pour éduquer les gens sur l'importance de la baie.

Kevin se joignit à eux et glissa un bras autour de la

taille de Shanna, geste ostensiblement possessif qui fit aussitôt hausser les sourcils à Mick et Thomas.

— Il se fait tard. Je ferais mieux de rentrer à Annapolis, jeta Thomas précipitamment.

— Je te raccompagne à ta voiture, proposa Mick, affichant pour une fois une discrétion excessive.

Tandis que les deux hommes s'éloignaient gauchement, Kevin se mit à pouffer.

— Intéressant, non ? Ils ont enfin mis leur animosité de côté le temps de se réunir autour de cette cause.

— Le sauvetage de la baie, tu veux dire ? suggéra Shanna.

— Oh, non ! Ne te fais aucune illusion. Ce geste magnanime ne concernait pas que l'environnement. C'est nous qui sommes la cause de ce départ fort à propos et de l'entente spontanée de mon père et de mon oncle. Ils ont voulu nous laisser seuls. Ils comptent bien que la nature suivra son cours.

— Kevin ! protesta-elle.

Mick et son frère espéraient-ils que Kevin et elle se précipitent dans sa chambre pour une nuit de passion effrénée ? Shanna se refusait à envisager une telle idée, ne fût-ce qu'une seule seconde !

— Je te le dis, insista Kevin, ces deux-là viennent de nous décerner leur sceau d'approbation, un peu comme les autorités sanitaires donnent leur feu vert à la viande de bœuf.

— Quelle charmante comparaison ! s'exclama-t-elle en riant.

Elle leva les yeux vers lui.

— Et, donc, nous allons laisser faire la nature ?

Kevin redevint immédiatement sérieux.

— Non, dit-il avec fermeté.

— Parce que tu ne veux pas leur donner la satisfaction d'avoir raison, c'est ça ?

— Non. Ça n'a rien à voir avec eux, déclara-t-il d'un ton catégorique.

L'euphorie de Shanna s'envola aussitôt.

— Je ne sais pas pourquoi, mais ces mots ne me disent rien qui vaille. Ce n'est pas comme si tu avais refusé qu'on couche ensemble, mais ta réaction sonne de façon si définitive... Tu as eu des regrets depuis l'autre nuit ?

— Plein, avoua-t-il. Abby dit que...

— Tu as parlé de nous à ta sœur ? s'écria-t-elle, choquée.

Elle se représenta aussitôt leur vie amoureuse transformée en thème de discussion lors des réunions familiales chez les O'Brien.

— Qui d'autre encore a son opinion là-dessus ?

Kevin fit aussitôt marche arrière.

— Ça ne s'est pas passé comme ça, pas tout à fait, en tout cas.

Shanna scruta son expression troublée.

— Je crois qu'on ferait mieux d'aller marcher pour en discuter.

— Pas ce soir, la pria-t-il, le visage contrarié. Ce n'est pas le moment pour une conversation sérieuse. On devrait plutôt aller quelque part pour fêter le succès de cet événement. Je suis sûr que tu n'as rien mangé. Allons chez Brady. On pourra commander un steak ou des crabes, et une bouteille de leur meilleur champagne.

— Je ne sais pas si j'ai très envie de dîner avec un homme qui vient de m'avouer qu'il discutait de notre vie sexuelle avec je ne sais combien de personnes, répliqua-t-elle. Pas plus qu'avec un homme qui a sous-entendu ne plus jamais vouloir coucher avec moi.

Elle lui lança un regard pénétrant.

— Du moins pas tant que j'ignore la raison qui l'a poussé à prendre cette décision unilatérale.

Malgré la tournure qu'avaient prise les choses la dernière fois — ou du moins la tournure qu'*elle* leur avait attribuée —, Shanna sentit l'incertitude la gagner. Et si elle n'était pas un bon coup ? Peut-être était-elle nulle au lit. C'était peut-être pour ça que Greg esquivait leurs rapports, et non parce qu'il buvait… Après tout, Kevin la rejetait, lui aussi. Les preuves commençaient à s'accumuler.

Elle croisa son regard et s'aperçut qu'il la dévisageait avec intensité.

— Qu'est-ce qui vient de te traverser l'esprit ? lui demanda-t-il, perplexe.

— Aucune importance. Tu ne m'as pas exprimé le fond de ta pensée, la raison pour laquelle tu me rejettes.

Il la fixa d'un air atterré.

— *Je ne te rejette pas !* affirma-t-il avec force. Loin de là. Tu me fais peur.

Son doigt fit deux fois l'aller-retour entre elle et lui en les désignant.

— C'est *ça*, qui me fait peur. Je ne suis pas prêt pour une relation aussi passionnée.

Il lui lança un regard implorant.

— Allez, Shanna. Tu sais combien ma vie est compliquée. J'ai à peine surmonté le décès de ma femme. Non, une minute ! Je ne l'ai pas surmonté du tout. Je suis une vraie loque. Certains jours, j'arrive tout juste à m'en sortir entre mon fils et mon nouveau boulot.

— Autrement dit, je suis une complication supplémentaire que tu n'arrives pas vraiment à gérer, récapitula-t-elle avec soin.

Elle comprenait mais cela n'enlevait pas la souffrance.

— Dit comme ça, c'est minable, mais en gros, oui.

Ce n'est pas toi, c'est l'intensité de ce que je ressens avec toi. C'est un peu tordu comme raisonnement, mais tu peux peut-être voir ça comme quelque chose de positif, suggéra-t-il, plein d'espoir.

Shanna faillit éclater de rire, en partie parce qu'elle voyait très bien ce qu'il voulait dire par là… Effectivement, c'était un raisonnement complètement tordu. Cela n'améliorait pas vraiment leurs affaires, mais rendait la situation assurément moins blessante pour elle.

— Que veux-tu faire ? l'interrogea-t-elle.

— Prendre du recul, répondit-il du tac au tac, preuve qu'il y avait beaucoup réfléchi. Rien de plus.

— Tu veux qu'on arrête de se voir, traduisit-elle.

— Non, se récria-t-il. Plus de sexe, c'est tout.

— Je n'aurais jamais cru entendre ça de la bouche d'un homme…

En d'autres circonstances, elle aurait même trouvé cela amusant. Pour la plupart, les hommes ne recherchaient-ils pas les aventures sans lendemain, sans engagement ? Et, franchement, lui proposait-elle autre chose ?

— Crois-moi, je n'aurais jamais pensé prononcer ces mots-là un jour, avoua Kevin. Mais je ne vois pas d'autre façon de lever le pied sans mettre un terme définitif à tout ça.

— Et tu crois vraiment qu'en arrêtant de coucher ensemble ça marchera, que ça te donnera le temps dont tu as besoin ?

— Je l'espère.

Et ce serait Abby qui lui aurait suggéré une telle chose ? Shanna n'y croyait pas une seule seconde.

— C'est ta sœur qui t'a conseillé ça ?

— Non, reconnut-il. Elle m'a dit de foncer sans réfléchir et, crois-moi, je ne demanderais pas mieux que de suivre son conseil. Mais je ne pense pas en être capable. Ça ne serait pas juste envers toi.

— Ça, c'est mon affaire, tu ne crois pas ? Je suis assez grande pour savoir ce que je peux affronter. Quand nous avons couché ensemble, je n'ignorais pas que ta vie n'était pas simple. Je ne nourrissais aucune attente, ni pour le présent ni pour l'avenir.

— Décidément, je gère tout ça comme un manche, lâcha-t-il avec un regret évident. Il n'y a pas que moi qui ai besoin de temps. Tu oublies que j'ai été témoin du bouleversement dans lequel te jette le moindre souvenir lié à ton ex-mari. Toi aussi, tu dois mettre au clair certaines choses.

— Je ne peux pas dire le contraire, admit-elle à contrecœur.

— Alors, prenons un peu de recul, du moins en ce qui concerne le sexe, c'est la meilleure solution pour nous deux. Ça sera moins compliqué.

— Et si je ne suis pas de cet avis ? s'enquit-elle avec curiosité. Tu me quitteras pour de bon ?

Kevin planta son regard dans le sien.

— J'espère qu'on n'en arrivera pas là.

Shanna réfléchit. Devait-elle accepter l'arrangement qu'il lui proposait ? Mais, franchement, que gagneraient-ils à nier l'existence de cette nuit, à combattre leur désir de recommencer ?

Tout bien considéré, elle secoua la tête.

— Non, désolée. Je ne marche pas là-dedans. Tu sembles détenir toutes les cartes, tu imposes tes conditions, alors je vais te faciliter la tâche. C'est moi qui arrête. Appelle-moi quand tu auras repris ta vie en main.

Shanna vit le choc et la consternation se peindre sur le visage de Kevin et se blinda pour y résister. C'était la meilleure solution car, sur un point, il avait raison : sa vie à elle était aussi bancale que la sienne. Pourtant, même dans ces conditions, elle avait accepté de risquer son cœur. Si Kevin n'était même pas capable d'aller jusque-là, il fallait arrêter les frais tout de suite. Elle tourna les talons.

— Shanna ! cria-t-il en lui courant après.

Elle lui lança un regard par-dessus l'épaule.

— Arrête, dit-elle avec douceur. S'il te plaît, ne viens pas me relancer. Pas maintenant.

Sur le chemin du magasin, où l'attendaient encore des centaines de choses à régler après le succès de l'événement de ce soir, son esprit restait hanté par un seul constat : elle s'était une fois de plus débrouillée pour tomber sur un homme qui, en fin de compte, ne l'aimait pas assez. C'était mille fois pire parce que, dans ce cas précis, elle n'avait rien à incriminer hormis l'incapacité de Kevin à tourner la page. Même Greg, en dépit de toutes ses imperfections qui rendaient impossible tout véritable engagement, même Greg n'avait pas reculé devant le défi le plus périlleux de tous. A l'époque, au meilleur de ses capacités, il n'avait pas hésité à lui donner son cœur.

Kevin était abasourdi. Toute cette scène avec Shanna ne s'était pas du tout déroulée comme prévu. Il était si sûr qu'elle aurait été soulagée, ou du moins qu'elle aurait compris ! Au lieu de quoi elle avait assimilé son attitude à une sorte de rejet. Il avait tout bousillé. Pourtant, il persistait à croire qu'il avait eu raison d'insister pour qu'ils avancent d'un pas plus mesuré, en prenant soin d'exclure le sexe de l'équation.

Il se remit aussitôt à rentrer tard du travail tous les soirs. Cette fois, ce fut son oncle qui lui en fit la remarque.

— Vous vous êtes disputés, Shanna et toi ? s'enquit ce dernier à la fin de la semaine.

— Laisse tomber, répliqua Kevin. La dernière fois que tu t'es mêlé de mon histoire et que tu en as parlé à Abby, tout m'a explosé au visage.

Thomas se laissa choir dans le fauteuil près de son bureau, l'air sincèrement préoccupé.

— Comment ça ?

— Je t'avais dit : « Reste en dehors de tout ça », qu'est-ce qui n'était pas clair là-dedans ?

— Je cherche simplement à…

— T'immiscer dans mes affaires, acheva Kevin.

— Te faire profiter de mon expérience, rectifia son oncle. Abby n'en a pas la moitié.

— Une chance pour nous tous ! persifla Kevin.

— Tu sors avec Shanna, oui ou non ? demanda Thomas, le regard sans pitié.

— Non.

— Alors ça, c'est vraiment dommage. J'étais si sûr que…

— Ce qui prouve bien que tu n'en sais pas autant que tu le crois.

— J'ai besoin de connaître les faits pour pouvoir t'aider.

Kevin poussa un gémissement.

— Je refuse d'en discuter et je ne veux pas de ton aide.

— Eh bien, à moi il me paraît pourtant évident que tu en as besoin.

Son expression se fit songeuse.

— Je vais aller parler à Shanna, lança-t-il d'un ton décidé. Peut-être se montrera-t-elle plus franche et plus raisonnable que toi.

Kevin se leva pour lui barrer le passage.

— Tu veux m'aider ? Alors ne t'approche pas de Shanna, sinon je quitte ce boulot et…

Il hésita, réfléchissant à la mesure la plus extrême qu'il pourrait prendre, en dehors du meurtre.

— J'entre dans les ordres. Gram a toujours rêvé d'avoir un prêtre dans la famille. Elle a été terriblement déçue qu'aucun de ses fils n'ait eu la vocation.

Thomas eut l'audace d'en rire.

— Je ne suis pas inquiet. Tu n'es pas franchement fait pour le sacerdoce.

— Hors sujet. Je le ferai si vous n'arrêtez pas tous de vous mêler de ma vie privée. Je crois que je me plairai dans un monastère, perché au sommet d'une montagne, de préférence, et loin, très loin.

— Et Davy ? Ton fils ? Tu l'as oublié ?

— Je trouverai une solution, prétendit Kevin.

Laquelle, il n'en avait pas la moindre idée, mais il devait bien y avoir un moyen de s'arranger.

— Allons, Kevin, tu sais bien que ton avenir n'est pas dans la prêtrise, alors parlons de ce qui compte vraiment, de toi et de la femme que tu aimes.

— Je ne l'aime pas, persista-t-il. Je ne peux pas.

— Pourquoi ?

Comme sa réponse n'avait de sens pour personne à part lui, Kevin se leva et alla vers la porte.

— Réfléchis bien, lui cria Thomas. La vie est trop courte pour la gâcher.

— Tu en sais quelque chose ! lui jeta Kevin par-dessus son épaule.

Dommage que cette repartie ne lui soit pas venue plus tôt à l'esprit ! Car si sa vie sentimentale était un désastre, celle de son oncle était encore pire. Bizarre que personne de la famille ne se soit encore penché sur son cas !

*
* *

— Tu veux qu'on organise un rencard pour oncle Thomas ? demanda Jess étonnée après que Kevin eut réuni ses trois sœurs dans la cuisine, un soir après le repas.

— Plus d'un, répliqua-t-il. Toute une flopée.

Abby se mit à rire.

— Tout ça n'a rien à voir avec notre oncle, affirma-t-elle.

Jess se tourna vers elle sans comprendre.

— Ah non ?

Bree gloussa.

— Non, il essaie de nous focaliser sur Thomas pour qu'on lui fiche la paix.

— Pas du tout ! mentit Kevin sans vergogne. Réfléchissez. Il vieillit. Ça fait un bout de temps qu'il est divorcé. Il a besoin de quelqu'un qui comprenne son action, qui se passionne autant que lui pour l'environnement.

— En ce cas, pourquoi ne lui dégotterais-tu pas toi-même un rendez-vous ? s'enquit Abby, non sans logique. Tu bosses avec lui. Tu rencontres sans doute toutes sortes de femmes qui lui conviendraient à merveille.

— Je ne peux pas faire ça.

— Parce que tu lui as fait tout un numéro en lui reprochant de s'immiscer dans ta vie, devina Abby.

Kevin haussa les épaules.

— On peut dire ça.

Le regard de Jess passa deux fois de suite d'Abby à Kevin.

— D'accord, on a raté un épisode, Bree et moi ? On dirait qu'avec Abby vous avez déjà discuté de toute cette histoire d'ingérence.

— Aucune importance, déclara Kevin. Pour le moment, on parle de Thomas.

— Pas question, insista Jess. Moi, c'est toi qui m'intéresses.

— Moi aussi, renchérit Bree en dévisageant son frère avec curiosité. Maintenant qu'on en parle, il y a longtemps que je ne t'ai pas vu traîner du côté de la librairie…

En entendant cela, Abby se redressa sur son siège.

— C'est vrai ?

Elle se tourna vers Kevin.

— Je pensais que ça roulait de ce côté-là ! Tu n'as rien écouté de ce que je t'ai dit ?

— Qu'est-ce que tu lui as dit ? demanda Bree.

Kevin fusilla sa sœur aînée du regard, la défiant presque de trahir un mot de leur conversation. Abby sourit, mais garda effectivement le silence.

Kevin engloba du regard ses trois sœurs assises autour de la table et prit conscience avec découragement que son petit stratagème avait fait long feu. Il aurait dû leur parler à chacune individuellement, adapter son discours en fonction de ce qu'elles savaient et de ce qu'elles ignoraient. Au lieu de quoi il avait créé un front uni d'entremetteuses.

Il se leva.

— Je vais me coucher. Pour Thomas, faites comme vous voudrez. Je pensais que vous auriez souhaité m'aider.

Il sortit de la cuisine sans qu'aucune de ses sœurs ne fasse mine de le retenir, mais le bourdonnement de voix qui suivit son départ ne fit rien pour le rassurer. Il allait lui falloir être vigilant, sinon ce ne serait pas la vie sentimentale de Thomas qu'elles entreprendraient de rafistoler…

Shanna regrettait les visites que Kevin avait coutume de lui rendre, l'après-midi. Bien plus, elle regrettait qu'il ne lui amène plus Davy au magasin. Jusqu'ici, elle ne s'était pas rendu compte que Davy lui servait de substitut à Henry. Non qu'un petit garçon puisse en remplacer un autre, mais la présence d'un enfant vif et curieux suscite toujours des sensations identiques.

Les appels de Greta avaient diminué en fréquence, provoquant chez elle un sentiment de frustration. Les rares coups de fil de la nounou étaient toujours brefs et insatisfaisants. D'autant plus que Shanna ne parlait pas du tout à Henry. L'envie la tourmentait de sauter dans sa voiture et de foncer en Pennsylvanie pour voir si le petit garçon allait bien. Seule l'en empêchait la certitude qu'une probable scène avec Mme Hamilton ne ferait qu'aggraver les choses.

En proie à ces pensées dérangeantes, elle était assise derrière le comptoir, tard ce vendredi-là, quand le carillon de la porte du magasin retentit. Elle leva la tête et vit Davy se ruer sur elle. A sa vue, elle éprouva une violente émotion et porta son regard au-delà de l'enfant, s'attendant à voir Kevin sur ses talons. Mais ce fut Mick qui apparut.

— Vous espériez quelqu'un d'autre ? s'enquit-il d'un air compatissant.

— Pas du tout, j'avais justement envie de vous voir tous les deux, cet après-midi.

— Histoire ? quémanda Davy en la tirant pas la main.

Mick eut un petit rire, visiblement amusé par l'impatience de son petit-fils.

— Ça vous dérange si je vous confie Davy, le temps de faire un petit aller-retour à la mairie ? J'ai juste besoin de déposer quelques papiers. Ça ne devrait pas me prendre plus de quelques minutes.

— C'est parfait, affirma-t-elle, enchantée de passer un peu de temps avec l'enfant. Pour l'instant, les clients ne se bousculent pas. Encore environ une heure de calme avant que les gens ne se mettent à passer en rentrant pour le week-end.

Restée seule avec Davy, elle l'aida à choisir plusieurs livres d'images, puis s'installa dans un fauteuil, l'enfant sur ses genoux. Le fait d'avoir ce petit corps chaud et robuste blotti contre elle apaisa la souffrance de son cœur.

Ils avaient lu deux livres quand la porte s'ouvrit pour laisser le passage à Bree.

— Oh, quel charmant tableau ! s'exclama-t-elle avant de promener son regard alentour. Où est Kevin ?

Shanna haussa les épaules.

— Aucune idée. Mick a déposé Davy pour qu'on reste un peu ensemble.

— C'est une visite ou du baby-sitting gratuit ?

— Si ton père cherchait une baby-sitter, tu es quasiment à la porte à côté, lui rappela Shanna. Non, à mon avis, il savait que Davy et moi commencions à nous languir l'un de l'autre.

Bree s'assit dans le fauteuil face à elle.

— Comment ça se fait ?

— Si tu essaies de me tirer les vers du nez pour savoir ce qui se passe entre Kevin et moi, ça ne marche pas. Je n'ai rien à dire. Adresse-toi à ton frère.

— J'ai déjà essayé, avoua Bree. On a toutes essayé.

Shanna la dévisagea, atterrée.

— Vous vous êtes liguées contre lui ?

— Je ne dirais pas ça. En fait, c'est lui qui a plus ou moins convoqué un conseil de famille.

— A propos de moi ?

— Non, à propos de Thomas, enfin, soi-disant. La conversation a pour ainsi dire dévié sur mon frère.

— Il devait être ravi, commenta Shanna.

Les yeux de Bree étincelèrent de malice.

— Il est parti, en fait, ce qui explique que j'en sois réduite à venir t'embêter pour glaner une info.

Shanna haussa les épaules.

— Désolée. Je n'ai rien à dire, répéta-t-elle avec une fermeté accrue.

Bree la considéra d'un air consterné.

— Alors c'est vrai, vous avez rompu ?

— Je n'ai rien à dire, fit Shanna.

— Est-ce que c'est en lien avec notre conversation de l'autre jour à propos de ton beau-fils ? Tu as parlé de lui à Kevin ? Il a mal réagi ? Je vais lui parler, je lui ferai comprendre.

Shanna la regarda d'un air impatient.

— Je te dis que je refuse d'en discuter avec toi. C'est tout à fait déplacé, surtout en présence de Davy…

— Oh, Davy ne comprend pas un mot de ce qu'on raconte, affirma Bree avant de faire des chatouilles à l'enfant. Pas vrai, mon bébé ?

Davy gloussa et gigota dans les bras de Shanna pour aller vers sa tante. Shanna ressentit presque instantanément la douleur de son absence.

— Tu t'es vraiment attachée à lui, n'est-ce pas ? constata Bree en désignant de la tête Davy qui avait grimpé sur ses genoux.

— C'est un gamin génial, reconnut Shanna.

— Mais ce n'est pas ton beau-fils, comment s'appelle-t-il, déjà ? Henry.

Shanna soupira.

— Non, c'est vrai.

Bree la dévisagea longuement, pensive.

— Bon, je vais te poser une question dont j'espère que tu ne t'offusqueras pas, mais est-ce à cause de Davy que mon frère t'attire, parce que ton beau-fils te manque ?

Comment répondre à cela ? se demanda Shanna. La vérité était assez embrouillée.

— Au début, peut-être, avoua-t-elle enfin.

Bree la scruta, les sourcils froncés d'inquiétude.

— Mais plus maintenant ?

Shanna poussa un soupir.

— Plus maintenant. Je commençais à tomber amoureuse de Kevin.

— Tu *commençais* ? répéta Bree en s'emparant du verbe au passé. Et puis il s'est passé quelque chose. Quoi ? Allez, Shanna ! Je ne peux pas t'aider si j'ignore ce qui se passe.

— Je ne pense pas que tu puisses m'aider. Cette décision vient de moi. J'ai agi pour le mieux.

Bree écarquilla les yeux.

— Tu as rompu avec lui ? Waouh ! Je n'ai rien vu venir. Mais si tu étais amoureuse de lui, pourquoi avoir agi ainsi ?

— Je te rappelle que je ne veux pas en discuter avec toi, je te l'ai déjà dit, insista Shanna, exaspérée.

Bree sourit.

— Mais en général, ma persévérance finit toujours pas payer. Réjouis-toi de ne pas avoir affaire à Abby ou à Jess. Elles ne te laisseraient pas la moindre chance. Elles t'auraient tiré les vers du nez en dix minutes.

— J'en doute.

— Je peux les appeler, si tu veux. Histoire qu'elles tentent le coup, suggéra Bree avec gaieté.

— Non, je t'en prie.

A ce moment-là, Mick revint, engloba la scène du regard, embrassa sa fille et tira un fauteuil.

— De quoi parliez-vous ?

— De la raison pour laquelle Shanna a rompu avec Kevin, répondit Bree sur-le-champ. Elle refuse de s'expliquer.

Mick se laissa aller en arrière, sidéré.

— Et moi qui croyais que Kevin était le seul à se comporter comme un imbécile…

— Moi aussi, ajouta Bree.

Mick regarda sa fille.

— Elle ne t'a pas dit pourquoi ?

— Jusqu'ici, non.

— Je vous rappelle que je suis là, leur signala Shanna d'un ton irrité.

— Mais tu ne veux toujours pas nous parler, je me trompe ? s'enquit Bree.

Shanna acquiesça de la tête.

— Alors, pour le moment, papa et moi allons tenter d'y voir clair sans toi, répliqua Bree.

Ils se mirent à spéculer de plus en plus outrageusement sur son compte mais Shanna voyait clair dans leur jeu. Ils voulaient la faire sortir de ses gonds pour qu'elle leur dise toute la vérité. Sauf qu'elle n'allait pas tomber dans le piège.

— C'est parce que nous sommes de sang irlandais, raisonnait Mick. Elle a sans doute des préjugés.

Bree secoua la tête.

— Non, nous sommes trop nombreux, c'est ça. Nous l'intimidons.

Elle poussa un soupira théâtral.

— On s'est beaucoup immiscés dans leurs affaires, c'était trop pour elle.

— Eh bien, si elle n'est pas capable de gérer un zeste de bienveillante ingérence, c'est peut-être mieux comme ça, conclut Mick.

— Sauf que Kevin est fou d'elle, objecta Bree.

— Tout comme Davy, ajouta Mick avec tristesse, le regard posé sur son petit-fils.

— Oh, vous allez arrêter, tous les deux ? les supplia

Shanna. Laissez-nous régler nos problèmes tout seuls, Kevin et moi !

Mick lui lança un regard aigu.

— Parce que vous essayez de régler quelque chose ? Ce n'est pas mon impression, vu qu'il se planque à Annapolis jusqu'à pas d'heure.

— Il a peut-être rencontré quelqu'un d'autre ? hasarda Bree, avant de pouffer devant l'air consterné que Shanna n'avait pas été assez vive à dissimuler. Bon, d'accord, excuse-moi. C'était mesquin de ma part. Mais je voulais juste t'arracher une réaction franche, et j'ai réussi. Tu es toujours amoureuse de Kevin, quoi que tu en dises.

— Je n'ai jamais prétendu le contraire. C'est toi qui en as tiré toute seule la conclusion inverse. Et ça me met vraiment mal à l'aise d'en discuter avec son père et sa sœur. Rentrez chez vous et parlez-en avec lui. Ne me mettez pas sur la sellette. C'est peut-être moi qui l'ai quitté, mais il m'a donné de bonnes raisons d'agir ainsi.

Mick se pencha en avant, les yeux brillants.

— Ah, on y vient enfin ! Qu'est-ce qu'il a fait ?

— Posez-lui la question, répéta-t-elle pour la énième fois.

Mick poussa un profond soupir et se leva.

— Je crois que nous n'obtiendrons rien de plus aujourd'hui, Bree.

Sa fille ne tenta même pas de masquer sa déception.

— Tu as sans doute raison.

— Je vais payer le livre de Davy, déclara Mick en se dirigeant vers la caisse.

Impatiente de les voir s'en aller, Shanna secoua la tête.

— Je le lui offre.

— Je crois qu'il lui tarde qu'on débarrasse le plancher, insinua Bree.

Son père lui jeta un regard de commisération.

— Je ne peux pas franchement lui en vouloir. Mais vous savez qu'on ne souhaite que vous aider, n'est-ce pas ?

— Je le sais, murmura Shanna.

Mais tant que Kevin persisterait à la tenir à distance, personne ne pourrait rien faire pour elle.

20

Kevin savait qu'il ne pourrait pas continuer à fuir tous les week-ends à Annapolis. Sa famille commençait déjà à poser beaucoup trop de questions sur ses longues journées de travail qui le faisaient rentrer de nuit, en semaine. Trace, qui compatissait avec lui, se débrouillait pour museler Abby, mais qui aurait pu empêcher Bree et Jess de le harceler ? Même Gram et Mick y étaient allés de leur petit sermon au sujet de ses absences prolongées. Tout cela était fastidieux, mais prévisible.

Ce matin-là, dès que Davy fut levé et habillé, et le reste de la famille parti à la messe, Kevin emmena son fils à la marina pour vérifier les modifications en cours sur son bateau. Tel fut du moins le prétexte dont il usa. S'asseoir sur le pont, même sans quitter le port, serait plus reposant que d'assister au repas dominical sous le regard vigilant de toute la famille.

Il avait pris soin de laisser un petit mot à Gram lui indiquant qu'avec Davy ils ne rentreraient pas pour midi, tout en restant volontairement dans le vague de sorte à ne divulguer aucun indice sur l'endroit où ils allaient. Il se faisait une joie de passer un paisible après-midi en compagnie de son fils.

Du moins jusqu'à ce qu'en levant les yeux il n'ait vu Bree se diriger vers lui, le visage empreint d'une sombre détermination. Kevin poussa un soupir. Si seulement il avait pu sauter par-dessus bord avec Davy et nager loin, très loin avant qu'elle n'arrive à lui !

— Comment m'as-tu trouvé ? lui demanda-t-il tandis qu'elle sautait avec légèreté du ponton pour atterrir sur le pont du bateau.

— Bwee ! s'écria Davy, tout excité, en tendant les bras vers elle.

— Tu n'es pas bien compliqué à percer, lâcha-t-elle en soulevant son neveu de terre. Tu n'étais ni sur la plage, ni sur la jetée, et ta voiture était garée sur le parking de la marina. Je te déconseille fortement la carrière criminelle. Tu es bien trop prévisible.

— A l'avenir, je laisserai ma voiture ailleurs pour te semer, décida Kevin d'un ton acerbe. Ou j'irai peut-être à pied.

— Cela suggère que tu essaies activement d'éviter ceux parmi nous qui te connaissent le mieux, constata sa sœur.

— Non, tu crois ?

Il la dévisagea avec curiosité.

— C'est Gram qui t'envoie ?

— Pas du tout.

— Papa ?

— Je suis venue de mon propre chef. Je me fais du souci pour toi.

— Inutile. Comme tu le vois, je vais très bien.

— Vraiment ? Au lieu de passer le repas du dimanche en famille, tu viens te terrer ici, à Harbor Lights. Et ne viens pas me dire que tu travailles sur le bateau, parce que je t'ai pris en flagrant délit de farniente.

— Faux ! prétendit-il. Davy et moi vivons une grande aventure, pas vrai, fiston ?

— Oui, confirma Davy. Attraper poisson.

— Ah bon ? fit Bree, ouvertement sceptique. Je ne vois pourtant pas la moindre canne à pêche…

— On y travaille, rétorqua Kevin. Pour l'instant, on se détend, c'est tout, on berce les poissons d'une complaisance illusoire.

Bree se contenta de lever les yeux au ciel, puis alla s'installer dans le siège voisin de celui de son frère, ses pieds nus appuyés sur le bastingage.

— C'est sacrément calme, lâcha-t-elle au bout d'un moment.

— C'était, répliqua Kevin avec emphase.

— Tu veux dire : avant que j'arrive.

Il sourit. Sa sœur lança :

— Bon, dis-moi ce que je veux savoir et je m'en irai.

— C'est-à-dire ?

— La raison pour laquelle vous avez rompu, Shanna et toi.

— Qui a dit que nous avions rompu ?

— C'est la seule chose qu'elle a bien voulu m'avouer. Elle m'a même précisé que la décision venait d'elle mais que, d'une manière ou d'une autre, tu l'avais provoquée. Oui, elle m'a un peu parlé de votre vie privée, mais avant de monter sur tes grands chevaux, sache que j'ai pratiquement dû user de la torture pour lui soutirer ces quelques bribes de renseignements.

Kevin eut un petit rire.

— Je vois ça d'ici. Entre elle qui est une fille très réservée et toi qui n'abandonnes pas facilement…

— Papa m'a donné un coup de main.

Il gémit.

— Shanna a dû apprécier…

— Elle a tenu bon. Je ne l'en aime que davantage.

Bree dévisagea son frère.

— Alors, c'est vraiment fini entre vous ?

— J'espère que non, lui avoua-t-il.

— Qu'est-ce qui s'est passé ?

Kevin débattit en son for intérieur. Eluder la question de sa sœur, mais à quoi bon ? Bree le harcèlerait de la même façon qu'elle avait harcelé Shanna. Pourquoi ne pas capituler de bonne grâce ? En outre, voir les choses sous un angle différent ne lui ferait pas de mal.

— Comme un idiot, j'ai avancé l'idée que nous devrions freiner un peu les choses, expliqua-t-il.

Devant le regard incrédule de sa sœur, il haussa les épaules.

— Hé, sur le moment, ça me paraissait logique.

— Et maintenant que tu as eu le temps d'y réfléchir ?

— J'arrive presque à comprendre pourquoi elle a interprété mes propos comme un rejet à son égard.

Bree poussa un gémissement.

— S'il te plaît, dis-moi que tu ne lui as pas sorti cette brillante théorie juste après avoir couché avec elle ?

— Pas *juste* après, se défendit-il. C'était quelques jours plus tard.

— Ah, tu me soulages, persifla-t-elle, visiblement écœurée.

Elle lui enfonça un doigt dans le bras.

— C'est quoi ton problème ?

— Je suis un peu rouillé dans ce domaine. En plus, les codes amoureux ont bien changé depuis la dernière fois que je les ai pratiqués, prétendit-il.

— Vraiment ? Je n'ai pourtant pas vu passer l'édition remaniée du mode d'emploi. Shanna l'a-t-elle en rayon ?

Je suis sûre qu'à ce stade elle serait plus que ravie de t'en vendre un exemplaire.

Le sarcasme de sa sœur lui fit froncer les sourcils.

— Au cas où ça t'aurait échappé, je suis en deuil. Ma femme est morte.

Bree se redressa sur sa chaise et le regarda droit dans les yeux.

— Au risque de te paraître cruelle et irrespectueuse, foutaises ! Tu n'es plus en deuil. Dis plutôt que tu te ronges de culpabilité de *ne pas* pleurer Georgia comme selon toi, ou selon l'opinion de ses parents, tu le devrais.

Face au ton assuré de sa sœur, Kevin accusa le coup.

— C'était ma femme, protesta-t-il. Et la mère de Davy.

— Tu crois que je l'ignore ? Et je ne suis certainement pas en train de te dire que sa mort n'est pas une horrible tragédie. Je sais aussi l'effet qu'a produit sur toi sa décision de repartir à l'étranger. Tu as serré les dents, mais tu étais ravagé par son choix de vous laisser seuls, Davy et toi.

— Elle a fait son devoir, comme tant d'autres soldats dévoués à leur patrie, répliqua-t-il avec stoïcisme, comme il l'avait déjà fait cent fois.

— C'est comme ça que je l'ai vu, moi aussi, acquiesça Bree. Et beaucoup de gens l'auraient approuvée et admirée pour ça. Mais ta situation était différente. Dans ton cas, ça t'a rappelé maman qui nous a tous abandonnés. N'essaie pas de le nier.

— D'accord, disons que j'admets qu'il y a un fond de vérité dans ce que tu dis, mais ça ne change rien au fait qu'elle est morte.

— Non, hélas, reconnut-elle avec plus de compassion.

— J'aurais dû l'empêcher d'y retourner.

— Oh, je t'en prie ! Tu ne penses quand même pas

sérieusement qu'un seul de tes arguments aurait fait mouche ? Georgia était déterminée. Elle croyait de tout son cœur à son action.

— J'aurais pu faire quelque chose, insista Kevin. Et aujourd'hui, elle serait toujours vivante.

Bree le considéra avec inquiétude.

— Tu ne peux pas continuer à vivre dans cet état d'esprit. Tu vas te rendre dingo. Elle est morte. C'est un fait. Mais toi, tu n'es pas mort, Kevin. Tu es bien vivant et tu es tombé amoureux d'une femme formidable qui est d'accord pour envisager l'avenir avec toi. Tu ne vois donc pas combien c'est merveilleux ? Ne va pas tout gâcher en te réfugiant dans une vision faussement idyllique du passé ! Ton amour pour Shanna n'anéantit pas ton histoire avec Georgia. Simplement, ton cœur te dit que tu es prêt à refaire ta vie, voilà ce que ça signifie.

— Comment le pourrais-je en sachant le mal que je vais causer aux parents de Georgia, et plus particulièrement à sa mère ?

— Tu ne peux pas vivre en fonction des Davis. Le mieux que tu puisses faire pour eux, c'est de veiller à ce que Davy soit heureux et en bonne santé. Et le mieux que tu puisses faire pour leur petit-fils, c'est d'honorer la mémoire de sa mère, de veiller à ce que ses grands-parents continuent à faire partie de sa vie, et de lui offrir un foyer uni et normal.

— Normal, entouré de gens comme toi ? plaisanta Kevin pour alléger l'atmosphère.

Bree fit des chatouilles à son neveu.

— Hé, Davy ! Pas vrai que je suis la meilleure tante du monde ?

— Meilleure, confirma l'enfant en hochant vigoureusement la tête.

— Là, je te l'avais bien dit, triompha-t-elle en rendant Davy à son père. Allez, viens déjeuner avec nous.

Kevin fit non de la tête.

— Pas aujourd'hui. La semaine prochaine, peut-être. J'ai encore besoin de réfléchir.

— Bon, mais ne te grille pas les neurones, quand même, le taquina-t-elle.

— J'essaierai.

Bree embrassa son frère, puis parsema le visage de Davy de baisers de papillon avant de sauter sur le ponton.

— Je vous aime, tous les deux.

— Nous aussi, on t'aime, avoua Kevin. Bien que tu sois une vraie peste.

— Mais une peste futée, rétorqua-t-elle.

Il la regarda partir, puis repensa à ce qu'elle lui avait dit. Le fait d'exclure Shanna de sa vie par culpabilité était franchement absurde. Si entre eux les choses étaient aussi intenses, n'était-ce pas justement une bonne raison pour se lancer dans une histoire, au lieu de s'en servir de prétexte pour battre en retraite ?

Etait-il trop tard pour dire à Shanna qu'il avait été idiot ? Cela dit, la plupart des femmes ne rêvaient-elles pas toute leur vie d'un tel aveu ? Il allait sans doute illuminer sa journée…

Il fallut presque dix jours à Kevin pour trouver le courage de passer à la librairie. Il ignorait totalement quel accueil lui serait réservé. Tout ce qu'il savait, c'est que leur séparation ne lui faisait aucun bien. Ses allers-retours à Annapolis lui laissaient également tout loisir de repenser au jugement que portait Bree sur sa situation avec Shanna, sans parler des opinions de sa sœur sur sa relation avec Georgia.

Assurément, ses sentiments pour Shanna avaient gagné en force au fil des jours. Désormais, il refusait de passer un jour de plus sans la voir, surtout après le chagrin de leur rupture. Shanna était une femme réelle, en chair et en os, contrairement à l'image idéalisée de Georgia à laquelle il se raccrochait.

Bree l'avait quasiment défié de considérer son mariage d'un œil impartial. Elle l'avait forcé à voir l'évidence. Pris dans le climat intense de la guerre, Georgia et lui s'étaient jetés dans le mariage par pur désir physique et par le besoin fiévreux de créer un lien avec une autre personne. S'ils avaient eu davantage de temps, peut-être auraient-ils fini par se connaître sur un autre plan, mais cela ne s'était pas produit. Faire de leur mariage une sorte de conte de fées romantique revenait à revisiter l'histoire.

Georgia était quelqu'un de bien, et une très belle femme, on ne pouvait pas dire le contraire. C'était la vérité. Mais quand elle était repartie en Irak en le laissant seul avec Davy, il avait évoqué son sens du devoir face à tous ceux qui avaient remis en cause la décision de son épouse, mais, secrètement, il avait été forcé d'admettre que Georgia était dépendante de l'adrénaline. Elle se sentait comme un poisson dans l'eau au sein de l'armée, et plus la situation était excitante, plus elle était heureuse. Tôt ou tard, ils auraient dû affronter la vérité : leurs deux conceptions de l'avenir ne s'accordaient pas. Georgia aurait fait des efforts, mais jamais elle n'aurait entièrement embrassé le genre de vie paisible qu'il souhaitait pour lui et sa famille.

En fait, c'était ici, à Chesapeake Shores, qu'il avait trouvé ce genre d'existence. Il aimait le rythme lent de cette petite bourgade, ainsi que son nouveau travail auprès de son oncle. Et ses sœurs avaient beau le harceler à l'excès, il les aimait de tout son cœur. Il adorait Gram. Et même ses confrontations avec Mick, et plus encore avec

Megan, commençaient à prendre une teneur nouvelle. Il n'aurait pu rêver plus merveilleux environnement pour élever un enfant.

Et puis il y avait Shanna. Solide comme un roc, aussi éprise de Chesapeake Shores que lui-même. Elle adorait Davy. Et elle le faisait fondre avec ses yeux immenses, son sourire spontané et ses caresses qui lui enflammaient les sens en un quart de tour. Il se voyait bien vivre avec elle. Il était temps de lui avouer tout cela.

Ce soir-là, il se rendit à la librairie, choisissant exprès d'arriver au moment de la fermeture pour éviter qu'ils ne soient dérangés.

— Allons manger, suggéra-t-il sans préambule.

— Pardon ?

Elle ne semblait pas impressionnée par cette invitation de dernière minute.

— Allez, fit-il d'une voix enjôleuse. On pourrait prendre la voiture et dénicher un coin romantique au bord de l'eau.

Les yeux de Shanna brillèrent d'un furtif éclat d'inquiétude, mais d'autre chose aussi. D'une envie dévorante, sauf erreur de sa part.

— Qu'est-ce qui a changé ? s'enquit-elle avec une hésitation flagrante.

— Je t'expliquerai en mangeant. Si je commence maintenant, on y sera encore demain matin.

Shanna le dévisagea une bonne minute avant d'acquiescer d'un hochement de tête.

— D'accord, pas de problème. Tu as quelque chose en tête ?

Kevin opina du chef.

— Toi. Le plus clair du temps.

Une brève lueur d'espoir traversa le regard de la jeune femme.

— Je vois.

Il fut tenté de tout lui expliquer sur place, de mettre cartes sur table et d'implorer son pardon. Mais avant qu'il ait eu le temps de le faire, la porte s'ouvrit sur une femme inconnue. A sa main se cramponnait un petit garçon de six ou sept ans. A l'éclair qui illumina les yeux de Shanna, Kevin comprit qu'elle les reconnaissait, même si toute couleur s'était également retirée de son visage.

— Bonjour, Shanna, fit la femme âgée d'un ton crispé.

Le petit garçon leva les yeux vers Shanna d'un air prudent. Elle tomba à genoux à un mètre de lui.

— Salut, Henry, murmura-t-elle d'une voix tremblante, les larmes roulant sur ses joues.

Puis elle ouvrit les bras et, après ce qui lui parut une hésitation interminable, l'enfant s'élança vers elle.

— Maman ! s'écria-t-il en se jetant à son cou de toutes ses forces.

Kevin contempla la scène, abasourdi, tandis que le choc se propageait en lui. Shanna avait un enfant ? Un enfant dont elle ne parlait jamais ? Un enfant qu'elle avait visiblement laissé aux soins de quelqu'un d'autre ? Il fut assailli par les souvenirs de sa propre mère quittant leur famille. Par la douleur qu'il éprouvait chaque fois qu'elle réapparaissait brièvement dans leur vie lors de ses fameuses visites, avant de toujours repartir. Et ensuite il y avait eu Georgia, qui avait préféré son pays à son fils, décision admirable peut-être, mais aux conséquences tragiques. Etait-il condamné à vivre entouré de femmes aux mauvaises priorités, du moins selon ses propres critères ?

En un instant, tout ce qu'il savait — ou pensait savoir — sur Shanna se retrouva chamboulé. Sans un mot, il sortit de la librairie et la laissa à ses retrouvailles, se maudissant encore d'avoir été si stupide.

*
* *

Le choc qui s'était peint sur le visage de Kevin avant qu'il ne tourne les talons n'avait pas échappé à Shanna, mais, avec Henry agrippé à elle et Mme Hamilton à ses côtés, elle n'osa pas courir après lui. En outre, ce moment était trop précieux, elle l'avait attendu trop longtemps pour ne pas en savourer chaque seconde.

Son petit garçon adoré était là, dans ses bras, pour de vrai. Il avait grandi depuis la dernière fois qu'elle l'avait vu. Ses cheveux s'étaient éclaircis de mèches blondes à force de jouer au soleil et il avait des taches de rousseur sur le nez. Ses petits bras frêles l'enlaçaient de toutes leurs forces.

— Je suis si contente que tu sois là, lui répétait-elle sans fin, levant les yeux pour associer la mère de Greg.

Mme Hamilton n'était peut-être pas la personne qu'elle aimait le plus au monde, mais, à cet instant, elle avait toute son affection pour lui avoir amené Henry.

Le petit garçon la lâcha enfin et promena autour de lui des yeux brillants de curiosité.

— Ton magasin est vraiment cool. Je peux regarder ?

— Bien sûr, répondit-elle immédiatement. Choisis les livres qui te plaisent pendant que ta grand-mère et moi bavardons un peu.

Elle se tourna vers la mère de Greg et nota la lassitude de son regard, la résignation de son visage.

— Puis-je vous offrir une tasse de thé ? Ou de café ?

— Je prendrai du thé si cela ne vous dérange pas.

— Pas du tout, affirma Shanna. Earl Grey ?

Mme Hamilton parut surprise de voir que son ancienne bru n'avait pas oublié ses préférences.

— Oui, merci.

Shanna s'activa dans l'arrière-boutique, versant l'eau bouillante et faisant infuser le thé, sans cesser de s'interroger sur la raison qui amenait ici Henry et Mme Hamilton. Non que cela eût une quelconque importance, l'essentiel étant qu'elle puisse un peu profiter d'Henry.

Elle retourna dans le magasin et découvrit son ancienne belle-mère assise dans la section enfants, couvant Henry d'un regard où se mêlaient chagrin et adoration. Inconscient des états d'âme de sa grand-mère, l'enfant tirait des livres des rayonnages tout en bavardant de ses préférés et de ceux qu'il avait envie de lire. Le voir ainsi rappela brutalement à Shanna que Greg était une version plus âgée de Davy.

Elle tendit une tasse de thé à Mme Hamilton et se percha sur le bord du fauteuil qui lui faisait face.

— Je suis vraiment ravie que vous soyez venus, lui dit-elle avec simplicité.

Son regard s'égara du côté d'Henry.

— Il m'a tellement manqué…

— Vous aussi, vous lui avez manqué, reconnut Mme Hamilton.

Elle hésita, comme en proie à l'indécision. Elle finit par lâcher :

— Pourrions-nous discuter en privé ? Dans l'arrière-boutique, peut-être ?

— Bien sûr.

Shanna s'arrêta juste le temps d'ébouriffer les cheveux déjà en bataille d'Henry.

— On revient tout de suite, mon cœur.

— D'accord, répondit l'enfant.

Occupé à sélectionner une pile de livres qui lui faisaient envie, il lui accorda à peine un regard.

Dans l'arrière-boutique, Shanna indiqua le fauteuil le

plus confortable à son ancienne belle-mère, celui de son bureau, et tira un tabouret à elle.

— Tout va bien ?

Les yeux de la vieille dame s'emplirent de larmes.

— Non. Greg ne se remet pas aussi bien que nous l'espérions. Son foie a été endommagé.

— Je suis sincèrement désolée, compatit Shanna en lui prenant la main. Vraiment.

Mme Hamilton parut surprise, soit par son geste, soit par la sincérité qui teintait ses mots.

— Je vous crois.

— J'ai tellement essayé de le convaincre de se faire aider. Il ne voyait pas qu'il avait un problème.

Et, prenant soin de réprimer un accent accusateur, elle ajouta :

— Vous non plus.

— Avec son père, nous refusions d'admettre la situation. Nous étions un peu embarrassés, je suppose, qu'il ait fallu quelqu'un comme vous pour nous montrer que notre propre fils avait des problèmes. Dans notre milieu, les gens boivent quelques cocktails. Nous pensions que Greg était comme eux.

« Quelqu'un comme vous »... Shanna prit sur elle pour ne pas s'offenser de l'expression. Toutefois, Mme Hamilton sembla s'apercevoir de sa maladresse.

— Mon intention n'était pas de vous rabaisser, se reprit-elle d'un ton d'excuse. Je voulais simplement dire que vous connaissiez à peine Greg et que, pourtant, vous aviez repéré son problème.

— Vous êtes ses parents. Vous ne vouliez pas voir la vérité, répliqua Shanna.

Maintenant qu'elle avait pris du recul par rapport à cette situation explosive, elle était capable de plus de générosité dans ses jugements.

— Moi aussi au début, je me suis refusée à l'admettre.

— Eh bien, je regrette que nous ayons réagi ainsi quand vous êtes venue vers nous, confessa son ancienne belle-mère. D'autant plus qu'aujourd'hui c'est moi qui viens vous demander un service.

Shanna la considéra avec étonnement.

— Que puis-je faire ?

— Vous occuper d'Henry. Il n'est pas heureux avec nous. Son grand-père et moi sommes trop âgés pour vivre au rythme d'un petit garçon bourré d'énergie. Aucun enfant de son âge ne vit aux alentours. Je crains que la situation ne devienne de plus en plus difficile. Greg va venir habiter chez nous. Nous espérons que son état va s'améliorer, mais peut-être n'en sera-t-il rien. A ce stade, il n'est apparemment pas éligible à une transplantation, on ne peut donc pas présager de l'avenir. Henry ne devrait pas avoir à vivre avec ce genre d'incertitude.

Shanna n'osait croire qu'elle avait bien compris.

— Vous voulez que je sois sa tutrice ? Un parent d'accueil temporaire ? Vous me laisseriez l'adopter ?

Les possibilités se bousculaient à ses lèvres.

Ce flot de questions parut contrarier Mme Hamilton.

— Nous n'avons pas encore discuté entre nous des modalités juridiques, bien qu'il faille le faire, je le sais. J'étais si impatiente de m'entretenir avec vous que j'ai embarqué Henry dans la voiture et roulé jusqu'ici.

Shanna mourait d'envie qu'on soit plus clair avec elle, mais, en de telles circonstances, peut-être ne pouvait-elle pas en demander autant, et encore moins l'exiger.

— Pourquoi ne pas envisager ça comme un séjour prolongé, du moins jusqu'à la rentrée des classes ? suggéra-t-elle. Ainsi, Henry ne s'imaginera pas qu'il va vivre ici de façon permanente et, de votre côté, vous aurez le temps de décider des dispositions qui à long terme seraient les plus appropriées.

Mme Hamilton la contempla avec stupeur.

— Vous vous montrez bien généreuse, vu les circonstances. Je pensais que vous auriez refusé après ce qui s'est passé lors de l'audience pour sa garde.

— Tout ce qui m'importe, tout ce qui m'a toujours importé, c'est le bonheur d'Henry. Je l'aime. Si je peux faire quoi que ce soit pour lui faciliter les choses, de façon provisoire ou permanente, je le ferai.

Shanna prononça ces mots sans hésitation et sans songer au prix qu'elle paierait si jamais elle devait laisser repartir l'enfant.

— Je tiens à ce qu'il soit bien clair qu'Henry reviendra fréquemment chez lui pour voir son père, si la situation le permet.

— Tout à fait, approuva Shanna.

Mme Hamilton hésita.

— Vous avez la place de l'héberger ? Ça ne vous dérangera pas ?

— J'ai un T3 au-dessus du magasin. Vous pouvez le visiter maintenant, si vous voulez. Je peux aménager la seconde chambre pour lui.

— Mais vous avez votre librairie... Serez-vous capable de mener de front votre commerce et la garde d'un petit garçon ?

— Vous voulez me décourager ?

— Non, j'envisage les questions pratiques, voilà tout, insista Mme Hamilton.

— Eh bien, comme je vous l'ai dit, l'appartement est juste au-dessus. Henry pourra venir au magasin pendant la journée, ou bien je m'arrangerai pour qu'il fréquente des enfants de son âge.

— En garderie ? s'enquit Mme Hamilton avec une expression horrifiée.

Shanna faillit éclater de rire.

— Un de mes amis a des jumelles de l'âge d'Henry. La nounou qu'il emploie à domicile s'occupe d'elles et de son neveu. Je suis sûre qu'ils seront ravis d'inclure de temps en temps Henry à leur petit groupe.

A condition que Kevin n'y oppose pas un véto catégorique, songea-t-elle, vu l'état dans lequel il était parti tout à l'heure.

— Je n'aurais pas cru que les familles aient des gouvernantes dans une bourgade comme celle-ci, s'étonna la mère de Greg d'un ton parfaitement snob.

— En fait, Abby est une brillante courtière de Wall Street qui gère à présent le bureau de Baltimore de sa société. Son fiancé est graphiste et il jouit d'une clientèle considérable parmi les sociétés les plus importantes. Quant à son père, il est l'architecte qui a dessiné cette ville et bien d'autres dans tout le pays.

Mme Hamilton semblait décontenancée.

— Je dois admettre que je suis surprise et impressionnée.

— Vous devriez faire un petit tour en voiture avant de rentrer. Vous découvrirez que Chesapeake Shores est une merveilleuse petite ville. Henry s'y plaira énormément.

— Il sera avec quelqu'un qui l'aime. A mes yeux, c'est l'essentiel.

— Vous comptiez me le laisser aujourd'hui ? lui demanda Shanna, n'osant espérer un tel dénouement.

— Non, avoua Mme Hamilton. Je suis venue ici sur un coup de tête. J'avais envie de repérer un peu les lieux avant de prendre une décision définitive, je suppose. Je parlerai ce soir à Greg et à mon mari.

Devant la subite expression défaite de Shanna, elle la consola.

— N'ayez pas d'inquiétude. Ils conviendront que c'est la meilleure solution, j'y veillerai. Pourquoi ne vous ramènerais-je pas Henry vendredi ? Cela vous irait-il ?

Shanna prit sur elle pour contenir un cri de joie.

— Vendredi, c'est parfait. Ça me laissera le temps d'aménager sa chambre.

Mme Hamilton repoussa sa tasse. Elle avait à peine bu une gorgée de son thé. Ce n'était sans doute qu'un accessoire destiné à calmer sa nervosité.

La mère de Greg se leva et Shanna l'imita aussitôt. A sa grande surprise, Mme Hamilton la serra gauchement dans ses bras.

— Merci d'avoir accepté. Je sais que je n'avais aucun droit de vous le demander.

— Quand il s'agit d'Henry, vous serez toujours en droit de me demander n'importe quoi, déclara Shanna. On le lui dit maintenant ?

— Si cela ne vous ennuie pas, j'aimerais le lui annoncer moi-même. Je préférerais attendre, le temps d'en discuter avec son père et son grand-père.

Ses lèvres ébauchèrent un vague sourire.

— Pour une fois, il me sera agréable d'être celle qui va exaucer son rêve. Henry va être tout excité. Il demande après vous depuis qu'il a emménagé chez nous. Quant à Greta…

Elle secoua légèrement la tête.

— Cette femme chante vos louanges du soir au matin, je vous assure. Si cela doit vous aider, je vous l'enverrai. Je me chargerai des frais de son hébergement.

Shanna contempla la vieille dame avec stupéfaction.

— Ce serait certainement moins perturbant pour Henry de pouvoir conserver ce repère. Vous êtes sûre ?

— Eh bien, je ne peux quand même pas mettre cette femme au chômage après tout ce qu'elle a fait pour l'enfant, n'est-ce pas ? Je prendrai les dispositions nécessaires.

— Merci.

Quand elles repassèrent dans le magasin, Henry avait ramené son tas de livres à trois œuvres qu'il tenait absolument à emporter.

— Ça fait trop ? s'inquiéta-t-il.

— Certainement pas, répondit Shanna.

Il lui lança un regard nostalgique.

— J'aimerais que tu puisses les lire avec moi.

— Moi aussi, affirma-t-elle, résistant difficilement à l'envie de lui dire qu'elle le ferait dans quelques jours.

Elle laissait à Mme Hamilton la joie de lui annoncer la bonne nouvelle, elle lui devait bien cela. Shanna savait ce qu'il lui en coûtait de prendre cette décision dans l'intérêt d'Henry.

Elle mit les livres dans un sac, puis accompagna Henry et sa grand-mère hors de la librairie. Elle s'agenouilla et serra farouchement l'enfant dans ses bras.

— Je t'aime.

Cette fois, le visage enfoui dans son cou, elle l'entendit murmurer :

— Moi aussi, je t'aime.

Elle se releva et s'aperçut que, bizarrement, la douleur qu'elle portait constamment dans son cœur et qui ne l'avait pas quittée depuis le divorce avait enfin disparu. Remplacée, miraculeusement, par l'espoir.

21

Soulagée d'être à moins d'une heure de certaines grandes enseignes, Shanna se mit en route aussitôt après avoir fermé la librairie pour aller chercher tout le matériel nécessaire à la décoration d'une chambre de petit garçon. Elle avait déjà mis de côté quelques-uns des livres qu'avait feuilletés Henry. Elle les disposerait à côté de son lit. Peut-être aurait-elle dû attendre la décision définitive de Mme Hamilton, mais il lui tardait trop de préparer le séjour d'Henry, même si l'affaire n'était pas conclue.

Quand à 10 heures du soir elle rentra chez elle, elle avait commandé un lit à une place et sa commode assortie — meubles qu'il lui faudrait monter — et choisi une peinture jaune vif, des draps et des serviettes de toilette, une lampe ornée d'un motif de sport et des posters des équipes de base-ball et de football préférées d'Henry. Elle s'était basée sur les souvenirs qu'elle gardait de sa chambre à Philadelphie. Si elle s'était écoutée, elle ne se serait pas arrêtée là, mais avant de prendre d'autres mesures, elle s'était reprise : Henry avait son mot à dire dans le choix des éléments restants pour la décoration de sa nouvelle chambre.

De retour chez elle, bien trop excitée pour fermer l'œil, elle veilla jusqu'après minuit pour passer une première couche de peinture sur les murs de la chambre. Il ne restait que quelques jours avant l'arrivée plus que probable d'Henry, dont le séjour prolongé durerait au moins un mois, et elle voulait que tout soit parfait.

Dans la matinée, les cartons contenant le lit et la commode lui furent livrés juste au moment où Mick O'Brien sortait de sa voiture pour entrer chez Sally. Il fit aussitôt un crochet dans sa direction et désigna les cartons qu'on lui transportait à l'intérieur de la librairie.

— Vous allez vous en sortir ? demanda-t-il, inquiet. Je suppose que tout ça monte à votre appartement ?

Shanna hocha la tête.

— J'étais loin de me douter que les cartons seraient si gros.

— Et si je surveillais le magasin le temps que vous guidiez les livreurs jusqu'à votre appartement et qu'ils déposent tout à l'endroit qui vous convient ? Comme ça, vous n'aurez pas d'efforts à faire, tout à l'heure.

Elle hésita. Etait-il bien sage de mêler Mick à tout cela ? Kevin pourrait y voir une trahison. A l'évidence, il était furieux contre elle. A plusieurs reprises elle avait tenté de l'appeler durant sa sortie shopping de la veille, mais chacun de ses appels avait atterri directement sur sa boîte vocale. Dans ses messages, elle n'avait fait aucune allusion à Henry. Elle s'était bornée à prier Kevin de la rappeler pour qu'elle puisse s'expliquer à propos de la scène qui s'était passée à la librairie. Ce n'était pas le genre de chose qui peut s'éclaircir dans un bref message. La situation était trop compliquée.

Finalement, repoussant ses doutes sur l'éventuelle réaction de Kevin, elle opta pour le sens pratique. Mick était là et son aide était la bienvenue.

— Vous êtes sûr que ça ne vous dérange pas ?

— Bien sûr, sinon, je ne vous l'aurais pas proposé, répliqua-t-il.

— Merci, dit-elle.

Et elle dirigea aussitôt les livreurs vers la porte de service, puis jusqu'en haut de l'escalier.

Quand ils eurent déposé les cartons dans la chambre d'amis, elle redescendit les marches quatre à quatre et trouva Mick absorbé dans la lecture d'un thriller qu'il avait pris dans le présentoir des best-sellers en poche.

— Maintenant que j'ai été happé par l'intrigue, je dois l'acheter, expliqua-t-il en sortant de sa poche un billet de vingt dollars.

Shanna voulut protester mais il l'arrêta.

— Je ne l'accepterai pas en cadeau. Vous n'arrêtez pas de donner des livres aux gens en guise de remerciement ; à force, vous allez vous retrouver sur la paille !

— Je reconnais que, comme pratique commerciale, ça ne vaut pas un clou. Mais j'aime tellement faire découvrir des livres que j'en oublie que c'est censé me rapporter de l'argent.

— Si c'est ce que vous éprouvez, vous vous épanouiriez davantage dans une librairie de livres gratuits, lui fit-il remarquer.

Elle rit.

— Vous marquez un point. Merci quand même pour m'avoir gardé le magasin.

— Ça m'a pris deux minutes. Inutile d'en faire tout un plat. Et ces meubles, alors ? Vous savez comment les assembler ?

— Je m'en sortirai, j'en suis sûre.

— J'ai un peu de temps. Je pourrais vous les monter.

Il lui lança un regard appuyé.

— A moins que vous n'ayez l'intention de vous adresser à Kevin.

— Je ne crois pas que ça soit envisageable, lui confia-t-elle avec regret.

Mick la dévisagea attentivement.

— Je sais qu'il n'est pas très doué avec un tournevis, mais vos rayonnages sont encore debout. Il ne peut pas être complètement nul.

— Je ne doute pas de ses compétences, mais de sa motivation, avoua-t-elle avec franchise. Il était ici hier, quand quelqu'un de mon ancienne vie est passé me rendre visite. Je crois qu'il s'est mépris sur mon compte. Mais jusqu'à maintenant, il ne semble pas très désireux de me laisser une chance de m'expliquer.

— Vous voulez m'en parler ? s'enquit Mick, plein d'espoir. Je pourrais lui transmettre l'info.

Shanna sourit devant le stratagème évident.

— Vous adoreriez être dans la confidence, n'est-ce pas ?

— Ça ne me dérangerait pas, répliqua-t-il d'un ton noble, une étincelle au fond du regard.

— Non. Sinon, vous auriez une longueur d'avance sur lui et je ne crois pas que ça lui ferait très plaisir.

Elle secoua la tête, consternée.

— Je me suis vraiment mal débrouillée. J'aurais dû tout lui dire il y a des semaines. Bree m'avait prévenue, mais je croyais avoir le temps.

Mick hocha la tête.

— La vie nous échappe toujours. A mon avis, il vaut toujours mieux dire les choses et les assumer.

Il sourit.

— Et j'en connais un rayon là-dessus, vous seriez sage de m'écouter.

— J'espère bien que plus jamais je n'aurai à affronter une situation comme celle-là.

— Vous aiguisez ma curiosité ! s'écria-t-il avant de

balayer d'un geste les protestations de Shanna qui refusait d'en discuter avec lui. C'est bon. Je ne vous poserai plus de questions. Entre-temps, laissez-moi au moins vous donner un coup de main pour ces meubles. Ça me prendra une minute pour les assembler.

Shanna hésita. Le bon sens voulait qu'on accepte la main-d'œuvre qualifiée quand elle était offerte.

— Merci. J'en serais ravie.

Elle lui tendit la clé de son appartement.

— Vous verrez, les cartons sont dans la chambre d'amis.

— Je trouverai, affirma-t-il.

Moins d'une demi-heure plus tard, il était redescendu.

— Ça y est, tout est en place, déclara-t-il en lui rendant la clé. Ce lit bleu vif et sa commode font beaucoup d'effet sur ces murs jaunes. Ça fera une jolie chambre pour un jeune garçon.

Il allait à la pêche aux renseignements, elle le savait, mais elle n'avait pas la moindre intention de satisfaire sa curiosité.

— Merci pour votre aide, Mick. Vous êtes mon sauveur.

— Vous attendez de la visite ? persista-t-il.

— On peut dire ça comme ça.

Il la considéra d'un œil exaspéré.

— Bon sang, alors ! Vous ne lâcherez donc rien ?

Elle rit.

— Rien.

— Dites-moi juste une chose, lui demanda-t-il, la mine sombre. Mon fils a-t-il des raisons d'être bouleversé que cette personne, quelle qu'elle soit, vienne habiter chez vous ?

— Je ne le pense pas, répondit-elle en toute franchise. Mais il peut le percevoir différemment.

— Eh bien, voilà qui n'éclaire pas beaucoup ma lanterne.

— Je ne peux pas vous en dire plus, s'excusa-t-elle. Pas encore. La situation pourrait évoluer.

Mick la scruta avec attention.

— Mais quoi qu'il se passe, vous en êtes heureuse ?

— Plus que vous ne pouvez l'imaginer.

— Eh bien alors, Kevin devra s'adapter, c'est tout.

Shanna le regarda d'un air incrédule.

— Venant de vous, une telle réaction m'étonne. D'après ce qu'on m'a raconté, les O'Brien ne se distinguent pas par un sens de l'adaptation très développé. De l'avis général, ils seraient plutôt têtus comme des mules.

Mick rit.

— Si vous avez compris ça, vous vous intégrerez sans mal parmi nous.

Alarmée par l'attente qui perçait dans sa voix, Shanna préféra mettre les points sur les i.

— Mick, entre Kevin et moi, les relations ne sont pas au beau fixe en ce moment. Et je ne suis pas sûre que ça puisse s'arranger.

— Mais si, affirma-t-il avec une tranquille assurance. Faites-moi confiance là-dessus. Nous sommes peut-être têtus, mais nous savons reconnaître une femme bien au premier coup d'œil. Quand Kevin est revenu, nombre de filles ont essayé d'attirer son attention, au début. Il ne s'est intéressé à aucune jusqu'à ce que vous arriviez. Il est clair que vous occupez une place à part dans son cœur. Ne désespérez pas de lui, pas encore.

Sur ces mots, Mick partit rejoindre ses amis chez Sally et Shanna poussa un soupir. Même en espérant qu'il ait raison, elle n'allait certainement pas compter là-dessus.

*
* *

Peu après le départ de Mick, le portable de Shanna se mit à sonner. A la seconde où elle vit s'afficher le numéro de Laurie, elle répondit.

— Devine ! lança-t-elle avant que son amie ait pu lui dire bonjour.

— Henry va venir habiter avec toi, lâcha Laurie.

Elle semblait nettement moins enthousiasmée que Shanna par la nouvelle.

— Ah, n'essaie pas de me démoraliser, dit-elle à Laurie. Mais comment le sais-tu ? Ce n'est même pas encore officiel.

— L'autre jour, j'ai vu dans le carnet mondain un entrefilet indiquant que Greg avait été hospitalisé, alors j'ai fait ma petite enquête pour savoir ce qui se passait. Hier soir, un ami des Hamilton m'a annoncé la grande nouvelle : Mme Hamilton avait décidé la veille de te confier Henry. Il est déjà là ?

Pas autrement surprise que Laurie soit si bien renseignée par le bouche à oreille de la jet-set, Shanna confirma :

— Si Greg ne s'oppose pas à cette idée, Henry arrivera vendredi.

— Combien de temps restera-t-il ?

— Jusqu'à la rentrée scolaire. Peut-être plus.

— Oh, chérie, tu vas encore au-devant d'un terrible chagrin, s'inquiéta Laurie. Ces gens n'hésiteront pas à se servir de toi maintenant pour te reprendre Henry à la minute où ça leur conviendra.

— C'est une possibilité, je le sais, admit Shanna. Mais je l'accepte. Je veux profiter de chaque occasion qui m'est donnée d'être avec Henry.

— Tu te laisses trop facilement attendrir, ça te perdra.

— Le plus important, c'est que, dans l'immédiat, Henry a besoin de moi. Il va refaire partie de ma vie. Je meurs d'impatience ! S'il te plaît, réjouis-toi pour moi.

— Tu es bien naïve si tu t'imagines que tu ne vas pas être malheureuse comme les pierres quand il va repartir. Parce qu'il repartira. C'est couru d'avance. Les Hamilton ne renonceront jamais à lui de façon définitive.

— Au bout du compte, il pourrait rester, insinua Shanna, incapable de réprimer un accent nostalgique.

Naturellement, Laurie s'en empara.

— Et voilà. Tu te prépares déjà une belle déception !

Shanna perdit patience.

— Eh bien, dis-moi un peu ce que j'étais censée faire quand Mme Hamilton m'a demandé de m'occuper d'Henry pendant quelques semaines !

— Après ce que ces gens t'ont fait subir, tu aurais dû refuser.

— Et qui aurait le plus trinqué dans l'affaire ? Henry, bien sûr, riposta Shanna avec fougue. Ce petit garçon n'est pas responsable de tout ce qui lui arrive. Il a besoin de vivre avec quelqu'un qui l'aime, surtout alors que Greg est si malade.

Laurie laissa échapper un soupir de résignation.

— D'accord, je vois que je ne te ferai pas changer d'avis, alors laisse-moi seulement te poser une dernière question et ensuite je passerai à autre chose.

— Quoi ?

— Comment réagit Kevin à tout ça ?

— Il n'est pas au courant, avoua Shanna. En fait, il était ici quand Henry est passé me rendre une petite visite hier, en compagnie de sa grand-mère.

— Il sait donc qu'Henry est ton beau-fils.

— Pas tout à fait. Kevin a entendu Henry m'appeler

maman et il a quitté le magasin. De toute évidence, il pense que je lui ai caché un fait capital.

Laurie poussa un gémissement.

— Ecoute, je sais bien que je n'ai jamais été très fan de cette relation, mais vous n'allez tout de même pas tout gâcher à cause de cette histoire ? Greg et les Hamilton font partie de ton passé. Kevin, lui, pourrait bien être ton avenir.

— Mais c'est Kevin qui ne veut pas me parler ! J'ai essayé de lui expliquer, mais il refuse de prendre mes appels. Et puis, dans l'immédiat, je n'ai pas le temps de m'en inquiéter.

— Tu commets une erreur.

— Plusieurs, selon toi, rétorqua Shanna. Je fais ce qui me semble juste, c'est tout.

— Très bien, alors. Je t'aime, ma chérie. J'espère que toute cette histoire s'arrangera comme tu le souhaites. J'essaierai de venir dans les quinze jours, histoire de m'assurer que tout va bien.

— A condition que tu me soutiennes, l'avertit Shanna. Je ne veux pas que tu viennes si c'est pour critiquer mes choix, surtout quand ceux-ci concernent Henry.

— Hé, moi aussi j'aime Henry ! C'est un gamin génial qui en a drôlement bavé. Je ne ferai rien qui risque de le bouleverser. Ça ne signifie pas pour autant que je ne vais pas veiller sur sa belle-mère.

— Tout va très bien se passer, insista Shanna.

Mais, en semant le doute dans son esprit, Laurie ne l'aidait certainement pas à le proclamer avec confiance.

Le vendredi à midi pile, Mme Hamilton arriva à la librairie, accompagnée d'Henry et d'un nombre de valises suffisant pour tenir des mois, et non des semaines. Dès que la voiture s'arrêta, Henry en jaillit et courut vers Shanna.

— Je vais rester avec toi, annonça-t-il d'un ton joyeux. Pour vraiment très longtemps.

— Je sais, répondit-elle avec une excitation égale à la sienne. On va bien s'amuser !

— J'aurai une chambre à moi ? s'enquit-il. Sinon, c'est pas grave.

— Tu auras ta propre chambre. Laisse-moi deux minutes, le temps de passer un coup de fil, et je vous la montre à toi et à ta grand-mère.

Elle appela la boutique de Bree pour prévenir Jenny qu'elle avait besoin d'elle tout de suite. Elle s'était organisée pour que l'adolescente lui garde la librairie pendant une heure ou deux, le temps de faire visiter l'appartement à Henry et de l'emmener déjeuner. Bree avait spontanément accepté quand elle avait appris que le beau-fils de Shanna venait la voir.

— Jenny peut s'occuper de ton magasin chaque fois que tu auras besoin d'elle, lui avait proposé Bree. J'emploie une nouvelle vendeuse à temps complet qui est capable de tout gérer en mon absence. Ces jours-ci, je suis de plus en plus accaparée par cette histoire de théâtre.

— Si tu ne vois pas d'inconvénient à ce que je te l'emprunte, je paierai Jenny chaque fois qu'elle me remplacera au magasin, affirma Shanna. Il n'est pas question que je profite de ta gentillesse.

— Tu régleras avec elle la question de sa rémunération. Elle peut équilibrer ses heures entre nous comme elle le souhaite.

Cet arrangement promettait de bien fonctionner. Jenny avait été enchantée qu'on lui offre la possibilité de faire quelques heures supplémentaires.

Dès que celle-ci arriva pour prendre le relais, Shanna

conduisit Henry et sa grand-mère à l'étage. Sitôt qu'il vit sa chambre, le visage de l'enfant s'épanouit en un sourire ravi.

— C'est génial ! s'exclama-t-il avec enthousiasme. Regarde, grand-mère, il y a des posters des Phillies aux murs, et aussi des Eagles. Ce sont mes équipes préférées !

— Je sais, répondit sa grand-mère.

Elle sourit à Shanna.

— Vous n'auriez pas pu faire mieux pour qu'il se sente chez lui, ici. Je ferais bien de repartir à Philadelphie maintenant, et de vous laisser vous installer.

— Déjà ? fit Henry, l'air dépité. Je croyais qu'on irait manger, d'abord.

— C'était aussi mon idée, intervint Shanna. On pourrait peut-être aller manger un morceau en vitesse au café voisin ?

Leur insistance eut l'air de plaire à la vieille dame.

— En vitesse, alors.

En bas, Shanna s'assura que Jenny était capable de s'en sortir pour toutes les tâches qu'elles avaient examinées ensemble.

— Si tu as besoin de moi, je suis chez Sally, et je prends mon téléphone portable.

— Ça va, affirma Jenny. Bree a le même genre de caisse enregistreuse, et tu m'as montré comment entrer les codes barres et remplir les livres de comptes.

Shanna sourit.

— Excuse-moi. Je suis une inquiète.

— Eh bien, tu n'as pas de souci à te faire. Si j'ai le moindre doute, je t'appelle. J'ai ton numéro de portable.

Satisfaite, Shanna conduisit Henry et Mme Hamilton au restaurant, sachant que la présentation publique d'Henry se répandrait en ville comme une traînée de poudre d'ici le soir.

A peine se furent-ils installés dans un box que Sally apparut, son carnet de commandes à la main, le visage dévoré de curiosité.

— Tiens, tiens, mais qui voilà ? fit-elle en souriant à Henry.

— Je te présente mon beau-fils, Henry Hamilton. Et sa grand-mère, Loretta Hamilton. Henry va passer quelque temps chez moi.

Sally s'épanouit.

— C'est formidable.

Elle fit un clin d'œil à Henry.

— Je compte bien te voir souvent ici. Bon, vous avez choisi ?

Shanna jeta un regard en direction de son ancienne belle-mère qui étudiait le menu d'un œil perplexe. La carte était bien éloignée de son repas habituel au country club…

— Je sais que vous aimez la salade de poulet, intervint Shanna. Celle de Sally est délicieuse, surtout servie sur l'un de ses croissants encore chauds.

— En effet, ça me paraît tout à fait bien, acquiesça Mme Hamilton. Avec une tasse de thé.

— De l'Earl Grey, Sally, si tu en as, précisa Shanna.

— J'en ai.

Sally s'adressa à Henry :

— Et toi, jeune homme ?

— Je voudrais un hamburger, s'il vous plaît.

— Il a de bonnes manières, constata Sally avec approbation. Et toi, Shanna ?

— Je prendrai la salade de poulet sur un croissant, moi aussi.

— Je vous apporte tout ça dans une minute.

En dépit de sa promesse, Sally s'arrêta plusieurs fois sur le chemin des cuisines pour transmettre le tout dernier potin aux habitués, remarqua Shanna. D'ici la tombée de la nuit, la moitié de la ville saurait que son beau-fils séjournait chez elle — son *beau-fils* et non son fils. La rumeur arriverait peut-être jusqu'aux oreilles de Kevin, même si elle ne comptait pas sur cette seule distinction pour recoller les morceaux avec lui. Il restait évident qu'elle lui avait dissimulé un pan significatif de sa vie.

Quand elle se retourna vers son ancienne belle-mère, elle vit que cette dernière détaillait le café sans prétention avec intérêt.

— J'allais dans un endroit comme celui-ci quand j'étais étudiante, il y a bien des années. Mes amies et moi nous y retrouvions tous les après-midi.

— Pour regarder passer les garçons ? osa la taquiner Shanna.

Mme Hamilton pouffa.

— Je ne l'aurais jamais avoué à mes parents, mais oui. J'imagine que ce genre de choses ne change pas.

— Est-ce ainsi que vous avez rencontré M. Hamilton ?

— Oh, non…, fit-elle, l'air nostalgique. Nos deux familles étaient amies depuis des années. Nous avons pratiquement grandi ensemble. Il a toujours été entendu que nous nous marierions.

— Et l'amour dans tout ça ? s'enquit Shanna, tentant d'imaginer une relation fondée sur les attentes familiales et non sur un sentiment passionné.

Auparavant sa question aurait été jugée impertinente, mais Mme Hamilton se contenta de secouer la tête.

— Les jeunes gens d'aujourd'hui croient que l'amour ne peut naître que d'une alchimie mutuelle et d'une passion débordante. De mon temps, nous avions le même sentiment, bien sûr, mais nous savions aussi que l'amour ainsi qu'une union durable peuvent trouver leur base dans l'amitié, le respect réciproque et la poursuite d'objectifs identiques.

— Je ne me souviens pas de ma vraie mère, mais mon père et maman étaient amoureux, intervint Henry, le visage triste. Sauf que ça n'a pas duré longtemps.

Shanna l'étreignit brièvement.

— C'était compliqué, trésor. J'ai encore de l'affection pour ton père ; quant à toi, je t'aime plus que tout au monde.

Le visage du petit garçon se fendit d'un large sourire.

— Plus que la neige ?

— Incontestablement, affirma-t-elle, jouant au jeu qui leur était autrefois familier.

— Plus que les arcs-en-ciel ?

— Tout à fait.

— Plus que les fleurs ?

— Tu parles !

L'enfant marqua une pause, le visage pensif, avant de lui soumettre l'ultime défi :

— Plus que les sundaes au chocolat chaud ?

Shanna poussa un profond soupir.

— Les sundaes au chocolat chaud, c'est vraiment top, dit-elle, simulant un cruel débat intérieur.

Puis elle lui fit des chatouilles jusqu'à ce qu'il se mette à glousser.

— Oui, plus que les sundaes au chocolat chaud !

En levant la tête, elle s'aperçut que Mme Hamilton les observait avec des yeux pleins de larmes.

— Excusez-moi, dit précipitamment cette dernière. Je dois aller me repoudrer le nez.

En la regardant s'éloigner, Shanna éprouva un regain

de compréhension pour cette femme qui lui avait jadis témoigné tant de dédain. Sous ses dehors inflexibles et guindés, elle aimait sincèrement son petit-fils. Assez pour le laisser partir.

Pas un jour ne se passait sans que Kevin n'entendît parler du petit garçon qui vivait désormais avec Shanna. Son beau-fils, semblait-il, et non son fils, mais en quoi cela faisait-il tellement de différence ? Manifestement, cet enfant représentait un pan important de sa vie, or elle avait gardé son existence secrète. Comment pourrait-il lui pardonner cela ?

D'autres personnes n'étaient visiblement pas confrontées au même dilemme. Cette nouvelle provoquait chez elles une excitation débordante. Mick n'avait pas pu s'empêcher de claironner qu'il avait monté des meubles pour le petit garçon. Quant à Bree et Jess, c'étaient elles les plus déchaînées, comme d'habitude.

— Il est trop mignon, s'enthousiasma Bree.

— Je sais, approuva Jess. Je l'ai vu avec Shanna chez Sally, le jour de son arrivée. C'est un amour. Tu ne trouves pas, Kev ? Tu l'as vu le soir où il est passé, non ?

Comme le soir en question, Kevin quitta la pièce sans un mot. Il n'avait pas envie de discuter de ce sujet, et encore moins de le disséquer, avec quiconque. Et sûrement pas avec sa bruyante famille.

Bree, cependant, n'avait pas l'intention de le laisser s'en tirer à si bon compte. Elle fut immédiatement sur ses talons.

— C'est bien ce que je pensais, lança-t-elle en lui enfonçant un doigt dans l'estomac. Tu es furieux parce qu'elle t'a caché quelque chose.

— Quelque chose d'assez costaud, grogna-t-il. Elle a apparemment abandonné un enfant.

— Comme maman et Georgia, souligna Bree d'un air entendu.

— Oui, absolument, comme maman et Georgia. Tu veux dire que tu approuves ce genre d'attitude ?

— Premièrement, je ne jugerais pas Shanna avant de connaître tous les faits. Et deuxièmement, comme je dispose de tous les faits, je suis ici pour te dire que ça n'a rien à voir avec l'attitude de maman ou de Georgia. Si tu voulais bien descendre de tes grands chevaux et parler à Shanna, tu t'apercevrais de l'abîme qu'il y a entre les deux situations.

— Il n'y a rien qu'elle puisse dire…

Bree lui coupa la parole.

— Oh, la ferme ! Et arrête de t'ériger en juge borné sans connaître les faits dans leur intégralité, s'exclama-t-elle. Tu ne sauras rien tant que tu n'écouteras pas ce qu'elle a à te dire.

Elle le regarda d'un air entendu.

— A moins que tu ne te cramponnes à cette attitude pour mettre de la distance entre vous deux, par peur de tomber amoureux d'elle.

Kevin s'efforça de conserver un visage neutre afin que sa sœur ne s'aperçoive pas qu'elle avait peut-être vu juste. Il préféra la provoquer.

— Si tu sais que j'ai tort, pourquoi n'éclaires-tu pas ma lanterne ?

— Parce que c'est à Shanna qu'il faut que tu parles, pas à moi. On appelle ça communiquer, Kevin. Tu as bien besoin d'apprendre à le faire.

Il la fusilla du regard.

— Hé, c'est valable dans les deux sens, tu sais ? Ce

n'est pas comme si Shanna m'avait couru après pour tout mettre au clair.

— Je mettrais ma main au feu qu'il y a des jours qu'elle te laisse des messages, rétorqua Bree.

Kevin se sentit rougir sous l'accusation.

— Elle m'en a laissé quelques-uns, reconnut-il. Mais si elle se souciait vraiment de ce que j'ai pu penser, elle serait venue ici pour me forcer à l'écouter.

Bree gémit.

— Non, mais tu t'entends ? C'est complètement dingue, même pour toi.

— Merci beaucoup, grommela-t-il.

Il réagissait sans doute de façon irrationnelle, mais, nom d'un chien, il avait des raisons d'être en colère !

Bree secoua la tête.

— Dieu me protège des imbéciles qui ont plus d'orgueil que de bon sens ! Dois-je comploter avec Jess et Abby pour vous réunir dans la même pièce ? Crois-moi, si jamais je devais avoir recours à ce genre de manœuvre, tu n'y verrais que du feu. A nous trois, nous sommes bien plus retorses que Gram, et tu peux être sûr que, de son côté, elle travaille déjà à un plan pour vous réconcilier.

— Je ne mets pas en doute vos capacités quand il s'agit de vous mêler des affaires des autres, marmonna-t-il.

Et, dans sa bouche, ce n'était pas un compliment.

Mais, au moins, Bree l'avait prévenu. Dorénavant, il se tiendrait sur ses gardes, car la dernière chose qu'il souhaitait, c'était bien une conversation intime avec une femme capable elle aussi d'abandonner son fils, ou même son beau-fils avec lequel elle entretenait à l'évidence une relation privilégiée.

Car c'était bien ça le fond de l'histoire, malgré tous les prétextes que Shanna avait servis à Bree. Il avait vu la façon dont le petit garçon la regardait. Kevin avait reconnu cette souffrance, car, même s'il était adolescent à l'époque, il avait vécu lui-même une expérience très similaire quand Megan les avait tous abandonnés.

A ses yeux, la conduite de Shanna était impardonnable. En quoi cette conviction faisait-elle de lui un sale type ?

22

Mick était si frustré par l'attitude de son fils qu'il envisageait de se rendre à Annapolis pour en discuter avec Thomas. Peut-être qu'à deux ils trouveraient un moyen de faire entrer dans la caboche de Kevin qu'il gâchait sa meilleure chance de bonheur.

Mick n'ignorait pas ce que c'était que d'être fier et têtu. N'avait-il pas perdu Megan en se comportant de la même manière que son fils aujourd'hui ? Bien sûr, cette triste période de sa vie lui avait servi de leçon en lui apprenant ce que, de toute façon, personne au monde n'aurait réussi à lui faire comprendre avant. C'était la seule raison qui l'empêchait d'aller chercher du secours auprès de Thomas. Bon, d'accord, ça et le fait qu'il ne voulait pas donner à son frère la satisfaction d'avoir dû recourir à lui pour venir en aide à l'un de ses propres enfants.

— Je ne sais pas quoi faire pour raccommoder Kevin et Shanna, confia-t-il à Megan en la ramenant de l'aéroport à la maison.

— Peut-être n'y a-t-il rien que tu puisses — ou que tu doives — faire. Kevin doit démêler ça tout seul. Tu l'as bien fait, toi.

— Sauf que ça m'a pris un sacré bout de temps, commenta Mick. Je ne veux pas qu'il en perde autant.

— Moi non plus, avoua Megan.

Mick se tourna vers elle et suggéra :

— Nous pourrions lui montrer l'exemple.

Elle le considéra d'un œil soupçonneux.

— Que veux-tu dire par là ?

Il s'anima à cette idée.

— Si on organisait un grand mariage pour lui montrer que deux personnes peuvent tout surmonter quand elles le veulent vraiment, il ferait peut-être un pas vers Shanna ?

Megan eut l'audace de s'amuser de cette suggestion.

— Mick O'Brien, tu es incorrigible. Je refuse de me marier pour donner une leçon à notre fils.

— Ai-je insinué qu'il était question d'autre chose que de mon amour pour toi ? Je pensais que c'était évident, riposta-t-il, vexé.

— Alors tu aurais peut-être dû au minimum le mentionner, rétorqua-t-elle.

— Que me faudra-t-il faire pour te faire céder, Meggie ? lui demanda-t-il, exaspéré. Je ne sais plus quoi faire pour te prouver que, cette fois, ça va marcher entre nous. Je ne suis plus le même homme. Nous serons de vrais associés, nous partagerons tout. Tu en auras tellement assez de m'avoir dans les jambes que tu passeras des coups de fil à travers tout le pays pour me dégotter des jobs, histoire que je quitte un peu la maison.

— Alors là, c'est un scénario que j'ai du mal à imaginer.

Ils étaient encore à des kilomètres de la bretelle de Chesapeake Shores et Mick était impatient de rentrer, pourtant, il prit sa décision sur-le-champ. Il s'inséra sur la voie de gauche et mit son clignotant. Il aurait dû faire cette petite virée avec Megan des semaines plus tôt.

— Où allons-nous ? lui demanda-t-elle. Ça n'est pas la route de la maison.

— Tu verras bien, répliqua-t-il d'un ton sombre, bien décidé à lui prouver une bonne fois pour toutes qu'il avait raison.

Si ça ne marchait pas, il aurait épuisé sa réserve d'idées.

Il roula jusqu'au chantier d'un ensemble résidentiel à prix abordable qui était en cours de travaux dans le programme d'*Habitat for Humanity*. Il avait personnellement acquis ce terrain dont il avait fait don à l'organisation, et en supervisait la construction. D'un violent coup de frein, il fit piler la voiture et coupa le moteur.

— Regarde autour de toi, ordonna-t-il à Megan. Qu'est-ce que tu vois ?

Elle fixa un moment la scène qui s'étendait devant eux, remarqua l'activité qui s'y bousculait.

— Le chantier d'un nouveau lotissement, dit-elle avec étonnement. C'est à toi ? Ça ne ressemble pas aux ensembles que tu construis d'habitude.

Mick lui expliqua la mission qu'il avait entreprise.

— J'ai fait ça pour toi, pour pouvoir rester à proximité de la maison tout en continuant à faire ce que je fais de mieux. C'est Ma qui en a eu l'idée. Elle pensait que je pouvais apporter une réelle contribution au logement et t'impressionner en même temps. C'est moi qui ai fourni le terrain pour cet ensemble d'habitations, et j'ai obtenu les faveurs de nombreux amis. Ils se sont tous mis à l'œuvre pour la construction et les familles qui habiteront ici mettent également la main à la pâte.

Megan le regarda fixement, puis son regard passa aux maisons.

— Je suis très étonnée, déclara-t-elle.

Il fronça les sourcils.

— Qu'est-ce que ça veut dire ? Trop assommée pour y croire ?

Elle hocha la tête.

— Je n'en reviens pas que tu fasses quelque chose de ce genre, Mick. Tu as toujours été généreux, mais là…

Ses yeux se remplirent de larmes.

— Mick, c'est magnifique. Quelle formidable manière de mettre à profit ton talent et ton expérience !

Le compliment était agréable à l'oreille, mais ce n'était pas ce qu'il cherchait.

— Alors, tu comprends maintenant ? Je suis sérieux à propos de nous deux, Meggie. Je n'ai pas encore pris ma retraite, mais je passe quatre-vingt-dix pour cent de mon temps ici, à proximité de la maison, sur ce chantier ainsi que sur deux ou trois autres.

Incapable de contenir sa frustration, il éclata :

— Alors, ça te suffit comme preuve ou bien y a-t-il encore beaucoup d'exploits que tu souhaites me voir accomplir ?

Megan parut choquée par sa question, mais peut-être fut-ce le ton de sa voix qui amena la consternation sur son visage.

— Oh, Mick, je ne t'ai jamais demandé d'accomplir des exploits pour me prouver quoi que ce soit. Tu n'en as assurément pas exigé de moi, bien que je doive moi aussi regagner ta confiance. Je voulais simplement être sûre, je voulais que nous soyons sûrs tous les deux que, cette fois, ça pourrait marcher. A mon âge, je refuse d'endurer l'épreuve d'un second divorce pour la seule raison que nous n'arrivons pas à vivre ensemble.

— Parce que tu crois que j'en ai envie, moi ? s'indigna-t-il. Nous avons suffisamment vécu tous les deux pour savoir que le mariage demande des efforts, plus d'efforts que je n'étais prêt à en fournir la première fois. Mais maintenant, je ferai tout ce qu'il faudra.

Le regard de Megan, calme et impassible, plongea dans le sien.

— Redemande-le-moi, suggéra-t-elle d'une voix un peu rauque.

Mick la dévisagea sans comprendre.

— Que je te redemande quoi ?

Elle se contenta de hausser un sourcil.

— Oh, fit-il.

Et son cœur se mit à tambouriner dans sa poitrine.

Il dut rassembler ses pensées, trouver les mots exacts.

— Megan O'Brien, se lança-t-il enfin, me ferais-tu l'honneur de devenir ma femme, mon associée, mon âme sœur ? Es-tu prête à m'indiquer mes erreurs et à tout partager avec moi ?

Les lèvres de Megan s'incurvèrent lentement et des larmes coulèrent sur ses joues.

— Oui, Mick O'Brien, je crois que oui.

Mick voulut l'enlacer, mais, dans le gros 4x4, son geste s'avéra plus gauche que romantique. Dommage qu'il ne soit pas allé la chercher dans la décapotable ! Toutefois l'instant restait agréable et il n'allait certainement pas perdre son temps en regrets.

— Je t'aime, Meggie, dit-il en lui caressant la joue. Je t'ai toujours aimée, même quand je me conduisais comme un imbécile.

Elle rit.

— Moi aussi, avoua-t-elle. Mais peut-être que, cette fois, deux vieux imbéciles pourront éviter de retomber dans les mêmes erreurs.

— J'y compte bien, répliqua-t-il avant de se débrouiller pour lui passer la main sur la nuque et l'embrasser sans que ce fichu levier de vitesse ne les transperce l'un ou l'autre.

— Il me tarde d'être à la maison pour annoncer la bonne nouvelle à tout le monde.

— Non, se récria-t-elle sur-le-champ. Pour le moment, nous devons garder ça pour nous.

Il commença à s'énerver.

— Dis-moi donc pourquoi nous ne pouvons pas le clamer au monde entier ?

— Réfléchis, Mick. Notre fille va se marier dans quelques semaines. Nous ne devons pas voler la vedette à Abby. Et pense aux problèmes de cœur de Kevin, ça serait retourner le couteau dans la plaie.

Mick soupira.

— Tu vas sans cesse avoir recours à un prétexte ou à un autre ?

— Non, lui promit-elle en prenant sa main pour déposer un baiser sur ses phalanges. Dès qu'Abby et Trace seront mariés et que Kevin aura réglé ses différends avec Shanna, on leur annoncera la grande nouvelle.

Elle sourit.

— Bien que, connaissant ta mère, elle aura tout deviné bien avant.

— C'est vrai que Ma a un sixième sens pour tout ce qui concerne la famille, n'est-ce pas ?

Il se consola en disant :

— Eh bien, peut-être que ça lui laissera le temps de se faire à cette idée.

Megan approuva d'un hochement de tête.

— Je veux être sûre qu'elle comprend que mon retour ne signifie pas son éviction.

— Ça se fera tout seul, Meggie, affirma Mick avec confiance. Ma t'adore.

— Moi aussi, je l'adore. Mais vivre toutes les deux sous le même toit va exiger des compromis. Je ne veux pas qu'elle soit malheureuse, Mick.

— Elle ne le sera pas puisqu'elle verra combien nous sommes heureux.

— A mon avis, tu fais preuve d'un optimisme excessif parce que c'est ainsi que tu veux que les choses se passent. Tu sais, elle est soucieuse depuis que nous avons recommencé à nous voir.

— C'est vrai, reconnut-il. Mais je sais aussi que vous arriverez à vous organiser pour votre bonheur à toutes les deux. Et j'y mettrai du mien pour être sûr qu'elle comprend que nous voulons qu'elle reste ici, avec nous. Elle va proposer de repartir habiter son cottage, mais je ne pense pas qu'elle serait heureuse, loin de toute cette agitation.

— Bon, alors nous sommes d'accord, déclara Megan. On patiente et on s'assure que tout est clair du côté de Nell.

Mick n'était guère enchanté de devoir attendre, mais c'était une mesure de bon sens, il le comprenait.

— Marché conclu.

Megan lui serra brièvement la main.

— Ça nous sera bénéfique, Mick. Nous pourrons prendre notre temps et régler tous les détails.

— Quels détails ?

— J'ai un travail à New York, précisa-t-elle, comme s'il avait besoin qu'on le lui rappelle.

— Tu démissionneras.

Megan fronça les sourcils.

— Pas si rien d'autre ne se présente, affirma-t-elle avec force. Je ne vais pas rester les bras croisés ; je refuse que mon bonheur dépende de toi, comme avant.

— Eh bien tu n'auras qu'à ouvrir une galerie d'art à Chesapeake Shores. Ton espèce de patron aura peut-être envie de s'agrandir en ouvrant une succursale ici, je ne sais pas comment on appelle ça dans ta branche. Tu pourrais la gérer pour lui. Ou démarrer ta propre affaire. Quoi que tu décides, je te soutiendrai.

— Vraiment ? Tu ne t'opposeras pas à ce que je travaille ?

— A condition que ça nous laisse beaucoup de temps pour nous deux. Il te faudra aussi avoir un assistant de toute confiance, parce que je veux que tu m'accompagnes dans mes déplacements, Meggie. Les séparations, c'est fini.

Elle hocha la tête.

— Entendu.

Mick sourit.

— Tu vois, ça va marcher comme sur des roulettes. On a déjà négocié quelques points délicats.

Megan rit.

— Mais oui, c'est vrai.

— Tout va se passer exactement comme on le souhaite, Meggie.

Il songea à son incapacité à faire des compromis dans le passé. Combinée à sa manie de s'informer toujours trop tard des désirs de Megan, elle les avait menés à la catastrophe. Mais cette fois, ce serait différent.

— Une vraie croisière.

Elle lui lança un regard ironique.

— Détrompe-toi, mais chaque tangage en vaudra la peine. J'y crois vraiment.

Mick opina du chef, satisfait. Peut-être était-ce là la clé d'un mariage réussi : savoir que la traversée comporte bien des écueils, mais garder jusqu'au bout la conviction qu'au final l'amour en vaut la peine.

Quand il vit Trace et Jake arriver le samedi matin, apparemment chargés d'une mission assignée par Bree et Abby, Kevin comprit qu'il allait passer un mauvais quart d'heure.

— Je suppose que ce n'est pas une petite séance de basket qui vous amène ? persifla-t-il en buvant son café.

Jake et Trace s'installèrent de part et d'autre de Kevin dans des rocking-chairs et commencèrent à se balancer. Ils devaient ressembler à trois petits vieux prêts à refaire le monde, mais Kevin n'était pas dupe.

— Non, pas de basket, dit Jake. J'ai un aménagement paysager dans une heure.

— Et moi, j'emmène les filles monter des poneys à la ferme Myers, précisa Trace.

— Donc, si vous êtes là, c'est que Bree et Abby vous ont envoyés, conclut Kevin d'un ton sinistre.

Trace acquiesça :

— Exactement.

— Peut-on s'accorder sur le fait que je sais déjà tout ce que vous allez me dire et en rester là ? leur demanda Kevin d'un ton plein d'espoir.

Jake secoua la tête.

— Non. Elles se font du mauvais sang.

— Ça, je le sais.

— Nous devons les rassurer, ajouta Jake.

— Elles pensent que tu as mal jugé Shanna et que tu dois lui laisser une chance de t'expliquer ce qui se passe, précisa Trace.

— Ça aussi, j'en ai bien conscience, reconnut Kevin, comprenant que, quoi qu'il arrive, ils allaient lui débiter leur sermon. Autre chose ?

— Je crois que ça ne s'arrêtait pas là, reconnut Jake, mais à un moment j'ai décroché.

Il fusilla les deux hommes du regard.

— Ce que je nierai jusqu'au bout si l'un de vous ose le répéter.

— Ce n'est pas par moi qu'elles l'apprendront, grommela Kevin. Vous pouvez y aller, maintenant. Vous avez accompli votre devoir.

— Tu vas aller voir Shanna ? lui demanda Jake, plein d'espoir.

— Non, répondit Kevin.

Trace poussa un gros soupir.

— Alors, notre mission n'est pas terminée. Nous sommes censés nous assurer que tu vas aller la voir pour éclaircir toute cette affaire.

— Etes-vous également censés me traîner de force jusqu'en ville ? s'enquit Kevin avec curiosité.

Oseraient-ils vraiment tenter le coup ? Cela faisait des années qu'il ne s'était pas volontairement embarqué dans une bagarre, mais, ces derniers temps, l'envie de boxer dans quelque chose le démangeait. Les deux hommes feraient peut-être l'affaire…

— Je crois qu'en effet Bree recommanderait l'usage de la force, si nécessaire, affirma Jake. Mais, personnellement, je suis contre.

— Moi aussi, renchérit Trace.

— Bon, d'accord. Alors, qu'est-ce qu'on fait ?

Jake haussa les épaules.

— Ça me dépasse.

— Il reste du café ? s'enquit Trace. Je prendrais bien une petite tasse avant de retourner voir les filles.

— Ça ne me ferait pas de mal à moi non plus, fit Jake.

Le regard de Kevin passa de l'un à l'autre et il secoua la tête.

— Est-ce qu'Abby et Bree se doutent un peu du spectacle pitoyable que vous m'offrez ?

— Non, heureusement, dit Trace.

Kevin éclata de rire.

— Je vais chercher du café. Ensuite, au nom de la fraternité et du reste, je vous filerai peut-être quelques tuyaux pour affronter mes sœurs.

— Ils seraient bienvenus, avoua Trace. Parce que plus le mariage approche et moins j'ai l'impression de comprendre ce qui se passe dans la tête d'Abby.

Jake hocha la tête d'un air de commisération.

— Même au bout de toutes ces années, Bree reste un mystère pour moi.

— Ça ne se limite pas à mes sœurs, affirma Kevin avant de rentrer dans la maison. C'est les femmes, mes amis. Chacune est une énigme.

— Bien dit ! approuva Jake.

Kevin leur tapa à tous les deux sur l'épaule.

— Voilà, maintenant vous pouvez rentrer chez vous et dire à mes sœurs que cette conversation s'est conclue sur un complet accord des trois participants.

Normalement, cela devrait inciter ses sœurs à lui lâcher la grappe, du moins le temps qu'elles comparent leurs impressions et se mettent à s'interroger plus précisément sur la raison pour laquelle cette agréable causette n'avait pas débouché sur une réconciliation entre Shanna et lui.

Shanna se tenait dans l'embrasure de la chambre d'amis qui était désormais décorée pour plaire à un petit garçon. Un mois après l'arrivée d'Henry, elle n'arrivait toujours pas à réaliser qu'il était là, qu'il était tout à fait possible qu'il y reste de façon définitive, à condition que la justice approuve l'arrangement auquel Greg et elle étaient arrivés la semaine dernière, grâce à l'intervention déterminée des Hamilton.

Henry était déjà inscrit à l'école de Chesapeake Shores. Elle allait devenir sa tutrice légale et finalement, si Greg allait au bout de sa cure de désintoxication sans replonger dans l'alcool par la suite, ce que contrôlerait la justice, il serait de nouveau autorisé à rendre visite à son fils, en dehors de la présence d'un tiers. L'avenir le leur dirait. D'ici là, Shanna et les parents de Greg assisteraient à toutes les rencontres entre Henry et son père. Un juge devait statuer sur ces dispositions la semaine prochaine, mais, comme tout le monde s'était engagé dans cet accord, il était peu probable qu'il soit rejeté.

Henry remua dans le lit, se retourna et l'aperçut. Son visage s'illumina d'un sourire. Ce sourire devenait de plus en plus fréquent au fil des jours à mesure que le petit garçon se sentait plus rassuré sur le plan affectif.

— Si tu t'habilles, on aura juste assez de temps pour aller pêcher sur la jetée avant que je ne parte à mon travail, déclara Shanna. Qu'est-ce que tu en dis ?

Pour toute réponse, l'enfant s'extirpa du lit et enfila un short et un T-shirt avant de se jeter à son cou.

— Je t'adore. Et j'adore la pêche.

— Je suis bien aise de venir en premier sur ta liste, le taquina-t-elle. Allez, les céréales attendent dans la cuisine.

Vingt minutes plus tard, ils étaient sur la jetée. Le soleil filtrait à travers les derniers lambeaux de brouillard matinal. Il y avait déjà une touche d'automne dans l'air, bien que l'on ne fût que début septembre. Henry grimpa sur un banc, attendit que Shanna lui lance sa ligne, puis lui prit la canne des mains et l'agrippa avec fermeté. Elle s'assit à côté de lui, souriant devant le petit pli de concentration qui lui faisait froncer les sourcils. Elle rejeta en arrière les cheveux soyeux de l'enfant, leva la tête et rencontra le regard méfiant de Kevin.

— Je ne m'attendais pas à te trouver ici, lâcha-t-il.

— Nous venons presque tous les samedis matin, expliqua-t-elle. Henry adore pêcher.

Kevin semblait à court d'inspiration et elle ne fit rien pour lui venir en aide. Le temps passant, elle en avait déduit qu'il savait probablement la vérité et avait fini par accepter le fait qu'il ne l'aimait pas assez pour vouloir recoller les morceaux. Elle avait admis que ses explications tomberaient sûrement dans l'oreille d'un sourd puisqu'il n'avait manifestement pas l'intention de lui pardonner d'avoir caché l'existence d'Henry.

Le regard de Kevin se posa sur le petit garçon assis près de Shanna et la dureté de son expression s'adoucit quelque peu. Mais quand il s'adressa à elle, son masque sévère s'était remis en place.

— Ton beau-fils, je suppose ? dit-il, prouvant ainsi qu'il avait appris au moins une partie de l'histoire.

Elle hocha la tête.

— J'espère bientôt devenir sa tutrice légale.

Le trouble obscurcit le regard de Kevin.

— Qu'est-ce que ça veut dire ? Et son père ?

A ce moment-là, Henry leva la tête.

— Mon père est malade. Si le juge est d'accord, je resterai ici pour toujours.

Le regard de Kevin allait et venait entre Henry et Shanna.

— Je ne comprends pas.

— C'est une longue histoire.

— Quelque chose me dit que je devrais l'entendre, reconnut-il avec une réticence évidente.

— J'ai comme l'intuition que Bree et Abby doivent te seriner ça depuis des semaines.

Il opina du chef.

— Je déteste qu'elles aient raison.

Shanna eut un petit rire.

— J'en suis sûre.

— Tu veux bien me mettre au courant ?

— Une autre fois, répondit-elle en lançant un coup d'œil appuyé en direction d'Henry.

— Bien sûr.

Il hésita, puis croisa son regard.

— Je regrette d'avoir apparemment tiré un peu vite une conclusion erronée l'autre jour, au magasin, et aussi de m'être enferré dans mon refus de t'écouter quand tu as tenté de m'expliquer.

— Tu as fait ton O'Brien, voilà tout, répliqua-t-elle d'un ton railleur. Même si je dois dire que c'est l'un des traits de caractère les moins séduisants de la famille.

— Mes sœurs m'en ont déjà vaguement touché un mot…

Il lui lança un regard plein d'espoir.

— Je veux bien écouter maintenant, si ce n'est pas déjà trop tard.

— Henry part demain passer la journée chez ses grands-parents et son père, lâcha-t-elle enfin. Jenny va s'occuper de la librairie. Tu aimerais qu'on déjeune ensemble ?

— Déjeuner ? Très bonne idée. Je viendrai te chercher à midi.

Elle acquiesça d'un hochement de tête.

— A bientôt, alors.

Elle se tourna vers Henry.

— Allez, mon chéri. Je dois aller travailler.

La déception se peignit sur le visage de l'enfant, mais il ramena consciencieusement sa ligne et descendit du banc.

— J'ai une idée, lança Kevin. J'allais emmener Davy pêcher sur le ponton de la maison, dans un petit moment. Henry aimerait peut-être se joindre à nous ?

Shanna regarda Henry, mais le petit garçon se serra

imperceptiblement contre elle, le regard apeuré. Pour lui, c'était une chose de parler à Kevin quand elle était là, mais une autre d'accorder seul sa confiance à un homme. Le fait de vivre avec un père imprévisible lui avait coûté son innocence. C'était peut-être le pire dommage qu'ait causé Greg à son fils.

— Une autre fois, suggéra-t-elle. On pourra en reparler demain à déjeuner.

— Bien sûr, répondit Kevin.

Il sourit à Henry.

— Peut-être que Shanna viendra avec toi à bord de mon bateau un de ces jours ?

Le regard d'Henry s'éclaira.

— Tu as un bateau ?

— Oui. C'était un bateau de pêche, mais, désormais, c'est devenu un bateau de recherche scientifique. On s'en sert pour étudier la baie.

— L'étudier comment ?

— Nous faisons des analyses d'eau pour vérifier le degré de pollution. Nous vérifions les huîtres, les crabes et les poissons. Nous voulons être sûrs que tout ceci reste en bon état pour quand tu auras grandi et que tu voudras emmener tes enfants pêcher ici.

— C'est géant ! s'exclama Henry en se tournant impatiemment vers Shanna. On pourra y aller ?

— Bien sûr, répondit-elle en lui ébouriffant les cheveux.

Elle jeta un œil à sa montre.

— Il faut qu'on file.

Kevin hocha la tête.

— A demain, alors.

Elle eut l'impression qu'il les suivait d'un regard spéculatif, même après qu'ils eurent quitté la jetée et pris la direction de Main Street.

— C'est ton ami ? demanda Henry à Shanna sur le chemin de la librairie.

Elle opina du chef.

— C'est un bon ami, oui.

Henry la dévisagea.

— Comme papa et toi, avant ?

Shanna était décontenancée.

— D'une certaine façon.

— Ah…, fit-il d'une voix légèrement tremblante.

Shanna s'arrêta et s'accroupit devant lui.

— Ça t'embête ? Tu ne l'aimes pas ?

Henry semblait lutter pour formuler sa pensée mais il était triste et inquiet, cela crevait les yeux. Shanna patienta.

— Il est sympa, je trouve, finit-il par lâcher. Et c'est cool qu'il ait un bateau.

— Alors, qu'est-ce qui t'embête ?

— Papa et toi, vous vous êtes mariés, expliqua-t-il, les yeux rivés au sol. Et puis tu es partie. Et s'il s'en va, lui aussi ? Ce sera ma faute ?

Ce raccourci dans l'esprit du petit garçon fut un choc pour Shanna.

— Henry, tout d'abord, Kevin et moi n'allons pas nous marier. Il n'en a même jamais été question entre nous. Ensuite, tu n'as absolument rien à voir avec le fait que nous ayons divorcé, ton père et moi, et tu ne seras pas un obstacle entre Kevin et moi. Tu es un petit garçon formidable. Nous avons beaucoup de chance, ton père et moi, que tu fasses partie de nos vies. Tu le sais, quand même, non ?

Il haussa les épaules.

— Je crois.

Shanna hésita avant de poursuivre :

— Tu sais, Kevin a un petit garçon, lui aussi. Tu l'as

entendu parler de Davy ? Eh bien, il a presque trois ans. Et, comme toi, sa maman est morte. Tu sais ce que ça fait. Tu pourrais devenir son ami et l'aider. Vous avez beaucoup de choses en commun. Vous adorez tous les deux la lecture. Je sais qu'il serait très content que tu lui lises parfois des histoires.

— Ce serait presque comme si j'étais son grand frère, conclut Henry, l'excitation gagnant peu à peu sa voix. Si vous changiez d'avis et si tu te mariais avec Kevin, je veux dire.

— Hé, du calme ! lança-t-elle en riant. Tu vas un peu vite en besogne. Essayons d'abord de tous bien nous entendre, d'accord ?

Pour l'instant, sa priorité était de regagner l'amitié de Kevin. Après la façon dont il l'avait exclue de sa vie, c'est elle qui n'était pas sûre de pouvoir lui pardonner. Le déjeuner de demain lui dirait si un tel dénouement était envisageable. Après, eh bien, ils verraient.

23

Quand Kevin rentra chez lui le samedi matin, il trouva Davy déjà installé sur le ponton en compagnie de Mick. Il sortit les rejoindre.

— Je vois que vous avez pris une longueur d'avance, tous les deux, lança-t-il en ébouriffant les cheveux dorés de soleil de son fils.

— Le poisson n'attendra pas toute la journée, lui fit remarquer son père.

— Vous avez attrapé quelque chose jusqu'ici ?

— Regarde dans le seau, lui suggéra Mick, une lueur amusée dans le regard.

Kevin jeta un coup d'œil et vit un minuscule poisson tournant en rond dans de l'eau de mer.

— Belle pièce, constata-t-il d'un ton goguenard.

— C'est la première prise de Davy, précisa Mick.

Kevin sourit largement à son fils.

— Bien joué, fiston, mais à mon avis, il devrait retourner nager avec sa famille et ses amis.

— Dîner, insista Davy, les mâchoires serrées d'obstination.

— Crois-moi, j'ai essayé de le convaincre, intervint Mick. Il veut que Ma voit son poisson. Apparemment, il a promis de lui en rapporter des tonnes pour le dîner.

Kevin réprima à grand-peine un sourire.

— Elle va être drôlement impressionnée, c'est sûr.

— Alors, où avais-tu filé de si bonne heure ? s'enquit Mick.

Kevin appâta l'hameçon et lança sa ligne avant de s'installer de l'autre côté de son fils. La chaleur du soleil pénétra ses épaules, produisant sur lui un effet décontractant, après son jogging aux aurores qui l'avait conduit jusqu'à la jetée.

— Je suis allé courir, expliqua-t-il.

— Tu as vu quelqu'un d'intéressant ? l'interrogea Mick avec une innocence excessive.

Kevin dévisagea son père, le regard méfiant.

— Tu sais déjà que j'ai rencontré Shanna, pas vrai ? Comment diable as-tu fait pour le découvrir si vite ?

Mick gloussa.

— Téléphones portables, mon pote. Non seulement j'ai reçu un appel, mais j'ai pu admirer une photo de vous deux sur la jetée. Shanna et toi, vous avez recommencé à vous parler : Bree mourait d'impatience de partager la nouvelle avec tout le monde.

Kevin secoua la tête, écœuré.

— Je songe de plus en plus sérieusement à prendre pension dans un monastère.

Mick poussa un ululement moqueur.

— Ah oui, Thomas a fait allusion à un truc dans ce genre. J'ai une immense admiration pour la prêtrise, mais à mon avis, tu ferais mieux de régler la situation avec Shanna. Tu es fait pour la vie de couple.

Kevin considéra son père avec curiosité.

— Tu as l'air bien sûr de toi. Pourquoi ?

— L'amour est une denrée précieuse, expliqua Mick. Je le vois briller dans ton regard quand tu es avec Shanna. Elle t'a ramené à la vie après une bien triste période. Ce n'est pas une chose à prendre à la légère. Et sûrement pas quelque chose que tu as le droit de gâcher pour un différend.

— Nous n'avons jamais eu de différend, affirma Kevin.

Mick roula des yeux.

— Parce que tu ne lui as pas laissé la possibilité de te parler des événements qui ont marqué sa vie. C'est dur d'être en désaccord avec quelqu'un quand l'un des deux est dans le noir complet.

— Epargne-moi ton sermon. Je l'ai déjà entendu.

— Mais visiblement pas assimilé, glissa Mick, incorrigible.

— Shanna et moi, on mange ensemble demain à midi, lâcha Kevin. Je m'étonne que Bree ne te l'ait pas dit, ça aussi.

— Hélas, elle n'était pas assez près pour entendre ce que vous vous disiez…

Kevin éclata de rire en entendant la frustration qui perçait dans la voix de son père.

— Ça a dû la rendre folle. Et toi aussi.

Mick opina du chef.

— En effet. Mais c'est une bonne nouvelle que vous mangiez ensemble demain. Je ne manquerai pas de le signaler à ta sœur.

Kevin allait répliquer vertement quand la ligne de Davy s'agita de soubresauts. Il aida son fils à retenir la canne, puis ramena le poisson. Celui-ci était de taille honorable, assez gros pour en faire plus d'une bouchée. Il félicita Davy.

— Bien joué !

— Dans seau, ordonna l'enfant.

Kevin ajouta le poisson au précédent, puis regarda Davy s'accroupir pour les observer, le visage rayonnant de joie.

— Regarde, papa, amis, déclara-t-il en les montrant du doigt.

— Oh, oh…, murmura Mick. Maintenant, ces poissons vont rentrer avec nous, c'est sûr.

Kevin soupira.

— J'en ai bien peur, mais au moins ils ne risquent pas de finir dans nos assiettes, ce soir. Quelque chose me dit qu'il va falloir régler très vite cette question si nous ne voulons pas nous retrouver avec deux poissons dans un aquarium.

Mick secoua la tête.

— Pas d'inquiétude. Je suis assez maladroit comme type. En trébuchant, il se pourrait bien que j'expédie ce seau tout droit dans l'eau.

Kevin le scruta fixement.

— C'est comme ça que tous mes poissons finissaient par retourner dans la baie ?

— Tu veux rire ? Tu les rejetais à l'eau à la seconde où on les décrochait de l'hameçon. Si je voulais manger du poisson à dîner, je devais en attraper quand tu n'étais pas là et m'arranger pour que ta mère le fasse cuire quand tu regardais ailleurs.

— Maintenant que j'y pense, c'est exactement ce que m'a rappelé maman quand elle m'a suggéré de travailler avec Thomas.

Mick le considéra d'un air renfrogné.

— Elle a eu raison, je suppose, admit-il à contrecœur. Tu es heureux dans ce nouveau boulot, pas vrai ?

— Oui. Bien plus que je ne l'aurais été si j'avais loué des bateaux de pêche.

— Thomas et toi, vous vous entendez bien ?

— Aucun souci. C'est un homme raisonnable.

Mick prit aussitôt la mouche.

— Parce que moi, non ?

Kevin le dévisagea.

— Je n'ai jamais dit ça. Ecoute, tu espérais que Connor ou moi, on s'intéresse à ton entreprise, mais tu sais bien que nous n'en avons pas les compétences.

— Les compétences, ça s'acquiert. Ce n'est pas inné, maugréa Mick. Tu crois que je suis sorti du ventre de ma mère un marteau à la main ?

— Non, mais ce travail te convenait, tout comme ce type de recherches me convient.

— Je suppose.

Mick posa sur lui un regard aigu.

— Ça te rend plus heureux que d'être ambulancier ?

Kevin fit oui de la tête.

— Pour l'instant, tout à fait. Je serai peut-être prêt à recommencer, un de ces jours. L'équipe locale peut toujours employer des bénévoles formés au métier. Je sais que je possède les compétences requises, mais, au vu de tout ce qui s'est passé, cette nouvelle carrière me paraît logique. Ce n'est pas une expérience que j'ai partagée avec Georgia. C'est un nouveau départ.

— Sur ce point, je ne me disputerai pas avec toi. Je suis moi-même très fan de nouveaux départs, en ce moment.

— Maman et toi ?

Mick acquiesça.

— On fait de réels progrès. J'espère que tu nous approuveras un jour.

— Je me suis fait à cette idée, avoua Kevin. La présence de maman s'est avérée plus positive que prévu. L'essentiel, c'est que vous arriviez à régler vos problèmes. Je n'aurais pas dû te juger.

— Ni ta mère, lui rappela Mick.

— Bon, c'est vrai.

Mick se leva.

— Il me semble qu'on a attrapé les deux seuls poissons qui ont mordu ce matin. Qu'est-ce que vous en dites ? On rentre boire quelque chose de frais ? Davy, tu te sens pour un jus de fruits ?

Davy hocha la tête, se leva et alla droit au seau qu'il tenta de soulever par l'anse, mais celui-ci était trop lourd pour lui.

— Je vais le prendre, lui lança Mick.

Il l'empoigna d'une main mal assurée ; le seau lui échappa, roula sur le côté et tomba du ponton. Davy se précipita au bord mais Kevin le rattrapa avant qu'il ne finisse lui aussi à l'eau. Son fils leva vers lui des yeux pleins de tristesse.

— Poissons partis, annonça Davy, navré.

Kevin acquiesça de la tête.

— Poissons partis, mais tu sais quoi ? C'est une bonne chose. Ils vont rentrer chez eux, dans leur élément. On en attrapera une autre fois.

Davy s'illumina sur-le-champ.

— 'Accord.

Mick regarda son petit-fils avec admiration.

— Il a une merveilleuse faculté à se résigner et à passer à autre chose.

Kevin opina du chef. Pourvu qu'il se montre capable de la même attitude demain, lors de son rendez-vous avec Shanna…

Le dimanche matin, après avoir laissé partir Henry avec Mme Hamilton, Shanna s'assura que Jenny contrôlait la situation au magasin, puis monta s'habiller en vue de son rendez-vous avec Kevin. Une demi-heure plus tard, Laurie apparut à sa porte, Drew à son côté. Tous les deux semblaient bouillir d'excitation. On aurait dit qu'ils ne pouvaient se quitter des yeux — ni des mains.

— Eh bien, vous êtes bien les deux dernières personnes que je m'attendais à voir ce matin, s'exclama Shanna en s'effaçant pour les laisser entrer.

Laurie lui décocha un sourire radieux.

— On va se marier, lâcha-t-elle dès qu'ils furent à l'intérieur. Aujourd'hui, si tu peux trouver le temps d'être ma demoiselle d'honneur.

Avec un choc, Shanna encaissa la nouvelle.

— Je croyais le mariage remis aux calendes grecques. Que s'est-il passé ?

Drew lui lança un regard contrit.

— Je me suis réveillé un beau matin et j'ai pris conscience de ma bêtise. Hier soir, je suis rentré à la maison et j'ai annoncé à Laurie que je voulais qu'on se marie, si elle voulait encore de moi.

— Et j'ai dit oui, précisa Laurie, mais à condition qu'on ne traîne pas. Et donc, nous voici. Nous avons tous les documents et j'ai trouvé un officier d'état civil prêt à célébrer le mariage. Il ne nous manque plus que toi.

Elle détailla l'élégante toilette de son amie.

— Et tu es là, toute belle. C'est parfait. Je vois ça comme un présage positif.

Shanna débattait en son for intérieur. Devait-elle avouer à son amie qu'elle avait rendez-vous avec Kevin en vue de leur propre réconciliation ? Mais pourquoi gâcher le grand jour de Laurie ?

— Le temps de passer un rapide coup de fil et je suis à toi.

Laurie savait parfois se montrer égocentrique, mais, en l'occurrence, elle lut immédiatement entre les lignes.

— Tu allais sortir, c'est ça ?

— En fait, oui, avec Kevin. Mais ce n'est pas grave, on remettra le rendez-vous.

— Amène-le, suggéra Laurie en quêtant du regard l'approbation de Drew.

— Bien sûr, intervint celui-ci. J'aurais bien besoin d'un témoin. Il serait peut-être partant pour le rôle ?

— Je ne sais pas…

— Allez, Shanna. Ça lui donnera peut-être des idées, glissa Laurie.

Cette remarque, songea Shanna, était significative de l'ivresse amoureuse dans laquelle nageait son amie, étant donné ses objections à sa liaison avec Kevin.

— Après la cérémonie, on ira déjeuner à l'auberge, poursuivit Laurie, tout excitée. Comme ça, ce sera presque le mariage initialement prévu, mais en plus modeste et moins dispendieux. Je tiens absolument à fêter ça avec Kevin et toi.

Avant que Shanna ait pu accepter, on frappa de nouveau à la porte. Elle alla ouvrir : c'était Kevin.

— Je suis en avance ? s'enquit-il.

— Ça dépend. Laurie et son fiancé ont semble-t-il décidé de se marier aujourd'hui, et ils comptent sur nous pour assister à la cérémonie. Tu peux prendre tes jambes à ton cou ou entrer.

— Il entre, bien sûr ! lança Laurie en les rejoignant. Allez, Kevin, vous ne pouvez pas nous laisser tomber.

Kevin jeta un regard d'impuissance en direction de Shanna qui se contenta de hausser les épaules. Quand Laurie avait décidé quelque chose, la comparaison qui venait immédiatement à l'esprit était celle d'un rouleau compresseur.

— Voilà l'adresse de l'officier d'état civil, dit Laurie à Kevin. Vous savez où c'est ?

— Oui. Vous voulez que je vous y conduise ?

— Parfait, accepta Laurie. Drew et moi, on se mettra à l'arrière et on fera comme si on roulait en limousine. Mais vous, ne regardez pas dans le rétro parce qu'on va sûrement se bécoter.

Kevin eut un petit rire.

— Je ne regarderai pas, promis.

— Moi, si, les prévint Shanna, alors, vous avez intérêt à bien vous tenir !

Le trajet prit à peine cinq minutes et la cérémonie ne dura guère plus. Malgré l'absence de pompe nuptiale, Laurie rayonnait tandis que l'officier d'état civil les déclarait mari et femme. Drew semblait un peu étourdi, mais presque aussi heureux. En son for intérieur, Shanna s'interrogeait. N'était-ce pas cela la meilleure solution ? Prendre la décision de se marier et sauter le pas sans attendre, plutôt que de faire traîner les choses et de laisser à des millions de doutes le temps de s'insinuer.

— Et maintenant, direction l'auberge ! décréta Laurie d'un ton impérieux. J'ai parlé à Jess et elle a déjà mis le champagne au frais.

Quand ils arrivèrent à l'Auberge d'Eagle Point, ils furent conduits dans une petite salle à manger privée que, par miracle, Jess avait réussi à parer de fleurs ainsi que de la plus belle porcelaine et du plus beau cristal de l'établissement, en l'honneur de l'événement. Il y avait même de la musique en fond sonore.

Shanna se tourna vers Kevin.

— Ta sœur est prodigieuse. Elle a organisé tout ça en catastrophe, je le sais, mais regarde comme c'est beau !

— Jess est une romantique et Bree vend des fleurs. J'imagine qu'elle aussi a dû mettre la main à la pâte.

— C'est absolument magnifique, s'exclama Laurie. Je n'aurais pas pu rêver plus ravissante réception de mariage.

Shanna emmena Laurie un peu à l'écart et la scruta avec attention, guettant d'éventuels signes de déception d'avoir dû renoncer au somptueux mariage en grand qu'elle souhaitait au départ. Mais elle ne vit qu'une femme qui rayonnait littéralement de bonheur. Shanna l'étreignit farouchement.

— Je suis si heureuse que tout se soit arrangé comme tu le voulais, confia-t-elle à son amie.

Laurie lui adressa un sourire radieux.

— Je n'arrive toujours pas à croire qu'il a changé d'avis, que je lui ai vraiment manqué.

— L'absence resserre parfois les liens, commenta Shanna.

Avait-elle aussi manqué à Kevin depuis leur séparation ?

— De toute évidence, Drew avait besoin d'un peu de temps pour se faire à l'idée du mariage.

Laurie éclata de rire.

— Oh, je crois que cet aspect-là continue à lui flanquer une trouille bleue, mais, au moins, il s'est laissé passer la bague au doigt !

Shanna sourit.

— Il serait peut-être normal que tous les gens qui se marient éprouvent une légère peur. Après tout, c'est une grande décision, et c'est pour la vie.

D'un geste théâtral, Laurie se plaqua la main sur le cœur.

— C'est à *moi* que tu fais peur, à présent !

— Toi ? Rien ne te fait peur.

Elle se tourna vers Drew qui n'arrivait pas à détacher son regard de Laurie, comme s'il osait à peine croire à sa chance.

— Pourquoi ne vas-tu pas danser avec ton tout nouveau mari ? suggéra Shanna.

— A condition que tu danses avec le témoin, répliqua Laurie en lui faisant traverser la pièce jusqu'à l'endroit où se tenaient les deux hommes.

Kevin hésita puis s'enquit :

— Tu veux danser ?

Shanna acquiesça d'un hochement de tête et avança vers lui. Dès qu'il l'enlaça, elle se remémora le sentiment de paix et de sécurité qu'il lui avait procuré, et combien cette sensation lui avait manquée depuis. Elle leva les yeux vers lui.

— Merci d'avoir accepté. Je sais que tu comptais passer la journée différemment. Nous avons encore des tas de choses à nous dire.

— Et nous le ferons, affirma-t-il. Mais pour l'instant, c'est plutôt sympa d'être avec des gens aussi heureux.

Son expression se fit nostalgique.

— Je me souviens d'avoir éprouvé ce même bonheur, moi aussi.

— Le jour où tu as épousé Georgia ?

Il secoua la tête.

— Non, la nuit que j'ai passée dans ton lit.

Shanna sentit aussitôt ses yeux s'emplir de larmes.

— Kevin, tu ne devrais pas dire des choses comme ça.

— Pourquoi ? C'est la vérité.

— Tant de choses se sont passées depuis, lui rappela-t-elle. Je sais que je t'ai rendu malheureux.

— Toi, non, rectifia-t-il. C'est moi qui me suis rendu malheureux tout seul en refusant de te faire confiance. Je suis allé déterrer les pires souvenirs de mon passé et je te les ai imposés sans prendre la peine de chercher la vérité. Tu as bien tenté de m'expliquer, mais j'étais trop buté pour ne serait-ce que t'écouter. Tout ça, c'est ma faute.

Elle feignit de méditer sur ses mots.

— Tu sais, tu as raison, conclut-elle avec une mine exagérément théâtrale. Tu t'es conduit comme un idiot.

Il rit.

— Je l'étais.

Son visage redevint sérieux.

— Mais je tiens vraiment à connaître le fin mot de l'histoire. Quand on s'en ira d'ici, peut-être ?

— Si j'ai le temps. Henry revient aux alentours de 6 heures.

Kevin désigna Laurie et Drew qui, collés l'un à l'autre, se balançaient vaguement au rythme de la musique.

— Quelque chose me dit que, si nous partons, notre absence passera totalement inaperçue.

— Ça ne se fait pas de fausser compagnie à des jeunes mariés, objecta Shanna. Ce sont eux qui doivent partir les premiers. C'est la tradition.

— Ce n'est pas à proprement parler un couple traditionnel, ironisa Kevin. Je doute qu'il faille beaucoup les convaincre que la fête est finie et qu'ils sont libres de passer à la nuit de noces, ou à l'après-midi de noces, en l'occurrence.

— Je pourrais leur suggérer de se faire servir le repas dans la chambre ?

— Vas-y.

Shanna attendit que la chanson se termine, puis alla tapoter l'épaule de Laurie.

— Vous devriez peut-être transporter la fête en haut et demander au service d'étage qu'on vous monte le repas. Histoire de le savourer dans l'intimité.

La consternation se peignit sur le visage de Laurie.

— On vous a invités pour la réception et on vous ignore !

— Vous venez de vous marier. Nous n'en prenons pas ombrage, je t'assure.

Laurie, rougissante, coula un regard vers Drew.

— Ce serait sympa de monter…

Drew ne la quittait pas des yeux.

— Pour moi, ça marche.

— Alors, allez-y, vous avez notre bénédiction, affirma Shanna.

Elle étreignit Laurie.

— Je suis si heureuse pour toi.

Elle s'adressa ensuite à Drew.

— Soyez gentil avec elle, compris ?

— Toujours, promit-il.

Kevin embrassa Laurie sur la joue, puis alla serrer la main de Drew.

— Merci d'avoir pris part à notre mariage, dit Laurie. Et la prochaine fois, je compte bien danser au vôtre !

A ces mots, Shanna sentit ses joues s'enflammer.

— Ne fais pas attention à elle, Kevin. Les femmes amoureuses racontent n'importe quoi.

— Je suis très sérieuse, insista Laurie.

— File ! lui ordonna Shanna, imputant au champagne et à l'aura romantique de son mariage le revirement d'affection de Laurie pour Kevin.

Dès que Laurie et Drew furent partis, elle se tourna vers lui.

— Et maintenant ?

Il lui prit la main.

— Sortons d'ici.

— On aurait pu manger à l'auberge.

— Pas avec ma sœur qui rôde dans les parages, répliqua Kevin. Le déjeuner, c'est une chose, mais jamais on ne pourra avoir une conversation intime.

— Tu marques sans doute un point. Où, alors ?

Il hésita.

— A vrai dire, je n'ai pas trop d'idées. Je sais de source

sûre que mes sœurs ont des espions partout. Sais-tu que Bree a pris des photos de nous sur la jetée, hier, et qu'elle les a envoyées aux autres par téléphone portable ?

Si elle n'avait pas été aussi horrifiée, Shanna aurait éclaté de rire. Il n'y avait qu'une O'Brien pour faire ça !

— Allons à mon appartement, alors, suggéra-t-elle. On pourrait acheter des sandwichs et des pizzas et les emporter chez moi. A moins qu'une de tes sœurs ne grimpe à un arbre du square armée d'un zoom ou de jumelles, elles ne pourront pas nous voir.

Kevin acquiesça.

— Ça peut le faire. Et si je te déposais à ton appartement avant d'aller chercher le repas ? Tu as une préférence ?

— Une quiche et une salade César, ça me dirait assez. Il y a quelque chose qui te plaît au menu du café français ?

— Je trouverai.

Il la déposa dans la ruelle qui passait derrière la librairie, au pied des marches menant à son appartement.

— Je reviens tout de suite.

Shanna était à mi-escalier quand la porte de service du magasin de Bree s'ouvrit. Celle-ci passa la tête par l'embrasure.

— Tu essayais de te faufiler sans rien me dire ? fit-elle.

Shanna rit.

— Je rentre chez moi. Tu n'étais pas comptée dans l'équation.

— Où va mon frère ? Je pensais que vous passeriez l'après-midi ensemble. Vous ne vous êtes quand même pas encore disputés ?

— En fait, nous étions à un mariage, lui apprit Shanna, résignée à lui fournir suffisamment de détails pour assouvir sa curiosité.

— Oh, c'est vrai ! J'ai foncé livrer les fleurs à l'auberge, tout à l'heure. Ton amie Laurie s'est mariée. Comment ça s'est passé ?

— Au pas de course, mais tu sais, je pense que ça convient à la nature impulsive de Laurie.

— Kevin va revenir ?

Shanna la considéra avec ironie.

— Pas s'il sait que tu le guettes dans la ruelle.

Bree pouffa.

— OK, j'ai pigé. Je retourne à mes affaires.

— Sans blague ? fit Shanna, sceptique. C'est possible ?

— Pour la bonne cause, oui, affirma Bree. Et c'est une bonne cause, pas vrai ? Vous allez mettre les choses au point entre vous ?

— Je l'espère. Je veux qu'on redevienne amis.

— Amis ? se récria Bree avec indignation. Vous avez intérêt à être bien plus que ça ! Vous devez vous engager pour de bon.

— Et si tu nous lâchais un peu ? Si tu nous laissais faire une chose après l'autre ? suggéra Shanna.

Le message était clair, mais délivré d'un ton aimable.

Bree soupira.

— Tu as sûrement raison. Quand on se mêle des affaires des autres, on obtient généralement l'effet inverse.

— Oui, en effet.

— D'accord, je m'en vais, lança Bree.

Elle rentra dans son magasin et ferma la porte.

Shanna n'avait pas gravi deux marches que la porte se rouvrit.

— Une dernière chose ! Après, j'y vais, c'est sûr.

— Oui ?

— Kevin est amoureux de toi. Je le sais. Donc, même

s'il rate son discours, écoute ce qu'il a dans le cœur, d'accord ?

— Je crois ton frère tout à fait capable de parler en son nom, objecta Shanna. Mais, contrairement à sa récente attitude, je l'écouterai, *moi*. Promis.

— C'est tout ce que je te demande, fit Bree en refermant sa porte.

Qui cette fois demeura fermée.

Avec un soupir, Shanna reprit sa montée et entra dans son appartement pour attendre le retour de Kevin. Elle commençait à comprendre le genre de pression qu'il subissait à longueur de journée. Les O'Brien formaient certes une famille formidable et bien intentionnée, mais toutes ces attentes, cette certitude qui était la leur de savoir ce qui lui convenait le mieux, cela devait être épuisant à vivre. Elle-même ressentait cette pression, alors qu'elle pouvait parfaitement les envoyer promener à sa guise. Kevin, lui, était contraint de les écouter.

Non qu'il ait à tenir compte de leurs conseils. Il était doté de la même fibre indépendante que le reste des O'Brien, elle en avait eu la preuve. Au sein d'une telle famille, c'était sans doute une nécessité.

Mais au fond, en dépit des possibles inconvénients qu'elle pressentait, elle avait envie de faire partie des leurs. Elle avait envie d'être la femme de Kevin.

Cet aveu, formulé ainsi pour la première fois, sans hésitation, la fit tressaillir. Elle s'était autorisée à admettre que Kevin lui manquait, qu'elle l'aimait même, mais c'était la première fois qu'elle contemplait l'avenir en ayant une vision aussi claire de ses aspirations.

Même durant cette prise de conscience, elle entendit la voix de Laurie lui rappeler qu'elle n'avait pas désiré autre chose quand elle s'était lancée tête baissée dans le mariage avec Greg. Les deux hommes, néanmoins, n'auraient pas pu être plus différents l'un de l'autre. Quant à leur famille… Les O'Brien étaient chaleureux et accueillants. Les Hamilton s'étaient montrés guindés, froids et inflexibles, du moins jusqu'à peu.

Convaincue de savoir ce qu'elle voulait — ou plutôt *qui* elle voulait — mais aussi qu'il s'agissait de la bonne décision, Shanna ne pouvait s'empêcher de s'interroger. Les mots que Kevin avait à lui dire allaient-ils leur ouvrir les portes d'un tel avenir ? A moins qu'une fois mieux renseigné sur son précédent mariage et sur la situation complexe avec Henry il ne les laisse tous deux sur le seuil du bonheur…

24

La porte de service de Flowers on Main était entre-bâillée, remarqua Kevin en montant quatre à quatre l'escalier menant à l'appartement de Shanna. D'instinct, il sut que sa sœur était collée derrière. Arrivé sur le palier, il se pencha par-dessus la rambarde et cria :

— Ferme la porte et retourne à ton travail !

Il entendit Bree glousser de rire, mais la porte se referma doucement. Ce ne fut qu'à ce moment-là qu'il frappa chez Shanna.

Voyant qu'elle entrouvrait sa porte d'un cheveu afin de glisser un regard furtif par l'embrasure, ce fut son tour de rire.

— Tu t'assures que la voie est libre avant de me laisser entrer, hein ?

— Il y a de ça, acquiesça-t-elle en s'effaçant pour lui laisser le passage.

— Bree te guettait, toi aussi ?

— Disons plutôt qu'elle m'a assaillie de questions. Et toi ?

— Non… Elle s'est contentée de glisser un œil par la porte de service du magasin.

— J'adore ta famille, mais quand il s'agit de nous, ça tient un peu de l'obsession.

— Ne m'en parle pas ! Mick, Trace et Jake me sont

tombés dessus, dernièrement. Tu seras sans doute ravie d'apprendre qu'ils sont tous de ton côté.

— Je ne m'étais pas rendu compte que notre situation exigeait que l'on prenne parti, s'étonna-t-elle en fouillant dans les sacs que Kevin avait apportés.

Elle disposa la nourriture sur les assiettes qu'elle avait préalablement disposées sur une table, près de la fenêtre donnant sur le square municipal.

Kevin haussa les épaules.

— Je te rappelle qu'on parle des O'Brien. Ils prennent parti pour tout et n'importe quoi, ce qui explique entre autres que mon père et mes oncles ne s'adressent que rarement la parole. Je suis presque certain qu'il n'y a que ma cousine Susie pour enfreindre les règles. Elle parle à chacun de nous. Alors que ses frères hochent à peine la tête quand ils nous croisent dans la rue. La seule période de détente, c'est pendant les vacances, quand Gram est dans le coin.

— Mais la brouille ne se limite-t-elle pas simplement à ton père, Thomas et Jeff ? s'enquit Shanna en le dévisageant d'un air étonné.

— C'est comme ça que la querelle est née, admit-il. Comme je te l'ai dit, chacun a choisi son camp. Ni les faits ni la logique n'ont grand-chose à voir là-dedans. Ce genre de situation ne requiert qu'une loyauté familiale solidement ancrée.

— Mais vous êtes *tous* des O'Brien ! protesta Shanna.

Kevin eut un petit rire.

— Et voilà, tu essaies d'introduire de la logique dans l'histoire !

Shanna s'assit à la table, saisit sa fourchette et piqua une feuille de romaine qu'elle mastiqua d'un air pensif.

— Ça ne te rend pas cinglé ? lui demanda-t-elle au

bout d'un moment. Enfin, après toutes ces années, qui peut encore trouver l'énergie nécessaire pour entretenir pareille rancune ?

Kevin se pencha vers elle.

— A les voir maintenant on ne le dirait pas, mais après son divorce, mon père est resté quinze ans sans adresser la parole à Megan. Quant à nous, nous avons presque tous cessé de parler à notre mère, sauf quand Gram nous y forçait, lors de ses visites.

— Donc, c'est ce à quoi je m'exposais si tu n'avais pas décidé d'écouter ma version de l'histoire concernant Henry ? Tu m'aurais exclue de ta vie jusqu'au jugement dernier ?

— Que veux-tu que je te dise ? C'est une tradition familiale.

— C'est complètement dingue.

— Je sais, acquiesça-t-il. Mais aujourd'hui je suis ici, et je veux tout savoir. Avant même que tu ne commences ton histoire, je te demande pardon pour t'avoir mal jugée, pour avoir tiré des conclusions hâtives, refusé d'écouter tes explications et aussi pour toutes les autres idioties que j'ai pu faire.

— OK, tu veux la version longue ou le résumé ?

— Celle que tu souhaites me donner.

Shanna commença son récit de manière hésitante, mais petit à petit les mots se mirent à couler de sa bouche. Kevin lâcha un juron quand Shanna en vint à son mariage catastrophique avec le père d'Henry.

— Que les choses soient bien claires, déclara-t-elle. Greg ne nous a jamais agressés physiquement Henry et moi, mais son caractère imprévisible et ses insultes étaient presque aussi terribles. Au bout du compte, j'ai compris que je ne pouvais plus rester. Seule la crainte de ce qui pouvait arriver à Henry m'a fait repousser si longtemps mon départ.

— Tu aurais dû le quitter à la minute où tu t'es aperçue de son degré de dépendance.

— Je lui avais juré fidélité, dit-elle simplement. Plus important encore, je devais penser à Henry.

Elle croisa le regard de Kevin.

— Je l'aimais comme mon propre fils.

— Tu aurais dû l'emmener avec toi.

— J'y ai bien pensé, mais sans aucun droit sur lui, j'aurais été accusée d'enlèvement. Puisque personne — pas même sa propre famille — ne me croyait quand je dénonçais l'alcoolisme de Greg et son comportement agressif, je savais que personne ne croirait non plus que j'avais agi pour protéger Henry. Nous aurions passé le reste de notre vie en cavale, tous les deux. Comment aurais-je pu lui faire ça ? En un sens, je trouvais cette solution aussi cruelle que de le laisser à son père. La situation était sans issue.

— Mais tout de même, la justice t'aurait sûrement soutenue, protesta Kevin. Il devait y avoir des preuves, quelque chose. Tu aurais protégé cet enfant, bon Dieu !

— Pas du tout, affirma-t-elle. Abandonner Henry a été le choix le plus difficile de ma vie. Si la nounou n'avait pas été là, je crois que je n'aurais pas pu. Depuis, j'ai prié chaque jour pour que sa famille prenne conscience de la situation et qu'elle mette Henry à l'abri de son père. Greg ne l'a jamais frappé, mais les hurlements qu'il poussait l'épouvantaient. Et ça, c'était quand il était là. La plupart du temps, la nounou était seule à s'occuper d'Henry.

— Comment s'était-il retrouvé ici, chez toi ?

Shanna lui expliqua l'overdose accidentelle de Greg,

son séjour à l'hôpital, les complications au foie, et la décision des Hamilton de donner à Henry un environnement plus stable.

— Il est très attaché à moi. Même avant que nous soyons officiellement fiancés, Greg et moi, Henry m'appelait déjà maman. Au début, nous avons essayé de l'en dissuader, mais ça le rendait tellement heureux ! A mon avis, c'est l'une des raisons qui nous a poussés à nous marier, nous savions qu'Henry serait fou de joie.

Elle soupira en repensant au temps où ils avaient formé une vraie famille. Cela avait été si bref ! Puis Greg avait rechuté pour de bon dans l'alcoolisme.

— Donc, après t'avoir empêchée de voir Henry pendant un an, ils ont tout à coup compris que c'était toi, le parent dont il avait besoin ? Et tu as accepté de te charger de lui ? lui demanda Kevin d'un ton incrédule.

— A mon avis, la famille de Greg le savait depuis le début, mais jamais ils n'auraient admis publiquement une telle chose. Puis la situation a évolué et ils ont été forcés de prendre des mesures draconiennes pour garantir le bonheur d'Henry.

Elle sourit.

— La nounou m'a bien aidée. Greta n'a jamais cessé de marteler qu'Henry serait plus heureux avec moi. Cela dit, je dois rendre justice à Mme Hamilton. En définitive, c'est elle qui me l'a amené. Aussi humiliant que cela a dû être pour elle d'admettre que j'avais raison, elle l'a fait.

— C'était elle avec Henry, l'autre jour au magasin ?

Shanna hocha la tête.

— Elle a finalement compris que Greg était incapable de procurer à Henry le genre de vie auquel cet enfant a droit, et que son mari et elle devaient économiser leurs forces pour aider Greg à se rétablir. Elle a convaincu son fils de me laisser devenir tutrice légale d'Henry et, finalement, Greta a décidé d'accepter un poste au sein d'une autre famille.

Kevin était abasourdi.

— Attends une minute. Tu es en train de me dire qu'Henry pourrait retourner vivre chez son père ?

Shanna opina du chef.

— Mais à condition que la santé de Greg s'améliore.

— Tu prends un énorme risque. Tu es bien sûre que le jeu en vaut la chandelle ? Tu aimes cet enfant ?

— Evidemment ! En ce qui me concerne, je le considère comme mon fils, quoi qu'en dise la loi. Il y a un risque, je le sais, mais je suis d'accord pour le prendre. Quitter Henry m'avait laissé un vide immense dans le cœur.

Kevin ne pouvait s'empêcher de s'interroger sur les conséquences qu'aurait le choix de Shanna sur leur avenir à tous les deux.

— Tu as beaucoup de soucis en ce moment. Je n'ai fait qu'aggraver la situation, je le sais.

— Tu ne l'as pas aggravée. Mais je voulais tant que tu comprennes ! Tu refusais de prendre mes appels, alors j'ai cru que plus jamais nous ne pourrions retrouver notre amitié.

Elle le regarda droit dans les yeux.

— Je ne pouvais pas le supporter.

— Moi aussi, j'en ai bavé, avoua-t-il. J'étais loin de me douter que tu me manquerais à ce point. Je n'arrêtais pas de me dire que c'était la meilleure solution. Bree a insinué que je me servais de la situation pour ne pas m'avouer la profondeur de mon amour pour toi.

Il se leva, contourna la table et tendit la main à Shanna. Elle glissa sa main dans la sienne et se mit debout. Entre eux, l'air était électrique.

A cet instant, la porte s'ouvrit et Henry déboula dans la cuisine, suivi de près par sa grand-mère. A la vue de Kevin, il pila net. Shanna retira brusquement sa main et s'agenouilla pour étreindre le petit garçon.

— Comment s'est passée ta journée ? s'enquit-elle. Tu t'es bien amusé avec ton papa ?

Kevin surprit un imperceptible mouvement de tête de Mme Hamilton tandis que les yeux d'Henry s'emplissaient de larmes.

— Greg ne se sentait pas très bien, déclara cette dernière d'un ton crispé.

Shanna serra Henry tout contre elle.

— Je suis tellement désolée, mon trésor.

— C'était sympa, affirma-t-il en faisant bonne figure. Grandma et Grandpa m'ont emmené voir un match de base-ball.

Il soupira.

— Mais les Phillies ont perdu.

— Oh, mon Dieu, la journée n'a vraiment pas été bonne, n'est-ce pas ? s'informa Shanna compatissante en essuyant les larmes sur les joues du petit garçon.

— Je parie que je sais comment l'améliorer, intervint Kevin, ne sachant trop s'il devait s'en mêler, mais incapable de contempler les bras croisés la détresse de l'enfant. Et si on allait chercher mon fils pour faire cette fameuse sortie en mer que je t'ai promise ?

Son regard croisa celui de Shanna.

— Qu'est-ce que tu en dis ? On ne rentrera pas tard.

— Moi, je trouve cette idée merveilleuse, déclara Mme Hamilton en regardant Kevin d'un air approbateur. Henry adore les bateaux, n'est-ce pas, Henry ?

L'enfant hocha vigoureusement la tête.

— Eh bien, c'est d'accord ! Shanna, tu sais où est

la marina. Et si on se retrouvait tous là-bas dans une heure ? Je vais chercher Davy.

Elle lui sourit.

— On y sera.

Comme il passait devant Mme Hamilton, celle-ci l'arrêta d'une main légère sur son bras.

— Merci, dit-elle tout bas. Il a vraiment besoin qu'on lui change les idées.

Kevin hocha la tête.

— Si je peux me rendre utile, c'est avec plaisir.

Et même si tout ce qu'il avait appris cet après-midi gonflait son cœur de chagrin pour Henry et Shanna, dorénavant il était bien décidé à voir leur vie prendre un tour plus optimiste. Son éducation le poussait à vouloir protéger les gens qu'il aimait. Désormais, Shanna et ce petit garçon comptaient parmi ceux-là.

Henry était intarissable sur sa sortie à bord du bateau de Kevin. Cette expérience semblait avoir balayé toute la tristesse de sa journée.

— On s'est bien amusés, hein, maman ? lui répéta-t-il encore en grimpant dans son lit.

— C'était super, acquiesça-t-elle.

— Et Davy est très intelligent pour son âge, hein ?

— C'est vrai.

— Kevin sait des tonnes de trucs sur la baie. Tu savais toutes les choses qu'il nous a racontées ?

— Non, pas du tout.

— Je veux apprendre tout ça pour pouvoir faire ce qu'il fait, un jour, déclara Henry.

L'enfant semblait avoir développé un sérieux culte à l'égard de Kevin… En un sens, Shanna s'en réjouissait. Au cours de sa jeune existence, Henry n'avait pas vraiment croulé sous les figures héroïques. D'un autre côté, le rôle que Kevin continuerait à jouer dans sa vie restait auréolé d'une totale incertitude.

— Kevin dit qu'on se reverra demain, après l'école, annonça Henry. Il dit qu'il amènera Davy à la librairie en rentrant du travail et qu'on ira tous manger une glace.

Shanna n'était pas au courant.

— Il t'a vraiment dit tout ça ?

— Il a promis, affirma l'enfant, la mine sérieuse. Est-ce qu'il tient ses promesses ?

— Il a tenu toutes celles qu'il m'avait faites, affirma-t-elle.

— Cool.

Elle se pencha pour déposer un baiser sur son front.

— Dors, fiston. L'heure du coucher est passée depuis longtemps et tu as école demain matin.

— Mais je voulais regarder un de tes livres qui parlent de la baie, protesta-t-il.

— Demain.

— D'accord, céda-t-il de bonne grâce.

Et il ferma les yeux.

Shanna demeura là un moment, perdue dans la joie de savoir qu'Henry était chez elle, en sécurité. Dans quelques jours, elle saurait si cet arrangement allait durer.

— Je ne peux pas dormir si tu me fixes comme ça, murmura-t-il.

Elle rit.

— Désolée. J'éteins tout de suite. Je t'aime.

Il n'eut qu'une hésitation imperceptible avant de répondre :

— Moi aussi, je t'aime.

Derrière la porte, Shanna s'appuya contre le mur et battit des paupières pour refouler ses larmes. Chaque fois qu'elle obtenait ces mots prononcés à voix basse, elle se sentait bénie des dieux. Un de ces jours, espérait-elle, Henry apprendrait à les dire librement, le cœur empli de confiance en l'amour dont il était entouré.

La maison était dans un état de chaos généralisé. Le mariage d'Abby devait avoir lieu dans deux heures. Megan frôlait l'hystérie à cause des détails de dernière minute. Jess avait filé à l'auberge s'assurer que tout était sous contrôle. Bree et la sœur de Trace, Laila, tentaient de maintenir un semblant de calme chez Abby, ce qui n'était pas une mince affaire avec Carrie et Caitlyn dans leurs jambes, dansant presque d'excitation.

Au bout de quelques minutes passées dans cette frénésie, Kevin se dirigea vers le jardin où il trouva Jake, Connor et Mick tentant de contenir l'agitation de Trace. Kevin contempla son futur beau-frère et secoua la tête.

— C'est quoi ton problème, vieux ? demanda-t-il au futur marié. C'est toi qui tenais absolument à ce que ce jour arrive.

— Tant qu'Abby ne m'aura pas dit *oui* pour de bon devant l'autel, je ne pourrai pas me décontracter, rétorqua Trace. Elle peut encore reculer au dernier moment.

— Elle ne va pas reculer au dernier moment, affirma Mick. Je ne le permettrai pas.

Kevin pouffa.

— Attention à ce qu'elle ne t'entende pas. Si jamais elle pense que tu édictes ta loi, elle sautera dans le premier avion, quelle que soit sa destination.

— Bien vu, admit Mick qui révisa aussitôt son attitude.

A ce moment-là, Carrie et Caitlyn sortirent en courant

de la maison, leurs boucles s'échappant des rubans déjà à moitié défaits.

— Maman est vraiment très, très belle ! confia Carrie à Trace.

— Bien sûr, répliqua-t-il.

Caitlyn lui prit la main.

— Tu veux la voir ?

— Sûrement pas, ça porte malheur ! s'écria Trace en reculant.

Les deux filles le dévisagèrent sans comprendre.

— Comment ça se fait ?

— C'est juste une superstition idiote, intervint Mick. Mais les femmes y croient, alors les hommes agissent en conséquence.

— Je ne comprends pas, lâcha Carrie.

— Moi non plus, répliqua Mick. Et si je vous emmenais à l'auberge toutes les deux ? On pourrait s'assurer que tout est prêt pour la cérémonie. Trace, tu veux venir avec nous ? On ne fait que gêner, ici.

— J'embarque Davy et on se retrouve là-bas, approuva Kevin. Je veux encore lui faire répéter son rôle de porteur d'alliances. Sinon, elles risquent de finir au fond de la piscine.

Trace fronça les sourcils.

— Pas de blague, hein ?

Kevin lui tapota l'épaule.

— Du calme… Tout va bien se passer. Davy ne s'approchera pas de la piscine, avec ou sans les alliances.

— Bon, d'accord, soupira Trace en s'essuyant le front.

Mick secoua la tête d'un air plein de pitié.

— Pour un homme qui était si pressé de se marier, je te trouve dans un état lamentable, aujourd'hui.

— Ça ira mieux après la cérémonie, répéta Trace. Quelqu'un a vu mes parents ?

— Ils nous retrouvent à l'auberge, lui rappela Kevin.

Trace hocha la tête.

— Bon.

— Et au cas où tu te poserais la question, ta sœur est à l'intérieur avec Abby, précisa Mick. Bon, maintenant qu'on a fait l'appel, on peut y aller ?

— Pas de problème, répondit Trace en suivant Mick et les filles jusqu'à la voiture.

Un quart d'heure plus tard, Kevin les découvrit sur la pelouse de l'auberge où des chaises avaient été installées en prévision de la cérémonie. Des tentes avaient été dressées pour la réception qui suivrait le service. Et la baie, éclaboussée des teintes du soleil couchant, servirait de toile de fond à l'ensemble.

Seule une cinquantaine d'invités était attendue, et pour la plupart ceux-ci étaient déjà arrivés. Kevin aperçut Shanna sur le côté, tenant Henry par la main. Il traversa pour aller la rejoindre. En voyant Davy, elle s'agenouilla devant lui.

— Que tu es beau ! lui lança-t-elle en rajustant le col de son smoking miniature.

Puis son regard rencontra celui de Kevin.

— Comment ça se passe ? Tu m'as l'air aussi nerveux que le futur marié.

— C'est une sacrée responsabilité de veiller à ce que mon fils arrive jusqu'à l'autel avec les alliances. Trace panique déjà.

Shanna gloussa de rire.

— D'après ce que j'ai vu de lui, Trace panique pour tout.

— Si tu veux mon avis, Drew et Laurie ont choisi la bonne solution. On fait tout sur un coup de tête et on n'en parle plus.

— Alors ça, c'est romantique comme idée ! commenta-t-elle.

— Avec Georgia, nous avons organisé notre mariage en deux jours et la cérémonie s'est déroulée à l'aéroport.

A l'expression de Shanna, il songea qu'il avait perdu une occasion de se taire. Il reprit :

— Je suppose qu'avec Greg vous avez eu un grand mariage somptueux ?

— C'était un très, très grand mariage, confirma Henry. J'y étais.

Shanna poussa un soupir.

— Ce qui prouve que le genre de mariage importe peu. Il n'y a aucune garantie de réussite.

— C'est vrai, constata Kevin, subitement déprimé.

Ces derniers temps, il s'était senti plus optimiste, au sujet de sa vie, de Shanna et de lui. Et voilà qu'en moins d'une minute ils se retrouvaient tous deux démoralisés par sa faute.

— Ecoute, je ferais mieux d'emmener Davy là-bas avec le reste de la noce. On se retrouve après la cérémonie, d'accord ?

Shanna fit oui de la tête.

Il s'éloigna avant de se retourner.

— Au fait, tu es magnifique. Je ne pense pas te l'avoir déjà dit.

Elle sourit, gênée.

— Tu es même plus belle que la mariée, ajouta-t-il.

A ces mots, elle pouffa.

— Ne t'avise pas de sortir ce genre de chose à Abby. Elle t'arracherait les yeux et elle aurait raison.

— Je vais essayer de m'en souvenir.

Tout en s'éloignant, il palpa l'écrin au fond de sa poche. D'ici à la fin de la journée, trouverait-il le courage de demander Shanna en mariage ?

Shanna se tenait sur la pelouse de l'auberge, contemplant d'un air médusé le bouquet d'Abby qui venait de lui échoir. Elle n'avait même pas eu conscience de tendre les mains pour l'attraper.

— Eh bien, je crois que ça règle définitivement le problème, commenta Bree à voix basse. Maintenant, tu dois épouser mon frère.

Shanna éclata de rire.

— Je ne vois pas de carte à son nom glissée parmi les fleurs.

— Enfin, tu ne peux pas filer épouser quelqu'un d'autre, s'indigna Bree. Ça ne serait pas correct.

A cet instant, Kevin vint vers Shanna et fusilla sa sœur du regard.

— Va-t'en, Bree.

— Je disais juste que…

Kevin la coupa.

— Va-t'en. Je prends le relais.

— Elle ne se soucie que de tes intérêts, tu sais, glissa Shanna.

— Elle sous-entend surtout que je ne sais ni ce que je veux ni comment l'obtenir. Tu viens ? J'ai bien envie de sortir le bateau.

— Mais les garçons…

— Gram et Mick les ramènent à la maison.

— Tu étais sûr que j'accepterais de t'accompagner ?

— Je l'espérais. Alors ? Tu viens avec moi ?

Le cœur battant la chamade, elle fit oui de la tête et le suivit jusqu'à sa voiture. Quelques minutes plus tard, ils étaient sur le bateau et Kevin fit démarrer le moteur.

Quand ils furent au beau milieu de la baie, entourés de l'eau étincelante, sous la lumière des étoiles et de la lune, il jeta l'ancre et laissa le bateau dériver sur son erre. Puis il la rejoignit au bastingage où elle était accoudée.

Elle se tourna et leva les yeux vers lui.

— Que veux-tu, Kevin ?

— Toi, répondit-il sans hésiter.

Elle fut ébranlée par le ton assuré de sa voix.

— Vraiment ?

— Tu dois bien le savoir, répliqua-t-il en la contemplant. Et toi ? Que veux-tu ?

Elle avait mis son cœur en péril en prenant Henry chez elle. Mais son courage avait payé et le juge avait accepté qu'il reste définitivement avec elle. Cela lui donna l'envie de prendre un nouveau risque.

— Toi.

— Je n'en étais plus trop sûr après la façon dont je t'ai traitée.

— Ça fait longtemps que je te veux, lui avoua-t-elle avec franchise. Mais je doutais d'avoir encore le droit d'aimer ou d'être aimée après ce qui s'était passé avec Greg et Henry.

— Je ne vois pas qui d'autre que toi mériterait davantage d'être aimé, affirma-t-il. Pouvons-nous recommencer à zéro, Shanna ? Pouvons-nous aller de l'avant sans secrets entre nous, et voir où cela nous mène ?

— Je sais déjà où je veux que nous allions, répliqua-t-elle, peu encline à attendre.

La vie est parfois bien trop courte, Kevin était encore mieux placé qu'elle pour le savoir. Prise d'un doute, elle planta son regard dans le sien.

— Tu sais, n'est-ce pas, qu'Henry et moi sommes indissociables ?

— Je l'ai su dès la première fois que je vous ai vus ensemble. Je crois que Davy appréciera d'avoir un grand frère. Et je sais que, le moment venu, je serai très heureux d'avoir un beau-fils.

Le moment venu ? Les mots de Kevin la firent frissonner. Il se protégeait. Cela crevait les yeux. Il n'était pas tout à fait sûr de lui, pas comme elle l'était d'elle-même.

— Je croyais que tu savais ce que tu voulais, lâcha-t-elle.

Elle désigna la baie d'un geste ample.

— Je croyais que c'était ça, l'essentiel.

— Je sais très bien ce que je veux, insista-t-il. Mais je me suis déjà jeté dans le mariage pour de mauvaises raisons. Cette fois, je veux prendre mon temps, savourer chaque étape. Quand nous serons mariés — et sache que ça ne fait aucun doute dans mon esprit —, ce sera parce que nous serons à cent pour cent prêts pour ce genre d'engagement. Il y a deux petits garçons dont nous devons tenir compte. Ils ont besoin d'un foyer stable et uni.

Shanna analysait l'hésitation de Kevin comme un refus de s'engager, une incapacité à croire en leur amour. Il cherchait des garanties qui n'existent pas.

— Kevin, je t'ai déjà dit que je t'aimais et je le pense vraiment, mais…

Une ombre de panique traversa le visage de Kevin. Il l'interrompit.

— Epouse-moi, lâcha-t-il.

Ce brusque revirement la fit chanceler.

— Quoi ?

— Je ne veux pas te perdre. Au reflet que je viens de voir dans tes yeux, j'ai compris que tu risquais de me quitter. Je ne peux pas l'envisager.

Elle le scruta avec intensité.

— Tu es sûr de toi ?

Il hocha la tête.

— J'y pensais depuis des semaines, et puis Henry est apparu et j'ai commencé à trouver mille et un prétextes pour temporiser. Mais la vérité, c'est que je suis comme toi, je sais ce que je veux. Alors pourquoi attendre ?

Shanna le considéra d'un air de doute.

— Il y a moins d'une minute, tu voulais justement attendre, t'assurer que tu ne refaisais pas la même erreur qu'avec Georgia.

— Je ne vais pas argumenter là-dessus avec toi. L'époque, les circonstances…

Il haussa les épaules.

— Je croyais qu'entre Georgia et moi il se passait quelque chose d'unique. Je voulais y croire. Et jamais je ne le regretterai car, grâce à cette décision, Davy est là.

— Evidemment.

— Je sais ce que je veux, insista-t-il. Pour de bon, cette fois. Il n'y a pas une once de doute dans ma tête ni dans mon cœur. Je veux qu'on soit tous réunis, toi, moi et les garçons, ensemble pour toujours. Avec peut-être une ou deux filles en supplément.

— On ne choisit pas, lui rappela-t-elle.

— Des filles, ou encore des garçons, ça n'a pas d'importance. L'essentiel, c'est que tu es la femme que je veux, que c'est la famille que je veux. Attendre n'y changera rien.

Shanna avait tellement envie de le croire…

— Tu en es sûr ? A cent pour cent ?

— A mille pour cent.

Kevin fouilla dans sa poche et en sortit un écrin.

— Regarde. Je trimballe ça partout. J'ai arpenté Main Street au moins trois douzaines de fois en me disant que j'allais entrer dans ta librairie et te demander en mariage.

— Mais tu ne l'as pas fait.

— Quelque chose m'a retenu, avoua-t-il.

— Une peur paralysante, peut-être ?

Il secoua la tête.

— Non, j'attendais ce moment-là. Toi et moi sous le ciel étoilé, le clair de lune traçant un chemin sur l'eau. Je voulais t'offrir du romantisme. Nous deux sur mon bateau, avec sur la mer les reflets dansant des lumières et des étoiles, nous guidant vers le rivage, vers la maison. J'adore ça.

Il écarta une mèche de sa joue.

— Nous et notre fichu sens pratique ! Pour une fois, je voulais que ça soit unique. Je voulais faire quelque chose qui resterait gravé dans ta mémoire.

Les lèvres de Shanna s'incurvèrent légèrement.

— Ta demande est tout à fait mémorable. Quant au cadre, c'est la cerise sur le gâteau.

— Et ceci ?

Il lui glissa un diamant au doigt.

Elle contempla la bague au clair de lune, apparemment fascinée par les feux qu'elle lançait.

— Comment ne pas dire oui à un homme qui vient de m'offrir la lune et les étoiles ? murmura-t-elle. Qui aurait cru que tu avais en toi ce talent de magicien ?

— Ce n'est pas moi. C'est l'amour. Il met de la magie dans tout.

Et tandis que Kevin plongeait ses yeux dans les siens, Shanna sut qu'il disait vrai. Il y avait de la magie entre eux. Peut-être assez pour leur assurer une vie de bonheur. Et même si la magie seule s'avérait insuffisante, tout son être lui soufflait qu'ils portaient en eux la possibilité de réussir. Il leur suffisait pour cela de garder le cœur ouvert et de rester attentifs l'un à l'autre.

A paraître le 1er juillet

Best-Sellers n° 427 • thriller

Piège de feu - Alex Kava

A peine remise d'une grave maladie, Maggie O'Dell, profiler au FBI, est appelée dans le Minnesota : un attentat vient d'avoir lieu dans un centre commercial. Sur place, elle découvre avec stupeur que son enquête va prendre une tournure très personnelle : des sources anonymes semblent en effet impliquer Patrick, son jeune demi-frère désormais introuvable. Dès lors, comment le convaincre qu'il doit absolument venir la trouver et lui faire confiance plutôt que de fuir en cédant à la panique ? Prête à tout pour le sauver, Maggie sollicite l'aide de Nick Morrelli, un expert en sécurité qu'elle connaît de longue date et à qui elle a toujours accordé une confiance absolue.

Best-Sellers n°428 • paranormal

L'émeraude des ténèbres - Gena Showalter

Depuis que sa sœur, sa mère et sa grand-mère ont été faites prisonnières d'un groupe de guerriers qui se disent immortels, Danika Ford tente de ne pas se laisser abattre. D'autant qu'elle a bon espoir de pouvoir leur venir en aide, car elle a un allié parmi ces créatures inquiétantes. Un homme qui, au péril de sa vie, lui a déjà permis d'échapper à sa bande : Reyes. Un guerrier taciturne et envoûtant, prince des seigneurs de l'ombre, dont l'image hante chaque jour un peu plus ses rêves. Pourra-t-il de nouveau lui venir en aide ? Rien n'est moins sûr, car en cherchant désespérément l'occasion de délivrer les siens, Danika, traquée de toutes parts, comprend que pour y parvenir, il lui faudra d'abord trahir Reyes.

Trilogie **Les seigneurs de l'ombre,** *volume n°3*

Best-Sellers n°429 • thriller

Et vous serez châtiés - Erica Spindler

L'inspecteur Mary Catherine Riggio est au désespoir : en l'espace de quelques jours, Dan, son fiancé, et Tommy, son jeune cousin, ont été abattus chacun d'une balle dans la tête. Anéantie par le chagrin, Mary Catherine n'a plus qu'une obsession : mettre la main sur celui qui a détruit sa vie et le lui faire payer. Mais l'enquête est confiée à sa coéquipière et amie de longue date, Kitt Lundgren. Et si Kitt, compatissante, l'autorise à participer aux investigations, Mary Catherine sait pertinemment qu'au moindre dérapage, elle en sera écartée.

Best-Sellers n°430 • thriller

Je te volerai ta mort - Karen Rose

A la demande d'une amie légiste, Sophie Johanssen, archéologue et historienne du Moyen Age, accepte sans hésiter d'intervenir sur une scène de crime. Mais l'excitation cède rapidement place à l'effroi car sur place, elle déterre les fruits d'une tragédie : neuf tombes contenant les cadavres positionnés selon des rites funéraires médiévaux que Sophie, en tant que spécialiste, repère immédiatement. Dès lors, comment pourrait-elle, malgré ses réticences, refuser son aide et son expertise à l'inspecteur Vito Ciccotelli – un homme qui lui a inspiré confiance dès le premier regard ? D'autant plus qu'il faut agir vite, car sept autres tombes sont déterrées – vides, elles semblent attendre les prochaines victimes.

Best-Sellers n°431 • roman

La saison des fleurs sauvages - Emilie Richards

Encore sous le choc d'un divorce douloureux, Tracy Deloche part s'installer dans la presqu'île de Happiness Key, le seul bien qu'il lui reste et que lui a transmis son ex-mari. Là, sous le soleil de Floride, elle espère prendre un nouveau départ. Mais à son arrivée, rien ne se passe comme prévu : au lieu des villas luxueuses qu'elle s'attendait à trouver, elle découvre quelques maisons au charme suranné et des habitants qui semblent se méfier d'elle –en particulier le séduisant inconnu qui vit non loin de la maison où elle s'est installée. Désemparée, Tracy ne sait pas encore qu'elle va tisser de nouveaux liens qui vont à nouveau bouleverser son existence et lui entrouvrir les portes du bonheur.

Best-Sellers n°432 • roman

Retour à Blossom Street - Debbie Macomber

Trois ans après l'ouverture de la boutique de Lydia « Au fil des jours », il se dégage toujours de Blossom Street une ambiance chaleureuse et enjouée. Car Blossom Street, c'est tout un univers. L'univers de Lydia, qui tente d'aider sa famille à traverser des moments difficiles tout en construisant avec Brad de nouveaux projets. Celui de Margaret, la sœur de Lydia, qui, inquiète pour sa fille, traverse une profonde crise personnelle. Celui de Colette, enceinte, qui tente de fuir son passé et de démarrer une nouvelle vie. Mais aussi celui d'Alix, qui a accompli de grands rêves mais qui court le risque de renoncer au plus beau d'entre eux.

Série Blossom Street, *volume n°3*

Best-Sellers n°433 • historique

Sous l'emprise du destin - Susan Wiggs

Séparée de ses parents dès son plus jeune âge, au cours d'un naufrage, Pippa de Lacey a grandi dans les rues de Londres parmi les jongleurs et les comédiens. Mais voilà qu'un jour, son insolence de fille des rues heurte un gentilhomme parmi les badauds, la condamnant au pilori. Arrêtée, Pippa ne doit son salut qu'à l'intervention d'un seigneur irlandais, Aidan O'Donoghue. Séduite par son sauveur, elle accepte avec reconnaissance la protection qu'il lui offre et la proposition qu'il lui fait ensuite de l'aider à retrouver sa famille. Un cadeau inespéré que le destin lui retire lorsque Aidan est jeté en prison sur ordre de la reine ! Révoltée, Pippa décide de le faire évader. Même si cela doit la conduire à l'exil… et compromettre sa seule chance de revoir un jour ses proches.

Trilogie La Rose des Tudor, *volume n°3*

Ch -> M

Composé et édité par les
éditions Harlequin

Achevé d'imprimer en avril 2010

à Saint-Amand-Montrond (Cher)

Dépôt légal : mai 2010

N° d'imprimeur : 91976 — N° d'éditeur : 14935

Imprimé en France